Barbara Wendelken hat bereits zahlreiche Kinderbücher u.a. im Boje Verlag und im Wolfgang Mann Verlag veröffentlicht. *Schuldige müssen sterben* ist ihr zweiter Kriminalroman.

Von Barbara Wendelken ist außerdem erschienen:

Am Anfang stand ein Mord (Band 67090)

Originalausgabe Juni 1997

Umschlaggestaltung Angela Dobrick, Hamburg
Umschlagfoto Japack/Bavaria, Düsseldorf
Satz MPM, Wasserburg
Druck und Bindung Ebner Ulm
Printed in Germany
ISBN 3-426-60645-3

2 4 5 3 1

Barbara Wendelken

Schuldige müssen sterben

Roman

Knaur

Jede Nacht derselbe Traum.

Die Dame, nicht mehr ganz jung, aber immer noch recht ansehnlich, jedenfalls wenn man marinefarbene maßgeschneiderte Kostüme, blondierte Haare und gefährlich spitz zulaufende Fingernägel mag, schlägt ihre Beine übereinander. Hier in diesem Zugabteil steht die Zeit auf angenehme Art und Weise still. Eine kleine, in sich geschlossene Welt, bequem eingerichtet mit hellgrau gestreiften Gardinen und weichen roten Lederpolstern, die noch ganz neu riechen. Immer wieder fällt ihr Blick auf das Foto an der gegenüberliegenden Wand. Eine zurechtretuschierte Postkartenlandschaft, hohe Berge, saftig grüne Wiesen, auf denen vereinzelt braunweiße Kühe grasen, ein munteres Bächlein, das beinahe aus dem Bild herausplätschert, und nicht zu vergessen der Himmel, so üppig knallblau, wie kein Himmel hier auf Erden jemals ausgesehen hat. Die Wirklichkeit, die träge am Fenster vorbeizieht, mutet dagegen langweilig und blaß an, wie eine längst verblichene Aufnahme. Es lohnt kaum, herauszuschauen. Mit einer schnellen Bewegung streift die Dame ihre hohen Lederpumps von den Füßen und zieht die Beine an. Warum es sich nicht bequem machen? Sie ist ja ganz allein im Abteil. Und das Ende der Fahrt ist noch lange nicht in Sicht, bis in alle Ewigkeiten will sie so unterwegs sein, ohne festes Ziel, einfach in den Tag hinein, immer nur weiter und weiter.

Da wird mit jähem Ruck die Abteiltür aufgerissen, urplötzlich rattern die Räder viel zu laut, Metall knirscht auf Metall, ein Schwall eiskalter Luft fährt so heftig herein daß sie erschrocken die Füße zurück auf den Boden stellt. »Ja, bitte?« murmelt sie heiser, während ihre Hände mit geübten Bewegungen die Frisur richten.
»Entschuldigung«, knurrt der Schaffner, ein Mann in mittleren Jahren, dessen Gesicht so leer ist wie ein weißes Blatt Papier. Ein wenig verlegen wirkt er, das immerhin könnte man ihm zugute halten, als er die ungeheuerlichen Worte: »Tut mir leid, aber Sie müssen Ihren Platz freimachen, diese junge Frau hat eine Platzkarte«, ausspricht. Sein Blick heftet sich dabei auf einen imaginären Punkt links über ihrer Schulter, er kneift sogar die Augen zusammen, um diesen erdachten Fixpunkt besser erkennen zu können. Der Feigling mit dem faden Allerweltsgesicht bringt es nicht fertig, ihr offen in die Augen zu sehen.
Bedauerlicherweise gelingt es der sprechenden Uniform trotzdem, die Dame aus der Fassung zu bringen, und das gründlich. »Aber das ist unmöglich, ich habe doch auch ...«, flüstert sie völlig konsterniert, »ich habe doch auch ...« Übernervös, den Tränen nahe, kramt sie mit bebenden Fingern in ihrer weißen Nappaledertasche, wühlt sich durch Taschentücher, diverse Lippenstifte, eine angebrochene Packung Erfrischungstücher, einen schwarzemaillierten Parfümzerstäuber, loses Silbergeld, bis sie schließlich fündig wird. »Da ist sie ja«, seufzt sie erleichtert und zieht eine Karte hervor. Ein wenig verknickt, abgegriffen schon, die schwarze Druckfarbe verblaßt, aber dennoch die Legitimation, ihren Sitzplatz behalten zu dürfen. »Das ist sicherlich ein Mißverständnis.« Sie lächelt mühsam ihren Ärger herunter, der wie Sodbrennen vom Magen hochsteigt und die Wangen rötet.

»Ein Irrtum???« Der Schaffner lacht kurz auf, und es hört sich an, als lasse eine Lokomotive Dampf ab. »Sehen Sie sich *diese* Karte mal an!« Er hält ihr die Platzkarte der jungen Frau hinter ihm im Gang vors Gesicht. Viel zu nah übrigens. Nagelneu, man glaubt die Druckerschwärze noch riechen zu können. »Ihre alte Karte ist längst verfallen, also machen Sie bitte keine Schwierigkeiten. Räumen Sie den Sitz für die junge Frau.«

Mara Ellmer erwacht schweißgebadet. Doch der Traum mit all seinen Demütigungen will nicht loslassen. Als hätte er sich in den feuchten Kissen festgesogen. Parasitengleich hat er von diesem Bett Besitz ergriffen, vor Wochen schon, hat sich zwischen Laken und Decke breitgemacht, und es scheint unmöglich, ihn jemals wieder abzuschütteln. Da hilft es nicht viel, die Augen aufzureißen, zu blinzeln, den neuen Tag ganz tief einzuatmen – das Gefühl der Erniedrigung bleibt. Wie ein chronischer Schmerz, eine Krankheit, gegen die man noch kein Mittel gefunden hat, ein Todesurteil, das noch nicht vollstreckt worden ist. Welche unbeschreibliche Schmach, einer Jüngeren Platz machen zu müssen. Es pocht hinter der Stirn, kratzt im Hals, saust in den Ohren, Tag und Nacht, im Traum und während der Arbeit: IHRE ALTE KARTE IST LÄNGST VERFALLEN!

Donnerstag, 26. Oktober

Wie so oft in den letzten sieben Wochen betrachtet Mara Ellmer sich kritisch im Schlafzimmerspiegel. Sie ist so jung, hat Achim gesagt. So jung. Mit anderen Worten: Du bist mir zu alt. Und der Spiegel, dieses gnadenlose, eiskalte Stück geschliffenen Glases, pflichtet ihm bei. Du bist nicht mehr zwanzig, nicht einmal mehr dreißig, höhnt er wortlos. Dreiundvierzig Jahre, drei Monate und vier Tage, und du siehst nicht eine Stunde jünger aus! Nicht eine einzige! Was glaubst du eigentlich, wie lange du die grauen Strähnen noch tönen kannst, ohne daß jeder Bescheid weiß? Und wie um alles in der Welt kommst du auf die Idee, diese häßlichen Krähenfüße unter den Augen zärtlich Lachfältchen zu nennen, oder auch Lebenslinien, *Lebenslinien,* lieber Himmel, das klingt doch einfach nur lächerlich! Sieh dir bitte diese Hüften an, diesen Bauch, die Schenkel. Du bist aus der Form geraten, meine Liebe, dein Depot an Pfunden läuft über. Schau dich ruhig an, dreh dich, dreh dich auch noch einmal andersrum ... und – was siehst du? Richtig, du siehst einen runden wabbeligen weißen Mehlpudding. Und welcher Mann sollte wohl Lust verspüren, in solch unappetitlichen Massen zu wühlen? Na, Achim jedenfalls nicht, der ist es endgültig leid, der besteigt jetzt junges, festes Fleisch, du weißt schon ... Jungmädchenhüften, endlos lange Beine, feste Brüste, ein flacher Bauch. Und du brauchst Größe Zweiundvierzig.

Abrupt wendet Mara sich ab. Am liebsten würde sie ihren gläsernen Feind zertrümmern. Nur daß das ja auch nichts an der Wahrheit ändern würde.
Die Wahrheit ist nämlich, daß ihr Mann vor sieben Wochen ausgezogen ist. Knall auf Fall, völlig unerwartet. Es tut mir so leid, aber ich kann nicht anders. Höchstwahrscheinlich ist es ein großer Fehler, bestimmt sogar, aber glaub mir, Mara, ich kann jetzt nicht vernünftig sein, ich kann einfach nicht. Weshalb denn auch. Vernunft ist ja bekanntlich Sache der Frauen.
Achim hat sie wegen einer Jüngeren verlassen. Wegen einer Frau, die ihr nicht das Wasser reichen kann. O ja, das stimmt so, das darf man ruhig laut sagen, auch wenn es gehässig klingt. Allein schon der Name. Michelle. Höchstwahrscheinlich heißt sie schlicht und ergreifend Michaela, aber das klingt wohl nicht exotisch genug. Ein Nichts ist sie, ein junges bildschönes Nichts auf herrlich geformten Beinen, das aufreizend die Hüften schwingt, fernsehreif und atemberaubend. Das ist ihre Qualifikation. Hübsch zu sein und jung. Und ganz offensichtlich zählt das für Männer immer noch am meisten. Auch heutzutage verlassen Männer ihre gleichaltrigen Frauen nach zwanzigjähriger Ehe wegen nicht viel mehr als einem knackigen Hintern. Und was bleibt der Verliererin? Spott und Mitleid, und von beidem mehr als genug.
Heimlich, versteckt unter Sonnenbrille und Kopftuch, hat sie die Neue durch das Fenster des Cafés, in dem sie als Bedienung arbeitet, beobachtet. Die verworfene Gattin fröstelte unter den geschmeidigen Bewegungen der jungen Geliebten, unter deren freundlichem Lächeln, das sie gratis an die Gäste verschenkte, während sie anscheinend mühelos Tassen und Teller auf einem riesigen Tablett über ihren Köpfen balancierte. Ein junges Mädchen, bildhübsch und

mit einer beneidenswerten Figur gesegnet, die auf einer Wolke von begehrlichen Männerblicken zu schweben schien, strahlend, glücklich, unantastbar und gleichzeitig skrupellos, eine, die anderen ihre Ehemänner stiehlt.
Und draußen auf dem Bürgersteig alterte die Ehefrau von Minute zu Minute, ihre Schultern fielen herab, als hingen schwere Gewichte daran, ihr Bauch wölbte sich unvorteilhaft nach vorn, die Beine füllten sich mit Blut, wurden taub und schwer, die Knöchel schwollen vom langen Stehen an. Mit zwanzig Jahren Ehe auf dem Buckel läßt es sich nicht mehr so sorglos herumtänzeln. Zwanzig Jahre Ehe wiegen schwer. Zwanzig Jahre Ehe machen alt. Mara Ellmer fühlte sich so überflüssig und häßlich wie noch nie in ihrem Leben – und aufgrund ihrer albernen Maskerade auch noch furchtbar lächerlich.
Schließlich, als sie sich selbst lange genug gedemütigt hatte, schlich sie mit gesenktem Kopf heimwärts. In das leere Nest. In die gattenlose Einsamkeit. In das sinkende Schiff.
Keine Kinder.
War das der Fehler? Hätte sie, statt auf Selbständigkeit zu beharren, Achim Kinder gebären sollen? Eine richtige Familie gründen? Wenn man Häuser gründet, rammt man Pfähle in den Untergrund. Hätte sie Kinder in Achims Leben rammen sollen? Ihn daran fesseln? Vier Söhne, vier Stammhalter, vier Eckpfosten, die die Familie zusammenhielten? Ob er als Vater auf diese Michelle verzichtet hätte? Wer weiß. Sie wird es nie erfahren. Es gibt kein Kind. Nicht mal einen Hund oder sonst was Lebendiges. Nur Mara und Achim. Und Gütertrennung. Darauf hatte ihr Vater bei der Heirat bestanden. Daß Achim im Fall einer Scheidung keinesfalls das halbe Elternhaus gehören sollte. Oder schlimmer noch die halbe Drogerie. Dieser Kleingeist, hatte Achim gespottet. Du liebe Zeit, wie peinlich Mara damals

diese Geschichte war. Gütertrennung. Und doch, irgendwie war sie erleichtert, daß Achim so problemlos einwilligte. Ein Beweis, daß er sie liebte, nur sie, und nicht etwa das gemachte Nest, wie ihr Vater es ihm hinter seinem Rücken vorwarf.

Joachim Ellmer. Neunundvierzig Jahre alt, mittelgroß und schlank, beinahe schon dünn, eine schmale Goldrandbrille, graublondes Haar, dessen Ansatz sich deutlich lichtet, blasse, empfindliche Haut, die leicht verbrennt, hellgraue Augen, die stets ein wenig müde wirken, alles zusammengenommen ein farbloser Durchschnittsbürger. Seit neuestem stellvertretender Leiter des hiesigen Bauamtes. Eine Beförderung, die er sich nicht etwa durch herausragende Kompetenz oder besonderen Arbeitseifer erworben hat, sondern einfach dadurch, daß er zur Verfügung stand. Den ursprünglich dafür vorgesehenen Kollegen warf ein Schlaganfall vorzeitig aus der Bahn, was Achim, der ehrgeizige Leute aus Prinzip ablehnt, mit hämischer Schadenfreude erfüllte, ein weiterer Kollege, der die zweitbeste Wahl darstellte, hatte völlig unerwartet eine Frühstückspension in Bayern geerbt und sich daraufhin entschlossen, sein Leben grundlegend zu ändern. Und der nächste auf der Liste war eben Joachim Ellmer. Kurz Achim. Maras Ehemann. Behütet, bekocht und verwöhnt. Zwanzig Jahre lang. Und nichts hat ihm das Recht gegeben, sich so leichten Herzens davonzustehlen. Fröhlich vor sich hinpfeifend, so als finge das Leben jetzt erst richtig an.

Sieben Wochen hat Mara gelebt, als stünde sie unter örtlicher Betäubung. Hat krampfhaft geheimgehalten, was höchstwahrscheinlich ohnehin längst jeder weiß. Haben Sie schon gehört? Der Ellmer hat seine Frau wegen einer Jüngeren verlassen, wegen einer zwanzigjährigen Aushilfskellnerin.

Mein Gott, die arme Frau, das hat sie nun wirklich nicht verdient.
Mara nimmt sehr wohl das Mitleid wahr, das in den Augen ihrer Angestellten, Frau Legat, aufflackert, sobald sie den Laden betritt, doch sie ignoriert es tapfer. Als Chefin braucht man kein privates Wort mit dem Personal zu reden, wenn einem nicht danach zumute ist. Man hat das Recht, die Verkäuferin mit einem solchen Berg von Arbeit einzudecken, daß sie beinahe darunter erstickt. Und daß ihr jede Lust auf Unterhaltung vergeht. Regale auswischen, Ware neu auszeichnen, den Preis fünfzig Pfennig rauf- oder runtersetzen, egal, es findet sich immer etwas.
Daheim filtert sie sämtliche Telefonate durch den Anrufbeantworter. Privates wird aussortiert. Achims Freund Walter: Was ist bei dir los, ich möchte mit dir reden, Mara, der Achim spinnt ja wohl! Ihre Freundin Heidi: Bitte melde dich, du mußt dich mal aussprechen, du kannst dich doch nicht ewig verkriechen! Tante Esther: Kind, ich habe gehört, dieser Mann hat dich verlassen! Ich bin empört! Ruf mich doch bitte an! Keinem dieser Gespräche fühlt sie sich gewachsen. Schweigen ist auch eine Antwort. Laßt mich bloß in Ruhe mit eurem verdammten Mitgefühl!
Ihre Abende bestehen aus Alkohol und Selbstkasteiung. Sie stellt sich vor, wie diese Michelle es ihm mit dem Mund besorgt, wie sie gierig auch noch die letzten Tropfen seines Samens aufleckt. Davon hat er doch immer schon geträumt. Bitte, einmal nur französisch, Mara, stell dich doch nicht so verklemmt an.
Wird er der Neuen verraten, daß sie, Mara, das niemals über sich gebracht hat, nicht mal, wenn sie betrunken war? Was wird er noch erzählen? Daß ihr Hintern sich wabbelig anfühlt, daß ihre Oberschenkel ein Paradebeispiel für Cellulitis abgeben, trotz all der sündhaft teuren Cremes, die sie

seit Jahren aufträgt und einmassiert und die sie ihren Kundinnen weiterhin als todsicheres Mittel verkauft, oder daß ihre Brust birnenförmig herabhängt, besonders nach der Menstruation, daß sie nachts laut schnarcht, daß ihre Fußnägel regelmäßig einwachsen? Was noch? Was noch?
Dieser Filou, hatte ihr Vater ihn genannt, in seinem gelangweilten, schleppenden Tonfall, der einem stets das Gefühl vermittelte, daß er bis zuletzt überlegte, ob man es überhaupt wert war, daß er das Wort an einen richtete. Filou, das hieß unzuverlässig, bohemienhaft, für ihren Vater war es ein schlimmes Schimpfwort, eine sorgfältig ausgewählte Beleidigung. Achim übrigens fühlte sich geschmeichelt. Er grinste jedesmal selbstgefällig und fuhr sich mit den Fingern durch das damals noch volle Haar.
Ausgerechnet Achim und ein Filou. Doch wer weiß, vielleicht hat er all die Jahre davon geträumt, einer zu sein. Gewiß, unzuverlässig war er von Anfang an, doch nicht in bezug auf Frauen. Nicht ein einziges Mal hat sie Anlaß zur Eifersucht gehabt. Er verbrachte seine Freizeit am liebsten daheim. Ausgehen fand er überflüssig, tanzen langweilig, in Restaurants ärgerten ihn grundsätzlich die Preise, nie konnte er sich einen Hinweis darauf verkneifen, was man selber für das viele Geld hätte kochen können. Die Tatsache, daß Mara als Geschäftsinhaberin mit nur einer Halbtagskraft in der Drogerie praktisch unabkömmlich war, störte ihn nicht weiter. Von Urlaubmachen, womöglich noch im Ausland, hielt er nicht viel. Einmal zwei Wochen Südfrankreich und einmal zehn Tage Gardasee, ganz am Anfang ihrer Ehe, als Maras Vater noch lebte, mehr haben sie gemeinsam von der Welt nicht gesehen. Achim fand, daß das genügte. Ich bin am liebsten zu Hause, das weißt du doch, schmetterte er alle Versuche Maras ab, wenigstens mal ein Wochenende auswärts zu verbringen.

Nur für seine Skatrunde am Dienstagabend verließ er gern und freiwillig das Haus. Seine Skatrunde war ihm heilig. Kartenkloppen mit Walter und Hans-Georg. Die drei treffen sich seit ewig langer Zeit in immer derselben Kneipe. Zur alten Linde. Eine echte Männerkneipe, in der sich Frauen überflüssig vorkommen. Oft genug hat sie ihn mitten in der Nacht abholen müssen, weil er nach allzu vielen Bieren, gewonnen oder verloren, das kam auf dasselbe raus, nicht mehr fahrtüchtig war. In der alten Linde läuft nichts mit anderen Frauen, da dreht sich die Welt um Bier und Karten.

Ach ja, Achim. Angefangene Dinge hat er nur selten zu Ende gebracht, überall liegen angelesene Bücher herum, auf seinem Schreibtisch stapeln sich immer noch Anleitungen für Bastelarbeiten, daneben Berge von Briefmarken, die er in sein Album sortieren wollte, Entwürfe für Leserbriefe, die er unbedingt schreiben mußte. Anfänge, Pläne, gute Absichten. Vor Jahren meinte er in Öl malen zu müssen und hatte sich umgehend für Hunderte von Mark mit Material eingedeckt, doch nach weniger als zwei Monaten verlor er die Lust. Er bestellte Holz für Gartenmöbel, die nie gebaut wurden, kaufte Sämereien für eine Naturwiese und vergaß sie in der Schublade. Wenn Mara sich über das sinnlos ausgegebene Geld beschwerte, bezeichnete er sie als spießig und kleinkariert. Stellte sie an die Seite ihres Vaters. Es gab viel Streit, vor allem in den ersten Jahren. Bis sie einsah, daß man dieses große Kind nicht ändern konnte. Sie lernte, hinzunehmen und zu schweigen. Manchmal, wenn es in ihr brodelte und kochte, kaufte sie sich ein sündhaft teures Kleid. Eines, das sie mangels Gelegenheit nie würde anziehen können. Mara Ellmers besitzt neun bodenlange Ballkleider. Samt und Seide in den herrlichsten Farben. Keines davon hat sie je außerhalb des Hauses getragen.

Und nun diese Michelle. Heimlichkeiten, Lügen, richtige Schlachtpläne galt es zu entwickeln, um Mara derartig zu hintergehen. Fünf Monate lang. Mein Gott, es muß ihn wirklich schlimm erwischt haben.
Niemand kann sich vorstellen, wie Mara dieses neue Leben verabscheut. Allein zu Bett gehen, allein aufstehen, für eine Person Frühstück, Mittag, Abendessen bereiten. Ständig schimmelt das Brot, der Käse wird hart, das Gemüse welkt im Kühlschrank. Alles wird unappetitlich, unansehnlich, ekelhaft. Alles. Jeder Tag, jede Stunde, jede Minute.
Zum ersten Mal in ihrem Leben brechen die Fingernägel ab, ihre Haare, auf die sie immer so stolz war, hängen schlapp und mutlos herunter, von heute auf morgen hat sich die kostspielige Dauerwelle in ein nebulöses Nichts aufgelöst, teure Glanzstrumpfhosen zerreißen schon beim Anziehen, die Absätze ihrer italienischen Markenschuhe werden schief, Nähte fransen aus, Knöpfe reißen ab, Ohrringe verschwinden spurlos. Vorgestern hat sie beim Spülen zwei ihrer besten Bleikristallgläser angeschlagen. Alles verfällt. Alles vergeht. Bodenloser Fall einer verlassenen Frau. Und niemand, der die Hand aufhält, um den endgültigen Absturz zu verhindern.

Für Achim Ellmer drehen sich die Uhrzeiger rückwärts. Achim Ellmer schaut nicht in den Spiegel, wozu auch. Was sollte dieser Biedermann mit Geheimratsecken und Goldrandbrille auf der anderen Seite mit dem Mann in seinem Kopf gemein haben. Im Spiegel wirkt er sehr viel kleiner und unbedeutender, als er sich fühlt, und so vermeidet er nach Möglichkeit jeden Blickkontakt.
»Komm, laß die blöden Steaks! Ich kann perfekte Hausfrauen nicht ausstehen ...«
Mit nachsichtigem Lächeln stellt er den Herd ab. Die zwei

verkohlten Häufchen Unglück in der Pfanne würdigt er keines zweiten Blickes. Steaks, englisch gebraten, außen dunkelbraun und innen noch rosa, hat er in den letzten zwanzig Jahren oft genug gegessen. Dazu meist Kartoffelgratin, oben goldknusprig, unten noch cremig, einen gemischten Salat mit Tomaten, Schafskäse und schwarzen Oliven, als Getränk Chablis, manchmal Bordeaux. Zwanzig Jahre lang hat er geglaubt, das sei das Glück. Bekanntlich geht die Liebe ja durch den Magen. Und satte Menschen sollen zufriedene Menschen sein. Behauptet man jedenfalls.

Nie hätte er sich vorstellen können, daß es sich von geschmierten Broten und Tütensuppen auch ganz gut leben läßt. Und daß Sex eben doch das wichtigste im Leben ist. Wohlgemerkt guter Sex. Nicht das, was er jahrelang mit Mara betrieben hat. Diese flüchtige Fummelei im dunklen Schlafzimmer.

Michelle dagegen, diese zweiundzwanzigjährige Zauberin, dieses Urweib, Michelle weiß, was Spaß macht. Aufgeweckt hat sie ihn, hat all seine Jungmännerträume, die er längst verloren glaubte, lebendiggeküßt. Michelle hat nie Kopfschmerzen, ist nie müde, selbst während der Monatsblutung, die bei ihr nur drei bis vier Tage dauert – Mara hat sich immer gleich acht Tage »freigenommen«! –, kommt er nicht um sein Vergnügen. Bei ihr ist man kein Bittsteller. Michelle versteht was von Männern, so einfach ist das. Sie läßt ihn wachsen, in jeder Beziehung.

Und während er ihren Pullover hochschiebt, während seine vor Ungeduld zitternden Hände besitzergreifend ihre prallen Brüste umschließen, so fest, daß sie zusammenzuckt, während seine Zunge gierig in die feuchte Wärme ihres Mundes eintaucht, während er sie sehr bestimmt Richtung Schlafzimmer dirigiert, verschwindet Mara mit ihren vielen

Unzulänglichkeiten, verschwinden zwanzig Jahre Ehe restlos aus seinen Gedanken.
Wie immer schielt Achim heimlich zum Radiowecker. Nach zwölf Minuten sackt er mit lautem Stöhnen über Michelle zusammen. Ganz schön für einen alten Mann, da kann sie sich weiß Gott nicht beklagen, lobt er sich selbst in Gedanken, bevor er sich zur Wand dreht und zufrieden einschläft.
Michelle Tennhoff liegt noch lange wach. Ihre Hände streicheln sanft über Achims Schenkel. Gut, daß dieser Tag zu Ende ist. Erst sechs Stunden lang Tabletts balancieren: Was darf ich Ihnen bringen? Haben Sie schon gewählt? Zahlen? Ich komme sofort! Dazu das stupide Dauerlächeln, das sich an manchen Abenden kaum noch aus ihrem Gesicht entfernen läßt, dann das Fiasko in der Küche, Steaks für über zwanzig Mark im Mülleimer! Verdammter Mist, das schöne Geld! Gut, daß Achim so leicht zu besänftigen ist. Trotzdem. Als Hausfrau ist sie eine absolute Niete. Daran muß sie arbeiten. Für immer wird das Bett wohl auch nicht genügen. Und sie will Achim nicht verlieren. Ganz bestimmt nicht.
Ihr Lieblingsfilm ist »Pretty Woman«. Mindestens zwanzigmal war sie im Kino, hat jedesmal laut vor Rührung geschluchzt, ganz am Ende des Films, wo Richard Gere seiner Julia Roberts doch noch den heißersehnten Heiratsantrag macht. Dieses einzigartige, wunderbare Finale, in dem sich die Liebe triumphal über die Vernunft erhebt. Diese Szene, die den Zuschauern verspricht, daß alles noch gut werden kann. Daß es Wunder gibt, auf der Kinoleinwand wie auch im wirklichen Leben. Überall.
Kaum zu glauben, daß ihr das gleiche wie Julia Roberts passiert ist. Beinahe jedenfalls. Vielleicht hat es damit zu tun, daß sie eine oberflächliche Ähnlichkeit mit der Schauspielerin hat. Genau die gleichen Locken, die gleiche Haar-

länge, auch die Figur stimmt. Nur daß sie ihr eigenes Haar sehr viel heller tönt. Es muß diese Ähnlichkeit sein, die ihr so viel Glück gebracht hat.
Denn eines Tages stand Achim mit Sack und Pack vor ihrer Tür. Einfach so. Weil er es vor lauter Liebe nicht mehr aushalten konnte. Und damit hätte sie nun ganz bestimmt nicht gerechnet. Vorläufig, hatte er gesagt, ob er vorläufig bei ihr wohnen könnte. Was für eine Frage! So wie es aussieht, muß man an sein eigenes Märchen glauben. Ganz fest. Das hilft.
Michelle weiß genau, was die Zukunft ihr bringen soll. Einen Trauschein, ein eigenes Haus und zwei Kinder, am liebsten einen Jungen und ein Mädchen. Und an das, was vorher war, möchte sie nie wieder denken müssen. Nie wieder. Weil ihr Hauptfilm eben jetzt erst anfängt. Wenn man es ganz genau nehmen will, hat er ja bereits vor fünf Monaten begonnen. Bei Hertie. Gleich neben der Rolltreppe.
Wahre Liebe kann alles vollbringen, wahre Liebe ist für die Ewigkeit bestimmt. Wie im Kino. Und sie liebt wie noch nie zuvor. Beinahe jedenfalls.

Freitag, 27. Oktober

Der letzte Freitag im Oktober.
Der Himmel schwimmt in milchigem Grau, eine blasse, lustlose Sonne, die nichts mehr zu verschenken hat, klebt müde an ihrem Platz. Die Blätter der hohen Ahornbäume haben sich in der letzten Woche prunkvoll gefärbt, jetzt zittern sie aufgeregt im kühlen Herbstwind, so als wollten sie die Passanten um Aufmerksamkeit anbetteln, doch nie-

mand nimmt ihre Schönheit wahr. Statt dessen schimpfen die Arbeiter über das viele Laub und die viele Arbeit, die damit verbunden ist, während ihre Besen und Schaufeln unerbittlich in die Laubberge fahren. Ach, was waren das für Zeiten, als die Kinder noch mit Begeisterung die bunten Blätter in Tüten stopften, um später am Küchentisch lustige Bilder daraus zu kleben. Als sie mit lautem Gejohle über die Stoppelfelder rannten, um selbstgebaute Papierdrachen in den Himmel zu schicken. Bunte Wälder, Stoppelfelder – es reimt sich immer noch. Aber heutzutage sehen sie sich viel lieber Videos an.

Ein junger Mann in Jeans und Lederjacke hockt auf einer Parkbank. Die Knie hat er angezogen, seine Arme fest darum geschlungen. Dort, zwischen Bauch und Schenkeln, verteidigt er das letzte bißchen Wärme gegen den ungemütlichen Herbstwind. Hellmut Stadler ist blond, beinahe weiß sogar, und der kräftige Olivton seiner Haut bildet einen überaus attraktiven Kontrast dazu. Braungebrannt hat ihn die italienische Sonne. Den ganzen Sommer über hat er an der Adria deutsches Essen serviert. Für die Unverbesserlichen, die von Italien nichts anderes wollen als die Wärme und das Mittelmeer. Viel Geld gab es nicht, aber dafür jede Menge Spaß. Mit Frauen, was sonst. Einer wie Hellmut Stadler muß nicht lange betteln. Ganz im Gegenteil. Dem rennen die Weiber für gewöhnlich die Bude ein. Schöne Männer sind zu allen Zeiten groß in Mode.

Mit diesem knallbunten italienischen Sommer kann der deutsche Herbst es natürlich nicht aufnehmen. Fröstelnd preßt er die Arme noch näher an den Körper. Deutschland ist kalt. Und langweilig. Wie abgestandener Kaffee. Hier findet alles hinter geschlossenen Wohnungstüren statt. Und einer, der nicht dazugehört, hat gefälligst draußen zu bleiben. Muß sich im Park einen abfrieren. Überhaupt,

»Park« ist ja wohl ein Witz. Eine kleine Grünfläche, eingerahmt von einem gepflasterten Rundweg, ringsum stehen kahle Sträucher, akkurat auf eine Länge gestutzt, davor Blumenbeete, so überordentlich, so kerzengerade angelegt, als hätte jemand das Ganze auf Kästchenpapier vorgezeichnet. So wie es aussieht, ist er nicht der einzige, dem diese Plastikbaukastenidylle nicht zusagt, denn außer ihm ist kein Mensch zu entdecken. Hellmut Stadler kann nicht wissen, daß hier zu Beginn des Sommers ein Mädchen ermordet worden ist und daß der Stadtpark seither rapide an Beliebtheit verloren hat. Er weiß nur, daß es diese Anlage früher noch nicht gab. Überhaupt hat sich hier alles bis zur Unkenntlichkeit verändert. Komisch, daß die Stadt ihm dennoch irgendwie vertraut erscheint, beinahe so, als wäre er heimgekommen. Vielleicht, weil sie ihm vorhin zum zweitenmal Glück gebracht hat.

Das erstemal ist lange her, genau sechzehn Jahre. Damals durfte er hier einen ganzen Sommer bei seinen Großeltern verbringen, einen langen, unvergeßlichen Sommer, den schönsten seines Lebens. Ein Sommer, in dem alles stimmte. Am knallblauen Himmel brannte eine unermüdliche Sonne. Und jeden Tag war Badewetter. So oft wie möglich radelte er auf Omas schwarzem Hollandrad zur Kieskuhle. Klar, offiziell war dort das Baden verboten, überall standen rostige Warnschilder herum, doch niemand beachtete sie. Seinen Großeltern mußte er hoch und heilig versprechen, nicht ins Tiefe zu gehen, und meistens hielt er sich auch daran.

Wie heiß es in jenem Jahr gewesen war. Der grüne Rasen hinterm Haus hatte sich gelblichweiß gefärbt, die schwarze Erde in den Beeten war zu nutzlosem Staub vertrocknet. Zweimal täglich schleppte Oma in einer grünen Plastikkanne Wasser in den Gemüsegarten. Oma, die immer ein bißchen nach Kölnisch Wasser roch, deren Beine in der Hitze anschwollen, und die niemals darüber jammerte, Oma, die immer blaukarierte Kittelschürzen trug und darunter hautfarbene Unterröcke aus Nylon. Frühmorgens bändigte sie sein widerspenstiges Haar mit einem riesigen Kamm, sie zog einen kerzengeraden Scheitel und klebte die Haare rechts und links davon mit kaltem Wasser an den Kopf, was ziemlich albern aussah. Als wäre er ein Musterknabe. Genau wie dein Papa, sagte sie dabei, und tätschelte mit der Hand seine Wangen.

Überhaupt, ihre Hände, rauh vom vielen Arbeiten und trotzdem weich, unermüdlich in Bewegung, sie pflückten die Johannisbeeren von den Sträuchern, sortierten, wuschen, rührten mit einem gigantischen Holzlöffel in riesigen, dampfenden Emailletöpfen, füllten blutrote Marmelade in heiß ausgespülte Gläser, sie schälten die winzigen, fleckigen Sommerbirnen, schnitten sie in Viertel, die später mit Essig, Zucker und einem Mullsäckchen, gefüllt mit geheimnisvollen Gewürzen, aufgekocht wurden, sie hängten Wäsche auf, putzten Fenster, fegten den Gehweg vor dem Haus. Hände, die aus grünen Äpfeln, die im Gras lagen, sauren Saft zaubern konnten, der einem den Mund zusammenzog und von dem man dennoch nie genug kriegen konnte. Hände, die zweimal in der Woche sein Lieblingsgericht bereiteten, goldgelbe Kartoffelpuffer mit frisch gekochtem Apfelmus, lauwarm mußte es noch sein und süß nach Zimt und Zucker duften. Oma. Das Gesicht hat er lange vergessen, aber nicht den Anblick ihrer Hände. An der linken Hand stand der kleine Finger steif ab. Niemals hätte er sich getraut zu fragen, weshalb.

Einen Opa gab es auch, einen strengen, weißhaarigen Mann mit stechenden Augen, dem man besser nicht widersprach, weil er gar zu gern Kopfnüsse verteilte. Während der

Mahlzeiten durfte man kein einziges Wort reden, man mußte die sauber geschrubbten Hände brav rechts und links neben den Teller legen und mit gesenktem Kopf Opas Tischgebet lauschen. »Das kennst du wohl nicht von zu Hause?« fragte sein Großvater manchmal, und es klang nicht gerade freundlich. Sonntags nahm er ihn mit in die Kirche. Kalt war es da, und dunkel, und es roch ein wenig nach Staub und Mottenpulver. Dem kleinen Hellmut grauste es in der Kirche. Er hatte das schreckliche Gefühl, dort langsam zu vertrocknen. So wie der Rasen hinter dem Haus. Wenn er die Angst nicht mehr aushalten konnte, wenn die Ungewißheit ihm keine Ruhe mehr ließ, wackelte er heimlich mit den Zehen – er mußte sich einfach vergewissern, ob sie ihm noch gehorchten. Doch bei der kleinsten Bewegung zischte sein Großvater: »Sitz still!«

Nur gut, daß dieser Opa auch eine andere Seite hatte. Daß er einem am Sonntagnachmittag zeigte, wie man Aale und Barsche fing, wie man sie mit einem Schlag tötete und ausnahm. Oma briet die Fische abends in der Pfanne, und Hellmut Stadler hat nie wieder in seinem Leben so köstlichen Fisch gegessen. Er lernte, wie man aus Weidenruten Flöten schnitzte, wie man Grünzeug zu Gänsefutter kleinhackte, wo man den besten Löwenzahn für Opas Kaninchen fand, sogar wie man auf zwei Fingern pfiff.

Ein Sommer wie im Paradies. Ein Sommer, in dem Hellmut Stadler ein König war.

Kurze Zeit später haben die Großeltern das Haus verkauft und sind zu ihrer ältesten Tochter nach Kanada ausgewandert. Ein paar Briefe, ungelenk geschrieben, gespickt mit steifen Ermahnungen, sei brav, mach deinen Eltern keine Schande, lern ordentlich in der Schule, ein paar Pakete mit Schokolade, Keksen und Matchboxautos. Nach der Scheidung seiner Eltern haben sie sofort jeglichen Kontakt abgebrochen. Mit der Schwiegertochter, diesem Flittchen, die ein Verhältnis mit dem Postboten angefangen hatte, und wer weiß, mit wem nicht sonst noch alles, wollten sie nichts zu tun haben. Und mit ihrem Kind auch nicht. Wer weiß, von wem der überhaupt ist, schrieben sie in ihrem letzten, bitterbösen Brief. *Der* war er jetzt bloß noch, nicht länger unser Hellmut. Seine Enttäuschung hat er unter der Bettdecke ausgeweint. Heimlich. Mama hatte andere Sorgen.

Das Glück geht seltsame Wege. Ausgerechnet in der Stadt, von der er ihr so oft erzählt hat, in der Geburtsstadt seines Vaters, hat er Michelle wiedergetroffen. Wie einfach das Leben manchmal sein kann. Man geht ins nächstbeste Café, will sich mit einem heißen Kaffee aufwärmen – und wer bedient am Nebentisch? Sie!!!

Bingo! hätte er am liebsten laut geschrien. Ist aber nur aufgestanden und rausgegangen. Ehe sie ihn erkennen konnte. Zwei Stunden sind seither vergangen. Und er fühlt sich immer noch unbeschreiblich mächtig. Wie einer, der den Spatz fest in seiner Hand hält und nur noch zuzudrücken braucht.

An diesem Abend wird er sie vom Café bis zu ihrer Wohnung verfolgen. Beim Anblick des Klingelschilds wird er leise lachen: Michelle Tennhoff.

So ist das also.

Einen ganzen Tag lang hat Johanna Lauritz, Oberkommissarin bei der hiesigen Mordkommission, mißmutig den Kalender beäugt. Noch vier Tage, der heutige nicht mitgerechnet. Samstag, Sonntag, Montag, Dienstag. Am Mittwoch geht die Welt unter, jedenfalls so gut wie. Am Mittwoch wird sie vierunddreißig.

Irgendwie scheint es, als würde die Zeit mit den Jahren immer schneller verfliegen. So ähnlich wie ein Zug, der eine

Weile braucht, um auf Touren zu kommen, der dann aber mit Höchstgeschwindigkeit dahinrast. Unaufhaltsam. Niemand fragt, ob man nicht gern ein wenig länger in den Zwanzigern verweilt hätte, ob man sich nicht gerade erst damit abgefunden hat, Anfang Dreißig zu sein. Aber nein. Der Zug rast bereits auf die vierzig zu. Ganz deutlich kann man schon die beiden Zahlen in der Ferne leuchten sehen. Eine Vier und eine Null.

Johanna Lauritz reist allein. Mit anderen Worten, sie unterhält keine feste Beziehung. Nicht, daß sie mit ihrer Lebenssituation wirklich unzufrieden wäre. Sie genießt es im Grunde sogar, abends in eine leere Wohnung zu kommen, kein Wort reden, auf niemanden Rücksicht nehmen zu müssen. Oft genug gibt es nur eine fade Mahlzeit aus dem Tiefkühlregal, die wirklich niemanden begeistern könnte, oder ein Spiegelei auf Brot. Johanna Lauritz ist damit zufrieden. Nach einem anstrengenden Tag kann sie stundenlang bei Kerzenlicht in der Badewanne liegen und lesen, manchmal muß es auch zur Entspannung ein kitschiger Liebesfilm im Fernsehen sein. Oder ein Besuch in Helenes Frauenkneipe, mehr Wein als gut ist, zwischendurch fette Pommes mit viel Mayo an der Bude, viel zu wenig Schlaf und Kopfschmerzen zum Frühstück. Johanna lebt ganz nach Lust und Laune. Nach ihrer eigenen Lust und Laune, und darauf legt sie großen Wert. Obwohl das nicht so ganz der Wahrheit entspricht. Denn genaugenommen lebt sie nach ihrem unregelmäßigen Dienstplan, der wiederum von Zeit zu Zeit, wenn mal wieder ein Gewaltverbrechen geschehen ist, durch unzählige Überstunden völlig aus den Fugen gerät. Das sind dann Tage, manchmal auch Wochen, in denen faktisch kein Privatleben stattfindet. Mangels Gelegenheit. Trotzdem liebt Johanna ihren Beruf, und sie kann sich kein anderes Leben vorstellen. Und die ewigen Ermahnungen ihrer Mutter – »Wenn du so weitermachst, findest du nie einen Mann!« – entlocken ihr normalerweise höchstens ein mildes Lächeln.

Wenn bloß nicht vorgestern jemand in ihrer Stammkneipe gesagt hätte: »Schon wieder hier? Du hast wohl auch kein Zuhause.«

Ein Scherz sollte das sein, ganz harmlos, was denn sonst. Und doch klumpte sich etwas in Johannas Kehle zusammen, so daß sie nicht antworten konnte. Offensichtlich hat die Frau, deren Namen sie nicht einmal kennt, einen wunden Punkt getroffen. Seit zwei Tagen laboriert Johanna an den Folgen herum. Ohne weiter darüber nachzudenken, hat sie sich neue Gardinen für das Schlafzimmerfenster gekauft, hat endlich die drei farbigen Kunstdrucke, die sie vor beinahe zwei Jahren bei einem Einkaufsbummel in einer abgelegenen Galerie erstanden hat, gerahmt, hat sogar in einem Anfall von Arbeitswut ihr Badezimmer gründlich saubergemacht. Trotzdem bleibt dieses Unbehagen. Auch kein Zuhause ... Man hat kein Zuhause, wenn man allein lebt, wenn da niemand ist, der wartet. Das war ja wohl gemeint. Und mit neuen Gardinen und frisch sortierten Parfümfläschchen hat das rein gar nichts zu tun.

Wenn ich wollte, denkt Johanna trotzig, wenn ich wirklich wollte ...

Also duschen, eincremen, Haare stylen, Nagellack und Lippenstift auftragen, in das hautenge, knallrote Seidenkleid gleiten, das allzu Mondäne mit der schwarzen Lederjacke ein bißchen abdämpfen, am Ende noch das I-Tüpfelchen mit Netzstrümpfen und hochgeschnürten Stiefeletten setzen. Fertig. In der Tür dreht sie sich wieder um. Es fehlt noch was. Der nötige Mut. Eine halbe Flasche Sekt bewirkt hier wahre Wunder.

Auf ins Casablanca, die diesjährige Szene-Disko. Laute Musik, eine grelle Laser-Light-Show, teure Getränke – und Männer. Attraktiv und gutgebaut räkeln sie sich zur Musik. Als liefe hier einer dieser heißen Werbespots für Rasierwasser, die neuerdings das weibliche Auge erfreuen. Wenn Johanna wählen könnte, würde sie sich für den dunkelhaarigen Tom-Cruise-Verschnitt entscheiden, der so gewollt zornig die Lippen schürzt und sich mehrfach mit gespreizten Fingern durchs Haar fährt. Leider stehen dort die Mädchen Schlange. Keine Chancen für eine, die gerade einen erbitterten Kampf mit ihrem Geburtsdatum austrägt.

Ein Barhocker ist noch frei, wie günstig. Der Typ nebenan lächelt einladend. Bedauerlicherweise handelt es sich um einen simplen Durchschnittsbürger. Weder Gel im Haar noch ein kleidsamer Dreitagebart im Gesicht. Statt Designerklamotten nur hausbackene Jeans und ein Standardshirt. An den Füßen auch noch zerschlissene Turnschuhe. Nein, danke.

»Ist hier frei?« erkundigt sie sich kühl. Als er nickt, nimmt sie Platz und wendet sich demonstrativ ab. Mach dir bloß keine falschen Hoffnungen.

Ein Grappa. Erwartungsvolle Augen gehen auf Wanderschaft. Nichts tut sich. Das gleiche noch mal. Die ansehnlichen Werbespot-Männer vergnügen sich auf der Tanzfläche. Mit hochglanzpolierten Mädchen, die kaum älter als achtzehn sein können. Wenn überhaupt. An Johanna hat hier niemand großes Interesse. Man bleibt lieber unter sich. Vollführt geheimnisvolle Bewegungsrituale auf der Tanzfläche. Gut, dann eben noch ein Grappa. Der Typ nebenan heißt Konstantin. Er ist Ingenieur. Nein, wie interessant. Noch mal das gleiche. Das mit dem Grappa war keine gute Idee. Grappa und Sekt scheinen sich nicht zu mögen. Wie schwer es plötzlich ist, sich deutlich zu artikulieren. Ganz schön anstrengend. Ich bin Kriminal ... quatsch, Kri-mi-nal-kom-mis-sa-rin.

»Und ganz schön abgefüllt«, stellt der Ingenieur namens Konstantin grinsend fest. »Ich wette, du hast Zoff mit deinem Mann! Und für heute abend hast du dir was ganz Schlimmes vorgenommen!« Spielerisch droht er ihr mit seinem Zeigefinger. Ach, sieh an, ein Hobbypsychologe. Leider liegst du völlig falsch, du Trottel!

»Stimmt genau. Er betrügt mich seit Wochen. Mit meiner besten Freundin ... iss einfach weg mit ihr ...« An dieser Stelle verbirgt sie den Kopf in den Händen und zieht ein paarmal theatralisch die Nase hoch.

»Bring ihr noch so einen Grappa«, ordert der Ingenieur Johannas Untergang, und er tätschelt väterlich ihren Rükken. »Na na, ist schon gut ...«

Im Taxi versichert er, daß es beschissen ist, so eine Situation auszunutzen. Und daß er ganz bestimmt nicht so einer ist, der in Kneipen geht, um Frauen aufzureißen. Und Johanna, die ist ihm unheimlich sympathisch. Deshalb will er auch gar nichts anderes, als sie heil nach Hause bringen. In allen Ehren, versteht sich. Bevor irgend so ein Chauvi ... Und das mit der Kommissarin glaubt er sowieso nicht. War aber originell. Echt.

»Das find ich ja sooo süß von dir.« Johanna strahlt ihn an, klaubt sehr entschieden seine Hand von ihrem Knie, bezahlt das Taxi und knallt Konstantin die Autotür vor der Nase zu. »Tschüs!«

Noch im Bett gluckst sie vor Lachen. Gut zu wissen, daß es immer noch funktioniert. Wenn sie wirklich wollte ...

Samstag, 28. Oktober

Wie leer die Wohnung ist.

Natürlich, du Dummchen, es stehen ja keine Möbel mehr drin, ruft sie sich selbst zur Ordnung. Doch darum, daß vorhin das letzte Möbelstück, die Kirschbaumanrichte, die Trudchen immer so geliebt hat, abgeholt worden ist, von zwei jungen Männern, die kein Auge für den sanften Schimmer des Holzes oder für die Schönheit der besonders sorgfältig ausgeführten Schnitzereien hatten, die eben nur eine Arbeit erledigten, mehr nicht – darum geht es eigentlich gar nicht.

Es geht darum, daß vierzig Jahre, prall gefüllt mit Leben, verschwunden sind. Viermal zehn Jahre oder auch achtmal fünf, lange, intensive Gespräche, gemeinsame Mahlzeiten, ungezählte Glücksmomente, Alltage, Sonntage, vierzig Jahre Lachen und Weinen, ja natürlich auch Langeweile, Krankheit, am Ende sogar Tod, haben sich verflüchtigt. Wann genau das passiert ist, kann sie nicht sagen. Fing es schon letzte Woche an, langsam, schleichend, als fremde Menschen eindrangen, alles mit ihren abschätzenden Blikken, ihren neugierigen Fingern in Besitz nahmen? Oder passierte es genau in dem Moment, als das junge Paar das hochbeinige Ledersofa abtransportierte, laut vor sich hin fluchend, weil das Treppenhaus so eng ist? Geschah es, als die Möbelpacker Trudchens Klavier fortholten, die Notenbücher hatte sie im letzten Moment noch dazugelegt? Oder war es nicht doch schon der Tod der Freundin vor beinahe zwei Jahren, der all dem ein unwiderrufliches Ende setzte?

Schäbig sieht es hier plötzlich aus. Die Bilder haben helle Flecken auf den Wänden hinterlassen, und auf einmal scheint es, als hätte man dringend neu tapezieren müssen. Der Teppichboden hat im Lauf der Jahre sein strahlendes

Blau verloren. Nur dort, wo vorher die Schränke standen, erkennt man noch die ursprüngliche Farbe, die ihnen auf Anhieb so gut gefiel. Jetzt, wo die Spüle fort ist, verunzieren dunkle Stockflecken die Wand. »So sieht es überall aus, wenn man die Möbel fortnimmt«, flüstert sie vor sich hin, doch mit dem Trost will es nicht so recht klappen. Niemand kann mehr sehen, wie schön sie es hier miteinander hatten, und das tut weh.

Mit stockenden Schritten geht sie zum Küchenfenster, schaut hinunter auf den Hof, wohl auch zum letzten Mal. Keine besonders schöne Aussicht, aber eine vertraute. Ein hoher Kastanienbaum, ein gepflasterter Parkplatz, chromblitzende Autos. Früher einmal gab es da unten eine Wiese, auf der die Kinder der umliegenden Blocks nachmittags spielten. Cowboy und Indianer, Mutter und Kind, Fangen und Verstecken. Ihre Zelte aus Wolldecken standen manchmal den ganzen Sommer über. Später kamen Baumaschinen und ebneten das Kinderparadies ein. Unter grauen Betonsteinen wurde alles Grün begraben. Statt der bunten Wiesenblumen leuchteten jetzt die Autolacke im Sonnenlicht. Wiederum später, ein oder zwei Jahre vielleicht, setzte man in einer großen volksfestähnlichen Aktion den Kastanienbaum. Vom Küchenfenster aus haben sie beobachtet, wie der Baum wuchs. Jedes Jahr ein kleines Stück, erst kaum merklich, dann immer schneller wurde er groß und mächtig, und jetzt ist der Parkplatz da unten sein Revier. Im Frühsommer läßt er Blüten regnen, wenig später nisten sich Vogelschwärme ein, die respektlos weiße Tupfen auf die Autos setzen, im Herbst prasseln massenhaft Kastanien auf die empfindlichen Blechkarossen, endlich fallen die Blätter, die der Hausmeister täglich zusammenfegen muß. Wenn die Autobesitzer könnten, würden sie wohl lieber heute als morgen den grünen Feind abholzen. Gut, daß die alte Bäume heutzutage geschützt sind. Da geht es ihnen weitaus besser als den alten Menschen. Die müssen nämlich ihren Lebensraum verlassen, wenn sie anderen im Weg sind.

Es klingelt. Auch zum letzten Mal. Das wird der Taxifahrer sein. Esther Schierneck öffnet die Tür.

Nach zwanzig Jahren Taxifahren kennt man das Leben. Eine alte Frau, niemand, der sie verabschiedet, verstohlene Tränen, ein paar Taschen, dann die Adresse: Altenwohnanlage am Weihersberg. Unbeholfen streicht der Fahrer der alten Frau über den Rücken. »Ach, Muttchen, das wird schon werden! Am Weihersberg sollen die Schwestern ganz nett sein. Ehrlich. Eine Tante von mir ist auch da ..., die sagt immer, besser hätt' sie es gar nicht treffen können! Warten Sie, ich nehm das Gepäck.«

Blind vor Tränen, stolpert Esther Schierneck hinter dem Mann her. Wer hätte gedacht, daß der Tag kommen würde, an dem sie sich kampflos von einem Wildfremden als Muttchen titulieren läßt?

Oben bewegt sich eine Gardine. Die Frau dahinter hält einen Strauß roter und blauer Anemonen in der Hand. Ihre Finger zerpflücken die zarten Blüten, reißen sie aus wie Insektenflügel, die Blättchen fallen wie bunte Schneeflokken zu Boden. Eigentlich waren die Blumen für Frau Schierneck gedacht. Zum Abschied. Gestern schien das noch so eine gute Idee. Doch vorhin war es ihr beim besten Willen nicht möglich, bei der Nachbarin zu klingeln. Ihr fielen einfach keine passenden Worte ein. Was hätte sie denn auch sagen sollen? Etwa »Viel Spaß!« Oder »Viel Glück!« – »Auf Wiedersehen!« wäre ja auch gelogen, man wird sich nie mehr begegnen, das ist ja gerade das Furchtbare. Aber »Leben Sie wohl«, das klingt gleich wieder so dramatisch. Also Schweigen. Keine netten Worte zum Abschied. Und auch keine Blumen. Das schlechte Gewissen ist leicht zu beschwichtigen: Man wird sich, wie schon gesagt, ja nie wiedersehen.

Was für eine schreckliche Vorstellung, daß dort unten eine Vorschau auf die eigene Tragödie abläuft, weil man selbst wohl auch eines Tages mit nichts als ein bißchen Handgepäck ins Altersheim gehen muß. Was bleibt einem denn sonst, wenn der einzige Sohn sein bißchen Geld in einer verkommenen Einzimmerwohnung versäuft und sich nie mehr meldet, nicht mal zu Weihnachten.

Und jetzt ist es ja auch zu spät. Das Taxi fährt bereits los. Auf Wiedersehen, Frau Schierneck, sagt die Frau leise, und ihre Hand mit den zerrupften Blumen wedelt ein paarmal hilflos durch die Luft.

Später stopft sie die Anemonen in den Mülleimer. So fest wie möglich. Und obendrauf kommt eine zerknüllte Zeitung. Bloß nicht mehr daran denken müssen, wie klein und verloren die alte Frau auf dem Bürgersteig stand. Ganz so wie die Vertriebenen, damals bei Kriegsende.

Anfang November ziehen die neuen Wohnungseigentümer ein. Mit einem Kind, das zweite ist auch schon unterwegs. Das wird eine Umstellung! So viel Unruhe ist man ja gar nicht mehr gewohnt. Die Frau seufzt leise. Davon, daß die Zeiten angeblich immer besser werden, merkt man wirklich rein gar nichts.

Gegen zwei Uhr klingelt jemand minutenlang Sturm. Mara Ellmer ahnt sofort, was ihr bevorsteht. Tante Esther wird gekommen sein, wer sonst. Kein anderer Mensch hätte derart schlechte Manieren. Richtig geraten. Tante Esther steht mit zwei Koffern, zwei Tragetaschen und vier altmodischen Hutschachteln vor der Tür. So wie es aussieht, kommt sie nicht nur zum Kaffee.

Eine flüchtige Umarmung, ein angedeuteter Kuß auf die Wange, Mara Ellmer, die diese Art von Körperkontakt verabscheut, schließt die Augen und zählt in Gedanken bis fünfzehn.

»Dein Mann ist also wegen einer anderen ausgezogen.« Klingt da etwa eine Spur Schadenfreude durch? »Kenne ich alles, liebe Mara, habe ich alles selbst mitgemacht. Ich denke, ich werde dir ein wenig Beistand leisten. Du kannst dich schließlich nicht ewig verkriechen.« Tante Esthers Worte, so selbstsicher, so unumstößlich, lassen erst gar keinen Platz für ein Nein.

Als erstes beschlagnahmt Esther Schierneck den Flur, indem sie ihr Gepäck wahllos verstreut. Dann inspiziert sie hocherhobenen Hauptes die Küche, wobei ihr Blick sofort auf das vergammelte Obst in der Schale fällt, das längst in den Müll gehört, auch die schlechtgeputzten Fenster entgehen nicht ihrer Aufmerksamkeit, genausowenig wie die leeren Weinflaschen. Endlich setzt sie sich – auf Achims Stuhl, ist das wirklich ein Zufall? – und winkt Mara mit der Hand heran. »Steh doch nicht so ungemütlich rum, Mädchen.«

Was für eine lächerliche Situation, ärgert sich ihre Nichte, sie bietet mir einen Stuhl in meiner eigenen Küche an. Dennoch gehorcht sie, so wie ein braves Kind seiner Tante zu gehorchen hat.

Die ist mit ihrer Bestandsaufnahme noch nicht fertig.

»Du siehst, wenn ich ehrlich sein darf, furchtbar aus. Die Haare, dein Make-up, warst du etwa so derangiert im Geschäft? Du solltest dich keinesfalls so gehenlassen, Kind, darauf warten die Leute doch nur. Damit sie noch mehr zu tratschen haben. Als Frau in deiner Lage darfst du dir keine Blöße geben. Glaub mir, ich weiß, wovon ich rede ...«

Ach ja, Tante Esthers berühmte Scheidung in den vierziger

Jahren, gleich nach Ende des Krieges. Ihr Mann hatte sich während seines Fronteinsatzes in eine junge Französin verliebt. Er ist in Frankreich geblieben, hat gleich nach der Scheidung wieder geheiratet, soll vier oder fünf Kinder in die Welt gesetzt haben. Für Tante Esther blieben schlaflose Nächte, Beruhigungspillen und selbstgebrannter Kartoffelschnaps, der im Hals kratzte, Wut und Tränen, Tobsuchtsanfälle, ein armseliges Zimmer, Geldsorgen und Einsamkeit. Und das Kind, ein kleines Mädchen, das seinen Vater nie sehen sollte. Damals war Tante Esther eine bildschöne Frau, wie alte Fotos beweisen. Die Französin soll dagegen eine magere, farblose Person gewesen sein, ein schlichtes Gemüt aus irgendeinem abgelegenen Dorf. Keiner verstand, was Onkel Theo dazu trieb, die kapriziöse, temperamentvolle Esther sitzenzulassen, die viel eher dem Idealbild einer Französin entsprochen hätte als diese langweilige Odette. Also machte sich jeder seine eigenen Gedanken. Sie hat wohl zuviel verlangt, war zu anspruchsvoll, wollte immer das letzte Wort haben. Ohne Grund würde er sie wohl nicht gegen so eine Landpomeranze eingetauscht haben. Zusätzlich zu allem Unglück blieb ihr also auch noch die Schuldzuweisung. Esther Schierneck nahm es wortlos hin. Sie suchte sich eine Arbeit, wurde Telefonistin in einem Hotel, später sogar Empfangsdame. Die Kleine gab sie fort, zu Pflegeeltern oder ins Heim. Es heißt, sie wäre dort gestorben. Doch über dieses Kind wurde in der Familie nie gesprochen. So als hätte es nie gelebt.
Ein paar flüchtige Männergeschichten muß es gegeben haben, über die die Verwandtschaft verächtlich die Nase rümpfte. Doch es sollte noch besser kommen. Kurz nach ihrem dreißigsten Geburtstag zog Tante Esther mit einer Frau zusammen. Fast vierzig Jahre haben die beiden miteinander gelebt. Bis Trude vorletztes Jahr Weihnachten an Darmkrebs starb.

Mara und ein paar Nachbarn waren die einzigen, die ihr die sogenannte letzte Ehre erwiesen. Ob die beiden Frauen tatsächlich das eigene Geschlecht liebten, ob Tante Esther die dominante Rolle übernommen hatte und Trude den weiblichen Part, so wie ihr Vater immer behauptet hatte, wird wohl nie jemand mit Sicherheit erfahren. Wir waren gute Freundinnen, zu mehr läßt Tante Esther sich nicht bewegen. Klar, daß ihre Verwandtschaft sich das Maul zerriß. Solange Mara zurückdenken kann, war Tante Esther das schwarze Schaf der Familie, die Unperson, die Skandalnudel. »Warum die Hosen trägt, ist ja wohl klar«, äußerte Maras Vater über seine Schwägerin, und alle nickten wissend, auch Mara, obwohl sie natürlich gar nichts wußte. Eben nur, daß mit dieser einen Tante, die so ganz anders war als alle anderen, etwas nicht stimmte. Aber es blieb ominös, geheimnisvoll, ganz offensichtlich etwas, über das man nicht sprach. Später, als Mara schon längst eine verheiratete Frau war, interessierte sie die Frage, ob Tante Esther und diese Trude, beide mittlerweile um die Fünfzig, lesbisch waren oder nicht, überhaupt nicht mehr. Und Tante Esther mit ihren strengen Hosenanzügen, den kurzgeschnittenen grauen Haaren und dem grellgeschminkten Mund, wie sie auf hohen Pumps dahergestöckelt kam und jeden ungefragt mit guten Ratschlägen eindeckte, kam ihr auf eine beinahe schon tragische Art und Weise lächerlich vor. Alles, was sie empfinden konnte, war Mitleid. Mitleid für diese Frau, die nichts davon zu bemerken schien, daß niemand sie ernst nahm.

Inzwischen ist die gute Tante Esther dreiundsiebzig. Immer noch Hosenanzüge mit Nadelstreifen, immer noch große Hüte, immer noch ein Pagenkopf mit strengen Linien, nur die Lippenstifte wählt sie jetzt etwas dezenter aus. Und die hohen Pumps hat sie wochentags mit derben Schnürschuhen vertauscht. Ihr einziges Zugeständnis an das Alter.

Tante Esther merkt alles. Wie eine Eule, die ihren Kopf um dreihundertsechzig Grad drehen kann. »Was starrst du so auf meine Schuhe?« fährt sie ihre Nichte unfreundlich an. »Ich weiß selber, daß sie nach nichts aussehen. Aber in meinem Alter zählt Bequemlichkeit mehr als Schönheit!« Und sie schafft es tatsächlich, daß Mara ertappt zusammenzuckt.

Mara kocht Kaffee, sie findet in irgendeiner Ecke des Vorratsschrankes sogar noch eine bunte Blechdose mit viel zu süßen Ingwerkeksen, ein Werbegeschenk von irgendeinem Vertreter, später bezieht sie das Bett in ihrem früheren Kinderzimmer, sie wird ihrer Rolle als Gastgeberin gerecht, ganz so, wie es sich ihrer Meinung nach gehört, dabei würde sie die ganze Zeit über am liebsten: »Hau ab! Ich brauch dich nicht!« schreien.

Den Abend vertreibt man sich mit Small talk und Erdnüssen. Eine Flasche Bordeaux muß auch geopfert werden, die alte Dame genehmigt sich allerdings lediglich ein halbes Glas. Sämtliche Versuche ihrerseits, sich negativ über Achim auszulassen, wehrt Mara entschieden ab. »Darüber möchte ich nicht reden.« Mehrmals fleht Mara die Uhr an, doch bitte schneller zu laufen. Gegen halb zehn flüchtet sie völlig entnervt ins Bett.

Sonntag, 29. Oktober

Am Sonntag gegen Mittag steht plötzlich eine alte Frau in der Küche, eine dreiundsiebzigjährige Greisin. Rosa Kopfhaut schimmert durch schütteres Haar, ohne Lippenrot lassen sich die Lippen kaum mehr ausmachen, statt schicker Nadelstreifen ein verwaschenes Baumwollnachthemd, die

Füße stecken in hellblauen Plüschtretern. Das Alter hat sie eingeholt. Heute nacht, im Schlaf, als sie wehrlos unter der Decke lag und von besseren Zeiten träumte.
Ein Kaffee wäre lieb, mit ganz viel Milch und Zucker. Zum ersten Mal kann Mara sich vorstellen, daß Tante Esther wahrhaftig die leibliche Schwester ihrer Mutter ist. Daß unter all dem affektierten Gehabe, unter der Maske der *femme fatale* genau der gleiche bürgerliche Kern steckt. Wer weiß, wenn ein größenwahnsinniger Führer nicht den zweiten Weltkrieg inszeniert hätte, wenn dieser Theo nicht in Frankreich hätte kämpfen müssen, wenn ihm nie die andere begegnet wäre ... hätte, sollte, wäre, was dann? Was wäre unter anderen Umständen wohl aus ihr geworden? Bestimmt eine wie alle, eine brave Hausfrau und Mutter, höchstwahrscheinlich genauso bieder und angepaßt wie ihre Schwester, wie all die anderen namenlosen, gesichtslosen Schwestern, die das unüberschaubare Heer von Hausfrauen und Müttern bilden. Wäre das wirklich besser gewesen? Und wenn ja, für wen?
Heute morgen jedenfalls ist Tante Esther nichts mehr als eine alte Frau. Und Marlene Dietrich ist schon vor langer Zeit gestorben.
»Ich sollte dir wohl endlich sagen, weshalb ich wirklich hier bin. Nicht wegen deinem Achim, nein, das geht mich doch gar nichts an«, gibt sie offen und ehrlich zu. »Und ich glaub ja auch gar nicht, daß du ausgerechnet meinen Beistand nötig hast.« Sie, die sonst nie den Mund halten kann, die für gewöhnlich keine Provokation ausläßt, senkt verlegen den Blick. »Ganz was anderes. Nämlich ...« Mit ausgestrecktem Zeigefinger müssen plötzlich die Krümel auf der Tischdecke sortiert werden, was ziemlich lange dauert. »Eigentlich wollte ich gestern um fünfzehn Uhr mein Zimmer in der Altenwohnanlage am Weihersberg beziehen.«

»Du??? Ins Altersheim?« fragt Mara fassungslos. Allein die Vorstellung, Tante Esther von weißbekittelten Schwestern und Pflegern versorgt zu wissen, was ja im Grunde ein gewisses Maß an Unterordnung erfordern würde, erscheint absurd.

Die Krümel werden sorgfältig zu einem akkuraten Häuflein aufgeschichtet. »Bin aus meiner Wohnung rausgeklagt worden. Eigenbedarf. Der alte Haber ist nämlich letztes Jahr gestorben. Und seine Erben, na ja, die wären am liebsten auf der Stelle selbst eingezogen. Hab mich natürlich mit Händen und Füßen gewehrt. Mit Anwalt und so. Ich sehe ja ein, daß die jungen Leute Platz brauchen. Die Frau erwartet gerade das zweite Kind, und die leben in eineinhalb Zimmern. Aber deswegen können die mir doch nicht meine Wohnung wegnehmen! Zählt es denn gar nichts, daß unsereins bald vierzig Jahre in dem Haus gelebt hat? Weißt du, ich hab gedacht, ich stelle mich stur, dann wird schon nichts passieren. Auf die Kündigungsschreiben hab ich gar nicht reagiert, ich hab sie gelesen und umgehend in den Müll geworfen. Ich dachte, eine Dreiundsiebzigjährige können die nicht einfach auf die Straße setzen. Ich hab gemeint, es müßte in diesem Land noch so etwas wie Respekt vor dem Alter geben!« Mit einer ärgerlichen Bewegung werden die Krümel durcheinandergewischt. »War natürlich Quatsch. Die sind nicht so zimperlich. Ehe du dich versiehst, flattert eine Räumungsklage ins Haus. Kannst du dir das vorstellen? Solche Typen können dir nämlich von heute auf morgen ein Zimmer im Altersheim besorgen, einfach so. Du weißt schon, Vitamin B, plötzlich wird ein Zimmer frei. Na ja, dachte ich, da kann man wohl nichts mehr machen, und die paar Jahre, die mir noch bleiben, da ist es eigentlich ja auch egal, wo ich die verbringe. Ende letzter Woche habe ich in der

Zeitung inseriert, von wegen Räumungsverkauf, Wohnungsauflösung.«
Der Kopf sinkt müde zwischen die Schultern. »Unsereins hat ja keine Vorstellung, was da für ein Pack antanzt. Die feilschen um jede Mark. Schrecklich. Trudes schöne Anrichte. Die hat sie immer so geliebt. Für achtzig Mark ist die weggegangen. Und der Eßtisch aus Kirschholz, du weißt schon. Keine hundert Mark, dabei war der echt antik ...«
Ein paar Tränen tropfen auf den Frühstückstisch. Rigoros fährt Esther Schierneck sich mit dem Handrücken über die Augen, eine Geste, die bedeutend eher zu ihr paßt als dieses lautlose Weinen.
»Am Ende ... weißt du, da war mir alles egal. Ich habe nur noch das Geld genommen und nicht mehr gehandelt. Ich konnte nicht mehr, ehrlich. Hab gedacht, schlimmer kann es jetzt nicht mehr werden. Aber als gestern das Taxi am Weihersberg hielt, als ich dort die mutlosen Gestalten in ihren grauen Kleidern auf den Bänken hocken sah, da war ich für einen Moment wieder das Schulmädchen, das brav auf der Holzbank saß, die Hände auf dem Tisch gefaltet, und innerlich vor Angst zitternd. Aber nein, mein Kind, alles im Leben muß sich wirklich nicht wiederholen. Ich konnte einfach nicht aussteigen. Und da habe ich dem Taxifahrer deine Adresse genannt. Sonst hab ich ja niemanden mehr.«
»Ach, Tante Esther, ich wußte ja gar nicht ...«, stammelt Mara. Und fügt in Gedanken hinzu: Warum hast du nicht viel eher mit mir geredet? Eine Frage, die sie sich mühelos selbst beantworten kann. Ihr Leben lang hatte sie nur wenig Kontakt zur Skandaltante Esther. Achim fand die Alte sowieso zum Kotzen, wie er nach jedem Geburtstag wieder betonte. Achim. Der Verräter. Trotz und schlechtes Gewissen schließen einen Geheimpakt und lassen ihr gar keine Wahl.

»Bis Achim zurückkommt, kannst du bei mir wohnen«, entscheidet Mara mit fester Stimme. »Falls er überhaupt zurückkommt ...«

»Ach, diese Männer«, seufzt Tante Esther. »Meinen Theo hätte ich damals am liebsten erschossen. Das kannst du mir glauben. Und ich finde immer noch, ich hätte es ruhig tun sollen.«

Mara lacht, so wie sie seit ziemlich genau sieben Wochen nicht mehr gelacht hat. Und als die alte Frau sie auffordert, alles zu erzählen, zögert sie nicht lange.

»Ziegeleigasse. Weißt du, wo das ist? Gleich hinter dem Arbeitsamt. Nummer neunundzwanzig. Ein total runtergekommenes Haus. Da wohnt er jetzt. Auch noch in der Kellerwohnung. Aber scheinbar macht Liebe ja blind.«

Es dauert mehr als zwei Stunden, sich alles von der Seele zu reden. Zu schimpfen, zu schreien, zu heulen, gründlich die Beherrschung zu verlieren. Am Ende fühlt Mara sich vollkommen leer und ausgebrannt, aber gleichzeitig auch erleichtert. Jetzt, da sie es sich zum ersten Mal gestattet hat, Achim zu beschimpfen, auszusprechen, was sie längst hätte aussprechen sollen, würde sie am liebsten gar nicht mehr damit aufhören. Er hat sich wie ein mieses Schwein benommen! Wie ein Schwein! Wer hätte gedacht, daß man durch das bloße Brüllen von Schimpfwörtern sein wundes Herz heilen könnte? Dieser dreckige Lügner! Stück für Stück setzt sie ihr Selbstwertgefühl wieder zusammen. Dieser Mistkerl! Dieser undankbare Egoist! Zieht zu so einer Schlampe!

»Ich sag's ja, einfach abknallen, aber der ist die Kugel nicht wert«, murmelt Tante Esther, ehe sie die Küche verläßt, um sich endlich anzukleiden.

Ihre Nichte starrt aus dem Fenster.

Ein schöner Tag. Draußen entledigen sich die Haselsträucher gerade ihrer letzten Blätter, so als wären sie es endgültig leid, sich mit braunen, vertrockneten Kleidern zu schmücken. Vorgestern war der Rentner hier, der immer die gröbsten Gartenarbeiten erledigt. Jetzt sind alle Stauden rigoros zurückgeschnitten, die Floribundarosen neben der Terrasse sind auf fünfzehn Zentimeter gekürzt und mit Erde angehäufelt, das Laub ist zusammengeharkt und in grüne Säcke gestopft, alle Pflanzschalen stehen frostsicher im Keller untergebracht, und der Rasen ist ein letztesmal gemäht worden. Damit ist das Gartenjahr zu Ende. Wie beruhigend, daß es Dinge gibt, die immer gleich bleiben, die sich mit größter Selbstverständlichkeit Jahr für Jahr wiederholen, Dinge, an denen es nichts zu rütteln gibt. Ganz unabhängig davon, was die Menschen in ihren Häusern so treiben. Wer gerade wen verlassen hat. Unvermittelt beginnt es in Maras Eingeweiden zu rumoren. Hunger. Die erste normale, ehrliche Empfindung seit vielen Wochen. Schade, daß der Kühlschrank so gut wie leer ist, hartgekochte Eier auf Toast, mehr ist nicht drin. Dabei wäre heute ein Festmahl angebracht. »Aber morgen abend koche ich uns was Besonderes«, verspricht Mara. Und Tante Esther lächelt dankbar. Trude hat auch immer so schöne Sachen gekocht. Nicht einen Gedanken verschwendet Mara mehr an ihren Ehemann, der sich zur gleichen Zeit mit Michelle auf dem Flokati vor dem Couchtisch vergnügt. Ihr lautes Lachen dringt durch die dünne Decke ins obere Stockwerk. Die Familie, die dort wohnt, dreht den Fernsehapparat lauter, damit die Kinder keine peinlichen Fragen stellen.

Montag, 30. Oktober

Der erste Brief kommt am Montag.
SCHULDIGE MÜSSEN STERBEN!
Mehr nicht. Die Worte hat jemand aus Zeitungsbuchstaben zusammengeklebt. Ziemlich primitiv, das Ganze. Der Zettel steckt im Briefkasten. Ohne Umschlag.
Achim, der das Machwerk im Postkasten findet, gleich morgens, als er die Zeitung holen will, knallt das Papier wütend auf den Küchentisch. »Nun sieh dir bitte mal diesen Scheiß an!« Fluchend läßt er sich auf den Stuhl fallen. Um zwei Sekunden später erschrocken aufzuspringen. »Mein Gott, du wirst ganz weiß, Liebling, setz dich um Himmels willen hin, schnell, ehe du mir aus den Latschen kippst!« Besorgt führt er Michelle zum nächsten Stuhl. Jede Spur von Farbe ist aus ihrem Gesicht gewichen, und ihre Augen treten beinahe aus den Höhlen hervor. So viel Angst wegen diesem lächerlichen Fetzen Papier. Arme Kleine.
»Was für ein Dreck«, stößt er wütend hervor. »Na, die kann sich auf was gefaßt machen. Da kannst du sicher sein! Der werd ich was erzählen!«
»Die???« stammelt Michelle verwirrt. »Du meinst, das war deine Frau?«
Nachsichtig lächelt er sie an. Liebe kleine naive Michelle, was dachtest du denn? Die abgesetzte Ehefrau schickt aus Rache einen gemeinen Brief. Um ihrer jungen Rivalin Feuer unterm Hintern zu machen. Harmlos das Ganze, aber geschmacklos. Da gibt es nur eines: den Mist in tausend Fetzen reißen und im Aschenbecher verbrennen. Flammendes Inferno im Taschenformat.
Leider muß Achim jetzt aufs Amt. Ein wichtiger Termin. Einer, von dem Michelle nichts wissen darf. Niemand darf davon wissen.

»Bleib heute zu Hause, nimm dir einfach frei. Hier«, hastig kramt er seine Brieftasche hervor, »das Geld ist für dich. Kauf dir was Nettes. Das bringt dich bestimmt auf andere Gedanken. Und Mara sag ich Bescheid. Darauf kannst du dich verlassen.«

Völlig unerwartet stößt er dieses eine – übrigens das erste – Mal auf Granit. »Nein.« Ganz hart und unerbittlich. »Du rufst nicht an. Versprich mir das. Wir tun so, als wäre nichts geschehen. Bitte, Achim ...«, beinahe hysterisch zerrt sie an seinem Jackenärmel. »Hörst du? Diesen Triumph gönne ich ihr nicht. Bitte, Achim ...«

Und Achim Ellmer, der in seinem Leben noch nicht allzu viele Heldentaten vollbracht hat, gibt sich gern geschlagen. »Okay, wie du willst«, beruhigt er seine Geliebte. Daß er froh ist, sich nicht mit Mara anlegen zu müssen, bleibt unerwähnt. Wozu unnötig an seinem Heldenimage herumkratzen.

Als die Tür ins Schloß fällt, betrachtet Michelle nachdenklich den Hunderter in ihrer Hand. Nimm dir einfach frei. Kauf dir was Schönes. Nein, was Nettes hat er gesagt. Typisch Achim. Sein eigenes Leben ist so einfach, so komplikationslos verlaufen, daß er gelegentlich keine Ahnung von der Realität hat. Freinehmen, einfach so ... Da könnte sie genausogut kündigen. Wenn Achim wüßte, daß sie ohne Vertrag arbeitet. Zehn Mark die Stunde, bar auf die Hand, plus Trinkgeld. Ohne Urlaubsanspruch. Ohne Kündigungsfrist. Wer unentschuldigt fehlt, braucht gar nicht erst wiederzukommen. Frauen, die unterbezahlte Arbeit suchen, gibt es im Überfluß. So sieht das Leben aus. Jedenfalls am Fuß der Leiter. Das berühmte 590-Mark-Gesetz ist wie ein Gummiband, es läßt sich in alle Richtungen strecken und dehnen, ist arbeitgeberfreundlich wie die meisten Gesetze in diesem Land.

Seit vier Jahren lebt sie so. Unter falschem Namen in den falschen Städten. Immer auf der Flucht. Und hätte sie nicht Achim getroffen, wäre es womöglich ewig so weitergegangen. Dann hätte sie weiterhin regelmäßig alle Brücken hinter sich abgebrochen, um irgendwo neue zu errichten. Achim. Beamter auf Lebenszeit. Finanziell abgesichert. Zuverlässig. Selbstsicher. Gebildet. Sein einziges Manko ist die Ehefrau. Aber dort ist er ausgezogen, um mit ihr zusammenzuleben. Seit neuestem spricht er sogar von Scheidung. Vor allem im Bett. Da sind die Männer nun einmal am ehrlichsten.

Der Hunderter knistert, als sie ihn zusammenfaltet und in ihrem Portemonnaie verschwinden läßt. Es ist das erstemal, daß Achim ihr Geld gibt. Zum Essen hat er sie ein paarmal eingeladen, ja sicher, aber das war es dann auch. Die Wohnung bezahlt sie allein, die Einkäufe ebenfalls. Genau wie vorher. Aber das geht so in Ordnung. Auf diese Weise kann wenigstens niemand behaupten, daß sie auf Achims Geld scharf ist, daß sie ihn womöglich ausnehmen will. O nein, bestimmt nicht. Michelle Tennhoff ist eine selbständige Frau, absolut unabhängig, auch in finanzieller Hinsicht. Sie hat nicht die Absicht, dieser Mara etwas wegzunehmen. Soll die ruhig alles behalten. Den Laden, das Haus, sogar die Möbel. Ein eigenes Auto fährt die auch. Eigentlich geht's der richtig gut. Besser, als es Michelle jemals gegangen ist. Die Sache mit Achim – okay, das ist bitter. Aber was kann Michelle dafür, daß Achim seine Ehefrau nicht mehr liebt. Hätte die sich eben nicht so prüde anstellen dürfen. Selber schuld.

Achim hat genug erzählt.

Mit einem heftigen Ruck öffnet Michelle Tennhoff den Kühlschrank. Das Schnapsglas steht noch von gestern abend in der Spüle. Innerhalb von wenigen Minuten kippt

sie vier Gläser roten Korn runter, alle randvoll. Bevor sie die Flasche zurückstellt, schenkt sie sich rasch noch einen fünften ein. So. Jetzt fühlt sie sich wieder ganz ruhig. Eigentlich muß es der Mara ganz schön mies gehen, wenn sie es nötig hat, solche gemeinen Briefe zu schreiben.
»Na ja, ist nicht mein Problem«, kichert Michelle. »Dadurch kriegt sie ihren Achim jedenfalls nicht zurück.«
Im Bad putzt sie sich rasch die Zähne. Braucht ja nicht jeder zu wissen, daß sie schon morgens Schnaps trinkt. Ein zärtlicher Blick streift Achims Kulturtasche aus rotbraunem Leder, die auf dem Badewannenrand steht ... Wenn ich erst Frau Ellmer bin, kann ich mir so was auch leisten, sagt sie sich.
Und dann öffnet sie die Flasche mit Achims Rasierwasser und schnuppert daran. Fahrenheit von Christian Dior, allein die Flasche ist etwas Besonderes, ganz schlicht und trotzdem edel, und dann der Name! Für Michelle verkörpert dieses After-Shave den Luxus schlechthin. Weit über siebzig Mark kostet dieser Luxus, sie hat kürzlich im Kaufhaus nachgesehen. Und in Anbetracht dieses unerwartet hohen Preises überkam sie dort, inmitten all der fremden, unnahbaren Gesichter, ein wahnsinniger Stolz. Mein Freund benutzt das auch, hätte sie am liebsten ganz laut gesagt. Und er kauft grundsätzlich die große Flasche! Natürlich ist kein Wort davon über ihre Lippen gekommen, kleinlaut und mit eiligen Schritten ist sie davongehuscht, als die Verkäuferin, eine schwarzgelockte, grellgeschminkte Schönheit auf silbernen Stilettoabsätzen fragte: »Kann ich Ihnen helfen?«, in einem Ton, der nur allzu deutlich machte, daß sie Michelle Tennhoff auf den ersten Blick als eine von denen entlarvt hatte, die hier nur schauen, aber niemals kaufen können.
Fahrenheit von Dior, von dem Duft werden ihr regelmäßig

die Knie weich, das ist Achim, mit geschlossenen Augen würde sie ihn daran überall erkennen, und nie zuvor hat es einen Mann in ihrem Leben gegeben, der es sich leisten konnte, so wunderbar zu riechen. Achim. Alles, was er mitgebracht hat, ist viel zu gut für diese Umgebung. Aber gleichzeitig bedeutet es auch ein Versprechen für die Zukunft. Manchmal, wenn sie allein in der Wohnung ist und sich ungestört ihren Tagträumen hingeben kann, kitzelt es in ihrem Bauch, als ob sie in der Achterbahn von ganz oben steil nach unten rasen würde. Später, später, später, wenn erst alle Träume sich erfüllen. Und Michelle kommt sich vor wie ein Kind, das durch ein winziges Loch in einen Kasten voller Geheimnisse schauen darf. Nur, daß auf all diesen bunten Bildern ihr späteres Leben zu sehen ist. Später, später, wenn Achim erst geschieden ist. Sorgfältig dreht sie den Deckel wieder auf die Flasche. Ach, wenn die Zeit nur schneller vergehen würde!

Ohne große Lust macht sie sich an den Abwasch. Früher, ohne Achim, hat sie immer bis elf geschlafen, manchmal sogar noch länger, für wen hätte sie denn auch früh aufstehen sollen. Es gab Tage, an denen sie beinahe zu spät zur Arbeit gekommen wäre. Hausarbeit war praktisch kein Thema. Gefrühstückt wurde im Römer-Stübchen, zwischendurch, wenn gerade nichts los war, und abends gab es eine Suppe aus der Dose. Irgendwie war das auch nicht schlecht. Putzen und Spülen macht sie immer ganz fertig. Weil sie dann an früher denken muß.

Auf dem Weg zum Café saust Michelle noch schnell zum Kiosk und kauft eine Zeitschrift mit Rezepten. Der Auflauf mit Brokkoli und Käse sieht gut aus. Brokkoli. An so was hat sie sich noch nie rangetraut. Ist bestimmt saumäßig teuer.

»Hast du schon mal Brokkoli gekocht?« will sie von der Kollegin wissen. Was für ein Wort. Brokkoli. Sie zieht es

beim Sprechen in die Länge, dreht und wendet es auf der Zunge. Brokkoli. Wie fremd sich das anhört.
»Willste deinen Kerl überraschen?« fragt grinsend Therese Kolbe, die vor der Küche hastig eine Zigarette raucht. Gierig saugt sie das Nikotin ein, füllt ihre Lungen bis zum Bersten, bläst den Rest durch die Nase aus. Siebzig bis achtzig Zigaretten pro Tag, ohne Filter. Und das seit vierzig Jahren. Hartnäckig ignoriert sie das taube Gefühl in den Zehen, schiebt es auf das viele Stehen.
Kleinlaut berichtet Michelle von den verkohlten Steaks. Die andere prustet los. »Ausgerechnet Steaks. Das Schwerste zuerst, was? Muß dich ja mächtig erwischt haben.«
Kaum zu glauben, aber Michelle läuft vor Verlegenheit dunkelrot an. Gern hätte sie gesagt, daß sie Achim wirklich liebt. Aber sie traut sich nicht.
Das Gespräch wird von einem ungeduldigen: »Hallo, Fräulein, wann kommt hier denn endlich jemand?« unterbrochen. Ein letzter tiefer Zug, dann wird die Zigarette mit wehmütigem Blick ausgedrückt. Mit genau dem Lächeln, das Trinkgelder einbringt, gehen die beiden zurück an die Arbeit. »Haben Sie schon gewählt?«

Die Kundin ist unentschlossen. »Meinen Sie wirklich?« fragt sie mehrmals.
Mara nickt. »Selbstverständlich. Wenn Sie die Fältchen um die Augen bekämpfen wollen, muß es schon ein wirklich gutes Präparat sein.« Und sie erklärt ein weiteres Mal, was ohnehin wortwörtlich auf der Packung nachzulesen ist. Ohne schlechtes Gewissen gaukelt sie der Frau ein Wunder vor, das nicht geschehen wird. »In unserem Alter muß man sich schon ein wenig anstrengen.« Sie lächelt verschwörerisch, dabei ist die Kundin mindestens zehn Jahre älter. Wenig später wechseln siebenundachtzig Mark die Besitzerin.

Übrigens ist nicht einmal gesagt, daß die Kundin enttäuscht sein wird. Man sieht schließlich, was man sehen will. Das hat Mara längst begriffen. Viele zufriedene Kundinnen schwören auf teure Antifaltencremes, deren Wirkung kein Mensch außer ihnen selbst bemerkt.

Im Hintergrund packt Frau Legat Ware aus. »Was halten Sie davon, die neuen Seifen in einem Körbchen auf dem Tresen zu dekorieren?« schlägt sie vor, und der übereifrige Unterton fällt kaum auf. »Der eine oder andere kann bestimmt nicht widerstehen.«

Irgendwann muß doch der Alltag wieder einkehren, hat sie gestern abend beschlossen und sich fest vorgenommen, die abweisende Miene von Mara Ellmers künftig zu ignorieren. Einfach so tun, als wäre nichts passiert. Die arme Frau tut ihr ja so leid. Wie ein Schatten ihrer selbst steht sie hinter dem Tresen, und manchmal sieht es so aus, als gelänge es ihr nur mit Mühe, die Tränen zurückzuhalten. Aber sie ist eine von der Sorte, die Mitleid nicht ertragen kann, die sich völlig einkapselt in ihrem Unglück, die keinen Trost zuläßt, als wäre Reden nicht immer noch das Beste.

Zu Frau Legats großer Überraschung reagiert Mara Ellmer vollkommen normal. Sie überlegt kurz, willigt schließlich ein. »Gute Idee. Es müßte noch eins von den lackierten Weidenkörbchen im Lager stehen. Ich sehe gleich mal nach.«

Die Wogen haben sich geglättet, der Sturm hat sich gelegt. Mann über Bord, na und!!! Das Schiff fährt wieder unter vollen Segeln.

Inge Legat atmet auf, zum ersten Mal seit fünf Wochen läßt der schmerzhafte Druck über der Stirn nach, den sie nur während der Arbeitszeit verspürt und gegen den keine Tabletten helfen wollen. Jaja, die Zeit heilt eben alle Wunden, denkt sie zufrieden und widmet sich mit neuem Eifer ihrer Arbeit.

Woher sollte sie wissen, daß Mara sich heute morgen befreit hat. Auf eine seltsame, beinahe schon lächerliche Art und Weise, die nur sie selbst begreifen kann.

Achims entsetzlich zerschlissene Hauspantoffeln, die ihm im wahrsten Sinne des Wortes schon von den Füßen fielen, an denen aber angeblich sein ganzes Herz hing, so daß er sich unter gar keinen Umständen von ihnen trennen konnte, Achims geliebte Pantoffeln, die seit nunmehr sieben Wochen anklagend unter seinem Bett hervorschauten, sind heute morgen in den Mülleimer geflogen – nicht ohne auch noch mit Hilfe der Küchenschere feinsäuberlich in Streifen geschnitten worden zu sein. Vielleicht sollte noch erwähnt werden, daß Mara Ellmer dabei lauthals gesungen hat.

Jeder Versuch, Achim in den letzten Jahren vernünftige Hausschuhe zu kaufen, schlug fehl. Die Echtlederpantoffeln zu Weihnachten lösten einen Riesenstreit aus. »Ewig willst du an mir herumerziehen! Akzeptier mich bitte so, wie ich bin.« Bockig wie ein Kleinkind schlüpfte er in die zerlöcherten Filzpantinen, die sein Glück ausmachten, und vertiefte sich ins Fernsehprogramm.

Zu Michelle hat er die Pantoffeln nicht mitgenommen. Für sein neues Leben waren sie wohl doch nicht gut genug. »Wirf bloß die alten Dinger weg. Das wolltest du doch schon längst«, empfahl er leichten Herzens. Über Nacht hatten die magischen Schuhe ihre Bedeutung verloren. Komisch, aber das war vielleicht das Schlimmste an Achims Auszug.

Tante Esther trägt blaue Plüschtreter, deren Seitennähte bereits ausfransen.

»Was hältst du davon, wenn ich dir ein Paar Hausschuhe mitbringe?« hat Mara vorgeschlagen, bevor sie das Haus verließ. »Deine alten Dinger gehen ja schon völlig aus dem Leim.«

Tante Esther hat sich gefreut.

Bestechung, Korruption, das hat Achim Ellmer bis zum heutigen Tag für eine Erfindung der Regenbogenpresse gehalten. Wie schon gesagt, bis zum heutigen Tag. Aber man lernt ja nie aus.

Man nehme ein geplantes Millionenprojekt, etwa die Sanierung einer ganzen Häuserzeile im Innenstadtbereich. Dazu ein bekanntes Bauunternehmen, Wesskamp und Sohn, ferner einen stellvertretenden Bauamtsleiter, dessen Chef mit Nierenkoliken im Krankenhaus liegt, ganz unerwartet übrigens. Das Ganze spielt sich in einem kleinen Büro ohne Ohrenzeugen ab.

Die Waagschalen werden beidseitig beladen. Ganz vorsichtig. »Eine Menge Arbeitsplätze, dieser Umbau. Die Kostenvoranschläge sind ja wohl inzwischen alle eingegangen, was? Wär ja gut, wenn ein hiesiger Betrieb den Auftrag bekäme. Was sagten Sie, wann kommt der Lehmeyer zurück?« Scheinbar gelangweilt beobachtet Arndt Wesskamp einen Schwarm von Vögeln, die sich auf dem First des Nachbarhauses für den großen Flug gen Süden sammeln. »Sind das da drüben Stare?« fragt er jetzt auch noch. Als ob das irgendeine Menschenseele interessieren würde.

Na gut. Auch Achim Ellmer kann Desinteresse heucheln. »Keine Ahnung«, sagt er gähnend. »Damit kenne ich mich nicht aus.« Dann steht er langsam auf, geht zum Fenster, steckt seinen Zeigefinger in die Erde der einzigen Topfpflanze, greift mit gleichmütiger Miene zur weißen Plastikkanne und läßt es für das kümmerliche Farnkraut regnen. »Was den Lehmeyer angeht, sieht es nicht so gut aus, der muß wohl operiert werden, hab ich gehört.«

Pause. Ein lautloses, unsichtbares Nichts ohne Anfang und ohne Ende breitet sich aus. Und Achim Ellmer, der sich im Zeitlupentempo zurück zu seinem Schreibtisch bewegt, ist der Verursacher dieses Zustandes. Er ist urplötzlich zum

Herrscher über die Zeit geworden. Und gerade jetzt gefällt es ihm eben, dieser Zeit Einhalt zu gebieten. Alle Uhren stehen still. Nichts bewegt sich. Absolut nichts. Nur zwei aufgeregte Herzen hämmern um die Wette. Irgendwann, als Arndt Wesskamp es kaum noch ertragen kann, als er meint, jeden Moment ersticken zu müssen, als er mühsam ein kratziges: »Was, so schlimm?« hervorwürgt, läßt sein Gegenüber großmütig ein paar Minuten über den Tisch kullern.
»Scheint ein ernster Befund zu sein. Bis der wiederkommt, ist die Angelegenheit hier längst vom Tisch ...«
Begierig schnappt Arndt Wesskamp nach den Schnipseln Zeit. »Ach, der Ärmste. Und Sie vertreten ihn?« Sowohl sein eifriger Tonfall als auch ein hektisches Zucken unterhalb seines linken Auges verraten, wie groß seine innere Anspannung bereits ist.
Er wird mit einem Nicken bedacht. So. Langsam ist es an der Zeit, die zweite Runde einzuläuten. Zunächst mit einer Zigarette. Umständlich sucht Achim Ellmer sein goldenes Zigarettenetui, das ihm Mara zum vierzigsten Geburtstag geschenkt hat. Mit Widmung. Und von dem er genau weiß, daß es sich in der linken Innentasche seines Jacketts befindet. Nichtsdestotrotz wühlt er zunächst einmal in allen anderen Jackentaschen. Die Zeit kriecht träge durch den Raum. Arndt Wesskamp räuspert sich mehrmals, öffnet seinen obersten Hemdknopf. Ein verkrampftes Lächeln verzerrt seine Züge. In seinem Kopf herrschen Hektik und Chaos. Wie anfangen, was sagen? Wenn er nur ein wenig mehr über diesen Ellmer wüßte ...
»Ach, da ist es ja. Zigarette?« Achim Ellmer beugt sich vor und läßt sein Goldstück aufspringen.
Sein Gegenüber nickt. Bedient sich mit spitzen Fingern. »Hab leider kein Feuer«, knurrt er unwillig. Großzügig reicht Achim Ellmer ein brennendes Streichholz herüber.

Er zieht ein paarmal tief an seiner Zigarette, lehnt sich entspannt in seinem Sessel zurück, bläst den Rauch spielerisch zur Decke empor. »Was ich sagen wollte, der Wohnungsmarkt ist ja verdammt eng zur Zeit. Ausgerechnet jetzt. Ich habe mich nämlich persönlich verändert, sozusagen. Bräuchte dringend eine Wohnung. Sie wissen wohl auch kein Appartement, das frei wäre? Ich dachte, Sie als Bauunternehmer ...«

Na bitte. Die Erleichterung fühlt sich wohlig warm an. Endlich kann Arndt Wesskamp seine Zigarette wirklich genießen. Ein albernes Lachen, das sich nur schwer im Zaum halten läßt, kribbelt in seinem Hals.

»Seltsamer Zufall. Sie kennen doch das Ärztehaus im Zentrum. Habe ich auch gebaut. Das Appartement unterm Dach steht leer. Wollte ich eigentlich selber nutzen. Für meine Tochter. Aber die studiert jetzt in Marburg. Haben ja alle ihren eigenen Kopf heutzutage. Bloß nicht machen, was die Eltern sagen.«

Fünfunddreißig Quadratmeter Neubau. Praktisch Erstbezug. Zu einem lächerlich niedrigen Mietpreis. Gegen einen Millionenauftrag. Die Gewichte sind austariert, die Waage steht still. Am nächsten Tag wird ein hektisch bearbeitetes Papier mit geänderten Zahlen in einen Ordner geheftet, ein anderes, das höhere Beträge ausweist, wird heimlich entfernt. Ein flüchtig ausgefüllter Mietvertrag, ein kurzer Händedruck, keine Zeugen – einig sind wir stark.

Während Inge Legat aufatmet, weil ihre Chefin endlich wieder zu sich selbst gefunden hat, während Michelle Tennhoff Kaffee und Käsesahnetorte serviert und dabei freundlich lächelt, während Achim über ein merkwürdiges Gespräch nachdenkt, das in seinem Büro stattgefunden hat, während Hellmut Stadler tief und traumlos schläft, fährt

Esther Schierneck mit dem Bus zur Endstation. Waldfriedhof. Zu ihrem dunklen Tuchmantel trägt sie heute ein keckes, weinrotes Filzhütchen und farblich darauf abgestimmte Lederhandschuhe. Ihr Leben lang hat Esther Schierneck Hüte geliebt, große, üppige Wagenräder aus Filz genauso wie strenge Herrenhüte, oder auch kesse Baskenmützen aus weichem Flanell. Und seit nunmehr vierzig Jahren ist sie keinen Tag ohne Kopfbedeckung auf die Straße gegangen, ihrer Ansicht nach zeigt eine wirkliche Dame sich niemals ohne Hut und Handschuhe in der Öffentlichkeit. Esther Schierneck glaubt fest daran, daß bei Menschen, die ihre äußere Erscheinung vernachlässigen, auch das innere Gleichgewicht nicht stimmt. Und sie gestattet sich die Freiheit, Menschen allein danach zu beurteilen, wie sie sich kleiden. Und für alte Frauen, die ihre letzten Jahre in beigegrauen Popelinemänteln und blassen Kopftüchern aus synthetischer Seide verbringen, hat sie nichts als Verachtung übrig.

Beim Gärtner am Haupteingang ersteht sie einen dicken Strauß hellrosa Astern. Ein bißchen weit aufgeblüht sind sie schon, aber bei dem ungemütlichen Herbstwetter werden sie bestimmt noch eine Weile halten.

Niemand könnte behaupten, daß sie nicht anständig für Trudes Grab sorgt. Obwohl Gartenarbeit ihr von jeher zuwider ist, plagt sie sich mit ihren dreiundsiebzig Jahren nach Kräften damit ab, diese zwei Quadratmeter Erde in Ordnung zu halten. Kein noch so winziges Unkraut wird geduldet, auch nichts Vertrocknetes oder Verblühtes. Alles soll frisch und hübsch aussehen, so wie es Trude gefallen hätte. Und nie vergißt sie bei der Auswahl der Blumen, daß Weiß und Rosa die Lieblingsfarben der Freundin waren.

»Weißt du, Trudchen«, sagt sie laut, während die kurze Hacke den Boden auflockert, »vielleicht kann ich ganz bei

Mara bleiben. Ich weiß ja, daß du sie nie mochtest. Aber jetzt, wo dieser Lackaffe Achim weg ist, hat sie sich doch ein bißchen rausgemacht. Hat mir angeboten zu bleiben, bis er wiederkommt.«
Zärtlich streicht sie mit beiden Händen über den Grabstein. Kühl fühlt er sich an und glatt, ein bißchen wie ein frischbezogenes Bett. Rosaroter Marmor. Nur der Name, Geburts- und Todesdatum. Ganz schlicht. So mochte Trudchen es am liebsten.
»Der darf einfach nicht wiederkommen«, stößt die alte Frau trotzig hervor, während ihre Finger die verwelkten Begonienblüten rauszupfen. »Wo sollte ich denn dann hin? Ich hab ja niemanden mehr. Nee, Trudchen, den kann ich nicht brauchen.«

Wenn nur die Luft nicht so abgestanden wäre. Große Ansprüche an Wohnkomfort stellt Hellmut Stadler weiß Gott nicht, doch die Luft in diesem Zimmer wird ihn noch umbringen. Wütend reißt er die Dachluke – die Vermieterin hat frech von einem Fenster gesprochen! – auf. Nichts passiert. Selbst die sogenannte frische Luft scheint einen Horror davor zu haben, sich in dieses muffige Loch fallen zu lassen. Sie zieht beleidigt an der offenen Luke vorbei.
Mit großen Schritten rast er zur Zimmertür und reißt sie mit heftigem Schwung auf. Es zieht. Endlich. Ein frischer Schwall kühler Herbstluft sprudelt zur Dachluke herein und zur Tür hinaus. Unterwegs wirbelt er rasch noch den Stapel Zeitungen und Briefe hoch. Unten fällt eine Tür ins Schloß. »Herr Stadler, haben Sie das Fenster auf?« schrillt es die Treppe hoch. Welches Fenster, würde er am liebsten runterbrüllen. Meinen Sie etwa Ihre beschissene Dachluke? Doch er quetscht sich eine lahme Entschuldigung ab und schließt seine Tür. So eine billige Unterkunft findet man so

schnell nicht wieder. Und die Alte ist nicht neugierig. Eine alleinstehende Frau, die ein Zimmer zu vermieten hat und die sich nicht im geringsten für ihren Mieter interessiert, nur für sein Geld, ist heutzutage ein Glücksfall. »Kochen dürfen Sie aber nicht im Zimmer, junger Mann. Das hab ich nicht so gern«, lautet die einzige Bedingung. »Und das Geld bitte im voraus.«

Hundertdreißig pro Monat, warm. Als Gegenleistung gibt es zwölf Quadratmeter mit Dachschräge. Stickig und dunkel. Tagsüber fällt spärliches Licht durch die verdreckte Dachluke, die höchstens zwanzig mal dreißig Zentimeter mißt, abends funzelt eine schwächliche Vierzig-Watt-Birne von der Decke, deren letztes bißchen Leuchtkraft beinahe unter dem kitschig dunkelgrünen Plastikschirm verendet.

Für eine gewisse Zeit läßt es sich so leben. Bis man Arbeit gefunden hat. Hellmut Stadler ist keiner, der anderen auf der Tasche liegt, das hat er noch nie getan. Und daß er momentan von Sozialhilfe leben muß, ist ihm ziemlich unangenehm. Er muß sich schon zu der Einsicht durchringen, daß das Geld ihm regulär zusteht und daß er niemanden betrügt. Ganz ordnungsgemäß hat er sich arbeitslos gemeldet, gleich Anfang Oktober, als er hier ankam. »Ich mache alles!« hat er denen gesagt. »Ich nehme jede Arbeit an!« Angeboten haben sie ihm keine einzige Stelle. Tag für Tag liest er die Stellenannoncen in der Zeitung. Beworben hat er sich auch schon mehrmals, als Kellner, als Lagerarbeiter, als Fahrer für eine Wäscherei, sogar als Fensterputzer, Hauptsache Geld verdienen und unabhängig sein. Und aus diesem düsteren Loch ausziehen. Gleich vom ersten Gehalt wird er sich eine ordentliche Wohnung suchen. Zwei Zimmer, Küche und Bad. Am besten noch mit Balkon. Möbel sind am Anfang nicht so wichtig, das hat er schon einmal so gemacht. Dann kann die Alte sich einen anderen

Dummen für ihr Zimmer mit dem angeblichen Dachfenster suchen.
Sie, die Alte, Maria Derwall, ist seit mehr als zehn Jahren Witwe. Ein plötzlicher Herzinfarkt hat ihren Hans mitten aus dem Leben gerissen. Er war gerade dabei, das Badezimmer zu streichen. In Blaßrosa, das machte sich so gut zu den Kacheln. »Mir wird ganz komisch«, konnte er gerade noch sagen, bevor er blitzeblau anlief, ein paarmal hilflos nach Luft schnappte, was ein bißchen albern aussah, geradeso als wolle er einen Karpfen imitieren, und dann für alle Zeiten umfiel. Der Notarzt konnte nur noch den Tod feststellen.
Sehr bald merkte sie, daß eine Frau, die keinen Ehemann mehr vorweisen kann, in der Bedeutungslosigkeit versinkt. Beispiele gab es genug. Jahrelang hatte der Schlachter ihr nur allerbeste Qualität verkauft, immer war er freundlich, was macht der Herr Gemahl, arbeitet er noch so schwer, wie lange dauert's noch bis zur Rente, grüßen Sie ihn schön. Plötzlich dann Sehnen im Schnitzel, Bauchscheiben, die aus schierem Fett bestehen, vom Schinken gibt es nur noch die Randstücke. Grüß Gott, Frau Derwall, auf Wiedersehen, der nächste bitte. Für den Schlachter ist eine ältere Witwe anscheinend so was wie ein nutzloser Esser. Ganz sicher ist es keine Einbildung, daß er sie verächtlich mustert, während er ihr das Gewünschte reichlich nachlässig einwickelt.
Eingeladen wird sie schon lange nirgendwo mehr. Als hätten die Ehefrauen Angst, eine Witwe könnte die bestehende Männerverteilung durcheinanderbringen. Dazu das wenige Geld. Ihre Vorstellung, daß sie als Einzelperson nur noch die Hälfte ihres vorherigen Haushaltsgeldes brauchen würde, erwies sich rasch als Illusion. Zuerst wollte Maria Derwall putzen gehen. Bis es ihr in den Sinn kam, daß sie besser die Kammer unterm Dach, in der Hans immer an seinen

Modellflugzeugen rumbastelte, vermieten sollte. Mit Hilfe eines Nachbarn, dessen Frau unter dem Vorwand, mithelfen zu wollen, die ganze Aktion mit Argusaugen bewachte, wurde das alte Metallbett, in dem sie als Mädchen geschlafen hatte, vom Boden rübergeholt. Tisch, Stuhl und Sessel standen ohnehin in der Kammer, ein billiger Teppich lag auch auf dem Boden, einen Nachttisch schleppte der Nachbar an, ganz zum Schluß rückte sie schweren Herzens den uralten Fernseher raus, der seit Jahren im Schlafzimmer stand, nicht mehr benutzt, dafür aber regelmäßig abgestaubt und mit einem selbstgehäkelten Deckchen verwöhnt. Damit war das Zimmer voll. So mußte sie zu guter Letzt noch den alten Kleiderschrank im Flur, in dem sie seit Jahren Tisch- und Bettwäsche aufbewahrte, ausräumen. Irgendwo mußten die Mieter schließlich ihre Sachen unterbringen.

Als nächstes setzte sie eine Anzeige in die Zeitung: Möbliertes Zimmer für einhundertunddreißig Mark zu vermieten. Das Telefon stand nicht still. Und das Zimmer hat seither auch nicht eine Woche leergestanden. Sobald einer auszieht, stehen die Nachmieter Schlange. Beinahe alles hat sie schon beherbergt, Schüler, Rentner, eine Frau, die ihrem Mann davongelaufen war, einmal sogar einen Homosexuellen. Keiner blieb länger als ein paar Monate. Offenbar sind Menschen, die über keinen eigenen Hausstand verfügen, nicht besonders seßhaft. Auf die Idee, die Miete zu erhöhen, ist sie bisher nicht gekommen. Auf die Idee, etwas an dem schäbigen Zimmer zu verschönern, allerdings auch nicht. Einmal, das war ziemlich am Anfang, wohnte oben ein älterer Herr. Zwei einsame Menschen in etwa demselben Alter, es kam, was kommen mußte. Leider zog Heribert nach sieben Monaten aus. Es wurde ihm zu eng. Als hätte sie je von Heirat gesprochen. Oder ihn sonstwie bedrängt.

Eigentlich hat sie bis heute nicht begriffen, was genau er damit meinte. Zu eng. Zu wenig Luft zum Atmen. Etwa, weil die Nachbarn sich das Maul zerrissen? Hat ihn das gestört? Mit den Jahren hat sie sich notdürftig damit getröstet, daß er bestimmt nebenbei eine andere hatte. Gut möglich, daß die ihm auf die Schliche gekommen war. Wer weiß, wozu es gut war.

Jetzt hat sie die Katze. Minka. Eine bildschöne, graugetigerte Hauskatze. Anspruchsloser und treuer als jeder Kerl. Und diese unauffällige, sanfte Katze ist längst ihr ganzer Lebensinhalt geworden. Was die Mieter da oben treiben, ist ihr einerlei. Wenn nur das Geld pünktlich kommt.

Maria Derwall hat sich unten eingerichtet. Küche, Bad, Wohn- und Schlafzimmer. Vor dem Haus hält sie sich ein buntes Staudenbeet, dahinter beackert sie einen Gemüsegarten von beträchtlicher Größe. Auf dem Rasen stehen vier Apfelbäume, die gewöhnlich überreich tragen, zwei Zwetschgenbäume, eine Birne und sogar ein Pfirsich, dessen Blüten allerdings in schöner Regelmäßigkeit abfrieren. In all den Jahren hat sie allerhöchstens drei Pfirsiche geerntet. An zwei davon hatten sich bereits die Maden gütlich getan. Eigentlich könnte man den Baum genausogut umhauen, hat sie schon oft gedacht, doch der Baum ist eine Erinnerung an Hans. Dort fühlt sie sich ihm näher als auf dem Friedhof. »Sollst mal sehen, eines Tages ernten wir körbeweise Pfirsiche!« hatte er immer geschwärmt. Ach, du liebe Zeit, nicht mal einen läppischen Pfirsich pro Jahr bringt der Baum zuwege. Hans wäre bitterlich enttäuscht.

Bei schönem Wetter arbeitet sie gern im Garten. Kaum zu glauben, was ihr Rücken noch aushält. Stundenlang in gebeugter Haltung Unkraut zupfen. Und abends fehlt ihr nichts. Die Katze döst währenddessen in der Sonne. Ab und zu blinzelt sie träge aus grünen Augen, als wolle sie sagen,

na, macht's noch Spaß, geht's noch? Und Maria Derwall flötet zärtlich: »Jaaaa, mein Mausele, paß du nur auf, daß die Mutti alles richtig macht.«
Am Abend schaut man gemeinsam fern. Samstags gönnt man sich, ebenfalls gemeinsam, eine Tüte Kartoffelchips. Es versteht sich von selbst, daß Minka mit in Maria Derwalls Bett schläft. Und daß diese seither keine Schlaftabletten mehr braucht.

Auf dem Heimweg kauft Achim ein paar Blumen. Chrysanthemen, die sind jetzt billig. Und das dunkle Gelb sieht ganz passabel aus. Man könnte beinahe sagen, daß es zur Einrichtung paßt, soweit das überhaupt möglich ist. Er pfeift während der Autofahrt sein Lieblingslied. *My way.* Frankie-Boy ist auch erst im Alter zur Höchstform aufgelaufen. Und, wie es so schön heißt, besser spät als nie!
Mühsam parkt er den BMW zwischen einem rostenden Golf, dessen rechte Tür eingedrückt ist, und einer altersschwachen Ente. Das hat ja zum Glück auch bald ein Ende. Genau am nächsten Dienstag, wenn der Bauausschuß der Stadtverwaltung sich für das niedrigste Angebot entscheiden wird. Zum Appartement gehört eine Garage.
Im Treppenhaus schlägt ihm wie gewöhnlich Essensgeruch entgegen. Kohl und Linsen, anderes scheint man hier nicht zu kennen, höchstens noch Fisch. Na, vielleicht ist das auch Einbildung. Jedenfalls macht sein Magen immer um diese Zeit einen leichten Salto rückwärts, wenn er sich durch Schwaden von unangenehm fetten Gerüchen seinen Weg zu Michelles Wohnung bahnen muß. Alles hier hat so was Billiges, Verbrauchtes. Abgeblätterte Farbe, beschmierte Wände, abgetretene Stufen, heulende, rotznäsige Kinder. Das Geländer faßt er aus Prinzip nicht an, höchstwahrscheinlich klebt es vor Dreck, weiß der Teufel, was man sich

da für Krankheiten holen könnte. Die Menschen, denen er manchmal im Flur begegnet, stoßen ihn ab. Asoziale, Pack, arbeitsscheues Gesindel, keiner scheint einer geregelten Arbeit nachzugehen. Die machen überhaupt nichts. Höchstens Gören am laufenden Band. Die Familie aus dem Erdgeschoß muß mindestens acht Kinder haben. Zerlumpt, verdreckt, garantiert auch verlaust, hocken sie auf den Stufen und glotzen jeden Fremden blöd an. Sehen alle aus, als hätten sie einen geistigen Schaden.
Der Schlüssel hakt. Fluchend müht er sich ab, das Schloß zu öffnen.
Die Kinder kichern albern. Achim Ellmer straft sie mit Nichtachtung. »Mistbude!« schimpft er vor sich hin. »Verdammte Mistbude.« Halbparterre. Genausogut könnte man von Keller reden. Ein mieses Loch, diese Wohnung, schlimmer geht's kaum noch. Feuchte Wände, Schimmelpilz, undichte Fenster, morsche Bodendielen, eine uralte Heizungsanlage, ein vorsintflutliches Bad – selbstverständlich ohne Dusche. Wenn man die Türen zu heftig schließt, rieselt der Putz von der Decke. Von Rechts wegen müßte man das Bauordnungsamt informieren. Natürlich denkt Achim Ellmer nicht eine Sekunde lang ernsthaft daran, sich derart zu kompromittieren. Jetzt, mit dem Einzimmerappartement, das ihm winkt, schon gar nicht mehr. Neubau! Erstbezug! jubelt er innerlich zu Frankies Melodie.
Drinnen riecht es wieder so faulig. Irgendwas stimmt mit der Spüle nicht. Vielleicht der Abfluß. Ob Michelle immer noch nicht den Hausmeister angerufen hat? Mit angehaltenem Atem stürmt er durch die Küche und öffnet das Fenster. Aaah, frische Luft. Zu Hause hätte er sich bei so einem Wetter mit einer Wolldecke auf die überdachte Südterrasse gelegt. Hier kann er statt dessen die Füße der

Passanten betrachten. Tolle Aussicht. Schlechtgelaunt schaut er sich in der engen Küche um. Weiße Resopalschränke, deren Türen kaum schließen, ein uralter Herd mit drei Platten, von denen eine durchgebrannt ist, ein Kühlschrank, der viel Lärm und wenig Kälte produziert, zwei blaue Plastikstühle, auf denen man schwerlich länger als eine halbe Stunde sitzen kann, und ein wackeliger Campingtisch. Immerhin unter einer geblümten Decke versteckt. Kaum zu glauben, wie stolz Michelle auf ihre Einrichtung ist. Sie muß wirklich aus ganz miesen Verhältnissen stammen. Die Chrysanthemen kommen ins Waschbecken. Eine Vase soll Michelle selbst suchen. Falls sie so was überhaupt besitzt. An der Schlafzimmertür klebt ein Zettel. *Bin doch zur Arbeit. Komme wie immer. M.* Verziert hat sie die Nachricht mit vielen roten Herzen. Kindisch. Typisch Michelle.

Sein erster Weg führt ins Schlafzimmer. Mit einem silbernen Schlüsselchen, das er seiner Geldbörse entnimmt, öffnet er einen dunkelgrünen, feuerfesten Hartschalenkoffer, der hinter der Tür steht. Zwischen sauberer Unterwäsche – von Michelle gewaschen, von ihm selbst in ihrer Abwesenheit im Koffer verstaut – liegt eine Flasche Remy Martin. Leider schon wieder so gut wie leer. Morgen muß er auf dem Rückweg vom Amt unbedingt eine neue besorgen. Dank seiner Cleverneß gibt es ja Grund genug zum Feiern. Schaudernd erinnert er sich an Michelles gezuckerten roten Korn, der einem das Hirn verklebt und langanhaltende tierische Kopfschmerzen garantiert. Unglaublich, wieviel von diesem billigen Fusel sie vertragen kann. Auf der anderen Seite käme es ihm allerdings nie in den Sinn, den Remy mit Michelle zu teilen. Wozu denn auch, die würde so was Gutes gar nicht zu würdigen wissen. Würde den teuren Cognac wahrscheinlich wie ordinären Schnaps runterkippen. Perlen vor die Säue geworfen, sozusagen. In ihrer Gegenwart trinkt er grundsätzlich nur trockenen Rotwein. Den kriegt sie nämlich beim besten Willen nicht runter. Der einfachste Weg, ihre Sauferei nicht mitzufinanzieren. Höchstens am Wochenende spendiert er mal eine Flasche von dem roten Gift. Alkohol enthemmt die Kleine ungemein. Da laufen manchmal Sachen ab, von denen er früher nicht mal zu träumen gewagt hätte. Nach zwei dreistöckigen Remys verschwindet die Flasche zwischen seiner Unterwäsche im Koffer. Mit dem silbernen Schlüsselchen wird sorgfältig abgeschlossen.

Wenn sie doch gearbeitet hat, wird sie den Hunderter ja noch haben. Ob sie ihn freiwillig wieder rausrückt? Höchstwahrscheinlich nicht. Das Geld kann er wohl abschreiben. Egal. Wenn man es genau nimmt, ist Michelle ja auch recht großzügig. Im Rahmen ihrer Möglichkeiten. Hauptsache, sie will nachher nicht wieder kochen. Mit Grauen erinnert er sich an den Fischauflauf vom letzten Wochenende. Halb roh. Oder an ihre entsetzlich glitschigen Kartoffelpuffer, die sie stückchenweise aus der Pfanne geklaubt hat. Die Steaks vorgestern abend waren wenigstens eindeutig ungenießbar. Da brauchte man sich nicht mühsam zu verstellen. Wenn es nach Achim ginge, könnte es jeden Tag eine von diesen Tütensuppen geben. Pulver, heißes Wasser, ein bißchen umrühren und fertig. Das kriegt jeder Idiot zustande. Warum um alles in der Welt will Michelle bloß jeden Tag wieder kochen, obwohl sie doch offensichtlich keine Ahnung davon hat? Eine Pleite nach der anderen, aber sie gibt nicht auf. Versteh einer die Weiber!

Ächzend läßt er sich auf die Couch fallen. Ein Einzimmerappartement im Ärztehaus, eine echte Junggesellenbude. Noch acht Tage. In der neuen Wohnung wird nichts für zwei reichen, das steht fest. Nur das Bett, das muß groß genug sein. Na gut, gesteht er zu, zwei Stühle. Wie soll man sonst gemeinsam frühstücken. Auf seinem Gesicht wächst ein zufriedenes Grinsen. Mensch, Alter, du machst dich. Hast dich zum ersten Mal im Leben korrumpieren lassen. Und gleich so erfolgreich.

Irgendwann entschließt Achim Ellmer sich, ein kleines Schläfchen zu halten. Damit er nachher seinen Mann stehen kann. Bald schon erschüttert tiefes Schnarchen die kleine Wohnung. Den Drohbrief hat er längst vergessen.

Lautes Geklapper in der Küche weckt ihn aus seinen Träumen. O Gott, sie brutzelt schon wieder! Er weigert sich, die Augen zu öffnen und versucht wieder einzuschlafen, doch dieser Fluchtweg bleibt verschlossen. Jetzt ziehen auch noch Wolken von Essensgeruch herüber und nebeln ihn, der wehrlos auf der Couch döst, ein.

Seufzend erhebt er sich und schlurft ins Bad. Los, Alter, die paar Tage schaffst du noch, ermuntert er sein mißmutig dreinblickendes Spiegelbild. Mit viel Mühe setzt er ein Lächeln auf, das er eilig in die Küche trägt, ehe es wieder verschwinden kann.

»Na, kocht die kleine Hausfrau uns was Schönes?« Seine Hände legen sich von hinten auf Michelles schmale Schultern. Seine Lippen saugen sich besitzergreifend an ihrem weichen Nacken fest. Er liebt es, sich auf ihrer samtigen Haut zu verewigen, wenn auch nur vorübergehend. Mara wäre natürlich verrückt geworden. Schon damals, vor ihrer Ehe, konnte sie fuchsteufelswild werden, wenn sie irgendwo einen Knutschfleck entdeckte. Das hätte ihm vielleicht zu denken geben sollen, aber wenn man jung ist und über beide Ohren verknallt, dann läuft der Verstand eben auf niedrigster Stufe.

Michelle schmiegt sich an ihn, preßt ihren Po gegen seinen Körper. »Brokkoli. Ein todsicheres Rezept. Du wirst sehen, heute schmeckt es wirklich ...« Dem Tonfall nach zu urteilen, ist sie selber davon felsenfest überzeugt. »Bin gleich soweit. Stellst du schon die Teller hin? Ich dachte, wir können mal drüben im Zimmer essen!«

Auch das noch. Mit verkrümmtem Rücken auf der viel zu weich gepolsterten Couch hocken, den Magen hilflos eingequetscht, wie soll man da genießen können. Das Lächeln droht ihm zu entgleiten, er wendet sich rasch ab.

»Die Teller, Schatz«, verfolgt ihre Stimme ihn bis ins Wohnzimmer. Als keine Reaktion erfolgt, nimmt sie das Geschirr mit hinüber und stellt es auf den Tisch. »Ich kann es genausogut selber machen, du bist sicher noch müde.« Keine Spur von Verärgerung. Mara hätte schon einen mittleren Tobsuchtsanfall gekriegt. »Du, die Blumen«, sie zögert, »die Blumen im Waschbecken, sind die für mich?«

Er nickt zerstreut. An die Chrysanthemen hat er überhaupt nicht mehr gedacht.

»Oh, Achim, danke!« Sie fliegt ihm beinahe um den Hals und ihre übertriebene Freude über die Fünfmarkblumen versöhnt ihn wieder vollends.

»Schon gut, Kindchen«, wehrt er liebevoll ihre Zärtlichkeiten ab. »Später. Wir wollten doch essen.«

Augenblicklich stürzt sie in die Küche, um den dampfenden Auflauf hereinzutragen. Wider Erwarten schmeckt es ganz gut. Ein bißchen fade gewürzt vielleicht, doch der Brokkoli hat genau den richtigen Biß. Wenn sie nur nicht so strahlen würde. Wie eine Mutter, die stolz ihr Lieblingskind betrachtet. Oder, schlimmer noch, wie eine liebende Ehefrau. Halt! Stopp! Denkt sie etwa???

Achim Ellmer überlegt nicht lange. »Womit hast du eigentlich gewürzt?« möchte er wissen. Sehr bewußt wählt er den hochnäsigen Oberlehrerton, den Mara nicht ausstehen kann.

Das Strahlen erlischt augenblicklich. »Wieso? Mit Pfeffer. Und Salz. Wie immer. Stimmt was nicht?«
Tja, das war's dann wohl mit dem Bis-daß-der-Tod-euch-scheidet-Getue, registriert er zufrieden. Und beschließt, noch etwas nachzulegen. »Doch, doch, Liebste, es schmeckt ... ganz gut.« Mit der rechten Hand tätschelt er ihren Oberarm. Gleichzeitig schiebt er demonstrativ den Bissen im Mund hin und her, als müsse er sich überwinden, ihn runterzuschlucken. »Ich glaube, Mara hat so was mit Muskatnuß gewürzt. Solltest du vielleicht auch mal versuchen. Schmeckt vorzüglich.«
Mara. Wie eine Ohrfeige saust ihr der Name um die Ohren. Mara. Die schwarze Regenwolke, die von Anfang an über ihrem kleinen Glück schwebte, regnet zum ersten Mal ab. Ausgerechnet Muskatnüsse.
Mutlos schiebt sie den Teller zur Tischmitte. »Du hast recht. Es schmeckt tatsächlich nach nichts.«
»Laß nur, Kleines, deine Qualitäten liegen eben nicht in der Küche«, erwidert er vergnügt und angelt mit seiner Gabel den restlichen Brokkoli von ihrem Teller.
In dieser Nacht verstellt Michelle sich zum erstenmal. Sie stöhnt wollüstig seinen Namen, obwohl ihr zum Heulen zumute ist. Die ganze Zeit denkt sie an den Hunderter in ihrem Portemonnaie. Eine Markenjeans wünscht sie sich schon lange, eine, deren Label den Preis verrät. »Achim, jetzt, jetzt, oooh«, kämpft sie um ihr Märchen. Wer denkt im Bett an Muskatnüsse ...

Nervös marschiert Gabriele Wesskamp in ihrem Schlafzimmer auf und ab. Vierunddreißig Quadratmeter, schneeweißer Teppichboden, schneeweiße Wände, schneeweiße Vorhänge. In der Mitte des Raumes thront auf einem Podest ein kreisrundes Bett, über das jemand kunstvoll einige großgemusterte Decken und Kissen drapiert hat, so daß der Eindruck eines sündig verwühlten Lotterlagers entsteht. Ein falscher Eindruck übrigens. Das Ehepaar Wesskamp schläft seit Jahren getrennt. Zu beiden Seiten des Bettes verteilen antike Messingleuchten dezentes Licht, darunter liegen malerisch verteilt ein paar Bücher, deren Einbände wie zufällig ganz wunderbar mit den Farben der Bettdecken harmonieren. Der verspiegelte Einbauschrank vervielfältigt die elegante Erscheinung der Hausherrin genau zwölfmal.

»Na, hat es mit dem Auftrag für die Sanierung in der City geklappt?« erkundigt sie sich beiläufig, während sie kritisch den Sitz ihres champagnerfarbenen Lederkostüms prüft. Der Rock könnte fünf Zentimeter kürzer sein. Wer schöne Beine hat, darf sie ruhig zeigen. Gleich morgen früh wird sie die Schneiderin anrufen. Aufmerksam studiert sie ihr Bild im Spiegel. Irgend etwas stimmt nicht, aber was? Kurzentschlossen tauscht sie das mintfarbene Seidentuch gegen ein rotes aus. Mint macht blaß.

Ihr Mann, Arndt Wesskamp, einer der größten und bekanntesten Bauunternehmer am Ort, der gerade in eine schwarze Anzughose schlüpft, zuckt mit den Achseln.

»Geklappt schon. War aber verflucht schwierig. Ausgerechnet jetzt liegt der Lehmeyer im Krankenhaus.«

»Ach. Was hat er denn?« erkundigt seine Frau sich desinteressiert. »Müssen wir Blumen hinschicken?« Das Rot ist zu knallig. Und paßt absolut nicht zu ihrem bordeauxfarbenen Lippenstift. Der kastanienbraune Seidenschal könnte die Lösung sein.

»Quatsch. Wie sieht denn das aus. Vor seinen Kollegen, meine ich. Ach, der Wesskamp schickt Ihnen Blumen? Ist das nicht genau der Wesskamp, der gerade die Turnhalle am Schulzentrum gebaut hat? Und der demnächst die

Häuserzeile in der Friesenstraße renoviert? Komisch, daß der Ihnen Blumen schickt ... Du hast vielleicht Ideen. Na, jedenfalls mußte ich mich heute morgen mit seinem Stellvertreter auseinandersetzen. Ziemlich dröger Typ, der Kerl. Dachte schon, ich kann den Auftrag abschreiben. Ich konnte ja schlecht sagen: Na, womit darf ich Sie denn bestechen, guter Mann. Und plötzlich rückt er damit raus, daß er eine Wohnung sucht. Ein Appartement. Ich habe natürlich gleich an das Ärztehaus gedacht. Oben, das Penthouse, du weißt schon ...«

Geistesabwesend nickt Frau Wesskamp. In Geschäftliches mischt sie sich nur ungern ein. Solange genug Geld auf den Konten ist. »Dann ist es ja gut.« Sie tauscht ihre roten Pumps gegen braune.

»Da bin ich mir gar nicht so sicher. Mit dem Lehmeyer, klar, das ist eine ungefährliche Geschichte. Der mit seiner Spielsucht braucht immer Bares. Aber dieser Ellmer ... was weiß ich denn schon über den. Bin ich jetzt nicht erpreßbar? Schlimmstenfalls? Vielleicht war das Ganze ein Fehler. Ich hätte auf die Sache verzichten sollen ...«

Unwillig zieht seine Frau ihre perfekt gezupften Brauen hoch. »Red doch keinen Blödsinn. So einen Auftrag läßt man nicht sausen. Das mit dem Appartement tut dir schließlich nicht weh. Und er hängt jetzt genauso drin wie du. Etwa nicht?«

»Du hast gut reden«, faucht ihr Mann. Umständlich kämpft er sich in sein weißes Hemd. »Vorläufig hängt der nirgends drin. Was, wenn er morgen mit den beiden Kostenvoranschlägen irgendwas anstellt? Etwa zur Staatsanwaltschaft spaziert. Oder stell dir bloß mal vor, er vernichtet den alten nicht. Stell dir das bitte mal vor, da ist schließlich ein Posteingangsstempel drauf ... Das wäre doch mein Untergang! Und *wenn* alles klappt, dann muß ich künftig zwei

Pferde im Stall füttern. Lehmeyer und dieser Ellmer. So was geht nie gut.«
Seine Frau ist endlich voll und ganz mit ihrem Äußeren zufrieden.
»Wie lange brauchst du eigentlich noch«, wechselt sie abrupt das Thema. »Um acht Uhr fängt das Essen an. Es ist Viertel vor! Immer sind wir die letzten.«
»Herrgott, schneller geht es nun wirklich nicht«, braust Arndt Wesskamp mit hochrotem Kopf auf. »Die verdammten Manschettenknöpfe gehen wieder nicht zu. Du immer mit deinem Künstlerscheiß! Mist ist das, einfach Mist!«
Wutentbrannt feuert er zwei schwere Manschettenknöpfe aus gegossenem Silber gegen die Wand.
»Bist du wahnsinnig geworden? Weißt du nicht, was die wert sind?« kreischt Frau Wesskamp auf, und vor Empörung klingt ihre Stimme so schrill wie die einer gewöhnlichen Marktfrau – was ihr Mann mit großer Genugtuung registriert. »Der Berlig ist ein ganz großer Künstler. Einer *der* Schmuckdesigner überhaupt!«
»Red doch nicht schon wieder so geschwollen daher. Dieser Berlig ist nichts weiter als ein gewöhnlicher Silberschmied. Und zwar einer, der nichts von seinem Handwerk versteht. Ein Pfuscher! Oder was glaubst du, warum die Dinger weder auf noch zu gehen? Gar nicht davon zu reden, wie die aussehen. Wie zwei versilberte Haufen Hundescheiße! Jawohl – Hundescheiße!« steigert sich Arndt Wesskamp. »Und glaubst du vielleicht, ich gehe mit zwei Hundehaufen am Ärmel los? Nur weil der Berlig dir gefällt?«
Abrupt bleibt die Hausherrin stehen. »Jetzt gehst du entschieden zu weit. Was soll das heißen: nur weil der Berlig mir gefällt? Ich bewundere ihn als Künstler, das ist alles. Untersteh dich, so was noch einmal zu behaupten!«
»Was? Daß der dir gefällt?« höhnt Arndt Wesskamp, wäh-

rend er einem schwarzen Lederkästchen ein Paar schlichte, goldene Manschettenknöpfe entnimmt, die sich mühelos befestigen lassen. »Der Herr ist übrigens schwul, wußtest du das nicht? Da kannst du lange mit deinen Titten wackeln. Der interessiert sich nicht für so was. Vielleicht hat er bei Gelegenheit Lust, dich von hinten zu besteigen, kannst ja mal anfragen ...«
»Mein Gott, bist du ordinär«, zischt Gabriele Wesskamp verächtlich. Krampfhaft überlegt sie, ob ihr Gatte bezüglich des jungen, attraktiven Goldschmieds wirklich recht haben könnte.

Dienstag, 31. Oktober

Am Dienstagmorgen legt Achim zusammen mit der Tageszeitung die zweite anonyme Drohung auf den Tisch. SCHULDIGE MÜSSEN STERBEN! Diesmal ist die Reaktion eher lau, was denkt diese Mara sich eigentlich!
Die Stimmung beim Frühstück ist alles andere als gemütlich. Michelle hat versäumt, Pulverkaffee zu kaufen. Pfefferminztee und zusammengeklebte Drohungen, wackelige Klappstühle aus Plastik und ein Campingtisch – wütend starrt Achim vor sich hin. Im Aschenbecher verglühen die Papierschnitzel.
»Sollte es dir heute ausnahmsweise einmal möglich sein, neben deiner verantwortungsvollen Tätigkeit etwas einzukaufen, dann kauf doch bitte anständigen Kaffee. Am besten gleich mit Maschine. Geld habe ich dir ja gestern gegeben. Dieser ewige Pfefferminztee legt sich mir langsam auf den Magen.« Eine neuartige Gehässigkeit trieft aus seinen Worten und überschwemmt den Frühstückstisch.

Erschrocken zuckt Michelle zusammen. Der Pfefferminztee schmeckt plötzlich so bitter wie grüne Galle; angeekelt stellt sie die Tasse ab. Der Mann dort gegenüber kann nicht Achim sein, sein Rasierwasser riecht viel zu süß und aufdringlich, und diese kalten, verächtlichen Augen, dieser harte Mund sind ihr vollkommen fremd. Ein oder zwei Sekunden lang hofft sie, sich zu irren. Nein, so leicht und nebenbei darf man ihr die große Liebe doch nicht zerstören – doch sie hofft vergeblich. Etwas wird sich verändern. Michelle Tennhoff spürt es bereits in allen Gliedern, so wie man eine nahende Grippe registriert, und dennoch nichts daran ändern kann, weil sie im Grunde längst begonnen hat. Sollte es etwa so sein, daß sie ihr Glück, ihre Zukunft, ja ihr ganzes Leben auf Sand gebaut hat? Und gerade jetzt kommt Sturm auf? Wieder einmal? An den äußeren Rändern löst sich ihr Traum bereits auf. Ein sehr vertrautes Gefühl, wenn alles auseinanderbricht, wenn es nichts mehr zu halten gibt. Sandburgen sind nicht für die Ewigkeit bestimmt. Nur Kinder glauben solchen Unsinn. Am Ende wird es so sein, daß sie ganz allein und verlassen in der Wüste hockt, mit leeren Händen. Bitte nicht schon wieder. »Ich hole dir Kaffee. Und eine Maschine. Gleich nachher, wenn die Geschäfte öffnen. Du weißt ja, daß ich sonst nur Tee getrunken hab!« Mit gespreizten Armen stellt sie sich dem Schicksal entgegen. Ich tue ja alles. Markenjeans ade. Das Geld ist für so was Nettes wie eine Kaffeemaschine bestimmt.

Kaum ist Achim aus der Tür, reißt sie den Kühlschrank auf. Der rote Korn hat ihr schon über so manches Tief hinweggeholfen. Ein paarmal muß sie ganz tief durchatmen, um nicht laut loszuheulen. »Scheißkerle«, flüstert sie vor sich hin. Und die Enttäuschung in ihrem Gesicht läßt erahnen, wie sie in zwanzig Jahren aussehen wird. Wenn ihre Schönheit sich längst davongemacht haben wird. Zusammen mit den blauäugigen Kleinmädchenträumen vom großen Glück.

Neumond.
Eine der schwärzesten Nächte seit Menschengedenken. Kein Mond am Himmel, der die Kinder beschützt, keine Sterne mehr, die davon erzählen, daß auch anderswo noch Welten existieren. Die Menschheit ist alleingelassen mit dieser unheimlichen Dunkelheit, die alles verschluckt, Licht, Geräusche, Gefühle, Skrupel, alles. Das Böse breitet sich aus, duckt sich hinter Hecken, lauert zwischen den Häusern, schleicht lautlos näher und näher.
Für eine Sekunde flammt ein Licht auf, eine Plastikflasche ergießt sich leise glucksend in ein offenes Fenster, sternschnuppengleich fliegt ein Streichholz durch die Luft, einen lodernden Feuerschweif hinter sich herziehend. Jemand lacht leise und wünscht sich etwas Schreckliches. Schon brennen die wehenden Gardinen, schon fressen sich hungrige Flammen ins Zimmer, schon stürzen sie sich mit vergnügtem Knistern und Knacken auf den Menschen, der fest in seine Bettdecke eingewickelt schläft. Ein schlimmer Wunsch geht in Erfüllung. Schritte entfernen sich, jemand pfeift eine fröhliche Melodie. Irgendwo bellt ein Hund.

»Er ist da drin, er ist da noch drin!« kreischt die junge Frau hysterisch, und der Feuerwehrmann braucht ziemlich viel Kraft, um sie daran zu hindern, sich in die wütenden Flammen zu stürzen. Die Kellerwohnung des Wohnhauses in der Ziegeleigasse 29 brennt, und die Feuerwehrmänner haben alle Hände voll damit zu tun, ein Übergreifen der Flammen auf die oberen Stockwerke zu verhindern. Gar nicht auszudenken, die junge Frau wäre später heimgekommen. In einer halben Stunde hätte man das Feuer nicht mehr eindämmen können. So war es gerade noch möglich, alle Bewohner der oberen Wohnungen rechtzeitig zu evakuieren. Sollte die Frau allerdings recht haben, daß da unten noch einer drin ist – für den kommt jede Hilfe zu spät. Aber daran denkt jetzt niemand. Jetzt heißt es einfach nur retten, was noch zu retten ist.

Der Feuerwehrmann, der im bürgerlichen Leben als Elektriker arbeitet, ist überzeugt daß sich ein Defekt in den überalterten elektrischen Leitungen als Brandursache herausstellen wird. Oder dieser Kerl hat im Bett geraucht. Daß eine brennende Kerze ins Bett fällt, ist auch gar nicht so selten. Man glaubt ja nicht, wie leichtfertig manche Menschen ihr Leben aufs Spiel setzen. So als hätten sie die Unsterblichkeit für sich gepachtet.

Gegen fünf Uhr wird man die völlig verkohlte Leiche von Joachim Ellmer bergen.

»Bete zu Gott um Vergebung«, verlangte Schwester Benedikte, und ihre spinnenbeinlangen, knochigen Finger kniffen das Kind mit aller Kraft in die Seite. Schwester Benedikte. Nie sah man sie lächeln, nie verirrte sich ein freundliches Wort zwischen ihre schmalen Lippen, nie erwärmte ein liebevolles Gefühl ihr eiskaltes Herz, das starr und unbeweglich hinter den Rippen im Gleichtakt der unentwegt heruntergebeteten Psalmen geradeaus marschierte.

Irgendwo anders hätte sie vielleicht eine gute Ordensschwester abgegeben, hier allerdings, in diesem katholischen Waisenhaus, war sie entsetzlich fehl am Platz. Für Schwester Benedikte, die neue Heimleiterin, glich das Waisenhaus einer Art Hölle, die von unzähligen dürren, gehässigen Teufelskindern bevölkert war. Ein unübersichtlicher Wust von zappeligen Kindern, deren Namen sie sich nie merken konnte. Ein menschliches Durcheinander, das sich nicht ordnen ließ. Jedenfalls nicht so, wie sie es sich vorstellte.

Nämlich so, wie man Bücher in ein Regal stellt, indem man sie nach dem Alphabet sortiert. Oder nach Größe. Oder nach Themen.

Die Kinder ließen sich nicht so einfach zähmen.

Sie lärmten, tobten, fegten wie Derwische über die langen Flure, rannten jede gedachte Ordnung über den Haufen. Ihre Energie schien grenzenlos. Von morgens bis abends wurde laut gerufen und gelacht, eilige Kinderfüße polterten rücksichtslos die Treppen rauf und runter, beim Essen wurde geschwatzt und gekichert, ja selbst beim Abendgebet gab es noch Störenfriede, die miteinander flüsterten.

Schwester Benedikte litt. Sie fühlte sich gestört. Mit krampfhaft geschlossenen Augen, mit versteinerter Miene, mit gefalteten Händen wand sie sich unter der sprudelnden Lebendigkeit der ihr anvertrauten Kinder. Und sie sehnte sich mit allen Fasern ihres kalten Herzens zurück in die stille Abgeschiedenheit des Klosters, in dem sie die letzten achtzehn Jahre damit zugebracht hatte, junge, unerfahrene Novizinnen zu glaubensfesten Ordensschwestern zu formen. Das kleine Kloster, mitten in der Rhön gelegen, war ein Ort des Gebetes, der Einsamkeit, des inneren Friedens, der absoluten Ruhe, ein Ort, an dem man die Nähe des Herrn wahrhaftig in sich spüren konnte. Und diejenigen, die sich nicht in diese stumme Gemeinschaft einfügen wollten – oder auch konnten, je nachdem, wie man es betrachtete, wurden kurzerhand aus dem Kloster gewiesen.

Hier gab es diese einfache, bequeme Lösung nicht. Die Kinder blieben, bis sie alt genug waren, auf eigenen Beinen zu stehen. Und um ihnen diese Zeit so angenehm wie möglich zu gestalten, um ihnen die Illusion eines Familienlebens vorzugaukeln, stopfte der Vorstand das Heim voll mit überflüssigen, irdischen Gütern, die in den Augen von Schwester Benedikte keinen anderen Sinn erfüllten als den, die kleinen Seelen zu verderben. Bunte Gardinen, geblümte Bettwäsche, Bilder an den Wänden, weltliche Bücher, seit neuestem sogar ein Fernsehapparat. Sie, die schon als Siebenjährige gewußt

hatte, daß sie Nonne werden wollte und die unbeirrbar diesen Weg gegangen war, sie, die sich stets so sicher gewesen war, begann zum ersten Mal ernsthaft zu zweifeln.
Wie konnte ein Gott im Himmel zulassen, daß eine seiner treuesten Dienerinnen so gequält wurde?
Nachts träumte sie jetzt oft davon, alles hinter sich zu lassen, einfach fortzulaufen, sich auf taunassen Wiesen mit nackten Männern im Gras zu wälzen, sich gegen harte Körper zu pressen, zu saugen, zu lecken, die Beine auseinanderzuspreizen. Nie in ihrem Leben waren ihr solche Gedanken gekommen, nie zuvor hatte sie etwas Ähnliches gefühlt, und sie schämte sich beinahe zu Tode dafür. Es kam vor, daß ihr Unterleib beim Erwachen brennend heiß pulsierte, und dann fragte sie sich, ob sie wirklich nur geträumt hatte oder ob sie etwa wie eine Schlafwandlerin nachts das Bett verließ, um all diese sündigen Dinge wirklich zu tun. Sie wagte sich kaum noch ins Dorf, aus lauter Furcht, dort einem der Männer, die ihr aus ihren Träumen so vertraut waren, zu begegnen. Daß ihr Körper einfach nur panisch auf die bevorstehenden Wechseljahre reagierte, daß ihre Hormone verrückt spielten, daß sie Dinge erfuhr, die viele Frauen in diesen Jahren erleben, darauf kam Schwester Benedikte nicht, woher hätte sie es auch wissen sollen. Sie flehte unter Tränen um Erlösung, ganze Nächte kniete sie auf dem eiskalten Steinboden und betete inbrünstig um Vergebung, sie fastete tagelang, einmal schlug sie sich sogar mit der Gardinenschnur den Rücken blutig, doch die Träume hörten nicht auf.
Voller Verzweiflung flüchtete sie sich endlich in den Wahn, daß diese grauenvollen, sündigen Träume ein Zeichen sein mußten. Wenn es ihr erst gelang, aus all den wilden gottlosen Geschöpfen ernsthafte Christenmenschen zu machen, würden sie von selber vergehen, ganz gewiß. Sie war zu schwach, zu nachgiebig mit den Teufelskindern, sie erfüllte ihre Aufgabe nicht so, wie Er es wünschte. Und so fügte sie sich gehorsam in die vermeintliche Aufgabe, sie quälte tagein, tagaus die ihr aufgezwungenen Kinder auf Gottes rechten Pfad. Ein

Weg ohne Anfang und ohne Ende. Und wenn jemals ein zärtliches Gefühl für die ihr anvertrauten Kinder in ihrer Brust gewachsen wäre, so hätte sie es wohl selber totgetreten auf ihrer unendlichen Wanderung.

Ihr Leben geriet zu einem elenden Teufelskreis. Immer härtere Strafen fielen ihr für die Kinder ein, doch statt der erhofften Erlösung wurden die Träume immer ärger, immer lebendiger. Die Zweifel wuchsen. An Gott. An ihrem Glauben. Und vor allem an sich selbst. Wie ein todkranker Vogel taumelte sie zwischen den verbotenen Nächten und den endlosen Tagen hin und her, sie betete jetzt unablässig, so daß ihr manchmal die Stimme versagte, ihr Gesicht nahm die wächserne Blässe einer Schwerstkranken an, manchmal zitterten ihre Hände unkontrolliert, und sie mußte sie in den Falten ihres Gewandes verstecken. Lautlos wie ein Gespenst schlich sie über die Flure des Waisenhauses, und die kleineren Kinder fürchteten sich vor ihr. Sie, die ihre Ängste noch nicht artikulieren konnten, spürten wohl als erste den drohenden Wahnsinn.

Nur in Momenten wie diesen färbten sich die Wangen der Nonne rot, leuchteten ihre Augen jung und lebendig, erstrahlte ihr für gewöhnlich vollkommen regloses Gesicht in einem eigenartigen Glanz. Hier war jemand, der noch schlechter war als sie selbst, noch viel, viel schlechter, sündiger, verdorbener. »Beten sollst du«, knirschte sie wohlig, und ihr Blut erwärmte sich, und ihr Herz schlug schneller.

Das Kind schwieg trotzig. Hinter seinem Rücken ballte es die Hände zu Fäusten. Diesen Gott gab es nicht wirklich, das hatte es inzwischen begriffen. Die Nonnen hatten sich diesen Gott ausgedacht. Einen, der im Himmel wohnte und alles sehen konnte. Durch Dächer spähen, unter Bettdecken, sogar in die Köpfe hinein. Quatsch, alles Quatsch. Angeblich würde der Gott die Kinder für ihre Sünden bestrafen. Dabei waren es noch jedesmal die Nonnen selbst gewesen, die hier die Kinder bestraften. In Gottes Namen, wie sie immer mit ernster Miene betonten. Ja, das konnte man natürlich leicht behaupten, wenn man erwachsen war und sich dazu noch

hinter diesem fürchterlichen schwarzen Kleid versteckte. Wer traute sich schon, einer Nonne zu widersprechen?
Die Strafen der Nonnen.
Die Älteren mußten aus der Bibel abschreiben, stundenlang, oder sie mußten grobe Putzarbeiten verrichten. Die Jüngeren bekamen keinen Nachtisch, manchmal sogar überhaupt nichts zu essen. Man ließ sie tagelang nicht im Garten spielen. Wenn einer böse Wörter benutzte, wurde ihm der Mund ausgewaschen. Mit Kernseife, die grausig roch, die sich kalt und glitschig anfühlte und widerlich schmeckte. Das Schlimmste daran war aber, daß Schwester Benedikte jedesmal in aller Ausführlichkeit beschrieb, wie man Seife aus toten, vergammelten Tieren kochte. Genaugenommen stopfte sie einem also stinkende Tierkadaver in den Mund. Für das Kind war das die schlimmste Bestrafung überhaupt. Und es hätte sich nicht gewundert, wenn jemand nach so einer gründlichen »Reinigung« gestorben wäre. An so was Ähnlichem wie einer Leichenvergiftung. Doch bisher hatten alle Kinder überlebt. Mitunter hatte man Glück und wurde nur vom Abendgebet ausgeschlossen. Das war natürlich keine echte Strafe. Die Nonnen selbst beteten den ganzen Tag. Manchmal schlugen sie die Kinder. Allerdings nur, wenn gerade keiner zusah. Oder sie sperrten sie im dunklen Kohlenkeller ein.
»Beten sollst du!« zischte die Nonne, und sie stieß das Kind mit einer heftigen Bewegung auf die Knie.
Gehorsam murmelte es das Vaterunser. Und vergib uns unsere Schuld ... wie auch wir vergeben unsern Schuldigern ... und führe uns nicht in Versuchung, sondern erlöse uns von dem Bösen ..., ja bitte, erlöse mich von den bösen Schwestern ...
Es mochte das Vaterunser nicht, bis auf diese eine Stelle, erlöse uns von dem Bösen. Die gefiel ihm gut. Am Anfang hatte es abends vor dem Einschlafen gefleht, o bitte, erlöse mich von den bösen Nonnen, du lieber, lieber Gott, doch es klappte nicht. Entweder hörte dieser Gott nie zu, oder er hatte einfach keine Lust, sich mit Kindern abzugeben.

Mittwoch, 1. November

Zuckergußgelb ist eine scheußliche Farbe. Erst recht als Tischdecke. Und wenn einem die eigene Mutter zum vierunddreißigsten Geburtstag ein solches Damasttuch, das zu allem Überfluß auch noch mit riesengroßen kitschigen Rosenbuketts und Schleifen übersät ist, per Post zuschickt, ist der Tag eigentlich gelaufen. Und die Karte erst. Eines dieser kaufhaushäßlichen Hochglanzfotos, rote Rosen garniert mit Schleierkraut vor einem künstlichen Himmel, darunter steht in geschwungenen Goldprägebuchstaben: *Herzlichen Glückwunsch zum Geburtstag.* Im Karteninneren wird dieser denkwürdige Satz folgerichtig weitergesponnen ... *wünschen Dir Mama und Papa. Die Decke kannst Du ja für später weglegen. Feiere nicht zu tüchtig.*

Oberkommissarin Johanna Lauritz, klein, schmal, rothaarig und wie üblich in schwarzes Leder gekleidet, lächelt säuerlich. In ihrem Kleiderschrank ist ein Fach. Dort liegen all die Dinge, die sie seit nunmehr fünfzehn Jahren sammelt. Für später. Komisch geblümte Handtücher, unmoderne Gläser mit Goldrand, immer zu sechst im Karton verpackt, diverse Tisch- und Bettwäsche aus Damast und Tafelsilber für zwölf Personen, selbstredend alles deutsche Markenware von allerbester Aussteuerqualität. Nicht zu vergessen die Cromarganplatten, die man angeblich immer gut gebrauchen kann.

Ärgerlich beißt sich das Geburtstagskind auf die rotgeschminkten Lippen. Später. Wenn sie endlich so sein wird, wie ihre Mutter es gern hätte. Ohne Frage hat Helma Lauritz die Hoffnung, daß selbst aus ihrer Tochter Johanna, die mit vierunddreißig Jahren immer noch wie eine bockige Oberschülerin aussieht und die ihr Geld ausgerechnet mit der Aufklärung von Gewalttaten verdienen will, doch noch eine brave Ehefrau und Mutter werden wird, noch nicht zu Grabe getragen. Und sie steuert im wahrsten Sinn des Wortes ihren Teil dazu bei.

Wenigstens sind die Eltern diesmal zu Hause geblieben. In ihrem plüschigen Eigenheim, vollgestopft mit deutscher Wohlanständigkeit. Dort hocken sie auf dem federkerngepolsterten Sofa, umgeben von goldgerahmten, in Öl gebannten röhrenden Hirschen, von schneeweißen Damasttüchern und selbstgehäkelten Deckchen, vor sich ein Glas nachgezuckerten Moselwein. Im Schrank ruht das blankgeputzte WMF-Silberbesteck einträchtig neben dem Hutschenreuther-Tafelservice. Mit den Jahren sind die beiden erstarrt in ihrer Intoleranz. Via Satellit immer auf dem laufenden, was die große weite Welt angeht, haben sie den Kontakt zum Hier und Heute gänzlich eingebüßt.

Ihr letzter Besuch bei der einzigen Tochter glich einer mittelschweren Katastrophe. Johannas Haarfarbe, ein kräftiges Rot, war wirklich furchtbar (Was sagt denn dein Chef dazu?), der nagelneue Nappalederrock viel zu kurz (Bist du dafür nicht inzwischen zu alt?), das Auto zu klein, die Wohnung schön gelegen, aber unschön eingerichtet. (Sag mal, ist das nicht Gerlindes Eßzimmer? Wie konntest du das schöne Holz blau anmalen? So ein Jammer! Echt Nußbaum!) Unschwer zu erraten, daß auch das Abendessen, eine Riesenpizza, die der Italiener in der Innenstadt jeden Tag frisch zubereitet und die praktischerweise nur noch kurz in den Ofen geschoben werden muß, niemandem schmeckte. Bis auf Johanna natürlich.

Plötzlich steht Lea Brenning, ihre Vermieterin, in der Tür. In der einen Hand schwenkt sie fröhlich eine Flasche Sekt – »Vorsicht!«, warnt Johanna, »die Flasche geht gleich hoch!« –, in der anderen hält sie ein Geschenk, verpackt in bombastisches Rosa.

»Herzlichen Glückwunsch zum Geburtstag!«
Lea Brenning, eine kleine, füllige Frau, die längst die Fünfzig überschritten hat, die aber trotz ihrer Jahre etwas Niedliches, Mädchenhaftes – böse Zungen würden sagen: etwas Albernes – ausstrahlt, arbeitet als Krankenschwester in den Städtischen Kliniken. Und das noch nicht allzu lange. Davor war sie mehr als dreißig Jahre mit Dr. Georg Brenning verheiratet. Hat ihm Haus und Praxis geführt, beides sehr gewissenhaft und mit großem Erfolg. Bis der Göttergatte sein Herz an eine Jüngere hing. Von Scheidung war nicht die Rede, aber nein, er wußte sehr wohl, was er an seiner Lea hatte. Nur eine kleine Nebenbeifrau, vorläufig, versteh mich doch. Lea versuchte es. Mit aller Kraft. Doch während ihr Mann aufblühte, welkte sie an seiner Seite dahin, was ihm gar nicht weiter auffiel, weil sein ganzes außerberufliches Interesse seiner Zweitfrau galt. Irgendwann kriegte Lea den Dreh. Sie ließ ihn samt Praxis und Abrechnungen sitzen, kroch in ihrem leerstehenden Elternhaus unter und reichte die Scheidung ein. Und kassiert seitdem Unterhalt. Und zwar nicht gerade wenig. Es geht ihr wieder gut. Nicht zuletzt dank ihrer Mieterin.
Ihr Geschenk ist ganz was Besonderes. Ein edles Nachthemd aus naturfarbener Wildseide, bodenlang und ganz schlicht geschnitten. Johannas erster Gedanke ist, daß nur der passende Mann fehlt, der sie darin bewundern könnte. Gleichzeitig ärgert sie sich über solche blöden Klischees, die offenbar fest in weiblichen Hirnen verankert sind.
Fröhlich prickelt der Sekt. Zuerst im Glas, gleich darauf im Kopf. »Also, die Tischdecke ist ja wirklich hübsch. Dieses zarte Gelb!« Bewundernd streicht Lea Brenning mit ihren kurzen Fingern darüber. »Was für eine wunderschöne Farbe!« Sie selbst liebt Pastelltöne, und wenn es nach ihr ginge, könnte man alle anderen Farben getrost abschaffen.

Johanna lächelt still, kein Kommentar, statt dessen schenkt sie nach. Der Alkohol macht Lea ein bißchen schwermütig. Sie hebt ihr Glas. »Johanna! Ich beneide Sie. Ich möchte auch noch mal vierunddreißig sein. Unverheiratet. Unabhängig. Und so schlank. Sie Glückliche! Auf Ihr Wohl!« Die Gläser klingen.
Was für goldene Worte! Auf einmal ist die Zahl 34 gar nicht mehr bedrohlich. Und das Leben ist nicht zu Ende, noch lange nicht. Jederzeit könnte man wieder ins Casablanca gehen und einen Konstantin abschleppen. Und das Später wohnt weiterhin im Schlafzimmerschrank. Hinten rechts. Gut, daß es einen Schlüssel für die Schranktür gibt. Prost.
Um ein Uhr beginnt Leas Dienst. Um halb eins verabschiedet sie sich. Kichernd und mit hochrotem Kopf. »Ich muß mir schnell noch einen Kaffee machen«, lauten ihre letzten Worte.
Johanna beschließt, sich ausnahmsweise ein Mittagsschläfchen zu gönnen. Das Telefon klingelt. »Ja, hier Lauritz. Hallo, Stefan.«
Kaum zehn Minuten später steigt Johanna in ihren kleinen Renault. Die Müdigkeit ist wie weggeblasen.
Die Kollegen warten schon. Auf dem Tisch steht ein ärmlicher Blumenstrauß. Rote Rosen, weiße Freesien und ein verlorener Stengel Schleierkraut. Automatenblumen. Ist das nicht der Strauß von Mamas Karte? Mühsam verkneift Johanna sich ein Grinsen. Für die Geburtstagssträuße ist hier die Sekretärin verantwortlich. Eine Frau, die immer weiß, was sie tut. Und die niemals solch einen Strauß auf ihrem eigenen Tisch dulden würde. Immerhin gibt es auch Sekt, guten spanischen Sekt, der geht garantiert auf das Konto des Chefs. Es folgt ein lautstarkes Ständchen aus Männerkehlen, *Happy birthday to you.* Cora Samcke, die

Sekretärin, enthält sich der Stimme. Seit Johanna in einer einmaligen Wahnsinnstat mal eine Nacht mit dem Chef verbracht hat, was für ihr weiteres Leben eigentlich keine große Bedeutung hatte, für seines übrigens auch nicht, schwelt zwischen den beiden Frauen eine unterschwellige Feindschaft, sehr solide auf Eifersucht und verletztem Stolz gebaut. Denn für Cora Samcke, die Hauptkommissar Stefan Heyne seit Jahren heimlich, doch deswegen nicht weniger heiß verehrt, ist Johanna nun wirklich die letzte, der sie eine Nacht mit Heyne gönnen würde. Und verzeihen ist nicht unbedingt Sache der Frauen.

Jetzt wird's dienstlich.

Das, was auf den ersten Blick wie ein normaler Zimmerbrand aussah, hat sich als vorsätzliche Brandstiftung herausgestellt. Tausend Fragen, die so schnell wie möglich beantwortet werden müssen. Gibt es ein Motiv? Wollte jemand ganz bewußt diesen Joachim Ellmer beseitigen? Oder handelt es sich um die Tat eines Irren? Könnte es eventuell sogar rechtsextremistische Hintergründe geben?

Wie üblich wird eine Mordkommission gebildet, was bedeutet, daß alle anderen Kommissariate Mitarbeiter abstellen müssen. Nachbarn, Arbeitskollegen, die Freundin des Toten, eine verlassene Ehefrau gibt es auch, alle müssen so schnell wie möglich vernommen werden.

Der Chef höchstpersönlich, Hauptkommissar Stefan Heyne, der seit mehr als fünfzehn Jahren das Erste Kommissariat für Mord und Brand leitet, wird mit Johanna Lauritz zusammen die Freundin des Toten und anschließend seine Ehefrau befragen. Sahnetörtchen für das Geburtstagskind.

Goethestraße 17. Bei Kolbe. Therese Kolbe, die Wohnungsinhaberin, ist eine Arbeitskollegin der Freundin, und sie hat diese freundlicherweise bei sich aufgenommen.

Unterwegs wird einträchtig geschwiegen, während sich ein Zigeunergeiger im Radio abmüht, ihre Herzen in Flammen zu setzen. Für heute vergeblich, wie könnte ihnen auch der Sinn nach Feuersbrünsten stehen. Beide sehen marschierende Glatzköpfe vor sich, die die rechte Hand hochreißen und verbotene Parolen brüllen. Wer würde bei Brandanschlägen nicht automatisch an Rechtsextremismus denken. Doch irgendwie erscheint es besser, das vorläufig nicht laut auszusprechen. Abwarten.

Die Freundin des Toten hat geschlafen. Das feine Muster aus roten Linien, das quer über ihre linke Wange verläuft, stammt eindeutig von einem Kissen. Beim Anblick der Polizeiausweise nickt sie stumm. Die beiden Beamten folgen ihr ins Wohnzimmer.

Bei der Frage nach ihren Papieren schüttelt Michelle Tennhoff bedauernd den Kopf. »Tut mir leid, es ist alles verbrannt. So was hab ich in der Nachttischschublade aufbewahrt.« Das Feuer hat alles vernichtet. Ihre Papiere, ihre Wohnung, ihre ganze Zukunft.

»Sie kommen wohl wegen meinem ... Freund.« Ein kurzes Zögern vor dem Wort Freund, als müsse sie erst Anlauf nehmen, dann, extra laut und mit viel Betonung, rutscht es ihr über die Lippen. Mein Freund. Offenbar hat sie Joachim Ellmer noch nicht allzu oft so genannt.

Unter normalen Umständen sieht die junge Frau bestimmt sehr hübsch aus. Allein um das dichte, hellblonde, lockige Haar, das sie heute allerdings lieblos mit einem Gummiband zusammengebunden hat, würden viele Frauen sie beneiden. Mittelgroß ist sie und schlank, aber mit ausgeprägten Rundungen an genau den richtigen Stellen. Das einzige, was nicht passen will, sind die großen, knochigen Hände und Füße. Sie erinnert damit ein wenig an einen jungen Hund mit riesigen tapsigen Pfoten, der noch wachsen will. Vielleicht sind die großen Hände aber auch ein Hinweis darauf, daß die Natur Frau Tennhoff eine ganz andere Figur zugedacht hat, und daß ihre perfekten Formen mühsam erhungert sind.

Wie üblich, und Johanna hat sich immer noch nicht daran gewöhnt, schießt Heyne gleich scharf.

»Unsere Ermittlungen haben ergeben, daß das Feuer vorsätzlich gelegt wurde. Es handelt sich also um Mord!«

»Mord?« Fassungslos wiederholt die junge Frau das ungeheuerliche Wort.

Mord, die rote Hände fliegen aufwärts, pressen sich gegen das Gesicht. Und wieder wird deutlich, wie ungewöhnlich groß sie sind, weil sie so mühelos das ganze Gesicht bedecken. Ein verzweifeltes Schluchzen schüttelt den Körper. Johanna, die trösten will, wird heftig mit dem Ellbogen fortgestoßen.

Die Beamten wechseln einen kurzen Blick. Heyne schüttelt beinahe unmerklich den Kopf. Am besten, man läßt die Frau ein paar Minuten in Ruhe.

»Es geht schon wieder.« Das war für Stefan Heyne bestimmt, nicht etwa für Johanna, in deren Augen nach wie vor aufdringliches Mitleid lauert.

Sachliche Fragen, sachliche Antworten.

»Name?«

»Michelle Tennhoff.«

Johannas Zwischenfrage: »Michelle? Wie bei den Beatles?« wird ignoriert.

Also Michelle wie in jenem legendären Beatles-Song.

Ihr Verhältnis zu dem Toten? »Wir haben zusammengelebt. Seit sieben Wochen erst. Aber es war eine *ernste* Geschichte. Wir wollten so bald wie möglich heiraten.«

Beinahe erschrickt sie darüber, wie leicht ihr diese Lüge

über die Lippen gerutscht ist. Jetzt steht sie dort im Buch der Kommissarin, die fleißig mitschreibt. Ausgesprochen, niedergeschrieben und damit zur Tatsache geworden. Mit geschlossenen Augen schwebt Michelle Tennhoff durch die frisch erfundene Realität.

»Wir haben uns waaaahnsinnig geliebt«, sagt sie glückselig lächelnd. Bis unter Johannas ausdrucksloser Miene die Wirkung der Droge nachläßt.

Böse Blicke treffen die Spielverderberin.

»Er war verheiratet, sicher, aber er hat seine Frau schließlich verlassen. Achim *wollte* die Scheidung! Und falls sie *das* denken!« Anklagend weist ihr ausgestreckter Zeigefinger auf Johanna. »Er hat hier keinen Pfennig bezahlt. Für nichts. Er war mein Gast, die ganze Zeit. Glauben Sie ja nicht, daß ich ihn ausnehmen wollte. Nur weil er mehr Geld verdient hat als ich. Nee, das laß ich mir nicht nachsagen. Seine Kohle war mir schnuppe!«

Tja, die Rolle der Geliebten ist normalerweise eine höchst undankbare. Und Frau Tennhoffs übertrieben trotzige Reaktion zeigt wohl deutlich, daß auch sie keinesfalls so glücklich war, wie sie es hier und jetzt nachträglich unbedingt beweisen will.

»Wir haben zusammengelebt, weil es anders nicht mehr auszuhalten war! Diese ewige Heimlichtuerei. Fünf Monate lang. Es war entwürdigend. Kennengelernt haben wir uns ganz blöd. Sind bei Hertie zusammengerasselt. Mir sind alle Einkaufstüten runtergefallen. Er hat sich tausendmal entschuldigt, wollte mir unbedingt einen Kaffee spendieren. Und da hat es gefunkt.« Das stolze Lächeln steht ihr gut. Aber gefunkt hat es bei ihr ja wohl nun wirklich.

»Erzählen Sie uns bitte, was gestern abend passiert ist.«

»Zuerst haben wir gemeinsam gegessen. Ganz normal. Nudeln mit Tomatensauce. Es hat sehr gut geschmeckt, wie immer. Musik haben wir dabei auch gehört. Dann ist Achim weggefahren. Dienstags hat er nämlich immer seinen Skatabend. Der ist ihm heilig. Keine Ahnung, wo und mit wem. Ich habe nicht näher nachgefragt. Warum auch. Er hat seinen Skatabend, und ich treffe mich in der Zeit mit anderen Leuten. Das finde ich ganz okay. Wir sind schließlich zwei freie Menschen.« Schon wieder dieser patzige Tonfall. »Ich habe abgewaschen, die Wohnung aufgeräumt und bin gegen zehn Uhr abends zu meiner Kollegin. Frau Kolbe. Der diese Wohnung gehört. Wir haben ein bißchen was getrunken ... na ja, war wohl 'ne ganze Menge ...« Angriffslustig funkelt sie Johanna an, die eifrig mitschreibt. »So was gibt es doch: Man ist in Stimmung und findet kein Ende. Da ist es eben mal sehr spät geworden. Als ich heimkam, sah ich von der Straße aus die Flammen. Ich bin sofort zur nächsten Telefonzelle und hab die Feuerwehr angerufen. Da war er wohl schon ... tot.« Sie beißt sich auf die Unterlippe. Die graublauen Augen füllen sich langsam mit Tränen.

Die Beamten zucken verlegen die Achseln. Hatte Herr Ellmer Feinde?

»Feinde? Achim? Der doch nicht. So ein wunderbarer Mensch kann gar keine Feinde haben. Das heißt ...« Aufgeregt zerrt sie am Halsausschnitt ihres Pullovers. »Die Briefe! Natürlich. Seine Frau hat uns anonyme Briefe geschickt. Irgendwas mit Tod. Moment mal ... ja, genau. Da stand: Schuldige müssen sterben!«

»Sie haben Morddrohungen erhalten?« Stefan Heyne erinnert plötzlich an einen Schäferhund mit gespitzten Ohren. »Können wir so einen Brief mal sehen?«

»Tut mir echt leid«, bedauert die junge Frau. »Achim hat sie immer gleich verbrannt. Im Aschenbecher. Der war ja so was von stinksauer. Wollte sofort bei seiner Frau anrufen.

Aber damit war ich nicht einverstanden. Man will sich ja keine unnötige Blöße geben, oder?«

Unwillig schüttelt Johanna den Kopf. »Das Ganze noch mal langsam. Zum Mitschreiben. Sie haben Briefe bekommen. Richtig? Was stand darin? Schuldige müssen sterben?«

Michelle Tennhoff bejaht.

»Und das hat Ihnen gar keine Angst eingejagt? Also, ich hätte mich sofort an die Kripo gewandt.«

»Wieso?« wundert sich Frau Tennhoff. »Nur weil seine Frau mit der Trennung nicht klarkam? Ich habe das doch gar nicht ernst genommen. Und Achim schon sowieso nicht. Der sagte gleich: Das war Mara. Na, der werde ich mal Bescheid sagen. Nein, gefürchtet habe ich mich nicht. Ich fand es höchstens gemein von ihr, so was zu schicken. Aber das brauchte sie ja nicht unbedingt zu wissen. Deshalb habe ich Achim gebeten, das Geschreibsel zu ignorieren. Fand ich einfach besser. Aber jetzt ...« Mit verschränkten Armen lehnt sie sich zurück. »Werden Sie Frau Ellmer heute noch verhaften? Das ist doch praktisch der Beweis, daß sie es war, oder?«

Überrascht verneinen die beiden Beamten und erklären, daß es so schnell keinen Haftbefehl gibt.

»Interessieren würde mich ja noch, woher Sie so genau wußten, daß die Briefe von der Gattin Ihres Freundes waren. Sagten Sie nicht, es waren anonyme Briefe?« will Heyne wissen.

»Hat Ihr Freund vielleicht die Handschrift seiner Frau erkannt?« wirft Johanna ein.

»Quatsch, das waren doch so Zettel mit aufgeklebten Zeitungsbuchstaben. Einer am Montag und einer am Dienstag. Sie lagen schon frühmorgens im Briefkasten. Zusammen mit der Zeitung. Woher wir wußten ...« Sie zuckt die Achseln. »Achim hat sofort gesagt, die Briefe seien von ihr. Er

war sich so sicher, da hab ich dann gar nicht mehr weiter darüber nachgedacht. Nach zwanzig Jahren Ehe muß er seine Frau doch gekannt haben.« Treuherzig lächelt sie die beiden an.
»Wer wußte überhaupt davon, daß Herr Ellmer bei Ihnen wohnte?«
»Na, jeder natürlich. Seine Frau, seine Freunde, ganz bestimmt auch seine Arbeitskollegen. Das war doch kein Geheimnis«, schnappt sie böse nach allen Seiten. Offenbar fühlt sie sich durch diese Fragestellung beleidigt. »Achim hat ganz offiziell bei mir gewohnt.«
»Hatte er mal Besuch?«
»Eigentlich nicht«, gibt sie zögernd zu. »Wir waren lieber allein.«
»Haben Sie selber vielleicht Feinde? Immerhin ist es ja ihre Wohnung. Genausogut könnten sowohl die Drohungen wie auch der Mordanschlag Ihnen gegolten haben.«
»Mir?« Sie lacht nervös. »Unsinn. Ich wohne doch erst acht oder neun Monate hier. Außer Achim und Therese, also Frau Kolbe meine ich, kenne ich ja praktisch keinen Menschen. Und mich kennt auch keiner. Ich lebe nämlich sehr zurückgezogen. Bin kein Diskotyp.«
Im Auto werden Eindrücke ausgetauscht.
»Das ist ja vielleicht ein Herzchen, was?« lästert Stefan Heyne, während er den Wagen anläßt.
Doch Johanna ist in Gedanken bereits ein paar Straßen weiter.
»Ich hätte Lust, mir mal die Wohnung anzuschauen. Wie das junge Glück so gelebt hat, falls man noch was davon erkennen kann. Ich finde, ein bißchen Hintergrundwissen kann nicht schaden«, schlägt sie eifrig vor.
»Das kannst du dir wirklich sparen«, sträubt sich Heyne. »Ohne Gummistiefel frieren dir da drinnen höchstens die

Füße ab. Und viel zu sehen gibt's so und so nicht mehr. Eine billige Wohnung eben, verrußt und abgesoffen. Ich war heute morgen schon da. Das kannst du doch alles in der Spurenakte nachlesen. Und die Fotos sind bestimmt auch schon fertig.« Doch Johannas: »Na, komm schon, schenk mir diese Ortsbesichtigung zum Geburtstag!« entkräftet jedes Gegenargument. »Meinetwegen«, seufzt der Chef, und er wendet den Wagen mit quietschenden Reifen.

Bis zur Ziegeleigasse ist es nicht weit. Das Haus kann man schon von weitem leicht erkennen. Anklagend reißt das Schlafzimmer sein schwarzgerändertes Fenstermaul auf. Rußspuren führen die Hauswand hinauf. Ein paar Schaulustige suhlen sich im dürftigen Rest der Katastrophe, Jugendliche, ganz cool in Designerjeans und grellbunten, hochgeschnürten Doc Martens, werden an ihren rotgefrorenen Ohren als neugierige Schulkinder entlarvt, einige Hausfrauen, bewaffnet mit riesigen Einkaufstaschen schütteln pflichtschuldigst die Köpfe, schließlich gibt es einen Toten zu beklagen, ein junger Mann mit auffällig blonden Haaren starrt wie gebannt auf das Fenster, er kneift die Augen zusammen, als könne es ihm dadurch gelingen, durch Wände zu schauen, ein paar Rentner debattieren laut über die Brandursache, sie gehören zu denen, die schlauer sind als die Polizei. Sie alle blicken neidisch den beiden Beamten nach, die mittels ihres Dienstausweises das Haus betreten dürfen.

Die Treppe, die zu der Kellerwohnung führt, endet im Wasser, auf dessen Oberfläche ein schmieriger Rußfilm schwimmt.

Es ist nicht zu übersehen, daß Hauptkommissar Heyne wenig Lust verspürt, mit seinen handgearbeiteten italienischen Schuhen und seiner naturfarbenen Bundfaltenhose aus teurem englischen Leinengemisch in dieser schwarzen

Suppe nach weiteren Eindrücken zu fischen. Da willst du freiwillig rein? drückt seine angewiderte Miene aus. Sieht richtig gut aus, wie er fragend die Augenbrauen hochzieht, ein bißchen so wie Clark Gable in seinen besten Zeiten.
Seine Kollegin zieht lachend ihre Schuhe und die schwarze Strumpfhose aus, drückt ihm beides mit einem fordernden »Halt mal eben« in die Hand, um schließlich mit angehaltenem Atem ins eiskalte Wasser zu steigen. Für einen kurzen Moment bleibt ihr die Luft weg.
»Was uns nicht umbringt, macht uns nur härter«, ermuntert sie sich selbst, denn das Wasser ist wirklich teuflisch kalt. Gummistiefel wären gar nicht so schlecht, da hat Heyne schon recht. Mit lautem Plätschern pflügt die Tür durchs Wasser und gibt den Weg in die Unterwelt frei. Hades. Nebenkammer der Hölle. Düster und unheimlich. Heimat der Seelenlosen.
Schaudernd sieht Johanna sich um. So ähnlich müssen Wohnungen im zweiten Weltkrieg nach einem Bombeneinschlag ausgesehen haben. Ein Bild absoluter Hoffnungslosigkeit, trostlos und erdrückend. Scheinbar können nicht nur Menschen sterben, sondern auch Wohnungen. Und diese hier ist tot. Mausetot. In öligem Wasser ertrunken. Überall hat sich ein Film aus Asche und Ruß niedergelassen. Sämtliche Farben sind ausradiert. Nichts als Grau und Schwarz hat das Feuer zurückgelassen.
Unvorstellbar, daß hier gestern noch zwei Menschen gelebt haben sollen. Wie schnell die Dinge sich ändern können.
Der Flur ist praktisch leer, eine Jacke hängt an einem Nagel, eine hellgrüne Windjacke, Größe 38, in den Taschen befinden sich benutzte Papiertaschentücher und ein fast aufgebrauchter Labello-Lippenstift. In Augenhöhe hängt ein winziger, plastikgerahmter Spiegel, daneben ein kitschiges Schlüsselbrett mit einem der altbekannten, neunmalklugen

Sprüche drauf. Genau gegenüber der Eingangstür liegt die schwarze, verbeulte Tür, hinter der es gebrannt hat. Vom Schlafzimmer ist kaum etwas übrig geblieben. Bizarre Möbelskelette, verkohlte Gewebefetzen, die einmal ein Teppich waren, Tapeten und Gardinen sind zu Asche verbrannt. Das ganze Zimmer gleicht einer gespenstischen Ruine, schwarz und leblos, die einen beißenden Geruch verströmt. Das einzig unversehrte Stück, Achim Ellmers feuersicherer Hartschalenkoffer, gefüllt mit sauberer Unterwäsche, ein paar frischgebügelten Oberhemden, einem Mietvertrag und einer fast leeren sowie einer noch verschlossenen Flasche Remy Martin liegt inzwischen im Polizeilabor.

Im Küchenschrank findet sich ein buntes Sortiment an Geschirr und Gläsern, dürftige Lebensmittelvorräte, hauptsächlich Tütensuppen, Marmelade und Teebeutel. Im Kühlschrank lagern vor allem Coca-Cola-Dosen und zwei Flaschen roter Korn. Auf einem Porzellanteller mit abgeblättertem Goldmuster liegen ein paar vertrocknete Scheiben Mettwurst und ein bräunlicher Würfel Schnittkäse. Jemand hat vergessen, den Aufschnitt abzudecken. Auf dem Fensterbrett steht eine nagelneue Kaffeemaschine, noch in der Originalverpackung. Ansonsten nichts Aufregendes. Das heißt ... erstaunt dreht Johanna sich in der Tür noch einmal um. Hatte Frau Tennhoff nicht behauptet, aufgeräumt und abgespült zu haben? Tatsächlich türmt sich in der Spüle schmutziges Geschirr. Soviel zu den wahrheitsgetreuen Aussagen der Freundin des Toten.

Nachdenklich verläßt die Kommissarin die Wohnung. Das letzte, was sie mitnimmt, was auch das Feuer nicht auslöschen konnte, ist ein Eindruck von schlecht getarnter Armut, von geringer Lebensqualität, von sozialer Schwäche. Nur wenige, wie zufällig zusammengewürfelte Möbelstücke, kahle Wände, bis auf einige bunte Postkarten, die mit Stecknadeln an die Tapete gepinnt wurden, im Wohnzimmerschrank drei oder vier kitschige Porzellankatzen, wie man sie für wenig Geld in jedem Supermarkt kaufen kann, ein Plastiktablett mit Biergläsern, ein Stapel Zeitungen, ein paar kleine Öllampen. Auf dem Fußboden der unvermeidliche Fernsehapparat und gleich daneben ein tragbarer Radiorecorder. Ihre wenigen Kassetten hat Frau Tennhoff in einer leeren Keksdose aufbewahrt. Auf dem Tisch steht ein Weckglas voller Herbstastern, deren Farbe nicht mehr auszumachen ist. Die grauschwarzen Blütenköpfe hängen trostlos herab. Sie erinnern an hingerichtete Menschen, an Gehenkte.

Diese Wohnung straft Frau Tennhoff nachträglich Lügen. Hier soll die große Liebe zu Hause gewesen sein, hier will sie mit dem stellvertretenden Bauamtsleiter an einer glücklichen Zukunft gestrickt haben? Nie, nie im Leben. In Wirklichkeit hat der feine Herr es vorgezogen, keinerlei Spuren zu hinterlassen. Nichts hier weist darauf hin, daß er versucht hätte, seinen persönlichen Lebensstandard in die Ziegeleigasse mitzubringen. Das einzige, was überhaupt auf seine Gegenwart hindeutet, ist eine teuer aussehende Kulturtasche aus Leder im Bad.

Irritiert watet Johanna zurück zur Treppe, wo Stefan Heyne ihr mit einer galanten Geste ein blütenweißes Taschentuch entgegenhält. Macht richtig Spaß, den schmierigen Ruß in das feine Leinen zu rubbeln. Dabei kommt sogar ein wenig Leben in die weißen, gefühllosen Füße zurück.

Heyne lächelt, als hätte man ihn mit vorgehaltener Waffe dazu gezwungen. »Nun, hat es sich wenigstens gelohnt?« möchte er mit einem wehmütigen Blick auf das verdorbene Taschentuch wissen.

»Irgendwie schon. Finde ich jedenfalls. Wenn mir gestern

jemand gesagt hätte, daß dort der stellvertretende Bauamtsleiter unserer Stadt lebt, hätte ich es nicht geglaubt. Sie – eine kleine Serviererin, okay. Aber er? Wenn du mich fragst, wollte der feine Herr ein paar Wochen mit ihr rummachen und dann das Weite suchen. Das war doch garantiert auch so einer, für den Frauen nur aus verschiedenen Körperöffnungen bestehen.«

»Du scheinst ja über hellseherische Fähigkeiten zu verfügen. Oder woraus kann man das schließen? Habe ich was Wichtiges übersehen?« Oho, der Chef ist mal wieder sauer. Allgemeinangriffe gegen den männlichen Teil der Bevölkerung nimmt er gern persönlich.

»Das schließe ich zunächst einmal daraus, daß er sich nicht an der Miete beteiligt hat«, erklärt Johanna hoheitsvoll. »Obwohl er ja wohl doppelt und dreifach soviel verdient haben muß wie sie. Und ich schließe es daraus, daß er es offenbar nicht für nötig hielt, auch nur irgendwie in die schäbige Wohnung zu investieren. Wenn er tatsächlich vorhatte, dort zu bleiben, hätte er doch mal was Schönes kaufen können. Möbel, Geschirr, Gläser, was weiß ich, meinetwegen ein Bild für die kahlen Wände. Wenn er wenigstens für anständige Lebensmittel gesorgt hätte, aber der Kühlschrank war praktisch leer. Glaubst du nicht auch, daß ein stellvertretender Bauamtsleiter einen etwas anderen Lebensstandard gewohnt ist?«

»In der Küche stand eine neue Kaffeemaschine.« Stefan Heyne strahlt übers ganze Gesicht, so als hätte er gerade unerwartet in der Lotterie gewonnen.

»Na, das ist ja großartig. Und so persönlich«, spottet Johanna. »Höchstwahrscheinlich hat er ihren billigen Pulverkaffee nicht vertragen. Hast du übrigens mal ins Bad geschaut? Der Kerl hat seine Sachen in einer Kulturtasche aufbewahrt. Nicht mal sein Zahnbecher stand vor dem Waschbecken.

Verhält man sich so, wenn man mit seiner Zukünftigen zusammenzieht? Oder macht man das nicht eher, wenn man sich irgendwo als Gast fühlt? Und dann dieser Skatabend. Sie weiß nicht mal, wo und mit wem. Nein, Stefan, der hat die eiskalt ausgenutzt. Mitsamt ihren Träumen vom weißen Hochzeitskleid.« Wenn das keine Argumente sind! Sie grinst in sich hinein. Und Heyne kann nur ein beleidigtes Gesicht machen und sich ein vages vielleicht abquälen.
»Dann glaubst du also, sie war es?«
Doch Johanna will sich noch nicht festlegen. »Sie *könnte* es gewesen sein, klar. Sie oder die Ehefrau, das wäre doch am wahrscheinlichsten.«

Tapetenwechsel, und das total.
Eine alte Frau in einem eleganten, dunkelblauen Hosenanzug öffnet die Tür. Ungeachtet ihres Alters sind die Lippen leuchtend kirschrot nachgezogen, und ihr Haar trägt sie zu einem glatten, kinnlangen Pagenkopf frisiert.
»Ach, die Polizei! Ja, natürlich. Meine Nichte ist im Wohnzimmer. Es geht ja sicher um ihren verunglückten Mann.«
Ihre Stimme, rauh und dunkel, klingt fast ein bißchen verrucht. So als hätte sie in ihrem Leben viel zu viele Zigaretten geraucht. Etwa mit langer, goldener Spitze, so wie es früher unter mondänen Frauenzimmern üblich war.
Das Haus, das von außen langweilig und unscheinbar wirkt und sich in nichts von seinen Nachbarn unterscheidet, hat innen einiges zu bieten. Nirgends eine Spur von dem zur Zeit allseits so beliebten nüchternen Weiß, nirgends laue Pastelltöne, nicht eine einzige helle Wand. Statt dessen überall dunkle, satte Farben. Etwa ein intensives, blaustichiges violett, das an taufeuchte Veilchen erinnert, für die mächtige Sitzgarnitur. Die Wände sind kräftig goldgelb gestrichen, genau wie die Zimmerdecke, und auch die Ausle-

geware ist in diesem Ton gehalten; dadurch wirkt der Raum sehr niedrig, ja geradezu erdrückend. Vor den Fenstern hängen schwere, golddurchwirkte Brokatvorhänge mit langen Fransen, die jetzt halb zugezogen sind. Dort lädt eine wunderhübsche Sitzgruppe zum Entspannen ein: zwei Ohrensessel, beide samtig dunkelrot bezogen, dazwischen ein eigentümlich geformter Beistelltisch aus grünlich schimmerndem Glas. Dies ist der Platz, an dem zwei Menschen miteinander alt werden könnten. Ein Glas in der Hand, ein aufgeschlagenes Buch auf dem Schoß. Nun muß Mara Ellmer sich hier allein den Jahren stellen.
An den Wänden hängen mehrere Kunstdrucke, unter anderem das rote Zimmer von Matisse, intensive, pralle Farben, die gewiß ein wenig mehr Licht verdient hätten und die dennoch wie eigens für dieses Zimmer geschaffen erscheinen. Die Ellmers haben sich für breite, aufwendig verzierte Goldrahmen entschieden. In zwei nüchternen Glasvitrinen haben sie prächtig geschliffene Gläser aus farbigem Bleikristall mit breiten Goldrahmen gesammelt. Die Fensterbank ist völlig überladen mit Übertöpfen und Schalen aus hochglanzpoliertem Messing. Die Blumen darin sehen eher kümmerlich aus.
Ein Zimmer wie eine mittelalterliche Räuberhöhle, überfüllt mit geheimnisvollen Schätzen. Wo man auch hinschaut, glitzert und funkelt es. Jetzt erst bemerkt Johanna den Kristallüster über dem Couchtisch. Allein, in einer anderen Umgebung würde er fraglos alle Blicke auf sich ziehen. Hier ertrinkt er förmlich in einem gleißenden Meer aus Kitsch und bunten Farben. Was für ein merkwürdiger Raum. Entweder, man findet Gefallen an dieser dramatischen Inszenierung, oder man bekommt davon Beklemmungen. Johanna neigt eher zu letzterem.
Diese Mara Ellmer ist kein trotziges Mädchen, das seinen

Traum verteidigen muß, sie ist eine selbstbewußte, reife Frau. Eine gutaussehende Frau, die den Vergleich mit der Geliebten ihres Mannes nicht zu scheuen braucht. Ihre Schönheit ist allerdings eine ganz andere als die von Frau Tennhoff, sie wirkt sehr viel ehrlicher, selbstverständlicher, sie scheint von innen heraus zu kommen, und man ahnt, daß sie sich bis ins hohe Alter bewahren wird. So wie es aussieht, hat dieser Achim Ellmer sich eine jüngere Ausgabe seiner Gattin gesucht, nur scheint ihm dabei entgangen zu sein, daß er auf eine billige, aufgemotzte Kopie von minderer Qualität reingefallen ist. Auch Frau Ellmer ist blond, honigblond, und wenn sie auch längst nicht so schlank ist wie ihre Nachfolgerin, so ist ihre Figur doch sehr wohlproportioniert.
Versonnen betrachtet die Witwe den breiten goldenen Ehering an ihrer rechten Hand. Ein paarmal streicht sie zärtlich mit dem linken Daumen darüber. Mara Ellmer wirkt sehr ruhig. Sie hat ihren Mann bereits vor Wochen verloren, und seinen endgültigen Verlust trägt sie offenbar mit Fassung.
Das, was die beiden Kriminalbeamten ihr jetzt erzählen, kann sie allerdings kaum begreifen. Verwirrt wie ein Kind, das seine Rechenaufgaben nicht verstanden hat, schaut sie von einem zum anderen.
»Wenn Sie mir sagen, daß jemand das Feuer mit Absicht gelegt hat, muß es wohl stimmen. Ja, dann wird es so sein. Aber«, sie dreht die Handinnenflächen nach oben, »ich begreife es nicht. Verstehen Sie? Es ist für mich unvorstellbar. Jemand wie Achim ...«
Für einen kurzen Moment scheint es, als würde sie in Tränen ausbrechen. Doch dieser Eindruck vergeht so rasch wie er gekommen ist. »Im Grunde kann der Anschlag gar nicht ihm gegolten haben. Das ist doch absurd. *Sie* war

natürlich gemeint, diese Michelle! Immerhin ist es doch ihre Wohnung, nicht wahr? Haben Sie daran überhaupt schon gedacht? Oder aber es war ein verrückter, ein Wahnsinniger! Der einfach *irgendeine* Wohnung angezündet hat!«

»Feinde hatte ihr Mann also nicht?« möchte Stefan Heyne wissen.

Sie lacht spöttisch auf. »Achim? Feinde? Bestimmt nicht. Achim hatte gar nicht die Energie, sich mit irgend jemandem ernsthaft zu streiten. Das war ihm viel zu anstrengend. Er war einer, der grundsätzlich den Weg des geringsten Widerstandes ging.«

»Vor sieben Wochen allerdings nicht«, schaltet Johanna sich ein. »Das alles hier«, sie weist mit der Hand in die Runde, »gegen die Wohnung von Frau Tennhoff zu tauschen, kann man nicht unbedingt als bequeme Lösung bezeichnen. Wissen Sie, wie Ihr Mann da gelebt hat? Kennen Sie die Frau überhaupt?«

»Michelle Tennhoff!« verächtlich zieht sie die Mundwinkel herunter. »Nein. Ich kenne diese Person nicht. Und die Wohnung schon gar nicht. Jedenfalls nicht von innen. Von außen, ja, das gebe ich zu, von außen habe ich sie mir mal angesehen. Eine miese Gegend, ein schäbiges Haus, mein Gott, ich war geschockt. Das können Sie sich ja vielleicht vorstellen. Und wissen Sie was? Als man mir heute morgen die Nachricht von seinem Tod überbracht hat, da habe ich gedacht: Siehst du, Achim, das hast du jetzt davon. Ja, ganz frank und frei gesagt, ich hielt seinen Tod für eine Strafe von höherer Instanz.«

Ihre grauen Augen schauen offen von einem zum anderen. Genau das ist meine Meinung, verurteilt mich ruhig dafür. Aber die Wahrheit ist nicht immer so niedlich und kindgerecht wie bei Schneewittchen und den sieben Zwergen.

Eine ganze Weile kaut Johanna auf diesen provokativen

Worten herum. »Sie haben Ihren Mann also gehaßt«, zieht sie schließlich ihre eigene Bilanz. So gehaßt, daß sie ihn mit anonymen Briefen erschrecken wollten? fügt sie in Gedanken hinzu.

Energisch schüttelt Mara Ellmer den Kopf. »Aber nein, ganz sicher nicht gehaßt. Wenn überhaupt, habe ich ihn irgendwie verachtet. Ich meine, Achim hat sich durch diese Geschichte doch überall lächerlich gemacht.« Wütend tippt sie sich gegen die Stirn. »Ich bitte Sie! Der stellvertretende Leiter unseres Bauamtes zieht zu einer dreißig Jahre jüngeren Aushilfskellnerin. Auch noch in die mieseste Gegend der Stadt. Das ist doch ein Witz!«

Wo verläuft die Grenze zwischen Verachtung und Haß?

»Laut Frau Tennhoff wollten die beiden heiraten«, wirft Stefan Heyne ein. Man merkt förmlich, wie er auf die Auswirkung seiner Worte lauert.

»Nie! Nie im Leben. Das hat die Dame sich ausgedacht!« Ein unerschütterliches Nie, an dem es nichts zu rütteln gibt.

Was gäbe es anderes darauf zu erwidern, als die Frage, woher sie das denn bitte sehr so genau wisse.

Die Antwort ist eine Überraschung. Vielleicht die erste richtige Überraschung in diesem Fall.

»Mein Mann hat es mir vorgestern mitgeteilt. Am Telefon. Ab und zu haben wir nämlich miteinander telefoniert. Zwangsläufig. Über formale Dinge, beispielsweise seine Post. Oder die Zahlung von Versicherungen. All die Dinge, die sich nach zwanzig Jahren nicht so ohne weiteres auseinanderdividieren lassen. Ja, und vorgestern hat er mir mitgeteilt, daß sich ab nächsten Dienstag seine Adresse ändern würde. Ein Appartement im Ärztehaus am Friedrichswall wollte er beziehen. Ein Einzimmerappartement. Allein.« Triumphierend zeigt sie ihre weißen Zähne. Ein Halbkreis

aus perfekten Jacketkronen. »Moment, ich habe mir die Adresse aufgeschrieben.«
Ein kleiner Zettel, lieblos aus einem Notizbuch gerissen. Die Anschrift für Joachim Ellmers neues Leben, das nun nicht mehr stattfinden wird.
Kaum eine Stunde ist vergangen, und schon löst sich Michelle Tennhoffs weißer Traum in Luft auf, während Johannas Charakterisierung des Toten Kontur annimmt.
Weiterhin erfahren die Beamten noch, daß die Ehe durchschnittlich war – was heißt schon glücklich! –, man lebte einträchtig nebeneinander her, konnte sich einen relativ hohen Lebensstandard erlauben, hat gern gut gegessen, dafür ein kleines Vermögen ausgegeben, glühende Leidenschaft gab es nicht mehr – nach über zwanzig Jahren, ich bitte Sie! –, in der Rückschau hatte sich das Ganze wohl ziemlich totgelaufen, aber darüber hat man ja nie nachgedacht! Bei Licht betrachtet, hat er gar nicht so eine riesengroße Lücke hinterlassen. Selbstverständlich konnte Frau Ellmer das am Anfang nicht sehen. Da fühlte sie sich alt und überflüssig, fortgeworfen. Seit ihre Tante bei ihr eingezogen ist, geht es ihr wieder besser. Und daß er diese Michelle so bald wieder verlassen wollte, hat ihr selbstverständlich auch sehr gut getan. »Jugend ist eben nicht alles, nicht wahr?« Selbstzufrieden schlägt sie ihre schlanken Beine übereinander, die sich immer noch sehen lassen können, trotz zwanzigjähriger Ehe.
»Haben Sie nicht gehofft, daß Ihr Mann wieder zu Ihnen zurückkommen würde?« hakt Johanna sofort nach. »Nachdem sich diese Geschichte mit Frau Tennhoff möglicherweise als Irrtum herausgestellt hat?«
Doch auch an dieser Stelle kommt Mara Ellmer nicht ins Stolpern. »O nein, ganz gewiß nicht! Achim, habe ich damals gesagt, überleg dir gut, was du tust. Wenn du jetzt

gehst, ist es endgültig! Denk ja nicht, du könntest zu mir zurückkommen, wenn diese Geschichte vorbei ist. Ich werde mich definitiv scheiden lassen. Und das war mein voller Ernst! Nächste Woche habe ich einen Termin beim Anwalt. Achim hätte vor mir auf den Knien rutschen können, ich hätte die Tür nicht mehr aufgemacht.«

Da sind ja doch noch jede Menge Gefühle im Spiel, wie Johanna zufrieden registriert. »Das klingt jetzt aber gar nicht so, als ob Ihr Mann Ihnen nichts mehr bedeutet«, sagt sie leise.

Mara Ellmer holt ganz tief Luft. »Ich habe diesen Mann einmal geliebt. Und ich hielt unsere Ehe immer für glücklich. Das ist wohl wahr. Und als er fortging, hat er mir sozusagen das Herz gebrochen.« Sie lächelt verlegen, und ihr Blick fällt auf die beiden roten Sessel am Fenster, die so offensichtlich für ein Ehepaar gedacht sind. Dann strafft sich ihre Gestalt, und sie schaut Johanna beinahe angriffslustig an. »Aber wie heißt es so schön: Die Zeit heilt alle Wunden. Und als der erste Schmerz vorbei war, fielen mir nach und nach seine schlechten Seiten ein. Und ich mußte mir eingestehen, in einem Luftschloß gelebt zu haben. Heute sage ich Ihnen ganz ehrlich: Der Kerl war nichts Besonderes, ich habe Dinge in ihm gesehen, die gar nicht vorhanden waren. Und unsere Ehe war auch nicht gerade der Himmel auf Erden. Wir waren nie zum Essen aus, nie zum Tanzen, seit Jahren ist er nicht mit mir in Urlaub gefahren, im Grunde seines Herzens war er ein langweiliger Geizkragen! Glauben Sie etwa, der hätte mir einmal etwas Schönes zum Geburtstag geschenkt? Oder zu Weihnachten? Ach was!« Ärgerlich winkt sie ab. »Kauf dir doch, was du willst, hat er gesagt. Ich weiß ja sowieso nicht, was dir gefällt! So einfach hat Achim Ellmer es sich gemacht. Wenn ich was Hübsches für die Wohnung angeschafft habe, hat er gemault: Mußte das schon wieder sein? Stehen hier noch nicht genug Staubfänger rum? Der wollte nichts als Fernsehen, Zeitung lesen und Briefmarken sortieren, mit anderen Worten seine Ruhe. Die Arbeit auf dem Bauamt war notwendiges Übel, mehr nicht. Ehrgeizig war dieser Mann keine Spur. Warum denn auch. Ich hab ja genug Geld in meiner Drogerie verdient.«

»Wo waren Sie gestern um zwei Uhr morgens?«

»Im Bett, wo sollte eine Frau in meinem Alter sonst sein«, kokettiert sie. »Ich ziehe doch nicht durch irgendwelche Nachtbars, um mir einen Ersatzmann aufzugabeln! Na, danke schön, von Männern habe ich im Moment die Nase gestrichen voll! Zeugen? Natürlich nicht. Meine Tante hat ganz bestimmt tief und fest geschlafen. Sie ist immerhin dreiundsiebzig. Aber Sie können sie ja gleich fragen.«

Die Fotos von Joachim Ellmer, die sie bereitwillig heraussucht, sind die zweite Überraschung. Jedenfalls für Johanna. Der Mann war eine unscheinbare graue Maus. Schmächtig, farblos, goldbebrillt. Alles andere als ein Mann zum Verlieben auf den ersten Blick. Vielleicht fühlte die Maus sich in dieser glitzernden Pracht fehl am Platz und hat sich deshalb in ein armseliges Kellerloch geflüchtet? Doch was wollte die Maus dann im noblen Ärztehaus am Friedrichswall?

Eine weiterer Punkt wäre noch zu klären, nämlich Namen und Adressen der Skatbrüder. Mara Ellmer hat alles parat. Mit dem Foto in der Hand verabschiedet man sich wenig später höflich. Auch hier noch der Hinweis, daß bestimmt noch weitere Fragen auftauchen werden.

Frau Ellmers Tante übrigens, die alte Dame, die vorhin die Tür geöffnet hat, lächelt bedauernd. »Tut mir leid, da kann ich Ihnen nicht weiterhelfen. Ich habe tief und fest geschlafen.«

»Na«, erkundigte sich der Chef grinsend, als sie wieder im

Auto sitzen, »und was sagt unsere Expertin für zwischenmenschliche Beziehungen?«
Johannas vager Versuch, geheimnisvoll dreinzuschauen, um ein Wissen vorzutäuschen, das sie aus welchen Gründen auch immer vorerst nicht preisgeben will, scheitert jämmerlich.
»Keine Ahnung, stimmt's?« erkennt Heyne auf den ersten Blick.
»Ja. Leider.«

Auf dem Präsidium geht es heiß her. Jeder, der Heynes Zimmer betritt, bringt neue Informationen mit. Tatsachen, von denen jede einzelne die allesentscheidende sein könnte. Im Moment scheint es allerdings kaum möglich, in dieses Überangebot an Informationen so was wie eine Ordnung zu bringen.
Jedes Gesprächsprotokoll wird deshalb so bald wie möglich niedergeschrieben und in die Spurenakte geheftet. Die Spurenakte – bis zur Lösung des Falles ist sie die Bibel der Mordkommission. Unzählige Male werden sie darin blättern, lesen, wird jemand vermeintlich wichtige Stellen mit einem Marker farbig hervorheben, um sie nur ja nicht zu übersehen. Aussagen, die sich am Ende vielleicht als völlig unwichtig herausstellen werden, während die eine, alles erklärende Passage möglicherweise neunhundertneunundneunzigmal überlesen wird, um beim tausendsten Mal endlich den entscheidenden Hinweis zu geben.
Eine Tatsache jedenfalls beruhigt ungemein. Rechtsextremismus scheidet offenbar aus. In der Ziegeleigasse 29 leben nur Deutsche. Und Kriminalmeister Edgar Lohse hat sie alle vernommen.
Sein Bericht ähnelt wie gewöhnlich dem Auftritt eines zweitklassigen Alleinunterhalters, der spürt, daß er das Pu-

blikum nicht auf seine Seite ziehen kann, und deshalb von Minute zu Minute nervöser und unsicherer agiert.
Viel zu laut und schnell rattert er seinen Text herunter, wobei er aufgeregt vor dem Schreibtisch hin und her stolziert, hahnengleich, seine Hände fuchteln wild durch die Luft, sein Gesicht verzieht sich zu den absonderlichsten Fratzen, ständig betont er irgendwelche Wörter, indem er sie eindringlich wiederholt. Ganz offensichtlich plagt ihn die Angst, seine Kollegen könnten sich gelangweilt abwenden, wenn es ihm nicht gelingt, sie durch immer wieder neue Kapriolen zu fesseln.
Längst hat Johanna es sich angewöhnt, möglichst umgehend seine schriftlichen Berichte zu lesen, die er seltsamerweise völlig nüchtern und sachlich abfaßt und die seine Vernehmungen sehr viel konkreter wiedergeben. So bleibt ihr jetzt Zeit genug, ihre Aufmerksamkeit auf Lohses Äußeres zu konzentrieren. Cowboystiefel, deren Spitzen sich provozierend emporrecken, enge Jeans, ein breiter Ledergürtel, auf dessen Silberschnalle ein jagender Adler herabstürzt, ein schwarzes T-Shirt und darüber ein weißes Trägerhemdchen aus irgendeinem Netzmaterial, das den athletischen Körper wie eine zweite Haut umspannt. Im Vergleich zu dem gewaltigen, muskelgepanzerten Brustkorb wirkt der Kopf mit den kurzrasierten Haaren eine Nummer zu klein. Irgendwie unproportioniert.
Zu seinem Leidwesen ist Kriminalobermeister Edgar Lohse nicht besonders groß gewachsen, was ihm in jugendlichem Alter jeglichen Zugang zu den von ihm verehrten Mädchen unmöglich machte. Keine der angebeteten jungen Damen war bereit, sich mit einem Jungen einzulassen, der gut und gern einen Kopf kleiner war als sie selbst und zu dem man sich beim Küssen herunterbeugen mußte. Helden im Zwergenformat waren zu der Zeit

einfach nicht gefragt, wahrscheinlich hat sich bis heute nicht viel daran geändert.
Zwar zeigte die Natur sich kurz vor seiner Schulentlassung noch mal von ihrer gnädigsten Seite, indem sie Edgar Lohse großzügig noch zehn Zentimeter spendierte, doch da war die heiß verehrte Elfriede Pasternak längst in festen Händen. In großen, kräftigen Händen, die ordentlich zuschlagen konnten, falls einer ihr zu nahe trat.
Edgar ging zur Polizei. Er brachte die gesetzlich geforderte Mindestgröße plus vier Zentimeter mit, ferner den brennenden Wunsch, endlich wer zu sein, und sei es nur mittels der Uniform, die ihn übrigens hervorragend kleidete. Er wirkte darin schlank und gut gewachsen – vor allem aber wichtig, sehr wichtig. Selbstverliebt konnte er sich stundenlang im Spiegel betrachten, auf den Streifengängen ließ er keine Schaufensterscheibe, keinen Seitenspiegel aus. Die Sicherheit, die ihm sein Äußeres gab, machte ihn ganz nebenbei zu einem guten Polizisten. Geradezu vorbildlich erfüllte er seine Pflichten, er war streng, jedoch nicht verbissen, zeigte, wo es möglich war, Menschlichkeit, konnte aber auch mit unerbittlicher Härte zugreifen. Kollegen und Vorgesetzte schätzten Edgar Lohse wegen seiner souveränen Art, und so war es sein Chef, der ihm vorschlug, zur Kripo zu wechseln.
Nach seinem Dienstantritt im Ersten Kommissariat blieb die Uniform zwangsläufig im Schrank hängen, was Edgar Lohse unerwarteterweise beinahe aus der Bahn warf. Ohne das schützende Grün fühlte er sich wie nackt. Nachts träumte er davon zu schrumpfen, er wurde wieder zum Kleinsten in der Klasse, von den Mädchen verspottet und verlacht, von den Jungs als Gegner nicht ernst genommen.
Auch seine Tätigkeit bei der Kripo erwies sich als große Enttäuschung. Er, der selbständiges Arbeiten gewohnt war,

wurde plötzlich zum Lehrling degradiert, der nur nach genauesten Anweisungen agieren durfte. Auftragsarbeit, mehr nicht. Er mußte bestimmten Personen bestimmte Fragen stellen. Stückwerk. Da hatte er sich bildlich gesprochen vorgestellt, großartige Häuser zu errichten, und jetzt erlaubte man ihm gerade nur, ein oder zwei Zimmerwände zu ziehen. Genau nach Planskizze. Der Architekt hieß Stefan Heyne. Und der kassierte am Ende auch das Lob des Dienststellenleiters. Edgar Lohses Arbeit ging unter, über seine Zimmerwände wurde drübertapeziert, und dann wurden auch noch bunte Bilder aufgehängt. Geht beim Bau was schief, haben die Maurer gepfuscht, wenn alles klappt, gebührt die Ehre dem Architekten. Keiner fragt nach, wie die Maurer eigentlich heißen, die das Haus Stein für Stein gebaut haben. Wohin um alles in der Welt sollte Lohse mit seinem Zorn, seiner Enttäuschung? Er entschied sich für das gebräuchlichste Ventil unserer Gesellschaft, er begann zu trinken. Wodka pur. Flaschenweise, nächtelang. Nach zwei Monaten war Edgar Lohse nur noch ein Schatten seiner selbst, eine hagere, ungepflegte Gestalt mit brennenden Augen, die entsetzlich nach Schweiß und Schnaps stank und ständig und überall Streit suchte. Er wurde zweimal zum Dienststellenleiter beordert und verwarnt. Sein Untergang schien besiegelt.

Da entdeckte er sich selbst in der Tageszeitung. Sich selbst und seine Zukunft. Vorher und nachher. Machen Sie mehr aus sich. Bodybuilding. Der einfache Weg zu einer attraktiven Figur, um die Sie jeder beneiden wird. Edgar Lohse erkannte augenblicklich seinen Weg, seine Rettung. Seither werkelt er verbissen an seinem Körper herum. Unzählige Stunden malträtiert er sich bis an die Schmerzgrenze und darüber hinaus im Fitneßcenter, daneben hält er eine strenge Diät ein, viel Eiweiß, viel Kohlenhydrate, wenig Fett, kein Nikotin, Alkohol in Maßen, zusätzlich gönnt er sich ein paar gelbe Pillen, unerlaubte natürlich, die wie durch Zauberei Muskelmasse aufbauen. Das Ergebnis sind Berge von Muskeln, genau an den richtigen Stellen, die Lohse stolz in knackigen Jeans und hautengen Shirts zur Schau stellt. Ein Körper, so perfekt, so sexy, daß es keiner Uniform mehr bedarf. Keine durchgeschwitzten Laken mehr, keine Alpträume. Wenn er bloß nicht nach wie vor einfacher Maurer wäre ...

Also.

»Unter dem Dach lebt eine alleinstehende Mutter mit ihren beiden Kindern. Alle drei mager, blaß und verschüchtert. Die helfen uns nicht weiter, die bestimmt nicht«, davon ist Edgar Lohse felsenfest überzeugt. »Sie kannte den Ellmer nicht mal, hat ihn nie gesehen. Und seine Freundin wär ein ganz ordentliches Mädchen, sehr nett.«

Ein Stockwerk tiefer lebt ein alkoholabhängiges Rentnerehepaar. »Restlos voll, die Säufer!« Lohse schüttelt sich angeekelt. »Und das in dem Alter. Widerlich, kann ich euch nur sagen. *Widerlich!* Ein Gestank in der Wohnung, als hätte der Alte sich gerade erst in die Hosen gemacht. Der Oma fehlen sämtliche Zähne im Mund, die konnte nur noch nuscheln. Was soll's? Die braucht ihre Beißerchen sowieso nicht mehr. Die ernährt sich garantiert flüssig.« Zur Bekräftigung seiner Worte setzt er eine imaginäre Flasche an und trinkt sie mit heftigen Schluckbewegungen aus. »Auf dem Tisch nix als 'ne Pulle Korn. Natürlich so gut wie leer, war ja auch Mittag vorbei. Die beiden waren voll bis zum Kragen und haben was von der Stasi gelabert. Das wäre eindeutig die Handschrift der Stasi. Wißt ihr, was der Alte zum Schluß meinte?« Aufmunternd schaut Lohse von einem zum anderen und bricht schließlich in brüllendes Gelächter aus. »Er meinte, der Anschlag hätte höchstwahrscheinlich ihm gegolten. *Ihm!* Er wäre ja seinerzeit aus der DDR geflüchtet. Und so was würden die da drüben nie vergessen. Er hätte schon lange mit einem Anschlag auf sein Leben gerechnet! Also, Leute, der hat noch gar nicht mitgekriegt, daß es keine Deutsche Demokratische Republik mehr gibt«, keucht er und schlägt sich begeistert auf die muskulösen Schenkel. Pflichtschuldigst grinst Heyne mit, Roland Bierwirth lacht sogar leise, nur Johanna verzieht keine Miene.

Im Erdgeschoß lebt eine Großfamilie. Vater, Mutter, sieben Kinder, eines davon geistig behindert.

»War gar nicht so leicht, die zum Reden zu bewegen«, brüstet sich Lohse. »Der Typ, Hellwig heißt er, hatte in seinem Leben wohl schon einigen Ärger mit der Polizei. Mit Bullen wollen wir nix zu tun hab'n!« ahmt er sehr eindrucksvoll den aggressiven Tonfall des angetrunkenen Mannes nach, der ihm am liebsten die Tür vor der Nase zugeknallt hätte. »Seine Frau war zum Glück ganz redselig. Viel wissen die nicht über die beiden da unten. Vorher hätte Frau Tennhoff nie Herrenbesuch gehabt. Sie wär eine ganz Manierliche, meint die Frau Hellwig. Mit diesem Ellmer ging es schon ein paar Monate, bevor er einzog. Er war ein Lackaffe, hätte nie gegrüßt, mehr wußten sie nicht. Na ja, und dann«, Edgar Lohse grinst entschuldigend in Johannas Richtung, »hätten die zwei ewig im Bett rumgemacht. Bei geöffnetem Fenster. Die Kinder standen draußen Spalier, angeblich. Tja, das Interessanteste ist wohl, daß die beiden sich gestern abend lautstark gestritten haben. Zum ersten Mal. Worum es ging, konnte Frau Hellwig nicht so richtig hören. Jedenfalls flogen die Fetzen.«

Sieh an, sieh an. War die unsterbliche Liebe etwa auf dem besten Weg, sterblich zu werden?

Das Telefon klingelt. Die Spurensicherung hat Achim Ell-

mers Koffer geöffnet. Besagter Mietvertrag hat sich gefunden.
Frau Ellmer hat also die Wahrheit gesagt. Auf Michelle Tennhoffs Konto sammeln sich dagegen die Minuspunkte.

Ein letzter Rest Geburtstag ist noch übrig, genau zwei Stunden, und Johanna beschließt, noch ein bißchen in ihrer Stammkneipe zu feiern.
Helene, die Wirtin, freut sich. Überschwenglich preßt sie Johanna an ihren Busen, wo es weich und warm ist und nach Moschus duftet. Es scheppert und klirrt melodisch, denn Helene Meier liebt es, sich verschwenderisch mit Modeschmuck zu behängen. Auch wenn die einzelnen Schmuckstücke im herkömmlichen Sinn nicht zusammenpassen. Für einen Moment überlegt Johanna, wie Helene wohl das Wohnzimmer von Mara Ellmer gefallen würde. Höchstwahrscheinlich wäre sie hellauf begeistert, was durchaus für Frau Ellmer sprechen würde, als Argument Heyne gegenüber allerdings nicht taugt.
»Herzlichen Glückwunsch, Johannakind. Und alles, alles Gute. Ich wünsche dir für dein nächstes Lebensjahr mindestens eine glühende Affäre – am besten mit einem zehn Jahre jüngeren Mann!« Sie zwinkert allwissend.
»Wie bitte? Mit einem Vierundzwanzigjährigen? Du spinnst wohl! Was soll ich denn bitte mit so einem Milchgesicht anfangen!«
Typisch Helene. Die schießt einfach ins Blaue und landet einen Volltreffer. Unglaublich. Als hätte Johanna jemals ein Wort über den denkwürdigen Abend im Casablanca verraten.
Ein Geschenk gibt es auch. Ein kleines Päckchen, vielversprechend in lila Seidenpapier gehüllt. Parfüm oder Ohrringe, folgert die Kriminalkommissarin messerscharf. Beides falsch. Ein Kartenspiel. Genauer gesagt, ein Patienceblatt.

»Falls du mal nicht mehr weiter weißt.« Helenes Lächeln ist unergründlich; schwer zu sagen, ob sie es ernst meint oder nicht.

»Das kommt mir allerdings sehr gelegen«, Johanna kichert, und sie schildert kurz den Mordfall Ellmer. Für Helene ist es keine Frage, daß Frau und Geliebte als Täterin ausscheiden.

»Eifersüchtige oder enttäuschte Frauen morden mit einem Messer. Die wollen ihrem Opfer in die Augen sehen!« erklärt sie mit bedeutungsvoller Miene. »Und das Opfer muß bluten! So ein Feuer ist einfach nicht spektakulär genug.«

Spät in der Nacht kommt Johanna heim.

Aus unerfindlichen Gründen ist es plötzlich wichtig, die Karten auf dem Fußboden auszubreiten. Übrigens handelt es sich keineswegs um ein herkömmliches Blatt. Nein, die Bilder sind, wie auf der Packung steht, eine Nachbildung eines alten russischen Spielblatts. Statt goldener Kronen werden abenteuerliche, turbanähnliche Kopfbedeckungen, geschmückt mit Federn und Perlen, getragen. So sahen die alten Zaren aus? Die grausamen russischen Monarchen, die ihrem armen Volk das Blut aussaugten, um selbst in Prunk und Protz leben zu können?

Ganz unerwartet schaut Johanna in ein Gesicht, das ihr merkwürdig vertraut vorkommt, ein Gesicht, in das sie heute schon einmal gesehen hat. Michelle Tennhoff ist die Herzkönigin, ganz eindeutig. Dieser Blick, unendlich traurig, voller Sehnsucht, ein wenig trotzig, doch vor allem unsicher, dieser niedliche Schmollmund, die blonden Lokken, die hier allerdings fast vollständig unter einer edelsteinbesetzten Haube verschwinden, alles stimmt überein. Michelle Tennhoff und niemand anders ist die Herzkönigin, die Ähnlichkeit ist wirklich unglaublich. Vor mehr als hundert Jahren hat ein Maler alle Züge ihres ruhelosen

Wesens auf dieser winzig kleinen Spielkarte eingefangen. Gut macht sie sich als tragische Figur, als unglückliche Zarin, diese Michelle Tennhoff.
Solche Zufälle gibt es nicht. So was passiert in albernen Filmen, in schlechten Büchern, wenn der Autor nicht weiter weiß, aber niemals in der Realität. Mit zittrigen Fingern rafft Johanna die Karten zusammen und stopft sie in die Schachtel.
»Quatsch. Zuviel Wein, zuwenig Schlaf«, sagt sie laut und deutlich und dann noch einmal mit aller Entschiedenheit »Quatsch.«
In dieser Nacht wird sie von einer königlich geschmückten Michelle Tennhoff träumen, die in Mara Ellmers blutrotem Ohrensessel sitzt und bitterlich weint.

Eines Nachts verlor das Kind seinen Glauben. Sommer war es, genauer gesagt August, und die Sonne brannte seit Tagen so unerbittlich heiß vom Himmel, daß die Rosenknopsen an den Stielen verdorrten und die Birken erschöpft ihre Blätter abwarfen. Die Gehwegplatten wurden über Mittag so heiß, daß man nicht barfuß darüberlaufen konnte, und überall lagen vertrocknete Regenwürmer herum. Sie fühlten sich an, als wären sie aus Plastik, überhaupt nicht mehr eklig. Eine der Nonnen, ausgerechnet Schwester Magdalena, die Beliebteste, war mittags in der heißen Küche umgefallen. Einfach so. Es hatte furchtbar geknallt, als sie auf den Steinboden plumpste, und aus einem Loch in ihrem Kopf war ganz viel rotes Blut gelaufen. Ein Krankenwagen hatte sie abgeholt. Das Kind hatte sich ein wenig gewundert, daß in den Nonnen genau dasselbe Blut wie in normalen Menschen floß, aber es hatte nichts gesagt.
Fahles Mondlicht fiel durch das hohe Fenster, zauberte unheimliche Schatten an die Wände, verwandelte die vertrauten Kindergesichter in bleiche, hämisch grinsende Fratzen. In dieser Nacht erloschen alle Farben, übrig blieb nur ein beklemmendes, gelbstichiges Grau, das

einen moderigen Geruch zu verströmen schien und so an Tod und Gräber erinnerte. Die Kirchturmuhr schlug dreimal. Dongdongdong. Die anderen schliefen längst. Jemand wälzte sich unruhig unter seiner Bettdecke und schluchzte leise im Schlaf. So was kam beinahe jede Nacht vor, alle Kinder kannten diese schlechten Träume, dieses schmerzvolle Sehnen nach der Mutter, das einem das Herz in tausend Stücke riß, dieses quälende Gefühl von Hilflosigkeit, von Für-immer-ausgeliefert-Sein. Eine Woge aus stickiger Luft und Hitze wälzte sich durch den Schlafsaal, legte sich feuchtwarm auf die mageren kleinen Kinderkörper in den Stahlbetten. Auch in dieser Nacht roch es, wie meistens, nach Pipi. Ein Geruch, den das Kind in seinem ganzen Leben nicht vergessen sollte. Irgendeiner hatte sich wieder vollgepullert. Das bedeutete mindestens einen Tag Hausarrest.

Das Kind lag auf dem Rücken, die Arme preßte es zu beiden Seiten eng an den Körper. Sein Kopf schlug rhythmisch von einer Seite auf die andere. Unentwegt murmelte es dabei: »Gott ist ein Arschloch. Ein riesengroßes Arschloch!« Es war wie ein Zwang, wie ein geheimer Befehl, den es gegen seinen Willen ausführen mußte. Dabei perlte ihm der Schweiß von der Stirn, sein Magen kullerte im Takt des Kopfes vor und zurück, sein Herz pochte wild gegen die Rippen, ja, es schien mit jedem Schlag zu wachsen, lauter zu dröhnen, immer weiter, sehr bald schon würde es nicht mehr in seinen Brustraum hineinpassen, und das Kind würde mit lautem Krachen von innen heraus zerreißen. Wenn nicht vorher noch der Blitz einschlug, mitten in sein Bett. Dann würde alles brennen, lichterloh in Flammen stehen, so wie in der Geschichte vom Jüngsten Gericht. Trotzdem konnte das Kind nicht anders, als immer weiter zu flüstern: »Arschloch, Gott ist ein Arschloch. Ein riesengroßes Arschloch!« Später wußte es nicht genau, wie lange es so gelegen hatte, zitternd vor Angst und dennoch beharrlich murmelnd: »ein Arschloch, ein Arschloch ...« Jedenfalls passierte nichts. Kein Blitz, kein Donner, kein Feuer. Es fiel weder am nächsten Tag die Treppe runter, noch kam es unters Auto. Und die Schwestern verhielten sich

genauso wie immer. Nicht mal ihnen hatte dieser Gott Bescheid gesagt. Also gab es diesen Durch-alles-hindurch-Gucker gar nicht. Den hatten sich die Nonnen ausgedacht. Diese schwarzen Vogelscheuchen, die selber ganz wild rumlogen.
Deine Mutter, sagten sie, deine Mutter hat sich an Männer verkauft. Wie so was funktionieren sollte, sagten sie allerdings nicht. Klar, da waren manchmal fremde Männer gekommen. Und das Kind mußte in der Küche bleiben und malen. Wenn die Männer wieder weggingen – es dauerte nicht besonders lange –, war plötzlich wieder Geld da. Mama ließ sich Badewasser ein. Mit ganz viel rosa Schaum, der nach Bonbons roch. Und das Kind mußte einkaufen. Das Geld hatten die Männer bezahlt. Wofür, wußte das Kind nicht. Für irgendwelche Geheimnisse, die sich in abgeschlossenen Schlafzimmern vollzogen. Aber die Männer hatten doch nicht Mama gekauft. So ein Unsinn. Sie war doch hinterher noch da, sie saß doch in der Badewanne. Wenn die fremden Männer sie wirklich gekauft hätten, hätten sie sie ja mitgenommen.
Die Wahrheit war eine ganz andere. Eine Mutter hatte ihr Kind verkauft. Ausgerechnet an die Nonnen. An schwarze Seelen in schwarzen Kleidern, die mit armen Kindern machen durften, was ihnen gerade einfiel. Stillhalten mußte man, und andauernd beten, damit sie einen in Ruhe ließen.
Vaterunserderdubist …

Donnerstag, 2. November

Ein neuer Tag. Sechs Grad auf dem Thermometer, ein grauer Himmel, dazu feiner Nieselregen. Der Herbst macht sich unbeliebt. In der Straßenbahn starren mißmutige Gesichter aus dem Fenster, in den Augen, klein und verhangen vom Schlaf, glimmt ein Funke Verzweiflung, vielleicht weil der Winter vor der Tür steht, vielleicht weil das Geld nie ausreicht, vielleicht weil eine Liebe den leisen Tod der Langeweile gestorben ist, Gründe gibt es an solchen Tagen immer.

Mit angehaltenem Atem hat Johanna das Kartenpäckchen geöffnet. Gleich nach dem Aufstehen. Noch vor dem Frühstück. Die Herzdame sieht immer noch genauso aus wie Michelle Tennhoff. Was für ein seltsamer Zufall. Ungewöhnlich, aber, bei Tageslicht besehen, keineswegs unheimlich.

Beim Kaffeetrinken spult sie noch einmal alle wichtigen Informationen in ihrem Kopf ab.

Ein Mensch ist ermordet worden. Jemand hat ein Loch in die Normalität gebrannt. Mit Lampenöl, Petroleum, das hat das Polizeilabor anhand der verkohlten Flaschenreste eindeutig ermittelt. Petroleum ist leicht zugänglich, ist praktisch überall erhältlich. Eine Spur, die in die Anonymität der Massen führt, und damit ins Leere.

Der Mensch hatte eine Ehefrau, die er nach zwanzig Jahren wegen einer Jüngeren verlassen hat. Durchaus als Motiv für einen Mord ausreichend. Wenn sie tatsächlich die Täterin war, hat der Anschlag allerdings beiden gegolten, Ellmer und dieser Tennhoff.

Der Mensch hatte also eine Geliebte, die er allem Anschein nach aber ebenfalls verlassen wollte. Nach wenigen Wochen schon. Dabei träumte sie von einer Ehe. Enttäuschte Liebe, ebenfalls ein starkes Motiv. In diesem Fall hätte der Anschlag nur dem Toten gegolten. Frau Tennhoff ist die einzige, die wissen konnte, daß er sich allein in der Wohnung befand.

Wenn man die beiden Frauen miteinander vergleicht, schneidet die Gattin eindeutig besser ab.

Nachdenklich betrachtet Johanna die Frau auf der Spielkarte. Du bist mir zu patzig. Und mit der Wahrheit scheinst du es auch nicht allzu genau zu nehmen, meine Liebe. Und das spricht nicht gerade für dich.

Um kurz nach acht steigt eine alte Frau an der Endstation Waldfriedhof aus. Hoch erhobenen Kopfes, mit energischen Riesenschritten marschiert sie durch das eiserne Friedhofstor, der weite Mantel flattert wie eine graue Fahne im Herbstwind, die letzten Meter bis zu Trudes Grab rennt sie beinahe. Mit der rechten Hand hält sie ihren Hut fest, einen breitkrempigen, schwarzen Filzhut mit einer verwegenen Feder daran, den der Herbstwind gar zu gern entführen würde. Ein weißhaariger Mann, der jeden Morgen um diese Zeit das Grab seiner verstorbenen Frau aufsucht, schaut ihr kopfschüttelnd hinterher.

»Langsam, langsam, wozu noch die Eile«, brummelt er vor sich hin.

Esther nimmt ihn gar nicht wahr. Schweratmend stützt sie sich auf den rosa Marmorstein. »Trudchen«, keucht sie laut, »den bin ich los. Der kommt nicht wieder. Siehst du, jetzt bleibe ich doch noch ganz bei Mara. Auch wenn du sie nie leiden konntest.« Sie stockt. »Ja, stimmt wohl, ich habe selbst immer gesagt, daß sie ...« Abrupt bricht sie ab. Mit der rechten Hand reibt sie ein paarmal kraftlos über den rosa Marmorstein. »Diese Geschichte mit Hedda ... Man kann doch nicht so tun ... Herr des Himmels, ich bin ja verrückt geworden«, flüstert sie heiser. »Total verrückt. Ach, Trudchen, in meinem Alter. Ich weiß ja selbst nicht mehr, was richtig ist und was falsch. Ob ich noch anfangen sollte mit Beten?«

Wenn sie sich bloß die Zeit gelassen hätte, in Ruhe zu frühstücken. Kaffee auf nüchternen Magen hat sie noch nie vertragen. Und Mara macht den Kaffee immer viel zu stark. Rennen mußte sie, um den Bus noch zu erwischen, und ein

Sitzplatz war auch nicht frei. Jetzt dreht sich alles in ihrem Kopf. Sekundenlang schwankt sie unsicher auf den Beinen, ringt krampfhaft nach Luft, wischt sich mit dem Handgelenk über die schweißnasse Stirn, in den Augenwinkeln flirren Lichtreflexe.

»Sterne! Mein Gott, ich sehe ja Sterne!« flüstert sie ehrfürchtig, dann versinkt alles in tiefer Dunkelheit.

Zum ersten Mal in ihrem Leben fällt Esther Schierneck in Ohnmacht. Der Wind nutzt seine Chance, er erfaßt ihren Hut und rollt ihn unter eine Lebensbaumhecke.

Der alte Mann, der gerade gehen wollte, sieht die Frau am Boden liegen. So rasch, wie es ihm mit seinem steifen Bein möglich ist, eilt er zu Hilfe. »Fehlt Ihnen was? Ist Ihnen schlecht geworden? Hören Sie mich überhaupt?« Vor Angst schreit er beinahe so laut wie damals auf dem Kasernenhof. Immerhin erreicht er damit, daß sie erschrocken die Augen aufreißt.

»Jaja, ist schon gut«, murmelt sie undeutlich, und ihre Augenlider wollen wieder zufallen.

»Ich helfe Ihnen hoch, Moment.« Zwei Hände greifen ihr unter die Arme, dann wird sie mit unerwartet viel Kraft auf die Beine gezogen. Der Boden scheint unter ihren Füßen nachzugeben, doch der Helfer in der Not steht wie ein Fels in der Brandung.

»Ich bringe sie zur nächsten Bank. Wird das gehen?« fragt der Mann jetzt, und sie nickt krampfhaft, insgeheim wenig davon überzeugt, daß sie sich überhaupt von der Stelle bewegen kann. Doch als der Alte befiehlt: »Und links, und rechts, und links, und rechts«, setzt sie gehorsam wie ein Spielzeugsoldat ihre Füße voreinander. Erleichtert sinken beide schließlich auf eine weißgestrichene Holzbank. Der Mann hebt förmlich seinen Lodenhut an. »Gestatten. Wernicke. Anton Wernicke.«

Ach ja. Sie lächelt still. Die guten alten Umgangsformen. Schüchtern wie ein junges Mädchen neigt sie den Kopf. »Esther Schierneck. Sehr angenehm.«
Dieser Anton Wernicke weiß wirklich, was sich gehört. »Einen Moment, ich rette eben ihren Hut.«

Als Hellmut Stadler sein Zimmer verlassen will, wischt Maria Derwall unten gerade den Flur. Über ihrem runden Rücken spannt sich eine hellgraue Strickjacke. Nicht zu erstenmal erinnert sie ihn an die fette Hauskatze, mit der sie ihr Leben teilt. Die beiden sind sich so ähnlich, daß sie manchmal vor seinem geistigen Auge zu einer einzigen Person verschwimmen, zu einer überdimensionalen, dicken, hinterhältigen Katze. Hellmut Stadler haßt Katzen. Ihr lautloses Anschleichen, ihre schlangenartigen Bewegungen, ihre bösartigen Augen verursachen bei ihm Ekelgefühle.
»Na, Herr Stadler«, schnurrt die Alte, »haben Sie schon gehört? Ein paar Straßen weiter hat es vor zwei Nächten gebrannt. Einer ist umgekommen, ein Mann. O ja, auch bei uns kann mal was passieren«, brüstet sie sich, fast als hätte sie das alles ihm zum Gefallen arrangiert. »Ein richtiger Mord soll das gewesen sein. Brandstiftung. Steht heute in der Zeitung. Beim Bäcker haben sie es auch erzählt. Ein waschechter Mord gleich hier um die Ecke, in der Ziegeleigasse. Da kriegt man es direkt mit der Angst, was?«
»Wo? In der Ziegeleigasse?« Wie rostige Nägel fallen die Worte die Stufen runter. Beinahe hätte er seine eigene Stimme nicht erkannt.
Erstaunt mustert die Alte ihren Mieter. »Ja, hab ich doch gesagt. Eines von diesen alten Häusern muß das gewesen sein. Ich glaub aber nicht, daß Sie den Mann gekannt haben. Das war doch einer von hier.« Sie kneift ihre Augen zusammen, bis nur noch zwei schmale Schlitze zu sehen

sind. Boshafte Katzenaugen, die alle Geheimnisse ergründen können. Hellmut Stadler wendet sich schaudernd ab.
»Warten Sie mal, ich hole die Zeitung ...«
In der Küche spricht sie laut auf die schreckliche Katze ein. Nicht, daß Hellmut Stadler die einzelnen Worte verstehen könnte, doch der Tonfall allein verursacht bei ihm eine Gänsehaut. Wie kann man ein Tier genauso wie einen Menschen behandeln. Die Tür öffnet sich quietschend.
»Mutti kommt gleich«, flötet Frau Derwall zärtlich. »Hier steht alles drin. Ziegeleigasse 29, in der Kellerwohnung ... und die junge Frau, der die Wohnung gehört, hatte Glück. Die war nicht daheim.«
Das, was Maria Derwall da von sich gibt, darf nicht wahr sein. Sei still, würde er am liebsten brüllen, halt die Klappe! Ich will nichts davon wissen! Aber es ist ja längst zu spät. Die Adresse, das Haus, die Kellerwohnung – und sie hat überlebt! Alles dreht sich in seinem Kopf! So schnell, daß er keinen einzigen Gedanken festhalten und zu Ende denken kann.
»Herr Stadler, Sie sind ja so erschrocken, kennen Sie da jemanden?« will die Alte jetzt auch noch wissen. Und er kann ihre widerwärtige Neugierde förmlich auf der Haut fühlen, wie sie bohrt und kratzt und eindringen will, um in seinen Geheimnissen zu wühlen.
Er schüttelt sich. »Nein. Woher denn? Ich dachte gerade, daß mir der Straßenname bekannt vorkommt ...«
»Ach so. Das ist natürlich möglich. Hier ...« Sie reicht ihm die Zeitung.
Mit einem Blick registriert Hellmut Stadler, daß die Zeitung mit Butter und Marmelade verschmiert ist. Ein widerlicher Geruch nach ranzigem Fett steigt ihm in die Nase, und in seinem Magen beginnt es heftig zu brodeln. Er kann förmlich spüren, wie der saure Mageninhalt Blasen bildet. Mit

zusammengebissenen Zähnen greift er nach dem schmutzigen Papier, ängstlich darauf bedacht, die klebrigen Flecken nicht zu berühren, und ringt sich ein höfliches Dankeschön ab.

»Irgendwie gefallen Sie mir heute morgen aber gar nicht. Sie sind ja ganz käsig im Gesicht! Fehlt Ihnen was? Eine Grippe vielleicht? Das ist jetzt die Zeit, der Oktober und der November sind die schlimmsten Monate. Mein Hans war auch immer so schnell erkältet. Wir Frauen sind da anders. Nicht so empfindlich. Jaja, ganz anders sind wir, das hat meine selige Mutter schon immer gesagt ...«

Ein paarmal nickt sie noch zur Bekräftigung ihrer Worte, dann widmet sie sich voller Inbrunst wieder dem Wischen des Bodens, als gelte es, jetzt und hier die Tüchtigkeit aller Frauen zu beweisen.

Insgeheim beschließt Maria Derwall, ihrem Mieter nachher einen heißen Kamillentee hochzubringen. Wie könnte sie auch ahnen, daß er den Tee voller Abscheu aus der Dachluke gießen wird, sobald sie das Zimmer wieder verlassen hat.

Die Vernehmung von Therese Kolbe findet im Gang vor der Küche statt. Im Stehen. Unter den wütenden Blicken ihres Chefs, der unentwegt Unverständliches, doch fraglos Bösartiges, herüberzischt.

»Der kriegt gleich einen Infarkt.« Frau Kolbe kichert und zieht genußvoll an ihrer Zigarette. »Erst fällt Michelle aus, und jetzt muß ich auch noch pausieren.« Ganz offensichtlich genießt sie die unerwartete Freiheit in vollen Zügen. Oder sollte es der Zorn des Chefs sein, der ihr so viel Freude bereitet?

Johanna ist es einerlei. Sie interessiert sich nur für das, was Therese Kolbe über Frau Tennhoff zu sagen hat.

»Sind sie befreundet?«

Mit einer vagen Handbewegung winkt die Frau ab. »Ach wo. Freunde nun nicht gerade. Sie hat mich gelegentlich mal besucht. Großen Wert hab ich nicht drauf gelegt, wenn ich ehrlich bin. Sie tat mir halt leid. War ja praktisch immer allein. Bis dann der Kerl bei ihr eingezogen ist. Da war es aus mit den Besuchen. Mir war's nur recht.«
»Dauert es noch lange?« jammert der Cafébesitzer. »Meine Kundschaft wartet. Sie sehen doch, was hier los ist!« Mit beiden Händen deutet er in das spärlich gefüllte Lokal.
Unwillig runzelt Johanna die Stirn. »Wenn Sie uns stören, nehme ich Frau Kolbe mit aufs Präsidium. Das dauert dann natürlich noch viel länger.«
Zähneknirschend schnappt der Mann sich ein Tablett, um selbst die Gäste zu bedienen. Ungeübt wie er ist, schwappt der Kaffee in den Tassen über. Und ein Brötchen landet auf dem Fußboden. Die beiden Frauen kichern.
»Kannten Sie Herrn Ellmer?«
»Den???« Therese Kolbe zündet sich eine neue Zigarette an. »Nee, den kriegte niemand zu Gesicht. Wenn Sie mich fragen«, sie beugt sich vor und senkt geheimnisvoll ihre Stimme, »der wollte nur eine fürs Bett. Mehr nicht. Und zwar 'ne Junge, Hübsche!« Triumphierend wirft sie den Kopf in den Nacken. Blauer Zigarettenqualm kräuselt sich zur Decke empor. Aber Michelle, diese dumme Gans, wollte das ja nicht wahrhaben. Hat sich die Beine ausgerissen für den Kerl. Jeden Abend noch groß gekocht und so. Erst sechs Stunden hier stehen und dann noch für ihn die gute Hausfrau spielen. Angeblich hätten sie es »sooooo gemütlich« zu Hause. In der Bruchbude! Ihr gehässiges Lachen kratzt in den Ohren. »Wenn Sie mal da waren, wissen Sie ja, wovon ich rede.«
»Wußten Sie, daß Herr Ellmer verheiratet war?«
»Ja, klar. Irgendwann rückte sie damit raus.« Wütend

schnaubt Therese Kolbe den Zigarettenrauch durch die Nase. »Von Scheidung war natürlich nie die Rede.«
Sieh an, sieh an. »Und was geschah am Dienstag?«
Zweimal war Therese Kolbe verheiratet. Beide Männer haben sie mit jüngeren Frauen betrogen. Zweimal stand sie nach der Scheidung vor dem finanziellen Nichts. Therese Kolbe haßt die Männer. Darüber ist sie sich im klaren. Nicht bewußt ist ihr, daß sie auch Frauen haßt. Jedenfalls die Sorte, die anderen die Männer wegnehmen. Die jungen, hübschen, solche wie Michelle. Für so eine wird sie nicht lügen, ganz gewiß nicht.
»Tja ...« Sie grinst siegessicher, und ihr ganzes Gesicht glüht vor Eifer. »Auch wenn es für mich ein bißchen peinlich ist. Was wahr ist, muß wahr bleiben, stimmt's? Ehrlich gesagt, ging es mir an dem Abend nicht so gut. Weltschmerz, Sie verstehen schon. Hatte mich mit zwei Schlaftabletten und ein paar Gläsern Rum früh hingelegt. Da klingelte es Sturm. Michelle. Total aufgelöst. Die ließ sich einfach nicht abwimmeln. Hat geschimpft, geheult, getobt. Stinksauer war sie. Der Kerl wollte nämlich wieder ausziehen. Nichts mit Heirat und so. Wie ich es ihr schon immer prophezeit habe. Kurz und gut. Ich hab den Rum auf den Tisch gestellt, noch ein oder zwei Gläser mitgetrunken und bin schließlich auf der Couch eingedöst. So viel Alkohol vertrag ich ja nun auch wieder nicht. Bin schließlich keine Säuferin! Keine Ahnung, wann Michelle wieder weg ist. Ehrlich. Um halb fünf war sie jedenfalls nicht mehr da. Um diese Zeit bin ich nämlich ins Bett gegangen.«
Punkt. Mit sich selbst im höchsten Maß zufrieden, seufzt sie hörbar auf. Soll die Polizei sehen, was sie daraus macht. Plötzlich kommt es ihr so vor, als hätte diese Michelle von Anfang an etwas Falsches an sich gehabt. So ein unergründliches Lächeln, sobald ein Mann ohne Begleitung das Café

betrat. Die Zähne hat sie gebleckt, als wollte sie die Beute packen.

»Hat Frau Tennhoff Ihnen was über anonyme Briefe erzählt, die sie bekommen hat?« lautet die letzte Frage.

»Nein. Anonyme Briefe? Wie im Fernsehen? Davon weiß ich rein gar nichts.«

Das jedenfalls ist bestimmt nicht gelogen. So viel ehrliches Erstaunen, gepaart mit gesunder Neugierde, kann man gar nicht spielen.

Alle Welt ruft an. Was für ein entsetzliches Unglück. Herzliches Beileid. Wie erträgst du das bloß? Kann ich irgendwas tun? Du bleibst doch sicher ein paar Tage zu Hause. Nach dem Schock …

O nein. Mara Ellmer bleibt nicht daheim.

Mara Ellmer steht wie gewohnt in ihrer Drogerie. Verlegen gestotterte Beileidsbekundungen wehrt sie mit einem stummen Kopfschütteln ab. Bitte nicht. Und die Kunden sind froh, nicht länger nach passenden Worten suchen zu müssen, und kaufen statt dessen lieber ein Stück mehr. Der Laden läuft gut in diesen Tagen.

Manchmal schreibt sie morgens eine kurze Einkaufsliste und legt das passende Geld dazu. Ein paar Besorgungen kann, darf sie Tante Esther ruhig zumuten, so kommt die alte Dame wenigstens regelmäßig an die frische Luft. Nach dem gemeinsamen Abendessen sieht man gemeinsam fern, ein Gläschen Wein oder Likör gibt es meistens dazu, jedenfalls für Mara, ihre Tante zieht mit Honig gesüßten Hagebuttentee vor. Über Achim, über seinen Tod, sprechen die beiden kein Wort. Wenn man es genau betrachtet, sprechen sie ohnehin nur das Nötigste miteinander. Es herrscht eine gewisse Befangenheit, beinahe als hätte man sich vor Wochen gezankt und vergessen, sich wieder zu vertragen.

Achims gewaltsames Ende steht zwischen ihnen, all die Worte, die am Sonntag gefallen sind und die sie jetzt lieber nicht gesagt hätten. Gäbe es keinen Fernsehapparat, wären diese Abende wohl unerträglich, aber so findet sich immer eine Sendung, die für die nötigen Hintergrundgeräusche sorgt. Wenn Mara an Achim denkt, fühlt sie sich als Gewinnerin. Das Gute hat die Oberhand behalten, die altbewährten Moralvorstellungen haben am Ende gesiegt. So ungestraft kann man seine Ehefrau nach zwanzig Jahren eben doch nicht gegen eine Jüngere eintauschen. Gedanken, die sie selbstverständlich für sich behält. Wer außer ihr selbst würde das schon begreifen?
Was die Beerdigung angeht, so hat Mara Ellmer sich für eine Bestattung auf dem anonymen Friedhof entschieden. Der Gedanke, daß Achims Geliebte jederzeit sein Grab besuchen, es sogar mit ihren Blumen verschandeln könnte, ist ihr unerträglich. Soll sie doch in dem großen Park nach seinen sterblichen Überresten wühlen. Mara wünscht ihr viel Vergnügen dabei. Mit seinem Tod ist Achim wieder in den Besitz seiner Ehefrau übergegangen. Und das ist gut so. Vorerst ist die Leiche ja noch nicht einmal zur Beerdigung freigegeben. Weiß der Himmel, was die mit Achims verkohlten Resten noch anfangen wollen.

Wie kalt das Zimmer plötzlich ist. Als wäre die Heizung ausgefallen. Mißtrauisch beäugt Hellmut Stadler den alten, gußeisernen Heizkörper, von dem die gelblich weiße Farbe bereits abblättert, und der für gewöhnlich unentwegt irgendwelche seltsamen Geräusche von sich gibt. Mal so ein trockenes Knacken und Knistern, als ob Metall rot glüht, dann wieder ein tiefes, drohendes Brummen, das an tieffliegende Flugzeuge erinnert, manchmal aber auch ganz unvermutet ein helles Gluckern, das beinahe fröhlich klingt,

so als wäre die Heizung allerbester Laune. Wie oft schon hat er diese altersschwache Heizung verflucht, deren absonderliche Laute ihn am Einschlafen hindern, dann wieder mitten in der Nacht wecken oder auch nur seine Tagträumereien stören. Und jetzt ist da nichts als Stille. Und diese fürchterliche Kälte. Kopfschüttelnd legt er die Hände an die eisernen Rippen – und verbrennt sich die Finger. Im selben Moment gluckst sie wieder, ganz laut und schadenfroh. »Miststück«, zischt er aufgebracht.
So muß es ja wohl der Schreck sein, das Entsetzen über den Zeitungsartikel, über den toten Mann in der Ziegeleigasse 29, was ihn so frieren läßt. Und kein Feuer der Welt hätte die Kraft ihn zu trösten, dieses Zittern zu vertreiben, das im Zentrum seines Körpers entstanden ist, dort wo sein Herz gerade eben zu einem riesigen Eisklumpen gefroren ist. Niemals kann etwas Eiskaltes Wärme ausstrahlen, schon rein physikalisch ist das unmöglich, wie also sollte das Herz seiner Aufgabe, nämlich ihn mit Leben und Liebe zu erfüllen, nachkommen. Hellmut Stadler hat das Gefühl, von innen heraus abzusterben. »O Gott«, flüstert er vor sich hin und verbirgt sein Gesicht in den Händen. Voller Verzweiflung streift er sich die abgetretenen Stiefel von den Füßen, um mit Jeans und Sweatshirt unter die warme Bettdecke zu kriechen, an den einzigen Ort in diesem beschissenen Zimmer, der ein wenig Wärme und Geborgenheit verspricht.
Wieder diese Sehnsucht. Als gäbe es einen Weg zurück in die eigene Vergangenheit, als könnte man Dinge ungeschehen machen, Tote auferwecken, ein wenig am Rad der Zeit herummanipulieren, um seine eigenen Fehler auszumerzen. Ach, wenn er doch nur die letzten viereinhalb Jahre ausradieren dürfte. Wenn er wieder der Hellmut Stadler von damals sein könnte, jung, optimistisch und voller Ta-

tendrang. Wie er sie geliebt hat, seine erste eigene Wohnung. Jeder der reinkam, bewunderte zuerst die knallrote Couch im Wohnzimmer. Ein echtes Designerstück, hatte der Mann im Secondhandladen behauptet, und Hellmut Stadler gab seine Worte gern und oft weiter. Weshalb hätte er zweifeln sollen. Klang doch gut, die Geschichte. Ein sündhaft teures Einzelstück, das die ursprüngliche Besitzerin wegen Platzmangel weit unter Preis loswerden mußte. Also Hellmut Stadler hatte den Platz, er kannte solche Probleme nicht, war seine gute Stube doch ansonsten praktisch leer. Bis auf den kleinen, wackligen Tisch, der eigentlich ein Hocker war, und zwei selbstgebaute Regale aus Spanplatten.

Die Küchenmöbel hatte er grün gestrichen, dunkelgrün, da fiel es gar nicht weiter auf, daß die einzelnen Schränke nicht zusammengehörten. Das Großartigste in der Küche war sowieso die altmodische Lampe aus Milchglas. Auch wenn sie vom Sperrmüll stammte. Schön sah sie trotzdem aus. Und ihr Licht hüllte alles in einen weichen, behutsamen Schimmer. Die Risse in den Wänden sah man abends überhaupt nicht mehr, die waren wie weggezaubert. Stundenlang konnte er am Küchentisch sitzen und dieses gemütliche Licht bestaunen. Im Schlafzimmer lagen nur Matratzen. Das schöne Kiefernbett aus dem Prospekt blieb ein Traum, ist bis heute ein Traum geblieben. Wie immer, wenn er über die Wohnung nachdenkt, sieht er plötzlich das Kinderbett vor sich. Hellblau hatte er es angemalt, mit weißen Wölkchen darauf. Und von der Decke hing ein lachender Mond aus gelbem Glanzpapier. Daniel ... diese winzig kleinen Finger, der Geruch nach Penatencreme und Puder, das flaumweiche Haar, das im Sonnenlicht wie ein Heiligenschein aussah.

Die vier Jahre alte Wunde, die unter der heißen Sonne Ita-

liens so gut verschorft war, ist unvermittelt wieder aufgebrochen. Beide Fäuste preßt er gegen den Mund, um das Schluchzen, das sich in seiner Brust bildet, zu unterdrücken. Wie er es schon als Junge getan hat, als er die Trennung der Eltern, den Verrat seiner geliebten Großeltern und damit den Untergang seiner heilen Kinderwelt nicht verwinden konnte. Nie hätte er zurückkommen, nie seiner brennenden Sehnsucht nachgeben dürfen. Nie. Als ob es Sinn macht, in dieser Stadt nach irgendwelchen versteinerten Überbleibseln von Kinderglück zu forschen. Selbst wenn man etwas fände, wenn es da etwas gäbe, was immer das auch sein könnte, es würde ja doch nichts nützen, nichts wiedergutmachen, höchstens alte Vernarbungen neu aufreißen.
Daß er ausgerechnet *sie* hier treffen muß. Sie. Die nur Unglück bringt. Allen. Daniel. Ihm selbst, der sich noch viel tiefer in den Dreck gewühlt hat, anstatt sich zu befreien, weil er alte Fehler durch neue ausmerzen wollte. Auch diesem fremden Mann, der in ihrer Wohnung verbrannt ist.
Wäre er doch nur im Süden geblieben!

Die Sekretärin stolpert vor Aufregung über das Telefonkabel. Mit ausgestreckten Armen fällt sie gegen den Schreibtisch. Im letzten Moment gelingt es Arndt Wesskamp, die kostbare Opalglaslampe festzuhalten. Kein Wort der Entschuldigung von Frau Ferez.
»Die Polizei ist draußen«, keucht sie hinter vorgehaltener Hand, und ihre dunkelbraunen Augen mit den überlangen Wimpern flehen um Hilfe. Es läßt sich kaum beschreiben, was sie beim Anblick des Kripoausweises gefühlt hat. Eine Mischung aus Angst und schlechtem Gewissen. Als hätte der Mann ihr Handschellen oder einen Haftbefehl unter die Nase gehalten. »Soll ich den Herrn reinbitten?«
Roland Bierwirth registriert sofort die Panik in Wesskamps

Gesicht, seine krampfhaft verschränkten Hände, das nervöse Zucken unter dem linken Auge, und er beugt sich unwillkürlich vor, um nur ja keine Einzelheit von dessen Vorstellung zu verpassen.
»Ja, bitte?« krächzt der Bauunternehmer heiser. Erst nach mehrmaligem Räuspern findet sich seine Normalstimme wieder. »Was kann ich für Sie tun?« Das allerdings klingt schon wieder ganz ordentlich.
»Es geht um einen Herrn Joachim Ellmer. Stimmt es, daß Herr Ellmer eine Wohnung von Ihnen gemietet hat?«
Arndt Wesskamps Herz überschlägt sich. Er bekommt kaum noch Luft zum Atmen. Schweiß dringt ihm aus allen Poren, und die Zimmerdecke scheint sich zu langsam herabzusenken. Der aufmerksame Blick des Polizeibeamten macht ihn ganz verrückt. »Jaaa«, antwortet er endlich zögernd, »das ist richtig. Herr Ellmer hat ein Appartement von mir gemietet.«
»Nun, sicher wissen Sie bereits, daß Herr Ellmer tot ist?«
»Nein! Was Sie nicht sagen! Wie furchtbar. Das ist ja eine Tragödie. Herr Ellmer ist tot? Nicht, daß wir uns besonders gut kannten, weiß Gott nicht, nur ganz flüchtig. Trotzdem war er ja wohl in meinem Alter. Und wie ist er ... ich meine ... ums Leben gekommen, wenn man fragen darf. Hatte er einen Unfall? Einen Verkehrsunfall vielleicht?«
»Herr Ellmer kam bei dem Wohnungsbrand in der Ziegeleigasse ums Leben. Es stand doch groß in der Zeitung. Haben Sie das nicht gelesen? Das wundert mich ...«
»Was soll das heißen: Das wundert mich?« fährt Wesskamp hoch, und der ernste, betroffene Gesichtsausdruck verschwindet in Sekundenschnelle. »Bin ich vielleicht dazu verpflichtet, die Zeitung von vorn bis hinten durchzulesen? Ich bin ein vielbeschäftigter Mann. Zum Zeitunglesen habe ich gar keine Zeit!« Er holt ein paarmal tief Luft. »Im

übrigen würde mich interessieren, was ich mit der Geschichte zu tun habe.«
»Zunächst einmal handelt es sich um Brandstiftung, und damit um Mord. Und in diesem Zusammenhang ist alles wichtig, was sich in den letzten Lebenstagen von Herrn Ellmer ereignet hat. Wann hat er den Mietvertrag unterschrieben?«
»Ach so, ja, das war ... Moment mal, das war ...« Nervös nestelt der Mann in seinen Unterlagen, ein Stapel Briefe fällt dabei zu Boden. Mit zusammengepreßten Lippen ignoriert er sein Mißgeschick. Keine Frage, hier wird sich später die Sekretärin bücken müssen. »Ich glaube, es war am Montag. Oder war es Dienstag?«
»Darf ich den Mietvertrag mal sehen? So was bewahren Sie doch sicher hier im Büro auf«, verlangt Roland Bierwirth kühl.
»Frau Ferez«, bellt Wesskamp, ganz Chef, durch die Sprechanlage. »Suchen Sie mal den Mietvertrag für das Appartement am Friedrichswall raus. Aber flott, es ist sehr eilig.«
Kaum zwei Minuten vergehen, bis Antonia Ferez mit einem weißen Blatt Papier ins Zimmer stürmt. Selbstverständlich nicht, ohne vorher angeklopft und das unfreundliche Herein abgewartet zu haben.
»Der Vertrag ist am Dienstag unterschrieben. Also an seinem Todestag«, bemerkt der Beamte sofort.
»Ja, richtig, jetzt fällt es mir wieder ein. Herr Ellmer kam in seiner Mittagspause vorbei, um zu unterschreiben. Meine Sekretärin kann das bestätigen. Er blieb nur ein paar Minuten. Er hatte es eilig, schließlich war er im Dienst.«
»Hatten Sie die Wohnung in der Zeitung inseriert?« will Roland Bierwirth jetzt wissen.
»Unsinn«, raunzt Wesskamp ihn an. »Ich war Anfang der Woche auf dem Bauamt. Hatte da beruflich zu tun. Irgend-

wie kam das Gespräch auf die freie Wohnung. Herr Ellmer wurde sofort hellhörig. Er suchte was. Ziemlich dringend sogar, wenn ich ihn richtig verstanden habe. Er wollte sich wohl von seiner Frau trennen. Ich dachte mir, ein stellvertretender Bauamtsleiter als Mieter ist nicht das Schlechteste. Beamter, Sie verstehen schon ...«

Es ist nicht zu übersehen, daß der Bauunternehmer sich langsam entspannt. Die Hände locker im Schoß gefaltet, lehnt er sich in seinem Ledersessel zurück. Man könnte beinahe behaupten, daß er freundlich lächelt. Offenbar hat Roland Bierwirth die falschen Fragen gestellt.

»Wollte Herr Ellmer allein einziehen oder mit seiner Freundin?«

»Selbstverständlich allein. Von einer Freundin weiß ich nichts. Dafür ist die Wohnung auch viel zu klein.« Jetzt geht er sogar so weit, demonstrativ auf seine Armbanduhr zu schauen. »Wenn Sie sonst keine Fragen mehr haben, ich bin ein wenig in Eile, ein wichtiger Kunde hat sich angesagt.« Damit ist Roland Bierwirth entlassen.

Die beiden Skatfreunde von Achim Ellmer sagen unabhängig voneinander das gleiche aus. Man hat von zwanzig Uhr bis kurz nach Mitternacht gespielt. Es kam schon mal vor, daß sie bis drei oder halb vier in der Linde blieben, doch an diesem Dienstag wollte Walter Hecht früher heim. Er fühlte sich nicht so wohl. Ansonsten ist nichts Besonderes vorgefallen.

Achim Ellmer schien recht guter Laune. Über einen Streit mit seiner Freundin hat er nichts erzählt. Über anonyme Briefe übrigens auch nicht.

Noch lange, nachdem Roland Bierwirth weg ist, starrt Walter Hecht düster vor sich hin. Er hat gelogen. Am Dienstag abend. Und eben schon wieder. Nur durch seine Schuld ist

Achim gestorben. So einfach ist das, so einfach und gleichzeitig so schrecklich. Wenn sie länger gespielt hätten, wäre Achim nicht verbrannt.
Von wegen nicht wohl gefühlt! Ganz im Gegenteil. Aber darüber kann er mit niemandem reden. Mit keiner Menschenseele. Er hat zum ersten Mal seit Jahren wieder mit seiner Frau geschlafen. Und zur gleichen Zeit ist sein Freund jämmerlich verbrannt. Mit anderen Worten, Walter Hecht hat seinen besten Freund zu Tode gevögelt.
Seit er vor sieben Jahren an der Bandscheibe operiert worden ist, hat er im Bett nichts mehr zustande gebracht. Am Anfang waren das Nachwirkungen der Operation, das hatte sein Arzt ihm gleich prophezeit, doch später gab es keine logische Erklärung mehr für sein Versagen. Das Problem hauste in seinem Kopf. Zum Seelendoktor hätte er gehen müssen, rein theoretisch, aber das war für einen wie Walter Hecht unvorstellbar. Einem Fremden gegenüber seine intimsten Geheimnisse aussprechen. Nein.
Das war ihm nicht möglich. Da konnte Dora betteln, soviel sie wollte. Sie versuchten es mit verheißungsvollen Cremes und Tabletten, die unter Kleinanzeigen inseriert werden und die man sich ins Haus schicken lassen kann. Neutral verpackt. Der Erfolg war gleich null. Er lieh Pornofilme aus, natürlich in der Nachbarstadt und nicht in der Videothek von Fredi Michels, mit dem er zur Schule gegangen ist. Wieder nichts. Am Wochenende schauten sie sich sämtliche Tittenfilme der Privaten an. Dora wurde ganz kribbelig, doch in seiner Hose regte sich nichts. Schließlich gab er auf. Bin eben zu alt, redete er sich ein. Bestimmt können die andern auch nicht mehr. Mit seiner Frau sprach er nie wieder über dieses Thema. Und obwohl er längst wußte, daß sich in ihrer Nachttischschublade so ein komisches batteriebetriebenes Plastikding befand, ignorierte er das nach Kräf-

ten. Na gut, am Dienstag, wenn sie in der Linde saßen, stellte er sich manchmal vor, wie sie mit dem Plastikschwanz rummachte, aber es war am einfachsten, weiterhin so zu tun, als wüßte er nichts davon.
Und dann vor fünf Monaten diese Geschichte mit Achim. Wie er rumprahlte mit seiner blutjungen Freundin. Die alles machte. Alles. Jederzeit. Keine Tabus, grinste Achim, so was könne er nur empfehlen. Kaum zu glauben, aber die Vorstellung, daß eine junge Frau es mit Achim trieb, mit Achim, den er so gut kannte, Achim, an dem weiß Gott nichts Besonderes war, Achim, der sogar zwei Jahre älter war als er selbst, machte ihn an. Zum ersten Mal seit sieben Jahren kriegte er einen hoch. In der Linde, beim Skat, wenn Achim erzählte. Seit Wochen war Walter ganz geil darauf, Achims anzügliche Bemerkungen zu hören, die das Bilderkino in seinem Kopf auf Touren brachten. Und an diesem Dienstag hatte er so einen tierisch Steifen, daß er einfach nach Hause mußte. Dora hatte ganz schön blöd geschaut, als er sie weckte. Aber nicht lange.

Lagebesprechung im Ersten Kommissariat. Cora Samcke hat frischen Kaffee gekocht und vom Bäcker gegenüber belegte Brötchen besorgt. Sogar blaukarierte Papierservietten liegen auf dem Tisch, allerdings nicht aus ästhetischen Gründen, sondern aus rein pragmatischen. Fettfinger hinterlassen häßliche Flecken auf den Akten, Flecken, die sich nicht mehr entfernen lassen.
»Wie nett«, freut sich Johanna, deren Magen seit längerem auf Feierabend drängt, »das sieht ja richtig appetitlich aus.« Mit spitzen Fingern angelt sie sich ein Käsebrötchen.
Stefan Heyne weilt mit seinen Gedanken ganz woanders. Von Zeit zu Zeit streicht er geistesabwesend über die grüngestreifte Krawatte, die perfekt das naturfarbene Leinen-

hemd ergänzt. Die Brötchen würdigt er keines Blickes. Erst als Cora Samcke ihm den Teller direkt vor die Nase hält und: »Bitte, so bedienen Sie sich doch!« haucht, entscheidet er sich zögernd für ein Roggenbrötchen mit Salami.
Einer wie Heyne vergißt nicht eine Sekunde, daß es hier nicht um belegte Brötchen, sondern um Mord geht. Und diese Michelle Tennhoff hat gelogen. Ihr Alibi ist geplatzt wie ein Luftballon. Enttäuschte Liebe als Motiv – das muß man im Auge behalten.
Frau Ellmer dagegen hat sich als glaubwürdig erwiesen. Alles, was sie ausgesagt hat, läßt sich beweisen. Allerdings hätte auch sie allen Grund, den Toten zu hassen. Sollte sie insgeheim gehofft haben, daß er nach dem Abenteuer mit Michelle Tennhoff reumütig zu ihr zurückkehren würde, so hat sich diese Hoffnung zerschlagen. Mit seinem Mietvertrag hat Achim Ellmer die Trennung endgültig besiegelt. Auch Mara Ellmer kann kein Alibi vorweisen.
Der Hausbesitzer, ein gewisser Dr. Siegfried Hegel, war ein Flop, ein kleiner, dicker Flop mit gelben Zähnen und einer spiegelnden Glatze. Der Mann verfügt über jede Menge Geld, geerbtes sowie selbstverdientes. Die Annahme, daß er das Feuer gelegt haben könnte, um seine Mieter vorzeitig aus dem Haus zu treiben, entbehrt jeder logischen Grundlage.
»Ich denke die ganze Zeit schon drüber nach, was wir von diesen ominösen Briefen halten sollen.« Heyne greift nach einem zweiten Salamibrötchen, was Cora Samcke ein seliges Lächeln entlockt.
»Wo ist da das Geheimnis?« fragt Edgar Lohse mit vollen Backen. »Diese Tennhoff hat die Briefe natürlich frei erfunden, was sonst? Überlegt doch mal, praktisch alles, was sie bisher ausgesagt hat, konnten wir widerlegen. Von wegen baldige Heirat. Hat sich was! Oder ihr Alibi. Die Frau ist

doch eine hemmungslose Lügnerin. Man stelle sich vor, sie zündet ihre eigene Bude an, wartet draußen, bis die Flammen so hoch schlagen, daß der Kerl garantiert nicht mehr rauskommt, und ruft dann die Feuerwehr. Heult ein bißchen rum, macht auf völlig hysterisch – und alle fallen drauf rein.«

»Die Ehefrau hat auch kein Alibi. Und ihr Motiv ist praktisch das gleiche«, hält Johanna dagegen. Warum gleich so laut und patzig, weiß sie selber nicht. Es muß an Edgar Lohse liegen, an seinen vielen Ist-doch-logisch oder Ist-doch-klar, mit denen er – absichtlich oder nicht – die berufliche Qualifikation seiner Kollegen in Frage stellt. Zumindestens empfindet Johanna es so, und sie fühlt sich jedesmal angegriffen. Als ob Lohse nicht genauso oft danebenliegen würde, wie jeder andere hier auch.

Heyne gibt sich neutral. »Das Motiv ist bei beiden in etwa gleich gelagert, das stimmt. Trotzdem mußt du«, er wendet sich an Johanna, »bei der Tennhoff noch mal ran. Das mit den Briefen ist schon merkwürdig. Da hat Edgar recht. Höchstwahrscheinlich haben die nie existiert. Wie auch immer. Die Frau gefällt mir nicht. Ganz und gar nicht.«

Johanna nickt. »Sie ist übrigens die einzige, die wissen konnte, daß Ellmer allein in der Wohnung war. Wenn sie es *nicht* gewesen ist, hat der Anschlag beiden gegolten ...«

Aber sie war es. Für Edgar Lohse gibt es keinen Zweifel.

Schweigend hört Michelle Tennhoff zu. Ihre Finger verhaken sich ineinander, bis die Knöchel weiß hervortreten. Mehrmals setzt sie zum Sprechen an, besinnt sich aber im letzten Moment eines Besseren. Irgendwo hackt eine Uhr die Zeit in kleine Stücke. Die beiden Frauen lauschen wie gebannt dem monotonen Ticken.

Unwillkürlich vergleicht Johanna ihr Gegenüber mit der

Zarin auf der Spielkarte. Alles stimmt. Alles. Die eng zusammenstehenden, graublauen Augen, die so gleichgültig ins Leere blicken, die slawisch ausgeprägten Backenknochen, selbst das leicht fliehende Kinn, das für einen eher schwach ausgebildeten Willen spricht. Ein angedeutetes Lächeln voller Wehmut liegt auf den Lippen. Geistesabwesend wikkelt sie eine Haarsträhne um ihren Zeigefinger.

»Frau Tennhoff«, mahnt Johanna schließlich leise, »ich würde gern wissen, was Sie dazu sagen.«

»Ja doch!« fährt die Angesprochene unerwartet heftig auf. »Ich hab's ja schon kapiert. Jetzt soll alles so gedreht werden, als ob ich meine eigene Bude angezündet hätte. Logisch!« verbittert lacht sie auf. »Das kennt man ja. Am Ende kriegen diejenigen die Schuld, die sich nicht wehren können! Bequeme Methode, was?«

»Niemand hat behauptet, daß Sie die Täterin sind.« Verdammt. Warum hat Johanna jetzt das Gefühl, sich verteidigen zu müssen? Die Frau *ist* doch verdächtig. Hochverdächtig sogar.

»Nicht?« spottet Frau Tennhoff. »Und wozu brauche ich dann ein Alibi? Können Sie mir das mal verraten?«

»Na ja, das Wort Alibi ist vielleicht schlecht gewählt«, windet sich die Kommissarin. »Wir müssen einfach den besagten Abend bis ins kleinste Detail untersuchen. Alles ist wichtig. Jede Minute, wenn Sie so wollen. Worüber haben Sie sich also gestritten?«

Doch von einem Streit am Dienstagabend will Michelle Tennhoff absolut nichts wissen. »Das haben die Leute über uns gesagt? Und solchen wie denen da oben glauben Sie?« Erstaunt reißt sie die Augen auf, schüttelt dann mit einer heftigen, ja wütenden Bewegung ihren Kopf. »Das hätte ich nicht gedacht. Ehrlich. Der Kerl ist praktisch ständig besoffen. So einer ist doch nicht glaubwürdig! Außerdem läuft bei denen von morgens bis abends die Glotze auf voller Lautstärke. Nie im Leben könnten die hören, was bei uns passiert. Soll ich Ihnen mal was sagen? Die haben das erfunden. Aus purer Gehässigkeit. Oder einfach nur, um sich aufzuspielen.« Jetzt weist ihr Zeigefinger anklagend auf Johanna. »Wenn es einem mal so richtig dreckig geht, hacken sofort alle auf einem rum. Wie bei den Tieren. Wenn eine Krähe krank ist, hacken die andern sie tot. Wußten Sie das? Hab ich mal im Fernsehen gesehen.« Sie nickt mit ernster Miene. »Mit Therese, Frau Kolbe meine ich, ist es genau dasselbe. Wieso behauptet die, fest geschlafen zu haben? Gut, sie lag die ganze Zeit auf der Couch, zwischendurch sind ihr auch die Augen zugefallen, das stimmt, aber dann haben wir uns wieder ganz normal unterhalten. Und als ich los bin, hat sie mir laut und deutlich Tschüs hinterhergerufen. Na ja«, meint sie schließlich achselzuckend. »Die war von Anfang an eifersüchtig. Weil ich noch so jung bin und dazu ganz gut aussehe.« Unwillkürlich zupft sie ein paar gekringelte Haarsträhnchen ins Gesicht. »Die Geschichte mit Achim hat sie mir nicht gegönnt. Kein gutes Haar hat sie an ihm gelassen. Therese ist einfach nur neidisch auf jeden, der ein bißchen glücklich ist.« Immer schneller sprudeln die Worte jetzt hervor, und sie rückt immer näher an Johanna heran. »Sie selber ist nämlich zweimal geschieden, wußten Sie das? Zweimal! Das sagt doch alles, oder nicht? Und dann immer diese schlechte Laune! Der Chef hat auch schon gesagt, wenn sie noch lange so ein muffiges Gesicht macht, fliegt sie eines Tages in hohem Bogen raus. Die vertreibt ja die Gäste!«

»Dann hat Frau Kolbe also gelogen?«

»Was weiß ich. Sie ist jedenfalls 'ne seltsame Person. Erst soll ich unbedingt bei ihr wohnen, dann will sie mich am liebsten vor die Tür setzen. Heute hüh, morgen hott. Mit so was kann ich nichts anfangen.«

»Und was sagen Sie dazu, daß Frau Kolbe ebenfalls von einem Streit erzählt hat? Daß Sie ganz aufgelöst bei ihr angekommen seien?« Auch Johannas Geduld hat ihre Grenzen. Und diese Frau Tennhoff macht es sich wirklich verdammt leicht. Einfach alles abstreiten, alle anderen der Lüge bezichtigen, so geht es ja nun auch nicht.
»Ja, gut«, lenkt die junge Frau unerwartet ein. »Ich hab wohl gesagt, daß ich enttäuscht bin. Weil er vielleicht ausziehen wollte. Vielleicht! Es stand ja noch gar nicht richtig fest! Lieber wäre es mir schon gewesen, wenn er bei mir geblieben wäre, bis wir was Entsprechendes für uns beide gefunden hätten. Das ist ja wohl verständlich. Aber Streit!!! Das ist doch maßlos übertrieben. Das erzählt Therese doch nur, weil sie mich unbedingt schlechtmachen will. Sie ist so ein Mensch, das können Sie mir ruhig glauben. Und auf meine bevorstehende Ehe mit Achim war sie total neidisch! Jetzt meint sie wohl ...«
»Frau Tennhoff, wir reden hier nicht über Frau Kolbe, sondern über Sie! Über Ihre Auseinandersetzung mit Herrn Ellmer.« Genervt würgt Johanna die Charakterisierung von Helene Kolbe ab.
»Es gab keinen Streit zwischen Achim und mir. Und das mit der Wohnung war nur so eine Idee. Wir haben darüber gesprochen, ob er es machen soll oder nicht.« Jetzt schmollt sie genauso wie ihr Ebenbild auf der Spielkarte. Niedlich. Bestimmt hat diesem Ellmer so ein Kleinmädchengetue gefallen. Johanna gefällt es nicht.
»Es stand ganz eindeutig fest, daß Herr Ellmer in ein Einzimmerappartement ziehen wollte. Wir haben uns den Mietvertrag angesehen«, sagt sie streng.
»Na und! Was heißt das denn? Höchstens, daß Achim es nicht ertragen konnte, in einer feuchten Kellerwohnung mit ewig kaputter Heizung zu leben. Ohne vernünftiges

Badezimmer. Ohne Balkon. Ohne Garten. Deshalb hat er die erstbeste Möglichkeit ergriffen, hier rauszukommen. Mit mir, mit unserer Beziehung hatte das gar nichts zu tun. Er meinte, in seiner beruflichen Position müßte er einfach eine anständige Adresse vorweisen können. Das stimmt doch auch.«

»Und warum dann ein Einzimmerappartement?«

»Haben Sie 'ne größere Wohnung anzubieten?« erkundigt Michelle Tennhoff sich schnippisch. »Achim hat nichts anderes gefunden. Jedenfalls nicht so schnell. Er wollte in Ruhe was Passendes für uns beide suchen. Ein Haus vielleicht. Wir hatten doch Zeit genug. Er war ja noch nicht einmal geschieden. Wie hätten wir ahnen können, daß er nicht mehr lange leben würde ...«

Noch einmal auf die anonymen Briefe angesprochen, reagiert Frau Tennhoff eher verschnupft. »Was soll ich dazu noch sagen? Sie glauben mir ja doch nicht!«

Womit sie vollkommen recht hat.

Ihre ganze Wut läßt Johanna am Auto aus. Zum Glück ein Dienstwagen. Unerbittlich knallt sie die Gänge rein, das Getriebe jault vergeblich um eine bessere Behandlung.

»Scheiße, Scheiße, Scheiße!« flucht die rothaarige Kommissarin vor sich hin. Und zur Bekräftigung boxt sie jedesmal kräftig gegen das Lenkrad, einmal trifft sie aus Versehen die Hupe, worauf der Wagen vor ihr erschrocken einen Schlenker auf die Gegenfahrbahn macht. Zum Glück passiert nichts, außer daß der Fahrer, nachdem er sich von seinem Schreck erholt hat, sich umdreht und erbost seinen ausgestreckten Mittelfinger präsentiert. Johanna lächelt müde. Geschenkt.

Diese Michelle Tennhoff. Eine junge, vom Schicksal nicht gerade verwöhnte Frau, ziemlich auf sich allein gestellt. So gesehen also bestens geeignet als Opfer für einen ältlichen Mann, der ein sexuelles Abenteuer sucht, der sein Selbstbewußtsein an ihren jungen Gliedern nachzuschärfen gedenkt und der sonst nichts von dieser Frau will. Eben nur das eine. Ihre Zukunftsträume haben ihn wahrscheinlich köstlich amüsiert. Doch wie es scheint, hat er wohlweislich dazu geschwiegen, um sich nicht selber den Spaß zu verderben. Ausgebeutet hat er sie, benutzt wie ein Kleenextuch, sogar in finanzieller Hinsicht – und schon das ist bei seinen Einkommensverhältnissen eine riesengroße Sauerei.

So weit, so gut. Bis hierher darf Frau Tennhoff sich noch der hundertprozentigen Sympathie, der ungeteilten weiblichen Solidarität von Johannas Seite sicher sein. Wäre sie dann in Tränen ausgebrochen, hätte sie unter heftigem Schluchzen den Mord gestanden, alles wäre klar gewesen. Wieder mal so ein Fall, in dem sich nicht mit Gewißheit sagen läßt, wer nun eigentlich der Täter ist und wer das Opfer. Doch urplötzlich entpuppt die Tennhoff sich als eine andere, als eine dreiste Lügnerin, die sich womöglich noch für besonders raffiniert hält. Dabei sind ihre erfundenen Drohbriefe einfach zu blöd. Genau wie die kindische Haltung, alles abzustreiten. Alle lügen, alle sind böse, nur Frau Tennhoff ist ein liebes, kleines Mädchen, eine blondgelockte Käthe-Kruse-Puppe, die niemandem etwas zuleide tun könnte. Mist! Diesmal knallt Johanna mit den Reifen gegen den Bordstein.

Immerhin hat sie jetzt Feierabend. Unterwegs ein flüchtiger Einkauf, Vollkornbrot, Eier und Butter. Und eine Styroporschale mit sechs knackigen italienischen Äpfeln, in Folie eingeschweißt. Klar, daß die gespritzt sind. Aber die Bioäpfel aus deutschen Landen sehen so wurmstichig aus, daß Johanna bedenkenlos alle guten Vorsätze, was eine gesunde, schadstoffarme Ernährung angeht, über Bord wirft.

Daheim eine nette Unterhaltung mit Lea Brenning. Über harmlose Themen wie das Wetter und graue Kaschmirpullover, die man leider mit der Hand waschen muß. Und nach dem Trocknen ganz leicht überbügeln. Gutgelaunt trennt man sich voneinander. Lea Brenning will sich dem Fernsehapparat ausliefern, ihre Mieterin hat andere Pläne.
Während Johanna ein etwas zu scharf gebratenes Spiegelei auf Vollkornbrot verspeist und dazu dank der Repeat-Taste an ihrem CD-Player endlos ihr Lieblingslied von Metallica, *Nothing else matters,* hört, so laut, wie sie es Lea Brenning gerade noch zumuten darf, betrachtet sie eine kleine, bunte Spielkarte, die mitten auf dem Tisch liegt. Wir beide gehen heute noch aus, flüstert Johanna der Herzkönigin zu.
Zwei Stunden später verläßt sie das Haus. Zurück bleiben eine gemütliche Couch mit einer molligen Wolldecke darauf, eine angebrochene Flache Rotwein und ein angelesenes Buch, das eigentlich viel zu spannend ist, um jetzt alleingelassen zu werden. Vor allem, wenn man bedenkt, daß draußen so unerfreuliche Dinge wie Dunkelheit und Kälte lauern. Gerade mal fünf Grad zeigt das Thermometer, Tendenz fallend. Seufzend zieht Johanna Lauritz den Reißverschluß ihrer Jacke hoch. Dichter weißer Nebel verzerrt die Realität, tropft von Blättern, lackiert den Asphalt, kriecht heimtückisch in ihren Kragen. Feuchte Lederkleidung fühlt sich ekelhaft an. Und wer kennt nicht diese dumpfe, bedrückende Angst, verfolgt zu werden, wenn er mutterseelenallein bei Nacht durch kalten Herbstnebel stapft. Man hält den Atem an, lauscht in die trübe Stille, ob irgendwo Schritte hallen, ob da ein fremder Atem rasselt, man wünscht sich nichts so sehr wie einen anderen Menschen und fürchtet sich gleichzeitig genau davor. Rein statistisch gesehen geschehen bei Nebel nicht mehr und nicht weniger Gewaltverbrechen als sonst auch. Doch in

Nächten wie dieser nützen Statistiken herzlich wenig, und jedermann verwandelt sich automatisch in einen Verfolger. Selbst eine Frau wie Johanna, die körperlich fit ist, die verschiedene Kampfsportarten beherrscht, die sogar eine Pistole bei sich trägt, geht in solchen Nächten schneller, wobei ihre Füße es kaum schaffen, mit dem Tempo ihres Herzschlags mitzuhalten.

Bei Helene ist es gut geheizt. Und ziemlich leer. Zarah Leander verspricht mit ihrer unnachahmlich tiefen Stimme, daß einmal ein Wunder geschehen wird, was nicht unbedingt wahrscheinlich ist, aber durchaus in Johannas Sinn wäre. Eine Frau will gerade gehen, sie zieht einen langen flauschigen Kapuzenmantel über, schlingt einen gestreiften Schal mehrfach um den Hals, läßt ein letztes Mal ihren Blick durch das gemütliche Lokal schweifen und öffnet endlich seufzend die Tür. Zwei junge Mädchen sitzen kichernd ganz hinten in der Ecke, wo es zu den Toiletten geht. In ihrem Gespräch geht es offenbar um irgendwelche Jungs, sie kreischen abwechselnd: »Den find ich ja so süß«, oder auch: »Der ist doch voll daneben!«

Das waren noch Zeiten, als man das andere Geschlecht so mühelos in zwei Schubladen einsortieren konnte, erinnert Johanna sich neidisch. Wenn man auf die Vierzig zugeht, sieht die Welt leider ein bißchen komplizierter aus, meine Damen. Da laufen nur noch die Modelle frei herum, die in keine der beiden Kategorien passen. Da wäre zum Beispiel mein Chef. Ist der nun süß oder voll daneben? Eine Frage, die sich zum Glück gar nicht stellt, beschließt sie trotzig, bevor sie mit sehr entschiedenen Schritten zur Theke geht.

»Na, wenigstens ein bekanntes Gesicht«, freut sich Helene. Seit neuestem trägt sie ihr Haar streichholzkurz geschoren – und wasserstoffblondiert. Besser hätte sie ihre vielen

Falten gar nicht zur Geltung bringen können. Über das tiefdekolletierte indisch anmutende, blutrote Baumwollkleid hat sie – ob nun als Zugeständnis an ihr fortgeschrittenes Alter oder an die unfreundliche Jahreszeit – ein knallbuntes Umschlagtuch geknotet.

Zähneklappernd sinkt Johanna auf einen von acht freien Barhockern. »Scheißwetter«, mault sie. »Gibt's bei dir wenigstens Grog?«

»Wie bitte? Grog?« Spielerisch droht Helene mit dem Finger. »So was Ordinäres? Da könnte ich ja gleich Schnaps ausschenken. Nee, Herzchen, bei Helene gibt es höchstens Punsch. Aber tröste dich«, sie lacht dröhnend, »der ist auch nicht ohne. Oder was dachtest du, warum meine Wangen heute so mädchenhaft erglühen?«

Wie versprochen, heizt ihr Rotweinpunsch tüchtig ein. Es dauert nicht lange, bis Johanna ihre Lederjacke neben sich auf den freien Barhocker legt. Die Temperatur steigt ins Sommerliche. Nach dem zweiten Punsch kleben auch die Lederjeans nicht mehr in den Kniekehlen. Die beiden Teenies bezahlen. Jede zwei Bier. Na, kein Wunder, daß die so albern waren.

Trifft sich ganz gut, daß es heute so leer ist. »Sag mal, Helene. Die Karten ... Ich muß dir was erzählen ...« Johanna berichtet aufgeregt von der Zarin, die die Hauptverdächtige in einem Mordfall ist. »Meinst du, daß das was bedeuten könnte? Oder anders gefragt: Ist an der Kartenlegerei was dran? Man hört doch manchmal ...«

»Nee«, schneidet Helene ihr rigoros das Wort ab. »Hör bloß auf mit *dem* Scheiß! Das ist nichts als Betrug!« Ihr rotgeschminkter Mund klappt hörbar zusammen, und der Abwaschlappen fliegt mit Schwung ins Spülbecken, Wasser spritzt auf. »Von so was will ich nichts hören«, donnert sie, und es klingt wie ein feierlicher Schwur.

»Aber warum hast du mir dann die Karten ...«, wundert Johanna sich.
»Ach so. *Das* meinst du. Ich fand die Karten besonders hübsch und dachte, daß dir so was auch gefällt.«
»Ach so, ja sicher.«
Drei Frauen betreten die Kneipe. Nach endlos langer Diskussion bestellen sie zweimal Altbierbowle und einmal Rotweinpunsch. Kaum zu glauben, wie unentschlossen manche Menschen sind. Als hinge Gott-weiß-was davon ab, sich an diesem Abend für ein Getränk zu entscheiden.
»Du bist sowieso viel zu realistisch, um so was ernst zu nehmen«, meint Helene kichernd, nachdem sie den dreien die Gläser gebracht hat. »Ich dagegen, als Künstlerin ...« Und zur Bekräftigung preßt sie beide Hände an ihren wogenden Busen. »Früher, Kindchen, als ich noch am Theater war, da galt es als schick, die Karten zu befragen. Künstler sind für solche Dinge ja bekanntlich sehr empfänglich. Manche von uns waren richtiggehend abhängig davon. Konnten keine Entscheidung treffen, ohne sich vorher die Karten legen zu lassen. Die Knef, hab ich mal gelesen, glaubt auch daran. Und früher die Anneliese Rothenberger ... oder die nicht?«
Hilflos zuckt Johanna die Achseln. Anneliese Rothenberger, ach, du liebe Zeit. Woher sollte sie das denn wissen?
»Warte mal, die Rothenberger, nee, das stimmt nicht ... Ich lernte also jemanden kennen. Zigeuner war er – Roman Wagner, ein Bild von einem Mann und hochbegabt. Hat leider nichts daraus gemacht. Na ja, der Krieg. Er spielte dann Geige in irgendwelchen Bars. O Gott, wenn ich daran denke, werden mir immer noch die Knie weich. Wir waren so was von verliebt ...« Schwärmerisch verdreht sie die Augen. »Und ich dumme Gans wollte meinem Glück nicht trauen. Ließ mir also zum ersten und letzten Mal in meinem

Leben die Karten legen. Von einer Kollegin. Die machte das für alle am Theater. Sie war auch genau die Richtige dafür, vom Typ her, meine ich. Sie trug immer nur rote Seide, hauteng und hochgeschlitzt, ganz dramatisch, die wußte genau, wie man sich in Szene setzt. Ließ sich damals als erste einen Bubikopf schneiden. Da wären wir andern vor Neid beinahe geplatzt. Ach ...« Sie winkt ab. »Ist ja egal. Wegen der Kartenlegerei ... tja, du wirst es nicht glauben, aber sie warnte mich vor einem gutaussehenden, schwarzhaarigen Mann. Er würde mich ruinieren ...« Seufzend massiert sie mit den Fingerspitzen ihre Schläfen, so als würde die Erinnerung ihr Kopfschmerzen bereiten. »Weißt du, Kindchen, so ein kleines Körnchen Mißtrauen reicht schon aus, um dir auf Dauer das größte Glück zu vermiesen. Ohne es zu wollen, ging ich auf Abstand. Plötzlich quälte mich rasende Eifersucht, ich begann sogar, ihm nachzuspionieren. Keine Ahnung, warum, aber ich konnte ihm nicht mehr vertrauen. Das war das Ende, wie du dir ja wohl vorstellen kannst. Aber dann ...« Sie ringt theatralisch beide Hände. »Ob du es glaubst oder nicht, später hat diese Magdalena – so hieß sie nämlich – ein Verhältnis mit meinem Zigeunergeiger angefangen. Natürlich war sie verknallt in ihn, wer von uns Mädchen nicht, und ich stand ihr im Weg. Seitdem hab ich's nicht mehr so mit der Kartenlegerei, verstehst du.«

Letztendlich weiß man bei Helene nie, ob ihre Geschichten nun wahr sind oder nicht. Und irgendwie ist es auch egal. Fest steht, daß sie eine Begabung dafür hat, andere auf den rechten Weg zu bringen.

Kartenlegen. Haha. War wohl 'ne Schnapsidee, das Ganze. Oder besser ein Kind des Rotweins. Gutgelaunt macht Johanna sich auf den Heimweg. Ein kalter, unfreundlicher Wind bläst ihr ins Gesicht. Mond und Sterne lassen sich auch nicht blicken. Eine unfreundliche, kalte Nacht, eine von der Sorte, in der man keinen Hund vor die Tür jagen würde. »Scheißwetter, mistiges!« brüllt Johanna, laut genug, um eventuelle Triebtäter in die Flucht zu schlagen. Mit gesenktem Kopf arbeitet sie sich durch die Kaltwetterfront. November. Meine Güte, wo ist nur der Sommer geblieben? Man darf ja gar nicht daran denken, wie lange es noch dauert, bis der Frühling wieder zaghaft an die Türen pocht. Genaugenommen hat der Winter noch nicht einmal richtig angefangen. Was für trübe Aussichten!

Das Kinderheim war schon uralt. Hohe Räume, dunkle Flure, unzählige Türen, steile Treppen, ein riesiges Kellerlabyrinth. Immer wieder kam es vor, daß die kleineren Kinder sich darin verliefen.
Das Kind hatte seine Furcht vor dem Gebäude verloren. Es hatte viele Geheimnisse entdeckt, kannte verborgene Winkel, von denen die verhaßten Nonnen nichts wußten. Wenn es nur wollte, konnte es sich jederzeit selbst verschwinden lassen, was es auch oft genug ausnutzte. Dann hockte es kichernd in düsteren Ecken und hörte draußen die aufgeregten Nonnen seinen Namen rufen. Einmal hatte es zwei Tage in einem winzigen Hohlraum unter der Treppe zum Trockenboden verbracht. Nachts war es heimlich in den Eßsaal geschlichen, um Zwieback und Brotreste zu stehlen. Tagsüber genoß es die Aufregung im Haus. Sogar die Polizei wurde zu Hilfe gerufen. Am dritten Tag hatte es die Lust am Abenteurer verloren, es langweilte sich, die Glieder schmerzten von der verkrampften Haltung. Und es hatte Appetit auf eine warme Suppe. Also huschte es die Treppen runter, schlich sich durchs große Eingangsportal, klingelte und kehrte als reumütiger Ausreißer zurück. Die Nonnen, froh, ihr verlorenes Schäfchen wiederzuhaben, ließen ausnahmsweise Milde walten. Selbst Schwester Benedikte zeigte Herz. Ein warmes Bad, eine heiße Puddingsuppe, ein frischbezogenes Bett. Auf die Frage, wo es gewesen sei, antwortete das Kind mit angedeutetem

Schluchzen: »Ich war in der Stadt, hab überall meine Mama gesucht. Sie soll mich endlich wieder nach Hause holen.« Man war gerührt.

Das Kind konnte sich jetzt kaum noch das Lachen verkneifen, wenn die Nonnen ihre Gottgeschichten zum Besten gaben. Ein lieber Gott im Himmel, der alles sieht und alles weiß. Hahaha. Jeder ist sein eigner Gott. Inzwischen glaubte es übrigens, daß diese Nonnen nicht mit Absicht logen. Sie waren so schlichte Gemüter, daß sie es nicht besser wußten. Im Grunde waren sie sogar ganz lieb. Bis auf die eine.

Mitten im Dezember, draußen herrschte eisiger Frost, die Fenster waren von Eisblumen übersät, und morgens lagen erfrorene Vögel auf dem Rasen, die die Kinder nicht begraben konnten, weil die Welt unter einer dichten Schneedecke lag, stürzte Schwester Benedikte, die aufgrund einer chronischen Blasenentzündung mehrfach nachts die Toilette in der unteren Etage aufsuchen mußte, die steile Treppe herunter und brach sich das Genick. Um vier Uhr morgens verlosch ihr Lebenslicht, genau wie die Kerze in ihrer Hand.

In der rechten Hand hatte sie die Kerze, mit der linken hielt sie ihren Morgenrock hoch, da konnte sie sich nirgends festhalten, als sie ins Straucheln kam, vermutete der Arzt. Niemand beachtete die beiden blauen Flecken rechts und links neben der Wirbelsäule, die von zwei wildentschlossenen Kinderfäusten herrühren konnten.

Freitag, 3. November

Der erste Nachtfrost des Jahres kommt ungelegen.

Dem Kalender und dem Wetterbericht zum Trotz, ist man noch gar nicht so recht darauf eingestellt, hat weder die Geranien auf dem Balkon noch den großen Oleander daneben in Sicherheit gebracht.

Die Wäsche an der Leine ist hartgefroren, hoffentlich hat der teure Mohairpullover die schlechte Behandlung gut überstanden, ach ja, der letzte Kopfsalat ist natürlich auch hin. Bei minus vier Grad haben sich seine achtundneunzig Prozent Wasser unversehens in Eis verwandelt …

Bei den Nachbarn hat die schöne Vogeltränke aus Terrakotta dran glauben müssen – ein häßlicher Riß verläuft genau durch die Mitte. So was läßt sich nicht kitten. Im letzten Jahr war es die große Pflanzschale neben der Haustür, die im Frühling ein Heidengeld gekostet hatte. Man lernt scheinbar nie dazu. Es muß eine Art Aberglauben sein. Als würde der Winter auf ein Zeichen, etwa rechtzeitig in Sicherheit gebrachte Geranien und Fuchsien, warten, um uns zu überfallen. Und als ließe er sich durch Ignorieren von Datum und Wetterbericht fernhalten. Lieber in der dünnen Jacke frieren, als zugeben, daß es schon wieder soweit ist.

Eine Schicht aus Eis, hauchdünn und trotzdem so fest wie ein Panzer, überzieht sämtliche Autoscheiben, mein Gott, wo hab ich den verfluchten Eiskratzer gelassen. Die Türgummis kleben, es braucht viel Kraft, um die Autotür zu öffnen. Vaseline soll gut sein. Ich wollte doch längst …

Nachdem Johanna ihr Türschloß mittels Feuerzeug enteist hat, natürlich nicht, ohne sich zweimal die Finger verbrannt zu haben, und nachdem es ihr gelungen ist, den Eiskratzer im Handschuhfach zwischen diversen Papiertaschentüchern, Benzinrechnungen, leeren Kaugummipackungen und dem verloren geglaubten Buch von Fay Weldon, das sie sich vor wenigen Wochen zum zweitenmal gekauft hat, aufzutreiben, nachdem sie mühsam die Scheiben und Seitenspiegel freigekratzt hat, wobei ihre Finger sich in eiskalte, gefühllose Anhängsel verwandelt haben, gibt die Batterie zu verstehen, daß sie bei solchen Temperaturen nicht gewillt ist, zu funktionieren. Der Anlasser jault ein paarmal beleidigt auf, schnauft dann ein weiteres Mal erschöpft, um anschließend endgültig zu verstummen. »Tja, und die Batterie würde ich auch auswechseln. Der nächste Winter kommt bestimmt«, hatte der Mann von der Werkstatt vorgeschlagen. Vor zwei Monaten, oder so. Zu einer Zeit, als es noch so warm war, daß man abends in eine Strickjacke gewickelt auf der Terrasse sitzen und das Abtauchen der Sonne in ein glühendrotes Meer aus Licht beobachten konnte und der Gedanke an den Winter beinahe blasphemisch erschien. »Kann ich ja immer noch machen«, lautete dann auch die desinteressierte Antwort.

Der Automechaniker, das steht wohl fest, wird sich die Hände reiben und ihr ein schadenfrohes, typisch männlich überlegenes, von einem blöden Grinsen begleitetes Das-hab-ich-Ihnen-doch-schon-im-Sommer-gesagt unter die Nase reiben, die sich taub und eiskalt anfühlt, als wäre sie inzwischen von jeglicher Durchblutung abgeschnitten. Eine Tatsache, die keinesfalls dazu angetan ist, Johannas Laune, die mittlerweile praktisch auf dem Nullpunkt angekommen ist, zu verbessern. Laut fluchend steigt sie aus, knallt die Tür hinter sich ins Schloß, mit dem Fuß übrigens, und sperrt den Wagen ab, wildentschlossen, ihn bis zum Frühjahr keines Blickes mehr zu würdigen. Lea Brenning, deren Wagen vor Wind und Wetter geschützt in seiner Garage nächtigt und deshalb witterungsunabhängig anspringt, ist natürlich längst zum Dienst, wie könnte es an so einem Morgen auch anders sein. Also nichts mit Überbrücken. (In Wahrheit hätte weder sie noch Lea ein Überbrückungskabel zur Hand gehabt, was in diesem Moment allerdings nicht von Bedeutung erscheint!)

Im Dauerlauf ab zur Bushaltestelle, wo sie keuchend gerade noch die Rücklichter des Busses in der Ferne entschwinden

sieht. Fünfzehn Minuten warten. In schneidender Kälte. Ohne Schal und Handschuhe.
Höchstwahrscheinlich wird Heyne wieder seine persönliche Ansicht zum Thema Pünktlichkeit zum Besten geben. Und die Kollegen Lohse und Bierwirth, ebenfalls Garagenbesitzer, werden schadenfroh grinsen.
Irrtum. Auch andere haben unter dem Wetter zu leiden. Edgar Lohse zum Beispiel, wie immer zu spät dran und wie immer darauf angewiesen, die im Bett vertrödelten Minuten auf der Straße aufzuholen, Edgar Lohse, der weder Radio hört noch einen Blick für die Umwelt übrig hat und infolgedessen den weißglitzernden Rauhreif glatt übersieht, holt seinen BMW aus der Garage und gibt Gas. Ein paarmal wundert er sich noch, warum die anderen scheinbar über jede Menge Zeit verfügen und entsprechend rumtrödeln, was ihn beinahe zur Weißglut bringt, bis er in einer scharfen S-Kurve, die normalerweise immer gut ist für hundert Sachen, von der Straße abkommt und seitlich gegen einen Baum prallt. Es kracht. Man hört förmlich, wie das Blech sich in Falten legt. Wutentbrannt steigt der Polizeiobermeister aus. Sein Auto ist kaum wiederzuerkennen. Mehrmals tritt er mit seinen Cowboystiefeln gegen die Reifen. Scheiße. Keinen einzigen Gedanken verschwendet er daran, daß er von Glück sagen kann, den Unfall unbeschadet überstanden zu haben.
Mittlerweile halten ein paar Autos. Jemand stürmt mit einer schwarzen Ledertasche auf Lohse zu. Ein Arzt, der auf dem Weg zu seiner Praxis unterwegs war. Vor wenigen Minuten hat der Polizist ihn noch mit quietschenden Reifen überholt. Eine kurze, oberflächliche Untersuchung. Der Mann hat nicht mal einen Schock. Das ist ein ganz Abgebrühter, schießt es dem Mediziner durch den Kopf, doch er schweigt. Jemand hat übers Autotelefon Polizei und Krankenwagen informiert. In der Ferne heult ein Martinshorn.

Als Johanna mit dreißig Minuten Verspätung ins Büro kommt, trinken Heyne und Roland Bierwirth gerade gemütlich Kaffee.
»Na, Auto nicht angesprungen?« tönt es ihr gutgelaunt entgegen. Sie nickt verwirrt, und läßt die unterwegs geprobte, patzige Verteidigung in der Versenkung verschwinden.
»Edgar kommt heute überhaupt nicht. Kleiner Unfall, Blechschaden«, berichtet Roland Bierwirth, während er Johanna Kaffee einschenkt. Jeder denkt sich seinen Teil, Edgars Fahrweise ist allen bekannt. »Hier, wärm dich erst mal auf.« Freundschaftlich wird Johanna in die Runde der schadenfrohen Grinser aufgenommen.
Um halb zehn klopft es. Ein kleiner dicklicher Mann, dessen Kopf von einer blau-gelb karierten Schirmmütze verunziert wird, die mindestens zwei Nummern zu klein ist und die dadurch an jene schrecklich albernen Papphütchen erinnert, die man zu Karnevalszeiten überall kaufen kann und mit denen jedermann hoffnungslos dämlich aussieht, tritt ein. Er nickt jedem der drei Beamten flüchtig zu, pflückt die Mütze herunter, was seinem Äußeren sehr zugute kommt, dann steuert er mit kurzen, entschlossenen Schritten auf Heynes Schreibtisch zu, um dort die Tageszeitung mit dem Bericht über den Brand in der Ziegeleigasse auszubreiten. Eine Sekunde lang überlegt Johanna, ob sie Heyne auch sofort als Chef erkannt hätte – und wenn ja, weshalb –, doch da sprudelt der Mann bereits los.
»Wenn ich mich kurz vorstellen darf, Großmann, Walter Großmann aus Lüneburg. Ich habe sie natürlich gleich erkannt.« Sein Zeigefinger deutet auf das Foto von Michelle Tennhoff.
Die Beamten stutzen einen Moment, dann fragt Heyne zögernd: »Sie kennen Frau Tennhoff?«

»Nicht mit Namen natürlich. Aber das Bild ist ja eindeutig. Damals sah sie selbstverständlich jünger aus.«

»Damals?«

»Ja, damals, als ihr Baby verbrannt ist. Das stand doch in allen Zeitungen. Sie müssen wissen«, jetzt schaut er beifallheischend in die Runde, »ich interessiere mich für Verbrechen – für die Hintergründe, für die Täter. Und ich darf mich wohl mit Fug und Recht als Hobbykriminologen bezeichnen.«

Bei allem Ernst der Situation muß Heyne jetzt einfach fragen: »Und? Haben Sie schon irgendwelche größeren Fälle gelöst?«

»Bis jetzt leider nicht«, muß der Mann zugeben, und sein rundes Gesicht wird ganz traurig. »Allerdings habe ich der Polizei schon manch wertvollen Hinweis gegeben. Ihre Kollegen in Lüneburg wissen mich durchaus zu schätzen, und das sage ich jetzt nicht, weil ich mich loben will. Mitunter sind es ja nur Kleinigkeiten, die zur Ergreifung des Täters führen, Kleinigkeiten, die im Eifer des Gefechts rasch übersehen werden.« Er lächelt zufrieden. »Und daß ich gerade jetzt meine Schwester besuche, ist natürlich ein glücklicher Zufall. Für Sie, meine ich.«

Johanna nickt, so ernsthaft es eben geht. »Nun müssen Sie uns aber auch die Geschichte aus Lüneburg erzählen. Die über Frau Tennhoff, meine ich.«

Der Mann, der zwar Großmann heißt, es aber nicht ist, stützt beide Hände auf Stefan Heynes Schreibtischplatte, was dieser nicht so gerne sieht, für den Moment jedoch in Kauf nimmt, im Interesse der Wahrheitsfindung gewissermaßen.

»Ich schätze mal, es war vor drei oder vier Jahren. Im Herbst auf jeden Fall. Da ist ihr« – sein Zeigefinger tippt wie wild auf Michelle Tennhoffs Foto –, »Baby verbrannt. Der Mann war auf Schicht, und die Dame war heimlich aus, tanzen ja wohl, und als sie nach Hause kam, stand alles in Flammen. Tja, wie schon gesagt, es stand bei uns in allen Zeitungen. Mit Bild. Die arme, verzweifelte Mutter, die ihr Kind nicht mehr retten konnte. Und jetzt sehe ich hier in die Zeitung, und da ist genau dieselbe Frau – und sie hat genau dieselbe Geschichte erlebt. Nur daß es diesmal ihren Freund getroffen hat. Ein komischer Zufall, das müssen Sie zugeben! Luise, hab ich zu meiner Schwester gesagt, ich muß sofort zur Polizei. Gieß den Kaffee mal solange in die Warmhaltekanne und pack die Brötchen wieder in die Tüte, bevor sie hart werden. Das hier ist jetzt wichtiger. Ohne mich kommt die Kripo nämlich nicht weiter.«

»Und Sie sind sich vollkommen sicher?«

Das hört Herr Großmann jetzt aber nicht so gern. »Junge Frau«, schnappt er beleidigt, »wie ich bereits sagte, Verbrechen sind mein Hobby. Walter Großmann weiß, wovon er redet. Ich *bin* mir sicher. Rufen Sie ruhig in Lüneburg an, dort wird man Ihnen meine Zuverlässigkeit bestätigen!« Zur Strafe setzt er seine Mütze wieder auf.

Mühsam loben die Beamten den Hobbydetektiv zur Tür hinaus, was besonders Stefan Heyne schwerfällt. Aber zehn Minuten später steigt die blau-gelb karierte Schirmmütze in einen Fiat Panda und tuckert davon, begleitet von Johannas spöttischen Blicken.

Jetzt wird gehandelt. Und zwar schnell. Bis Lüneburg sind es knapp drei Stunden. Ein Antrag auf Dienstreise wird gar nicht erst gestellt, sonst lehnt der oberste Chef vielleicht noch ab.

»Wir sind vorläufig außer Haus, Roland hält hier die Stellung!« Mehr braucht Cora Samcke in ihrem hoffnungsgrünen Strickensemble nicht zu wissen.

In Therese Kolbes Wohnung ist es kalt und zugig. Genausogut könnte Michelle Tennhoff mitten im Winter ohne Mantel auf dem Hauptbahnhof stehen. Kein Wunder, denn sämtliche Fenster sind gekippt, und der Herbstwind darf sich ungestört mit den altmodischen, grobgewebten Stores vergnügen. Ein Mobile aus roten und weißen Metallvögeln, das vor dem Küchenfenster hängt, klingelt hektisch, ja geradezu verzweifelt. So wie es aussieht, versuchen die künstlichen Vögel mit aller Kraft, ihre Nylonfesseln zu zerreißen, um in den warmen Süden zu entfliehen. Und man kann es ihnen weiß Gott nicht verdenken.

Heute sieht Michelle Tennhoff richtig hübsch aus. Ihre blonden Haare kringeln sich in dichten Korkenzieherlocken bis auf die Schultern, wodurch das Gesicht sehr viel mädchenhafter und weicher erscheint. Ein wenig Make-up hat sie auch aufgelegt, Wimperntusche, hellblauen Lidschatten und einen Hauch von blaßrosa Lippenstift. Nur zarte, unschuldige Farben und kein Rouge, wie sonst immer. Als Trauerkleidung müssen der enge schwarze Rock und die weiße Baumwollbluse mit dem duftigen, in Plisseefalten gelegten Tellerkragen herhalten, in denen sie normalerweise Kaffee und Kuchen serviert.

Mit hochgezogenen Beinen kauert sie in der äußersten Ecke der Couch, eingewickelt in eine beige-braun karierte Wolldecke. Michelle Tennhoff friert. Jedermann würde hier frieren. Ändern kann sie nichts daran. Weil Therese Kolbe vorhin unmißverständlich zum Ausdruck gebracht hat, daß ihre Wohnung tagsüber gut gelüftet werden muß und daß die Heizkörper erst abends aufgedreht werden. »Sonst krieg ich keine Luft«, hat sie mit fester Stimme behauptet. Angeblich hätte sie in der letzten Nacht kaum schlafen können, höchstens eine Stunde, so sehr hätte sie unter Anfällen von akuter Luftnot gelitten, fast hätte sie den

Notarzt gerufen. Eine glatte Lüge, denn in Wahrheit hat sie geschnarcht wie ein Bär, und das ohne jede Pause. Es klang, als ob ein leichtes Erdbeben die Wohnung erschütterte, mitunter klirrten sogar die Gläser im Schrank, ganz leise natürlich, aber Michelle, die sich ruhelos auf der schmalen Couch hin und her wälzte, konnte in dieser ungewohnten und gleichzeitig so vertrauten Geräuschkulisse einfach keinen Schlaf finden. Notgedrungen verfolgte sie den Ablauf der Zeit im Viertelstundentakt auf der Wanduhr und sehnte sich danach, ins Schlafzimmer zu schleichen, Therese anzustoßen und zu flüstern: »Dreh dich auf die Seite!«, so wie sie es immer bei Achim gemacht hatte.

Doch in unserer Gesellschaft es ist nun einmal so geregelt, daß die, die etwas besitzen, auch die Macht haben, und daß Wohnungsinhaber sich in ihren eigenen vier Wänden alles erlauben können, während dem geduldeten Gast nur das höfliche Schweigen bleibt. Nie im Leben würde Michelle es wagen, einfach die Heizung höher zu stellen, sie traut sich ja nicht einmal, die Fenster zu schließen. Thereses Worte waren eine Warnung, die sie sehr gut verstanden hat. Wenn sie es sich mit Therese verdirbt, steht sie praktisch auf der Straße. Ganz schwach vor Müdigkeit und Kälte hat sie sich vorhin mit klopfendem Herzen eine Wolldecke ausgeliehen, die im Schlafzimmer über einer Stuhllehne hing und die wenigstens ein bißchen wärmt. Natürlich muß sie das gute Stück rechtzeitig zurücklegen, um allem Ärger aus dem Weg zu gehen. Nachher heißt es noch: Wieso schnüffelst du in meinem Schlafzimmer rum?

Die großen roten Hände zerknüllen einen Brief.

Sehr geehrte Frau Tennhoff! Hiermit möchte ich Sie in Kenntnis setzen, daß die Wohnung Ziegeleigasse Nr. 29, Halbparterre, in diesen Tagen durch einen Bausachverständigen für unbewohnbar erklärt werden wird. Aufgrund der massiven Brand- und Wasserschäden sehe ich leider keine Möglichkeit, die Räumlichkeiten für die Dauer von sechs Monaten wieder herrichten zu lassen. Es steht Ihnen frei, Ihre Möbel bis zum nächsten Sperrmüll in der Wohnung zu belassen.

Mit frdl. Grüßen
Dr. S. Hegel.

Mindestens zwanzigmal hat sie den Brief schon gelesen. In der absurden Hoffnung, vor lauter Aufregung irgendeinen verborgenen Hinweis, ein Hilfsangebot übersehen zu haben. Doch das Ergebnis ist jedesmal gleich niederschmetternd. Wenn sie wenigstens jemanden fragen könnte, ob dieser Hegel wirklich das Recht hat, sie so einfach vor die Tür zu setzen, ein halbes Jahr vor Ende der offiziellen Kündigungsfrist. Achim – ja, der hätte so etwas gewußt. Achim ... Die Erinnerung an seine überlegene Ruhe treibt ihr schon wieder Tränen in die Augen.

Eine alleinstehende Frau in einer relativ ungesicherten Stellung, die nur sehr wenig Geld zur Verfügung hat, findet in diesen Zeiten keine Wohnung, das weiß Michelle Tennhoff sehr genau. Wohnungen reserviert man heutzutage für gutsituierte kinderlose Doppelverdiener, am besten Beamte auf Lebenszeit.

In ihrem Kopf formt sich das Bild einer obdachlosen Pennerin, deren kaum vorhandenes Eigentum mühelos in zwei Plastiktüten paßt. Immer hungrig, immer frierend, immer schmutzig, immer auf der Suche nach einer warmen Schlafmöglichkeit. Oft genug hat sie solche Gestalten im Fernsehen gesehen. Ohne sich vorstellen zu können, selbst einmal ganz nahe am Abgrund zu stehen. All diese Menschen, deren gesamtes Leben auf der Straße stattfindet – die müssen doch auch eine Geschichte haben. Die waren früher bestimmt mal jemand, hatten vielleicht eine Wohnung, eine Familie und Arbeit. Wer macht sich denn schon Gedanken, worüber sie gestolpert und so tief gefallen sind. Man wechselt höchstens so schnell wie möglich die Straßenseite, um nicht angebettelt zu werden. Und man freut sich insgeheim, wenn die Polizei kommt und die Penner vertreibt.

Lüneburg.
Eine hübsche kleine Stadt. Weniger hübsch das Gebäude, in dem die Kriminalpolizei untergebracht ist. Ein zweckmäßiger, übersichtlicher Kasten, ein genervt wirkender Pförtner, der knurrend die richtige Zimmernummer rausrückt, ein dunkles Treppenhaus, lange Korridore, numerierte Türen, eine emsig tippende, unverbindlich lächelnde Vorzimmerdame, die sich in eine dichte Wolke aus unerledigter Arbeit einhüllt.
Der Kollege, Hauptkommissar Dieter Mollek, ist erstaunt. Sicher, man kennt sich flüchtig von irgendwelchen Lehrgängen, im Grunde sogar seit Ewigkeiten, aber daß der Heyne hier unangemeldet auftaucht, um in eine Akte einzusehen, die man genausogut hätte rüberschicken können ... Beim Namen Walter Großmann verdreht er die Augen. An den Brand kann er sich leider nicht erinnern. Im übrigen ist er in Eile.
»Tut mir wirklich leid. Ich werde meine Sekretärin bitten ...«
Auch in hübschen kleinen Städten passieren Gewaltverbrechen. Vor viereinhalb Stunden hat man auf dem Friedhof die Leiche einer älteren Dame entdeckt. Brutal erschlagen. Raubmord, wie es aussieht.
Verständnisvoll nicken die beiden unangemeldeten Besucher. Sicher. Die Arbeit ist überall die gleiche. Man bildet

eine Mordkommission, schwärmt in alle Windrichtungen aus, fragt jeden, der auch nur im entferntesten etwas wissen könnte. Und ausgerechnet in dieser Hektik tauchen zwei Kollegen auf und wollen eine Akte einsehen, die längst irgendwo im Archiv verstaubt.

»Vielleicht sehen wir uns noch«, ruft Hauptkommissar Dieter Mollek höflichkeitshalber, ehe er davonstürzt. Allen ist klar, daß es nicht dazu kommen wird.

Also zurück zur Sekretärin. Und die hat jetzt, da ihr Chef fort ist, auch keine Lust mehr, Freundlichkeit zu heucheln.

»Warum haben Sie die Akte nicht schriftlich angefordert?« Streng mustert sie die beiden Störenfriede durch ihre dikken Brillengläser; während ihre Finger weiterhin rhythmisch die Tastatur der Schreibmaschine bearbeiten. Das Argument, daß es besonders eilig sei, gilt vor dieser ungnädigen Richterin nichts. Mißmutig greift sie zum Telefon.

»Frau Hellmann? Entschuldigen Sie die Störung. Ich hätte da ein etwas ungewöhnliches Anliegen. Hier sind zwei Beamte von auswärts …« Mit ihren Blicken spießt sie die beiden Übeltäter auf. »Die suchen nach einer Akte aus dem Jahr 1991. Oder auch 1992. Da soll angeblich« – das kann sie sich jetzt nicht verkneifen – »ein Säugling bei einem Wohnungsbrand umgekommen sein. Was??? Ja, finde ich auch. Nein, leider hat das keine Zeit. Ich kann es nicht ändern. Ja. Ich komme rüber und helfe Ihnen suchen, bis gleich.« Kopfschüttelnd legt sie auf. »Als hätte man nicht genug zu tun«, brummt sie ungehalten, bevor sie stöhnend die sichere Stellung hinter ihrem aktenbeladenen Schreibtisch aufgibt. »Wie heißt die Frau? Tennhoff. Und das Datum? Genauer wissen Sie es nicht?« Ihr Rock, ein sackförmiges graugemustertes Gebilde, schlägt über den Schenkeln tiefe Knitterfalten, wodurch der Saum vorn ein paar Zentimeter in die Höhe rutscht und den Blick auf einen hellblauen

Nylonunterrock billigster Qualität freigibt. Stämmige Beine in gepunkteten Feinstrumpfhosen schreiten selbstsicher Richtung Tür.

»Dämliche Henne!« Johanna Lauritz und Stefan Heyne sind sich vollkommen einig.

Die Akte, die die Sekretärin dann irgendwann mit Leichenbittermiene anschleppt, ist nicht besonders dick.

»Da. Ich weiß nicht, ob es die richtige ist. Unter Tennhoff haben wir nichts. Dieses Kind heißt Stadler. Aber es ist der einzige Säugling, der in der fraglichen Zeit verbrannt ist.«

»Oh, das ging ja schnell. Vielen Dank, daß Sie so freundlich waren«, bedankt Johanna sich spöttisch.

Doch diejenige, für die diese netten Worte bestimmt waren, hämmert bereits wieder mit beiden Händen auf ihre Schreibmaschine ein. Ihr finsterer Gesichtsausdruck signalisiert, daß sie keine weiteren Störungen mehr wünscht.

Also gut. Schweigend widmen sich die beiden Besucher der Akte Daniel Stadler. Am Ende war alles doch nur ein Windei.

Nein. »Da ist sie«, flüstert Johanna atemlos.

Ein Bild zeigt eine jüngere, kindliche Michelle Tennhoff, die trotzig in die Kamera schaut. Offenbar konnte sie sich damals noch keine Dauerwelle leisten. Dünn und strähnig hängt ihr blondes Haar herunter, sie trägt Jeans und ein Shirt und sieht aus wie eine unglückliche Schülerin. Ihr Mann dagegen, Hellmut Stadler, entlockt Johanna einen anerkennenden Pfiff, was ihr sogleich tadelnde Blicke der Sekretärin einbringt.

Die Brandursache ist letztendlich nicht geklärt worden. Der Vermieter hatte in Eigenarbeit seine Garage zu einer Wohnung umgebaut. Die elektrischen Leitungen waren nicht besonders fachmännisch verlegt, außerdem hatte wohl dieser Hellmut Stadler nachträglich auch noch ein paar Steck-

dosen gesetzt. Die Leitungen waren überlastet, wie ein Sachverständiger erklärte. Und das könnte zu Kabelbränden führen, jederzeit sogar. Das Feuer war in der Nähe des Fensters ausgebrochen. Dort lag eine Steckdose. Hinter der Gardine auch noch. Man nahm an, daß es in der Dose geschwelt hat, irgendwann ein Funke an die Gardinen geriet, na ja, der Rest ist klar. Der Vater des Kindes, eben jener Hellmut Stadler, arbeitete am Fließband der Firma Sellmer und Co. Zur Tatzeit hatte er gerade Nachtschicht. Ein bombensicheres Alibi also. Die Mutter, übrigens Michaela Stadler und nicht Michelle Tennhoff – daran muß Johanna sich erst noch gewöhnen –, tanzte in einer Disko. Zeugen dafür gab es genug, womit allerdings nicht mit letzter Sicherheit bewiesen ist, daß sie nicht zwischendurch die Diskothek verlassen hat. Sie kam nach Hause, als die Feuerwehr bereits im Einsatz war. Laut Polizeibericht hätte sie so lange hysterisch geschrien, bis ein Notarzt sie mit einem Beruhigungsmittel mattsetzte. Befragungen der Nachbarn ergaben, daß die beiden jungen Eltern sich stets liebevoll um das Kind gekümmert hatten. Vor allem der Vater war ganz verliebt in seinen Sohn. Die Kripobeamten fanden keinerlei Hinweise darauf, daß die Eltern möglicherweise selbst an dem Brand und damit am Tod des Kindes beteiligt waren. Das wär's dann schon.
Ein Anruf beim Einwohnermeldeamt ergibt, daß Hellmut Stadler verzogen ist, ohne eine neue Anschrift zu hinterlassen. Ziemlich bald nach der Katastrophe. Michaela Stadler hat sich überhaupt nicht abgemeldet. Beim Standesamt erfahren sie endlich noch, daß die beiden Stadlers immer noch verheiratet sind. Tennhoff ist Frau Stadlers Mädchenname.
»Danke, daß Sie sich so nett um uns gekümmert haben«, bringt Heyne die Sekretärin zu guter Letzt doch noch in

Verlegenheit. Mit hochroten Wangen stammelt sie was von Arbeitsüberlastung und ungünstigem Zeitpunkt. Sogar die emsigen Finger geraten ins Stocken.

Sonnenschein. Als hätte der Herbst ein schlechtes Gewissen wegen der frostkalten Nacht, läßt er jetzt die Sonne einen warmgelben Schimmer auf die umliegenden Ziegeldächer zaubern. Und wir, die wir tausendmal abhängiger vom Wetter sind, als wir jemals zugeben würden, lächeln versöhnt und öffnen bereitwillig unsere schweren, unbequemen Winterjacken, die wir noch lange genug schleppen werden.

Stefan Heyne trägt neuerdings einen langen Mantel aus rotbraunem Wildleder, der einem Oberstadtdirektor angemessen wäre, oder einem Manager, aber wohl kaum einem Kriminalkommissar im Dienst. Na gut, Kriminalhauptkommissar, berichtigt Johanna sich im stillen. Trotzdem, das gute Stück ist viel zu elegant, und ihre eigene, zehn Jahre alte Jacke aus schwarzem Nappa macht sich dagegen recht schäbig. Pech. Heyne kann ja drei Schritte vor ihr laufen, wenn ihn das stört.

»Jetzt gehen wir aber was essen. Mein Magen hängt schon sonstwo.« Zielstrebig steuert Johanna die erstbeste Lokalität an, eine Pizzeria, die sich Venezia nennt. Heute ist Pastatag, wie eine große Schiefertafel allen Passanten verkündet. Ein Nudelgericht nach freier Wahl und ein Getränk für zehn Mark. »Da gehen wir rein«, beschließt Johanna, und sie öffnet die Eingangstür, ohne sich umzuschauen. Heyne und sein peinlicher Mantel folgen ihr widerspruchslos.

Lasagne und Kaffee für die Dame, Spaghetti arrabiata und Kaffee für den Herrn. Oder nein, erst noch ein Glas Rotwein. Die Bedienung spricht nur gebrochen Deutsch, und es dauert eine ganze Weile, bis die Bestellung richtig aufgenommen ist. Danach ist Zeit genug, sich ausgiebig über die Sekretärin auszulassen. Hast du den Unterrock gesehen? Na, die Strümpfe waren doch noch schlimmer! Die Strümpfe??? Du meinst wohl die Beine! Aber tippen konnte sie wie der Teufel! Weißt du ja gar nicht. Vielleicht hat sie hunderttausend Fehler gemacht. Oder hast du aufs Blatt geschaut?

Mit sichtlichem Stolz bringt die Kellnerin das Essen. Und das, wie sich herausstellt, nicht zu Unrecht. Die Füllung in der Lasagne ist wirklich lecker. Die nehmen hier frische Tomaten, garantiert, freut sich Johanna mit vollgestopften Backen. Ihr Chef lächelt glückselig über die gekonnt milde Schärfe seines Nudelgerichts. Zu bemängeln wäre höchstens die mindere Qualität des Rotweins. Aber mittags, und dazu noch im Dienst, ist sowieso nur ein Glas erlaubt. Es lohnt also nicht, sich darüber zu ärgern.

Gestärkt und gutgelaunt geht es weiter.

Das Haus ist gar nicht so leicht zu finden. Zweimal fahren sie daran vorbei, bis Johanna vorschlägt, auszusteigen und die Straße zu Fuß zu erkunden. Eingeklemmt zwischen zwei Hochhäusern, abgeschnitten von Sonne und Himmel, versteckt hinter einer Plakatwand, duckt sich ein kleiner Flachdachbungalow, eines jener abstoßend häßlichen Fertighäuser der ersten Stunde, die aussehen wie ein Pappkarton mit Fenstern. Die Wohnung, in der vor vier Jahren ein Säugling namens Daniel Stadler verbrannte, ist rechts angebaut, offensichtlich eine frühere Doppelgarage, die man mit einem hellgelben Anstrich, ein paar schmalen Alufenstern und einer ebensolchen Haustür kurzerhand zu Wohnraum erklärt hat. »H. Weber« steht auf dem Klingelschild. Optimistischer Druck auf die Klingel. Eine starkgeschminkte Frau undefinierbaren Alters, die einen eigenwillig gemusterten, bodenlangen Kaftan trägt, öffnet. Die Dienstausweise lassen sie förmlich zusammenschrumpfen.

»Ist es wegen Norbert?« fragt sie mit gedämpfter Stimme. Dann, resigniert: »Können Sie ruhig zugeben. Weiß ich sowieso. Wegen der Sache am Bahnhof. Ach, kommen Sie eben rein. Die Nachbarn brauchen ja auch nicht alles zu wissen. Die hängen sowieso den lieben langen Tag hinter ihren Gardinen.« Mit langgerecktem Hals sucht sie die Umgebung nach potentiellen Lauschern ab. Weit und breit ist keine Menschenseele zu entdecken. Dennoch zieht sie Johanna sehr energisch am Ärmel ins Innere der Wohnung, bevor sie die Tür nachdrücklich schließt, zweimal den Schlüssel umdreht und dann noch eine Kette vorlegt. »Besser ist besser«, sagt sie, mehr zu sich selbst als zu den beiden Beamten. »In dieser Gegend weiß man nie ...«

Drinnen ist es unvorstellbar eng und dunkel. Kein Wunder, was läßt sich schon Großartiges aus einer Doppelgarage machen. Die Frau trippelt mit nervösen kleinen Schritten voraus, plumpst seufzend auf ein rotes, fleckenübersätes Sofa, das bestimmt auch schon bessere Zeiten gesehen hat, und deutet mit ihren Händen auf zwei altmodische Cocktailsessel. Unter ihrem Kaftan, dessen Farbenvielfalt bei genauem Hinsehen eine Hafenszene ergibt, azurblauer Himmel, gelbe Sonne, grünes Meer, kitschig bunte Segel, lugen die Füße hervor, die in knallblauen, hochhackigen Samtpantöffelchen stecken, solchen mit einem weißen Fellpompon obendrauf. Außer der farbenfrohen Bewohnerin befinden sich auf dem Sofa noch zwei regenbogenbunte Häkelkissen und eine Spielzeugkatze aus verfilztem orangefarbigem Synthetikfell, deren grüne Plastikaugen gehässig die Besucher taxieren.

»Ich weiß ja auch nicht, wie ich den Kerl zur Vernunft bringen soll, Herr Kommissar«, wendet die Frau sich in weinerlichem Tonfall an Heyne. »Immer wieder verspricht er mir, daß er sich bessern will. Was soll ich denn machen?

Der hört ja nicht auf mich.« Beschwörend faltet sie ihre Hände. »Ich weiß mir langsam auch keinen Rat mehr. Ganz ehrlich.«

Wer ist Norbert? Ihr Mann, ihr Freund, vielleicht ihr Sohn oder auch ihr Bruder? Und was hat dieser Norbert am Bahnhof angestellt? Ist er ein Fixer, ein Zuhälter, ein Schläger oder ein Exhibitionist? Die beiden werden es nie erfahren.

»Wir kommen gar nicht wegen Norbert«, beruhigt Johanna die Frau. »Wir würden gern wissen, ob Sie ihre Vormieter, die Stadlers, kannten. Ob Sie vielleicht wissen, wohin die verzogen sind.«

»Waaas?« Ein paar Minuten lang kratzt die Frau sich ausgiebig am Kopf, so ausgiebig, daß es bei Johanna auch zu jucken beginnt. »Das hätten Sie aber auch gleich sagen können«, mault sie schließlich, während sie sich mit ihren Fingernägeln beschäftigt. »Ich hab vielleicht 'nen Schreck gekriegt! Das ist ja richtiggehend gemein. Wegen Hellmut und dieser ... na, wie hieß sie doch gleich ...«

»Michaela.«

»Richtig. Michelle sollten wir ja sagen, das fand sie toll, nach irgend so 'nem Song. Hieß aber Michaela. Und der Hellmut, der hat sie auch immer so genannt. Da konnte sie sich auf den Kopf stellen.« Die Frage, wie Helga Weber zu den Stadlers stand, erübrigte sich. Allein die Art, wie sie die Namen ausspricht, verrät alles. Hellmut, cremig, sahnig, rinnt ihr das von den Lippen, ihre Augen bekommen einen warmen Glanz. Michaela dagegen wird hart und unfreundlich ausgesprochen, geradezu ausgespuckt. In dieser Frau hatte Michaela Stadler keine Freundin, ganz gewiß nicht.

»Wegen dem Brand, sind Sie deshalb hier? Nach so vielen Jahren? Ich denke, das war so was wie ein Kabelbrand, und die hatten nichts damit zu tun?«

»Wir wüßten gern, ob Sie noch Kontakt zu den Stadlers unterhalten«, überhört Stefan Heyne nachdrücklich ihre Frage. Doch eine Frau wie Helga Weber gibt nicht so schnell auf.

»War das nun ein Kabelbrand oder nicht?« beharrt sie auf einer Antwort. Unwillkürlich richtet sie sich kerzengerade auf. Hier, ich laß mich nicht beiseite schieben.

»Die Fragen stellen wir«, knurrt Hauptkommissar Heyne, und seine Augenbrauen bilden eine bedrohliche Linie.

Achselzuckend beginnt die Frau, sich wieder ausgiebig am Kopf zu kratzen, wobei ein unangenehm nagendes Geräusch entsteht. »Genaugenommen kannte ich die Leute ja kaum. Ich hab zu der Zeit nämlich ganz woanders gewohnt. In der Steinstraße, gleich hinter der Industrie- und Handelskammer. Alles, was ich wußte, hab ich damals der Polizei gesagt. War ja nicht viel. Im Moment ...«, sie räuspert sich mehrmals. »Also nee, beim besten Willen, ich kann mich kaum erinnern. An gar nichts eigentlich. Überlegen Sie mal, wie lange das jetzt her ist!«

Ihr rosa-lila geschminkter Mund verzieht sich zu einem schadenfrohen Grinsen, wobei eine eindrucksvolle Zahnlücke hinten links sichtbar wird. Siegessicher widmet sie sich wieder ihrer juckenden Kopfhaut. Auf Heynes Gesicht kündigt sich ein Gewitter an. Er holt tief Luft, und das, was er gleich sagen wird, kann auf gar keinen Fall dazu beitragen, die Frau zum Reden zu bewegen.

»Es *war* ein Defekt in den Leitungen«, greift Johanna gerade noch rechtzeitig ein. Bevor die Auster sich endgültig verschließt.

»Ach so. Also doch.« Mit einer heftigen Körperdrehung wendet sich die Frau Johanna zu. Freundlich lächelnd schlägt sie die Beine übereinander, so wie man sich für eine längere Plauderei in Positur setzt. Sie faltet ihre Hände über den Knien, das rechte Bein wippt gutgelaunt auf und ab. Jetzt ist sie bereit zu reden.

»Ich kannte *ihn* ganz gut. Von der Arbeit her, wissen Sie. Nicht das, was manch einer jetzt denken würde ... um Gottes willen!« In gespielter Empörung schüttelt sie den Kopf. »Wir waren Kollegen. Bei Sellmers und Co. Er am Fließband. Ich im Versand. *Sie*«, wieder dieser verächtliche Tonfall, »kannte ich nicht so gut. Lange nicht. Die war ja von Anfang an eifersüchtig auf mich. Nur weil Hellmut und ich manchmal im Kino waren. Ganz harmlos natürlich. War noch so ein Überbleibsel aus der Zeit vor ihrer Heirat. Wissen Sie«, jetzt rutscht sie auf der Couch ein wenig näher, »das Kind. Die hatten doch den Jungen. Einer mußte eben immer zu Hause bleiben, das nahm der Hellmut ganz genau. Der war ein richtig guter Vater, einer wie aus dem Bilderbuch. Sei doch froh, daß du so einen Mann hast, hab ich ihr immer gesagt. Aber die Michaela war ja nie zufrieden. Mit nichts. Du kannst ja auch mal ins Kino gehen, hat er ihr vorgeschlagen. Und dann bleib ich bei dem Kleinen. Aber angeblich hatte sie allein keine Lust. Hat mich sogar irgendwann gefragt, ob ich den Kleinen nehme, damit sie zusammen mal weg können. Nee ...«, sie schüttelt entschieden den Kopf, »ich und so ein Winzling, da wüßte ich mir doch gar nicht zu helfen. Hab schließlich nie Kinder gehabt. Das war sowieso nicht meine Sache. Erst ein Kind in die Welt setzen und dann andere einspannen. So was find ich nicht gut. Entweder oder. Tja, und dann geht die heimlich aus, wenn er auf Nachtschicht ist, und daheim verbrennt das unschuldige Kind in seinem Bett. Schrecklich, was? Das hat er ihr nie verziehen. Eine Mörderin war sie für ihn, und das hat er ihr auch direkt ins Gesicht gesagt. Da kannte der nichts.«

»Und wo lebt Herr Stadler jetzt?«

»Der Hellmut? Keine Ahnung. Sie ist ja gleich weg, das mußte sie, er hat sie eiskalt vor die Tür gesetzt. Einmal hab ich sie noch wiedergesehen. Da wollte sie sich mit ihm versöhnen oder so. Ich war gerade auf Besuch. Zufällig. Rotz und Wasser hat sie da geheult. Von wegen, daß es ihr so leid tut. Und wie sie das Kind geliebt hätte. Und daß sie ohne Hellmut nicht leben könnte. Alles reichlich übertrieben, wenn Sie mich fragen. Er hat sie auch gar nicht ausreden lassen, sondern nur zur Tür gezeigt. Da ist sie dann wieder abgeschoben.« Sie rümpft verächtlich die Nase. »Ich fand ja immer, daß sie nicht gerade 'ne tolle Mutter war. Wenn sie fernsehen wollte oder Zeitung lesen, konnte der Kleine ruhig brüllen, das hat die Michaela gar nicht weiter gestört. Das ist gesund, das kräftigt die Lungen, hat sie gemeint. Der Hellmut jedenfalls spielte dann verrückt. Sie können sich ja nicht vorstellen, wie der das Kind geliebt hat. Vergöttert möchte ich sagen, der hat den Jungen vergöttert. Nach dem Tod ist er regelrecht zusammengebrochen. Hat nicht mehr gearbeitet, nicht mehr gegessen, nur vor sich hingestarrt und geweint. Ich bin regelmäßig hingegangen und hab für ihn gekocht. Drei, vier Löffel hat er gegessen, dann sagte er: Helga, du meinst es gut, aber ich kann einfach nicht. Eines Tages fragte er dann, ob ich nicht 'ne schöne Wohnung gebrauchen könnte. Er wußte natürlich, daß ich nur so ein mieses, feuchtes Zimmer hatte, ohne Balkon und Garten, und da bot er mir diese Wohnung an. Samt Möbeln. Alles komplett. Bis auf das Schlafzimmer natürlich. Das war ja ausgebrannt. Und Hellmut ist von einem Tag zum andern fort. In den Süden. Spanien, glaub ich. Oder Frankreich. Einmal hat er mir noch 'ne Karte geschrieben. Aber die hab ich nicht mehr. Stand ja auch nicht viel drauf.« Ein wehmütiger Seufzer, ein todtrauriger Blick. Manche Träume sterben eben nie. Bei-

nahe ist Johanna versucht, der Frau mitfühlend über den Arm zu streichen. Er war doch so viele Jahre jünger. Auf Dauer wäre das nicht gutgegangen, würde sie gern sagen.
»Und Sie sind hier eingezogen ...«, sagt sie statt dessen. Weil sie als Kriminalkommissarin hier ist und nicht als Lebensberaterin. Oder vielleicht auch nur, weil ein schlechtgelaunter Stefan Heyne neben ihr sitzt.
»Genau. Die Wohnung sah wirklich grauenhaft aus. Überall Ruß, ich weiß nicht, ob Sie so was schon mal gesehen haben ...«
Doch, das ist es ja, vor ein paar Tagen erst.
»Und das viele Wasser. Ich hab ganz schön geschuftet. Die Couch«, mit gerunzelten Brauen mustert sie den fleckigen Bezug, »die hab ich nicht mehr richtig sauber gekriegt. Sehen Sie ja selbst. Längst schon wollte ich mir mal was Neues leisten. Aber wie es so ist«, sie lächelt verlegen, »irgendwie ist nie Geld da. Der Norbert liegt mir ja auch ewig auf der Tasche. Da kommt man halt zu nichts.«
Während Heyne auf seinem gelbgestreiften Sessel weiterhin mit eisiger Nichtbeachtung gestraft wird, darf Johanna sogar die Wohnung anschauen. Das Schlafzimmer, das die jetzige Mieterin renoviert und mit einem plüschig schwülstigen französischen Bett sowie einem Schrank mit Spiegeltüren möbliert hat und das nach billigem Parfüm riecht, liegt genau wie befürchtet zu ebener Erde. Draußen ist alles gepflastert. Ein Täter, der einen Brandsatz durch ein gekippt stehendes Fenster werfen würde, müßte nicht einmal Angst vor verräterischen Fußspuren haben. Und das Fenster war offen, das hat Johanna vorhin in der Akte nachgelesen.
Eine Vermutung verdichtet sich zu einer schrecklichen, düsteren Wahrheit. Wenn ein Mensch ganz unbehelligt einen Mord begehen kann, wie groß muß die Versuchung

sein, nach vier Jahren in einer anderen Stadt unter einem falschen Namen einen weiteren, unbequemen Menschen aus dem Weg zu räumen. Nach genau dem gleichen Schema. Ohne den seltsamen Walter Großmann hätte man diese Verbindung höchstwahrscheinlich nie gefunden. Gelobt sei die blaukarierte Schirmmütze.

Rückfahrt.
Nicht mehr ganz so eilig. Schwer beladen mit Informationen, mit Eindrücken, mit neuen Verdachtsmomenten, muß das Gaspedal nicht länger bis zum Anschlag durchgetreten werden.
Ein Hauch von Dämmerung, ein kurzer Moment nur, in dem sich die Häuser wie Scherenschnitte vom dunkelblauen Himmel abheben, schon ist es rabenschwarze Nacht geworden. Die Scheinwerfer bahnen dem dunkelgrünen Wagen einen Weg durch die Dunkelheit. Rechts und links dieser scharf begrenzten Lichtschneise droht das Nichts.
Gerade eben ist Johannas rechte Hand ganz zufällig auf die Zarin in der rechten Hosentasche gestoßen. Mit dem Gefühl, sich verbrannt haben, hat sie die Hand hastig zurückgezogen. Wäre Heyne nicht dabei, würde sie jetzt das Bild anstarren, würde Hinterlist und Kaltblütigkeit in den Zügen der gemalten Frau suchen.
Die schöne Zarin. Michelle Tennhoff, die nun endgültig Michaela Stadler heißt. Die tragische Figur mit den traurigen Augen. Alles Quatsch. Einbildung. Eine kaltblütige Mörderin also, wie es jetzt aussieht. Groß genug für solche Untaten sind ihre Hände allemal, und sollte man den Grad der Bösartigkeit an der Länge der Finger abmessen können, wäre sie eine der Schlimmsten überhaupt.
Eine junge Frau, ein Mädchen im Grunde, überfordert mit der Mutterrolle, die den hohen Ansprüchen ihres Mannes

nicht genügt, beseitigt kurzerhand die Wurzel allen Übels, nämlich ihr Kind. Das Verhängnis für Daniel Stadler bestand darin, daß er allein durch seine bloße Anwesenheit seine junge Mutter ans Haus gefesselt hat. Seine Chancen standen denkbar schlecht.

Die Diskothek, die nur ein paar Minuten zu Fuß entfernt lag, bot sich als Alibi geradezu an. Eine der üblichen Großraumdiskos, anonym und laut, niemand achtet auf den anderen; betäubt von Alkohol und überlauter Musik, von grellen Lichtblitzen, läßt man sich treiben. Kein Problem, aus der Tür zu huschen, daheim ein brennendes Streichholz durch das offene Schlafzimmerfenster zu werfen, vielleicht noch einen kurzen Moment zu warten, ob die Gardinen wirklich Feuer gefangen haben, und dann zurückzukehren, weiterzutrinken, zu flirten, weiterzutanzen, während zu Hause das Baby verbrennt. Eine einfache, ungefährliche Geschichte. So einfach, so ungefährlich, daß man sie ohne weiteres wiederholen kann. In einer anderen Stadt. Statt des Kindes ist es diesmal der Geliebte, der dran glauben muß. Der Geliebte, der nicht für immer bleiben will. Alles sieht danach aus, daß man sich dieser Frau lieber nicht in den Weg stellen sollte. Wenn man noch ein bißchen leben möchte.

»Trinken wir noch ein Bier im Felsenkeller?« hat Heyne vorhin gefragt, und sein Lächeln war ein sehr privates. Johanna hat abgelehnt, eine Verabredung vorgeschoben. Keine zwischenmenschlichen Beziehungen im Büro, das hat sie sich schon lange vorgenommen, und Stefan Heyne ist sowieso nicht ihr Typ. Jedenfalls nicht, solange er in diesem Zuhältermantel rumläuft und immer alles bestimmen will. Heute allerdings, heute hat sie sich ganz gut behauptet.

»Na, dann bis morgen.« Auf seinem Gesicht ist keinerlei

Gefühlsregung abzulesen. Schade eigentlich. Ein kleines bißchen Enttäuschung hätte ihm sicher ganz gut gestanden.
Kaum schließt Johanna die Haustür, öffnet sich gegenüber die Tür zu Lea Brennings Wohnung. Lea muß dahinter gewartet haben. Sehnsüchtig gewartet, denn, man kann es nicht anders beschreiben, sie glüht vor Aufregung. Für einen Moment befürchtet Johanna, daß etwas Schlimmes geschehen ist.
»Johanna, ich muß Ihnen unbedingt was erzählen. Haben Sie einen Moment Zeit?« platzt ihre Vermieterin heraus.
Allein schon aus Neugierde willigt Johanna ein. Was hat die kleine Lea Brenning denn dermaßen aus der Fassung gebracht?
»Er hat mich heute angerufen!«
»Wer, *er?*« fragt Johanna, obwohl sie es bereits ahnt.
Lea Brenning schlägt beide Hände vors Gesicht, so als wüßte sie vor lauter Glück nicht, wohin mit ihnen. »Er, mein Mann«, flüstert sie atemlos, und ihre Wangen färben sich rosarot.
»Exmann!« Darauf muß Johanna jetzt bestehen. Und sie sagt es noch einmal sehr nachdrücklich: *»Exmann!«*
»Dann eben mein Geschiedener«, lenkt Lea Brenning ein. Scheinbar macht das für sie keinen großen Unterschied mehr.
»Und was wollte er?« erkundigt Johanna sich. Mißtrauisch beäugt sie ihre Vermieterin. Und was sie sieht, gefällt ihr überhaupt nicht.
»Er hat mich zum Essen eingeladen. Für morgen abend. Im Hotel zur Postkutsche.« Nanu, das klingt ja richtig schnippisch. Fehlte nur noch, daß Lea fragt, was Johanna das überhaupt angehe. »Ich weiß auch nicht; aber ich habe zugesagt. War das ein Fehler?« Eine rein rhetorische Frage. Lea hat sich längst entschieden. Mit Haut und Haaren. Alles

steht schon fest, auch wenn man gewisse Regeln einhalten wird.
Mit äußerster Anstrengung ringt Johanna sich ein »Na, da darf man ja gespannt sein!« ab. Und dann hastet sie die Treppe hinauf, ehe ihr etwas rausrutscht, was ihre Freundschaft zu Lea ernsthaft gefährden könnte.
Ihr erster Weg führt an den Kühlschrank. Sein Inhalt ist eine einzige Enttäuschung. Ein kleines Stück Gouda, an den Ecken schon hart, zwei Scheiben schmieriger Kochschinken, die sie gleich mit spitzen Fingern in den Mülleimer befördert, zwei Literflaschen Coca-Cola. Selbst in ihrer Schatztruhe, dem Dreisterne-Tiefkühlfach, herrscht gähnende Leere. Schade. Also ein Knäckebrot mit Käse. Wirklich großartig. Wenigstens Rotwein ist noch da. Und zwei Äpfel. Sie hätte sich doch von Heyne einladen lassen sollen. Vielleicht wäre eine anständige Mahlzeit dabei rausgesprungen.
Im Fernsehen läuft eine dieser endlosen Talkshows zum Thema Gewalt an den Schulen. Jeder gibt jedem die Schuld, natürlich nur nicht sich selbst. Der anwesende Polizist, der die lasche Gesetzgebung beklagt, wird gleich in Grund und Boden argumentiert. All die engagierten Pädagogen und Eltern am Tisch finden, daß es andere Möglichkeiten geben sollte, jugendliche Straftäter auf den rechten Weg zu bringen. Unglücklicherweise fallen ihnen gerade keine überzeugenden Modelle ein. Johanna lacht leise.
Um halb zehn fällt sie ins Bett. Gelegentlich mal neun Stunden Schlaf sollen der Schönheit ja ganz dienlich sein. Was für ein Tag. Mist. Sie hat nicht in der Werkstatt angerufen. Also morgen wieder mit dem Bus. Seufzend stellt sie den Wecker eine halbe Stunde früher. Dann läßt sie die Lüneburgfahrt noch einmal ganz langsam vor ihrem inneren Auge ablaufen. Eines läßt sich nicht wegdiskutie-

ren, auch wenn sie es im ersten Eifer übersehen hat. Und auch wenn es nicht in ihre Theorie paßt. Der Brandsachverständige hat damals Brandstiftung ausgeschlossen.

Herr und Frau Wesskamp streiten wie die Kesselflicker. Gut, daß ihr Haus so solide gebaut, ihr Grundstück so großzügig bemessen ist, daß kein Nachbar mithören kann.
»Du säufst dich noch zu Tode«, zetert sie, und bei dem Versuch, das halbgefüllte Cognacglas aus seiner Hand zu reißen, ergießt sich der bernsteinfarbene Inhalt über sein verschwitztes Hemd. »Wie kannst du mich vor meinen Gästen dermaßen lächerlich machen!«
»Laß mich in Ruhe«, knurrt er, und der wilde Ausdruck in seinen blutunterlaufenen Augen läßt sie ängstlich zurückweichen.
Gabriele und Arndt Wesskamp hassen sich mit der gleichen allesumfassenden Intensität, mit der sie sich vor dreißig Jahren geliebt haben. Dennoch gelingt es ihnen normalerweise, nach außen das perfekte Ehepaar zu mimen.
Nie käme einer von beiden auf die Idee, sich scheiden zu lassen. Sie brauchen sich so sehr, daß sie einander mit zusammengebissenen Zähnen ertragen. Er, der Älteste von sieben Geschwistern, der Vater war Hilfsarbeiter auf dem Bau, hat die Schule nicht beendet. Mit knapp vierzehn nahm sein Vater ihn mit auf die Baustelle. Wer alt genug war, mußte Geld verdienen, so war das damals. Über eine Lehre wurde gar nicht erst nachgedacht. Wozu. Der Vater war ja auch bloß Hilfsarbeiter. Ehrgeizig war Arndt Wesskamp nicht, aber er konnte zupacken und war sich für nichts zu schade. Heute noch kann er in Rekordzeit eine gerade Wand hochziehen – ohne Wasserwaage. Mauern, Betonmachen, Putzen, Einfugen, zur Not einen Dachstuhl errichten, kein Problem. In den Jahren des Wirtschaftsauf-

schwungs hat er sich selbständig gemacht. Ohne Gesellenbrief, ohne Meisterprüfung. Damals nichts Außergewöhnliches, heute wäre es undenkbar.

Sie, Gabriele Wesskamp, geborene von Reibnitz, verarmter schlesischer Landadel, war in jenen Jahren eine schüchterne, dünnhäutige, magere Schönheit, gebildet, aber ein bißchen lebensuntüchtig, was Schuld ihrer Mutter war, die niemals über den kriegsbedingten Verlust ihres Vermögens sowie ihres gesellschaftlichen Ansehens hinwegkam. Ihr einziges Kind Gabriele, auf der Flucht irgendwo zwischen Kiel und Malente in einem schmuddeligen Hinterzimmer geboren, war ihr einziger Lebensinhalt. Und daß dieses Kind, dem eigentlich ein Dasein in Sorglosigkeit und Reichtum zugestanden hätte, jetzt arm und vaterlos aufwachsen und sich später – welche Schande – sogar als gewöhnliche Sekretärin verdingen mußte, brach Frau von Reibnitz schließlich das Herz. Sie verschied an einer Überdosis Kummer. Gabriele von Reibnitz blieb allein zurück. Mutterseelenallein.

Als der frischgebackene Jungunternehmer die Räumlichkeiten eines Schreibbüros renovierte, verliebte er sich unsterblich in eine der Damen. In die dritte von hinten rechts. In Fräulein von Reibnitz, die so durchsichtig, so vornehm, so feenhaft schön auf ihrem Drehstuhl saß – die meisten Menschen hätten sie wohl eher als blaß und langweilig bezeichnet –, daß ihm die Knie weich wurden. Und sie – Gabriele – konnte kaum ihren Blick von dem energischen schwarzhaarigen Mann lassen, unter dessen Händen die Wände wie von selbst wuchsen.

Am Anfang war das Glück grenzenlos, sie flossen förmlich über vor Liebe, sie krochen ineinander, klebten aneinander, liebkosten sich endlos, überschütteten sich mit Zärtlichkeiten, einer hielt es kaum ohne den anderen aus. Kein

Wort hätte ausgereicht, um diese große Liebe auch nur annähernd zu beschreiben. Jeder verkörperte den Traum des anderen. Innerhalb weniger Wochen wurde überstürzt geheiratet. Adelstitel ade, Gabriele tat es nicht leid darum, dieses ständige Beweinen der Vergangenheit war sie schon längst leid. Alle Träume von besseren Tagen, von irgendwelchen Ansprüchen auf Herrenhäuser und Ländereien hatte sie mit der Mutter endgültig zu Grabe getragen. Warum sollte sie in der Vergangenheit nach den Wurzeln ihres Daseins graben, wenn das eigentliche Leben doch noch vor ihr lag.

Als Frau Wesskamp brachte sie erst einmal den jungen Betrieb auf Vordermann. Sie übernahm die Buchführung, erledigte sämtlichen Schriftverkehr sauber und gewissenhaft, ganz so, wie sie es gelernt hatte. Endlich war da jemand, der pünktlich die Rechnungen, notfalls auch Mahnungen, schrieb, endlich floß das Geld regelmäßig. Währenddessen baute Arndt Wesskamp sich bei Wind und Wetter, bei Hagel und Schnee, aus Sand, Zement und Steinen einen hervorragenden Namen. Wirtschaftswunderzeit. Märchen wurden wahr. Wie zwei unbedarfte Kinder, wie Hänsel und Gretel, stolperten sie Hand in Hand durchs Leben – und bestaunten mit offenen Mündern das viele Geld, das sich auf ihrem Konto ansammelte. Samstags bestellten sie mit glänzenden Augen halbe Hähnchen im Wienerwald. Was für ein Luxus! Einen Fernsehapparat konnte man sich sehr bald leisten. Und dann die schöne tannengrüne Couchgarnitur mit dem hochbeinigen Marmortisch davor. So was hatte keiner sonst in der Straße.

Ganz nebenbei entwickelte sich das schüchterne, farblose Fräulein zu einer selbstbewußten Frau. Die blutleeren Wangen färbten sich rot. Ihr mädchenhafter Körper entwickelte weibliche Formen, der Busen schwoll an, die Hüften runde-

ten sich, sie lernte, sich vorteilhaft zu kleiden. Auch bei Arndt Wesskamp veränderte sich einiges. Das schwarze Haar wich zurück, dünnte aus, über dem Hosenbund bildete sich ein kleines Bäuchlein, das emsig weiterwuchs. Das gute Essen zu Hause, dazu das viele Bier auf den Baustellen. Beinahe jedes Wochenende war Richtfest. Kartoffelsalat und Würstchen, Bier und Korn, manchmal wußte er nicht mehr, wie er heimgekommen war. Sauf nicht so viel, verlangte sie selbstbewußt, wie sieht das vor den Leuten aus! Und er dachte, daß sie bei ihren Büchern bleiben und sich gefälligst nicht in sein Leben einmischen sollte.
Mitte der siebziger Jahre, da war sie bereits weit über dreißig, stellte sich endlich der langersehnte Kindersegen ein. Zwillinge, ein Mädchen und ein Junge. Der Stammhalter. Arndt junior. Den Namen der Tochter durfte sie ganz allein aussuchen. Katharina. Wie ihre verstorbene Mutter. Fortan war sie nur noch Hausfrau und Mutter. Nach und nach besann sie sich auf ihre Herkunft zurück. Fräulein von Reibnitz. Sie nahm Klavierstunden, um das Vergessene aufzufrischen. Sie besuchte Museen, Kunstausstellungen, Autorenlesungen. Ihr Mann stand von früh bis spät auf dem Bau. Abends war er müde, er wollte sein Bier, seinen Korn und vor allem seine Ruhe. Von ihren Erlebnissen wollte er nichts hören. Wenn du da unbedingt hin willst, meinetwegen, aber verschon mich damit. Ich versteh nichts von Kunst. In dieser Zeit brach ihre gemeinsame Welt in zwei Teile.
Heutzutage sitzt Arndt Wesskamp hinter seinem Schreibtisch und erfreut sich an den Beinen seiner jungen Sekretärin. Sein Sohn Arndt, der den Betrieb übernehmen sollte, ist vor drei Jahren tödlich verunglückt. Die typische Geschichte: zuviel von allem, zuviel Geld in der Tasche, zu viele PS unterm Hintern, zuviel Alkohol im Blut. Der Vater

brachte es nicht über sich, den Sohn wieder aus dem Firmennamen zu löschen, Wesskamp und Sohn, dabei ist es geblieben. Mit den Jahren hat der Alte Millionen verdient, den größten Teil davon allerdings wieder verloren, denn er ist zwar ein guter Handwerker, aber gleichzeitig ein lausig schlechter Geschäftsmann. Impulsiv und selbstherrlich, unfähig, irgendwelche gutgemeinten Ratschläge anzunehmen, investiert er immer wieder in die falschen Projekte und verliert dabei immense Summen. Um wirklich ganz oben mitzumischen, fehlt ihm einfach die notwendige Cleverneß.

Gabriele Wesskamp ist zu einer schillernden Figur der hiesigen Kulturszene emporgestiegen. Als Gönnerin wohlgemerkt, nicht als Künstlerin. Gerade hat sie ihr Herz für diesen Silberschmied entdeckt, dessen Schmuckstücke allesamt aussehen, als hätte er Silber verflüssigt und mehr oder weniger zufällig geformte Häufchen daraus gegossen. Mit Kunst hat das für Arndt Wesskamp rein gar nichts zu tun.

Vor fünfzehn Jahren, als ihre Lebensauffassungen schon meilenweit auseinanderklafften, befürchtete er ernsthaft, daß Gabriele ihn mitsamt den Kindern verlassen könnte. Sein Rechtsanwalt machte ihm damals einen wohldurchdachten Vorschlag. Schließlich müssen Männer ja zusammenhalten. Unter dem Vorwand, das gemeinsame Gut besser absichern zu können – »Stell dir vor, es gibt mal eine Krise im Bauhandwerk!« –, überredete er seine Frau dazu, den gesamten Besitz aufzuteilen und Gütertrennung zu beantragen. Sie, in dem Glauben, hiermit ihre Zukunft finanziell abzusichern, im Falle eines Falles ganz unabhängig zu sein, willigte gutgläubig ein.

Mit Hilfe des Anwalts gelang es Arndt Wesskamp, auf den Namen seiner Gattin samt und sonders wertlose Immobilien eintragen zu lassen, ein buntes Sammelsurium seiner

Fehlinvestitionen, Objekte, deren Verkehrswert beständig fiel, dubiose Bauvorhaben in Spanien etwa, ungünstig gelegen und damit uninteressant für den Tourismus, dazu ein relativ wertloses Zweifamilienhaus am Stadtrand, während auf seiner Kontoseite der kerngesunde Betrieb sowie das eigene Haus verbucht wurden, außerdem ein Mehrfamilienhaus in der Innenstadt sowie zwei Eigentumswohnungen im neuen Ärztehaus. Heute ist es so, daß sämtliche Zugewinne des Betriebes Arndt Wesskamp gehören, während die Mieteinnahmen der Wohnanlagen in Spanien immer spärlicher fließen. Man müßte investieren, von Grund auf neu renovieren, schlägt der Hausverwalter Gabriele Wesskamp regelmäßig vor, doch dafür fehlt ihr das Geld. Und ihr Gatte kann sich solche Extraausgaben angeblich auch nicht leisten. Jedenfalls zur Zeit. Vielleicht nach dieser Sanierungsgeschichte.

So bleiben sie ein Ehepaar, weil sie einander brauchen. Sie sein Geld, um ihren kostspieligen Lebenswandel zu finanzieren, er ihr gesellschaftliches Ansehen, um wenigstens den leisen Anschein eines Weltmanns zu erwecken und den ungelernten Hilfsarbeiter ohne Schulabschluß vergessen zu lassen. Ihre Ehe ist ein Geschäft. Beide zahlen drauf, aber beide profitieren auch.

Ihre Art, miteinander zu leben, gleicht einem immerwährenden Kampf. Einem Gefecht der Worte allerdings, denn zu körperlicher Gewalt haben sie sich bislang noch nicht hinreißen lassen, alles findet auf verbaler Ebene statt, Beleidigungen, Verletzungen, Erniedrigungen der schlimmsten Art, doch jetzt und hier sieht es aus, als wolle Arndt Wesskamp losprügeln. Seine rechte Hand, zur Faust geballt, pendelt vor und zurück, wie bei einem Boxer, der sich aufwärmt, und sein Blick flackert vor ungezügeltem Haß.

Seit dem vergangenen Abend befindet er sich in diesem

desolaten Zustand. Die Nacht hat er mit zwei Flaschen Whisky in der Kellerbar verbracht. Wenn überhaupt, hat er höchstens ein paar Stunden im Sitzen geschlafen. Heute morgen war er so betrunken, daß er nicht arbeiten konnte. Doch anstatt sich ins Bett zu legen und seinen Rausch auszuschlafen, ist er von Whisky auf Cognac umgestiegen. Als um zwanzig Uhr die Gäste kamen, ein prominenter Rechtsanwalt und seine zweite Frau, eine unnahbare Studienrätin, lehnte Wesskamp torkelnd im Türrahmen, in der rechten Hand ein volles Glas, in der linken eine Flasche, aus der er sich ständig nachschenkte. Das Haar klebte strähnig am Kopf, sein rotes, aufgedunsenes Gesicht glänzte vor Schweiß, das verknitterte, schmuddelige Hemd hing unordentlich über der Hose, und er lallte unverständliches Zeug.

Mein Mann ist hoffnungslos überarbeitet, wollte Gabriele Wesskamp die Situation retten, doch ihr Ehemann raunzte sie an, sie solle gefälligst die Klappe halten. Jeder Mann hätte von Zeit zu Zeit das Recht auf einen anständigen Rausch. Und er wäre nichts weiter als stinkbesoffen. Und das stände ihm auch zu. Während des Essens fiel ihm mehrfach das Besteck runter, er kippte ein Glas Rotwein um, und der jungen Ehefrau gelang es nur durch einen geistesgegenwärtigen Sprung zur Seite, ihr Wollkostüm vor der roten Flut zu retten, einmal nickte Wesskamp kurz ein. Wie immer nach dem übermäßigen Genuß von Alkohol, hatte er seine Sprache nicht unter Kontrolle. Seine konfusen Beiträge zur Unterhaltung hörten sich an, als ob ein großer Hund bellte. Unauffällig ließ Frau Wesskamp sowohl die Fischpastete als auch die Käseplatte in der Speisekammer verschwinden. Trotzdem zog sich die Mahlzeit beinahe unerträglich in die Länge. Gleich nach dem Dessert, einer köstlichen Mousse au chocolat, an der sie am Morgen beinahe zwei Stunden gearbeitet hatte und die jetzt nicht weiter zur Geltung kam, weil jeder sein Schälchen so rasch wie möglich auslöffelte, verabschiedeten sich die Gäste. Gabriele Wesskamp wäre am liebsten in den Boden versunken.

Jetzt stehen sie sich gegenüber. Wie zwei Boxer im Ring. »Du hast mich ruiniert. Mit deiner Gier nach immer mehr Geld. Immer mehr, immer mehr, immer mehr.« Kraftlos fallen die Fäuste herab, er dreht sich schwerfällig um und verläßt das Zimmer als alter, besiegter Mann.

Verblüfft schaut sie ihm hinterher. Was soll das denn heißen? Ruiniert? Jetzt, wo es mit dem Auftrag für die Sanierung geklappt hat. Weshalb dieser Alkoholexzeß? Ein dumpfes Unbehagen breitet sich in ihrem Kopf aus. Ruin. Was für ein bedrohliches Wort. Ob sie die Schneiderin abbestellen soll?

Noch weitaus beängstigender ist diese Geschichte von dem Mann, der da in der Ziegeleigasse verbrannt ist. Der Mann, mit dem Arndt einen Tag zuvor ins Geschäft gekommen ist, wie er so was auszudrücken pflegt. Der Mann, über den Arndt praktisch nichts wußte, der ihn aber nach seinen Worten erpressen konnte. Dieser Mann ist ermordet worden. Ein paar Stunden, nachdem die illegale Abmachung über die Bühne gegangen war.

Wenig später hört sie hinter der geschlossenen Tür seines Arbeitszimmers ein fremdes Geräusch. Es dauert eine ganze Weile, ehe sie diese hohen, abgehackten Töne deuten kann. Er weint. Arndt Wesskamp schluchzt wie damals, als er vom Tod seines Sohnes erfahren hat. Genauso wild und verzweifelt. Entsetzt schlägt seine Frau beide Hände vor den Mund. Zum erstenmal wird ihr bewußt, was sie verloren haben, wie fremd sie einander geworden sind. Wie hoch der Haß zwischen ihnen sich aufgetürmt hat, viel zu hoch, um jetzt einfach die Tür zu öffnen, beide Arme um ihn zu schlingen und den Kopf an seine mächtige Brust zu legen. Um zu fragen, was passiert ist. Viel zu hoch.

Das Kind war jetzt beinahe jugendlich. Längst hatte es die Nonnen mit all ihren Gebeten hinter sich gelassen. Genau wie deren Gott. Es lebte seit längerem in einem Heim für schwer erziehbare Kinder.

Das Haus selber war furchtbar. Ein nüchterner, viereckiger Kasten ohne Geheimnisse. Überall gab es Fenster und Licht im Überfluß. Die Türen zum Keller und Boden waren grundsätzlich abgeschlossen, und so sehr sich das Kind auch mühte, nirgendwo fand es ein brauchbares Versteck.

Vorteile hatte das neue Leben allerdings auch. Man brauchte hier nicht zu beten, Schimpfwörter nahmen die Erzieher gelassen hin, nie mehr wurde sein Mund mit Seife ausgewaschen. Hier galten ganz andere Strafen. Arrest, Taschengeldsperre, manchmal mußte man den Garten umgraben oder die Küche wischen. Lauter so blödes Zeugs. Zuerst fühlte das Kind sich wohl. Meinte, die große Freiheit gefunden zu haben. Keine Andachten mehr, kein Vaterunser, man konnte reden, wie einem der Schnabel gewachsen war. Am Anfang nahm es die abgeschlossenen Türen nicht wahr, auch nicht die vergitterten Fenster. Bis es irgendwann begriff, daß es in einer Art Gefängnis gelandet war.

Jemand hatte das Kind als schwer erziehbar eingestuft. Es galt als sozial gestört. Mal reagierte es unangemessen aggressiv, dann wieder fiel es für Wochen in eine regelrechte Apathie. In diesen ruhigen Phasen konnte man gut mit ihm umgehen. Es hielt sich an alle Regeln, erledigte seine Hausaufgaben sehr ordentlich, war weder aufsässig noch frech. Wenn nur nicht immer wieder diese Ausbrüche aufgetreten wären, diese regelrechten Explosionen von hochkonzentrierter Wut. Als hätte es eine Zeitlang alles in sich angesammelt, jedes böse Wort, jede Kränkung, jede schlechte Note in der Schule, um dann, wenn es genug beisammen hatte, alles mit mächtigem Getöse detonieren zu lassen.

Dr. Werning allerdings, der Heimpsychologe, war optimistisch. Er glaubte fest an seine eigene Therapie. Im Grunde mochte er das Kind sogar gern. Wenn ein Gespräch zustande kam, was allerdings nicht selbstverständlich war, konnte das Kind seine Gefühle außergewöhnlich gut beschreiben. Seine Sehnsucht nach der Mutter. Und seinen Haß auf die Nonnen, die so schlecht über sie gesprochen hatten. Das war alles sehr positiv zu bewerten. Wir sind auf dem rechten Weg, erklärte er den Erziehern.

Inzwischen begriff das Kind, was es hieß, sich zu verkaufen. Und es wußte auch, daß seine Mutter sich prostituiert hatte. An manchen Tagen schämte es sich beinahe zu Tode dafür, und es verabscheute seine Mutter abgrundtief. »Wenn die mich mal zurück haben will, geh ich nicht mit«, vertraute es Dr. Werning an. Dann wieder war seine Einsamkeit so groß, daß es bereit war, alles zu verzeihen, alles zu vergessen, wenn es nur wieder bei seiner Mutter leben dürfte, draußen und in Freiheit . . .

Sein bißchen Taschengeld gab das Kind für Süßigkeiten und rosa Schaumbad aus. An den Tagen, an denen es sich vor Sehnsucht nach seiner Mutter ganz schwach und hilflos fühlte, badete es seine Hände in süßlich duftendem Schaum, oder es schluckte eine Handvoll Bonbons. Das half vorübergehend.

Als die Nachricht kam, daß seine Mutter verstorben war, reagierte es mit einer seltsamen Gelassenheit.

Monate später wurde es zu Dr. Werning gerufen. Ein älteres Ehepaar wollte ein Kind adoptieren. Für einen Säugling, wie sie es sich vorgestellt hatten, waren sie allerdings viel zu alt. So kam das Kind mit zwölf Jahren ganz unerwartet in eine neue Familie.

Samstag, 4. November

Pünktlich um halb acht bereitet Mara Ellmer das Frühstück. Wenn man davon absieht, daß das zweite Gedeck nicht mehr für Achim, sondern jetzt für ihre Tante bestimmt ist, hat sie ihr geregeltes Leben wieder aufgenommen. Alles ist wie immer, jede Bewegung ist wohldurchdacht, kein Weg unnötig, keine Geste zuviel. Die Küche ist erfüllt von betriebsamer Geschäftigkeit, die Hausfrau in der Mitte bewegt sich mit eiligen kurzen Schritten zwischen den Schränken hin und her, souverän dirigiert sie ihr Maschinenorchester. Linker Hand blubbert die Kaffeemaschine eifrig vor sich hin, direkt daneben rumpeln die Eier im kochenden Wasser. Die Hausfrau nickt zufrieden, während sie knallrotes Keramikgeschirr auf einer blaugestreiften Tischdecke verteilt. Die Decke übrigens erinnert an die Hochzeitsreise nach Frankreich und somit an Achim, aber daran denkt sie jetzt nicht. Und wenn es ihr in den Sinn käme, würde sie höchstwahrscheinlich das Tuch gegen ein anderes austauschen. Fünf Scheiben Vollkornbrot, hauchdünn geschnitten, werden akkurat auf ein Holzbrett gereiht. Zwei davon werden übrigbleiben, wie jeden Morgen, doch drei Scheiben sehen einfach zu dürftig aus. Die Butter bekommt mittels zwanzig Sekunden Mikrowellenstrahlung genau den richtigen Schmelz verpaßt. Ein paar Scheiben Käse, etwas fettarmer Schinken, ein Glas echter Imkerhonig, übrigens das Geschenk einer zufriedenen Kundin, vervollständigen den Frühstückstisch. Halt. Sahne und Zukker fehlen noch. Sie hat sich immer noch nicht daran gewöhnt, daß Tante Esther ihren Kaffee nicht schwarz trinkt.

»Ich bin soweit!« schallt es die Treppe rauf. Fröhlich, gutgelaunt. Und nur eine Winzigkeit ungeduldig. Achim übrigens brauchte sie nicht extra zu rufen. Der kam grundsätzlich um sieben Minuten nach halb acht frischgeduscht herein, drückte etwas Feuchtes, Kußähnliches auf ihre Wange, murmelte »Mooorgen« und setzte sich auf seinen Stuhl. Tante Esther muß man rufen.

Und während Mara Ellmer um diese Zeit längst geduscht, angekleidet, perfekt frisiert und geschminkt ist, befindet ihre Tante es nicht für nötig, sich zum Frühstück anzuziehen. Kleine, verschlafene Augen blinzeln müde, fast ein wenig vorwurfsvoll, so als wäre diese gemeinsame Mahlzeit zuviel verlangt, und nur sehr halbherzig versucht die alte Dame, ihr herzhaftes Gähnen hinter vorgehaltener Hand zu verstecken. Fröstelnd zieht sie den altmodischen Morgenmantel aus blaßviolettem Steppstoff so eng wie möglich um den mageren Körper. Als könnte man in dieser gutgeheizten Küche frieren. Ihr »guten Morgen« klingt so lau, wie ihre Wangen blaß sind. Mara wendet den Blick ab. Der Gedanke, was das Alter aus den Menschen macht, schnürt ihr für einen Moment die Kehle zu. Wie elegant sah Tante Esther immer aus, wenn sie als Marlene Dietrich dahergestöckelt kam. Nichts ist davon geblieben. Die Schönen werden unansehnlich, die Intelligenten vergeßlich, die Stolzen werden kindisch. Maras schlimmste Vorstellung ist, daß ihre vollen blonden Haare sich in dünne mausgraue Strähnen verwandeln könnten. Unwillkürlich faßt sie sich ins Haar, versenkt ihre Finger in der duftigen, frischgewaschenen Fülle. Nein, noch ist alles in Ordnung.

»Setz dich, ich schenke uns Kaffee ein.« Wortlos gehorcht die alte Dame. Mara Ellmer trinkt ihren Kaffee grundsätzlich schwarz, schwarzer Kaffee hat in ihren Augen so was Zwingendes, Dynamisches an sich, ja, sie bildet sich sogar ein, daß die Sorte Menschen, die es im Leben zu etwas gebracht, die Karriere gemacht haben, ihren Kaffee grundsätzlich schwarz trinken. Sahne und Zucker, das sind unnötige Kalorien. Gar nicht zu reden von diesem entsetzlichen, stundenlangen Rumrühren mit dem Löffel in der Tasse, begleitet von einem dümmlichen Vor-sich-hin-Starren, das all die Menschen vereint, die sich ihren Kaffee mit Dosenmilch und Zucker verderben. Sinnlos verplemperte Zeit, die sich im Laufe eines Menschenlebens ganz schön summiert.

Auch Tante Esther kratzt ganze Ewigkeiten lang mit dem Kaffeelöffel über den Tassengrund, ohne dabei eine Miene zu verziehen. Bis sie irgendwann das mittlerweile höchstens noch lauwarme Gemisch in kleinen Schlückchen zu sich nimmt.

Um zehn vor acht verläßt Mara Ellmer das Haus. Pünktlich auf die Minute. Während der Autofahrt muß sie sich mit schlechtem Gewissen eingestehen, daß sie von jeher eine Abneigung gegen alte Leute gehabt hat. Zu Unrecht, natürlich, schließlich wird jeder irgendwann alt, sie selber auch. Und der Gedanke, daß sich dann alle von ihr abwenden könnten, ist gewiß nicht sehr angenehm. Trotzdem. Daß Tante Esther ohne ihre Hosenanzüge, ohne Schminke und frisch gewaschene Haare schon so alt ist, hat sie nicht geahnt. Genausowenig, wie sie sich vorgestellt hat, daß die alte Dame so wenig auf sich hält. Wie kann man nur zu Hause derart ungepflegt rumlaufen? Ein völlig unmoderner Morgenmantel, verwaschene Nachthemden, die mindestens zwanzig, ach was, dreißig Jahre alt sein müssen. Und das schlimmste ist, daß sie riecht. Unangenehm, muffig, manchmal käsig. Jeden Morgen, wenn die alte Frau ungewaschen am Frühstückstisch erscheint, ekelt es Mara vor ihren Ausdünstungen. Gut, mittags wenn sie heimkommt, ist davon nichts mehr da. Mittags riecht Tante Esther nach Seife und Kölnisch Wasser. Mittags ist sie gekämmt, hat

manchmal sogar Lippenstift aufgelegt. Mittags trägt sie Hosen und Pullover. Dennoch, der Eindruck, den ihre Tante morgens in ihrem Kopf hinterläßt, ist stärker. Manchmal ertappt sie sich dabei, die Unterhosen, die die Alte in die Wäsche gibt, zu zählen, um hochzurechnen, wie oft sie ihre Wäsche wechselt. Es ist sogar schon vorgekommen, daß sie den Feuchtigkeitsgrad der Handtücher überprüft hat. Um sich einen Eindruck davon zu verschaffen, wie gründlich ihre Tante sich wäscht. Die Schlüpfer werden täglich gewechselt, die Handtücher sind naß genug – die Zahnbürste auch! –, trotzdem fällt es ihr von Tag zu Tag schwerer, die alte Dame zu ertragen. Und sie bereut ihr Angebot, Tante Esther könne bei ihr wohnen, bis Achim wiederkommt, bitterlich, denn Achim wird nicht wiederkommen, nie mehr, und das bedeutet, daß sie die Alte bis in alle Ewigkeiten ertragen muß. Heutzutage werden die Frauen hier im Durchschnitt knapp achtzig. Sie hat es neulich beim Friseur gelesen. Und Tante Esther ist erst dreiundsiebzig. Noch sieben Jahre – mindestens. Im übrigen ist die alte Dame so zäh wie Schuhleder, und man kann getrost unterstellen, daß sie hundert werden will.
Nicht nur Mara Ellmer ist froh, das Haus verlassen zu können, auch ihre Tante atmet erleichtert auf. Endlich geht das Haus in ihren Besitz über. Wenn auch nur vorübergehend. Als erstes stellt sie das Radio an. Eine freundliche Sprecherin erklärt gerade, welche Gartenarbeiten unbedingt noch vor Wintereinbruch erledigt werden müssen. Interessiert mich nicht, meine Gute, Esther Schierneck kichert, leg lieber 'ne flotte Scheibe auf. Mit fröhlichem Schwung öffnet sie die Kühlschranktür, um die Dose mit Kaffeesahne herauszuholen. Ein kräftiger Schuß direkt aus der Büchse färbt ihren Kaffee sahnig hellbraun. So wie sie es am liebsten mag. Milchkaffee. Verächtlich mustert

sie das Miniaturkännchen, das kaum mehr als zwei Eßlöffel fassen kann. Das man mit spitzen Fingern fassen muß, weil der Henkel so winzig klein ist, daß man den Zeigefinger nicht hindurchschieben kann. Das von vornherein die Milchmenge bestimmt und damit zu vornehmer Zurückhaltung mahnt.

Laute Musik, in Milchkaffee getunktes Brot, die Füße bequem auf einen zweiten Stuhl gelegt, die Tageszeitung über die Beine gebreitet – *so* sieht ein anständiges Frühstück aus. Da bleibt dem neuen Tag wenigstens Zeit, sich in aller Ruhe aufzurappeln. Vierzig Jahre lang haben sie und Trudchen es so gehalten. Vor allem in den letzten Jahren, als beide schon in Rente waren, genossen sie diese Art von Gemütlichkeit. Manchmal saßen sie mittags noch im Nachthemd am Tisch und lösten Kreuzworträtsel, warum auch nicht. Wenn das Alter sonst schon nichts Gutes mit sich bringt, dann doch wenigstens Zeit im Überfluß.

Aber Ruhe, Behaglichkeit, einfach mal einen Vormittag vertrödeln, davon versteht Mara nichts. Hier lebt man nach Stundenplan, nach Schema F, und zum Frühstück gibt es eben Hektik, in hübsche rote Tassen gegossen und auf blau gestreiftem Leinen serviert. Diese Art von betriebsamer Tüchtigkeit, gepaart mit unverhohlener Selbstgefälligkeit, sieh mal, wie tüchtig ich bin, hat Mara von ihrem Vater. Eigentlich ist es genau das, was Esther Schierneck nie an ihr leiden konnte. So wunderschön sie das Haus auch eingerichtet haben mag, man kann sich in ihrer Gegenwart darin einfach nicht richtig wohl fühlen. Gut, daß heute langer Samstag ist. Da kommt Mara erst gegen halb fünf heim.

Bei der zweiten Tasse Milchkaffee ertappt Esther Schierneck sich bei dem Gedanken, daß sie, sollte ihrer Nichte etwas zustoßen, die einzige Erbin wäre. Und daß *sie* der Extravaganz dieses Hauses jedenfalls gewachsen wäre. Ganz anders als Mara, die im tiefsten Grunde ihres Herzen eine kleinkarierte Hausfrau geblieben ist, genau wie damals ihre Mutter, die es nie gelernt hat, zu leben. Was immer das heißen mag.

»Das hätte ich mir ja denken können ...« Mehr sagt sie nicht. Frau Tennhoff, die in Wirklichkeit Michaela Stadler heißt. Ihre Augen blicken teilnahmslos ins Leere. Unbewegt, wie erstarrt sitzt sie auf dem Stuhl, ganz vorn auf der Kante, die Hände im Schoß gefaltet, die Füße brav nebeneinandergestellt.

»Offenbar haben Sie *trotzdem* geglaubt, die Wahrheit vor uns verbergen zu können«, donnert Heyne unfreundlich. »Und wie Sie sich vielleicht vorstellen können, werten wir so was als Schuldeingeständnis.«

Sie zuckt nur mit den Schultern, gleichgültig, so als ginge das Ganze hier sie nichts an. Seit die Beamten vorhin bei Therese erschienen sind, um sie mitzunehmen – war das jetzt eine richtige Verhaftung? –, ist es ihr nicht gelungen, auch nur einen einzigen klaren Gedanken zu fassen. Das einzige, was feststeht, an dem es nichts zu rütteln gibt: Sie will auf gar keinen Fall in Tränen ausbrechen. Nicht an diesem Ort und nicht vor diesen Menschen. Und das allein ist schwer genug und fordert ihre ganze Aufmerksamkeit.

»Das, was damals passiert ist, hat doch mit Achims Tod nichts zu tun. Deshalb hab ich es nicht erzählt.« Beharrlich verweigert sie jeden Blickkontakt, mustert statt dessen die Fahndungsplakate an den Wänden.

»Frau Stadler«, dröhnt Stefan Heyne aggressiv, »wollen Sie uns für dumm verkaufen? Solche Zufälle gibt es nicht! Zweimal verbrennen Menschen aus ihrem direkten Umfeld. Beide liegen schlafend in ihren Betten. Zweimal bricht ohne zunächst erkennbare Ursache in der zweiten

Nachthälfte ein Feuer aus. Jedesmal sind Sie«, drohend weist sein Zeigefinger auf die junge Frau, »nicht zu Hause. Und in beiden Fällen kommen Sie zu spät, um noch rettend einzugreifen. Und das alles rein zufällig? Also, wirklich!« Er senkt seine Lautstärke auf ein erträgliches Maß. »Nun seien Sie doch ehrlich. Sie haben einen falschen Namen angegeben, damit wir nicht auf die Brandsache in Lüneburg stoßen.«
Kopfschütteln.
»Frau Stadler«, schaltet Johanna sich ein. Wie vorher vereinbart, übernimmt sie in dieser Vernehmung den freundlichen Part. »Warum haben Sie uns Ihren richtigen Namen verschwiegen?«
»Das verstehen Leute wie Sie sowieso nicht. Ich hab es nicht mit böser Absicht getan. Aus reiner Gewohnheit eben. Weil ich seit ewigen Zeiten nicht mehr den Namen Stadler benutze. Ich hatte Angst vor Hellmut. Angst, daß er mir was antut. Er hat mich bedroht. Damals. Aber so was interessiert die Polizei ja nicht. Ausgelacht haben die mich! Was blieb mir denn anderes übrig, als abzutauchen. Unter meinem Mädchennamen.«
»Das geht doch gar nicht. Sie müssen schließlich versichert sein. Rentenversichert, krankenversichert. Da kann man doch nicht einfach seinen Namen ändern.«
»Sie haben wirklich keine Ahnung!« Wie verbittert sich das jetzt anhört. »Natürlich geht das. Man muß doch nicht überall gleich seinen Ausweis vorlegen. Außerdem bin ich zur Zeit gar nicht versichert. Das Geld kann ich mir doch sparen. Solange man jung ist, wird man sowieso nicht ernsthaft krank. Und später ... ich hätte ja Achim geheiratet.«
»Ohne geschieden zu sein? Wie sollte das denn funktionieren?« Mein Gott, kann ein Mensch wirklich so naiv sein?

Nur mühsam gelingt es Johanna, weiterhin die Rolle der freundlichen Beamtin zu spielen. Was die Tennhoff/Stadler da von sich gibt, ist wirklich haarsträubend.
»Einer wie Achim hätte mit Leichtigkeit die Scheidung einleiten können, das ist Ihnen doch wohl klar«, fährt Michaela Stadler trotzig auf. »Als Frau Ellmer hätten mich alle mal kreuzweise! Für zehn Mark die Stunde wäre ich jedenfalls nicht mehr arbeiten gegangen, da können Sie Gift drauf nehmen. Und da glauben Sie, ich hätte den umgebracht? Ich??? Da müßte ich doch bescheuert sein!« Mit blitzenden Augen schaut Frau Tennhoff von einem zum anderen.
»Tja, der gute Herr Ellmer wollte Sie nun allerdings verlassen.« Mit Genuß zieht Stefan Heyne jedes Wort in die Länge.
»Wollte er *nicht!* Er hat die Wohnung nur genommen, weil er so schnell nichts Größeres finden konnte. Das hab ich Ihnen alles schon erklärt. Aber Sie hören ja nicht mal zu. Weil Sie einen Schuldigen brauchen. Und das bin dann ja wohl ich.«
Es klopft.
Cora Samcke legt Heyne einen Zettel auf den Schreibtisch. Offenbar gute Nachrichten, denn sein Gesicht hellt sich auf.
»Frau Stadler. In ihrer Wohnung befinden sich mehrere, genau gesagt drei Öllampen. Alle sind benutzt, wie man am Docht eindeutig sehen kann. Was wir aber nirgends finden konnten, ist Lampenöl. Womit betreiben Sie Ihre Lampen?«
»Was?« nervös schreckt die Frau, die sich gerade Gedanken über die Ausmaße einer Gefängniszelle gemacht hat, hoch.
»Lampenöl. Petroleum. Wo bewahren Sie den Brennstoff für Ihre Lampen auf?«

»Lampen? Ach so. Das meinen Sie. Das Petroleum ist im Schrank unter der Spüle. Eine große Plastikflasche«, sagt sie müde.
»Ist es nicht«, erwidert Heyne überfreundlich. »Meine Beamten haben die gesamte Wohnung abgesucht und nichts gefunden. Nichts. Was sagen Sie dazu?«
Sie zögert einen Moment. »Jaaa, kann sein. Ich glaube, die Flasche war leer. Die Lampen sind ewig nicht benutzt worden. Achim mochte den Geruch nicht. Deshalb hab ich kein Petroleum mehr gekauft.«
»Noch so ein Zufall, was? Frau Stadler. Wo haben Sie in den letzten vier Jahren gelebt?«
»Immer woanders«, sagt sie leise. »Ich bin nie lange in einer Stadt geblieben. Wegen Hellmut. Vielleicht auch wegen der Erinnerung an mein Baby. Weiß ich nicht so genau ...« Plötzlich wirft sie den Kopf in den Nacken. »Sie glauben wohl auch, es macht mir nichts aus, was da in Lüneburg passiert ist, was? Für Sie bin ich natürlich auch bloß eine Rabenmutter! Das haben ja alle gesagt! Selber schuld, warum muß sie denn auch tanzen gehen!« Trotzig schiebt sie ihre Unterlippe vor. »Aber das ist mir ganz egal. Da pfeif ich drauf! Die Hauptsache ist doch, daß *ich* weiß, wie es gewesen ist. Daß ich nichts dafür konnte! Wenn überhaupt, dann hatte nämlich Hellmut schuld, der mit seinen mies verlegten Leitungen. Es war ein Kabelbrand, haben die von der Polizei gesagt. Und weil er damit nicht klarkam, daß der Kleine wegen seiner Pfuscherei gestorben ist, hat er mich fertiggemacht. Aber das paßt natürlich nicht in euer Bild! Ich kann mir schon vorstellen, mit wem Sie gesprochen haben, mit Helga, stimmt's? Die konnte mich ja von Anfang an nicht ausstehen. War doch total verknallt in den Hellmut. Diese alte Schachtel, so was Lächerliches ..., die hat sich immer eingebildet, er wäre in sie verliebt!« Schluch-

zend verbirgt sie ihr Gesicht in den Händen, die, gerötet von der Kälte, jetzt noch größer wirken.

Es dauert ein paar Minuten, bis sie sich so weit in der Gewalt hat, daß sie die Wohnungen und Arbeitsplätze der letzten vier Jahre zu Protokoll geben kann.

»Frau Stadler«, sagt Heyne düster, »ich muß Sie dringend bitten, sich zu unserer Verfügung zu halten. Haben Sie vor, die Stadt in den nächsten Tagen zu verlassen?«

»Nein, warum sollte ich, aber ...«

»Gut, ich möchte Ihnen auch ausdrücklich davon abraten, solche Dummheiten zu begehen. Sie hören wieder von uns.«

»Wieso? Ich kann gehen? Ich bin nicht verhaftet?« Erstaunt reißt Michaela Stadler ihre Augen auf.

»Nein«, erwidert Stefan Heyne streng. *»Noch* sind Sie nicht verhaftet.«

»Ach so, ja dann.« Sie huscht davon. Schnell und lautlos. Voller Angst, daß die Beamten es sich im letzten Moment doch noch anders überlegen könnten. Draußen im Treppenhaus setzt sie sich erschöpft auf die Stufen. Ihr Kopf sinkt ihr auf die Knie, und dann beginnt sie haltlos zu weinen.

Währenddessen malt Johanna nachdenklich Strichmännchen auf ihren Notizblock. »Ist dir aufgefallen, daß sie nicht ein einziges Mal *Daniel* gesagt hat? Immer nur *das Kind,* so als hätte sie ihn gar nicht gekannt.«

Manchmal, wenn man nicht aus noch ein weiß, ist Schlaf die gnädigste Lösung, und so schläft Hellmut Stadler seit Tagen beinahe rund um die Uhr. Vielleicht ist es wirklich eine Grippe, wie seine Vermieterin, die ihn beinahe stündlich mit Kamillentee und belegten Broten bestürmt, annimmt, oder aber es sind die schlimmen Erinnerungen, der unstillbare Schmerz, die ihn betäuben. Wer kann schon so genau sagen, wie das Unterbewußtsein arbeitet. Was sich abspielt, wenn wir selbst meinen, daß in unserem Kopf absolute Stille herrscht.

Mit dem Gedanken, daß Deutschland nicht sein Land ist, erwacht er gegen Mittag. Ein Blick durch die Dachluke bekräftigt diese Meinung noch. Der Himmel schimmert genauso eisgrau wie die abgetragene Strickjacke seiner Vermieterin. Katzenfarben. Und Hellmut Stadler haßt Katzen. Wie also könnte er sich unter einem Katzenhimmel wohl fühlen. Es wäre wohl das Beste, in den Süden zurückzukehren. Für immer. Deutschland ist nicht länger seine Heimat. Und diese Stadt wird auch niemals zu seiner Stadt werden.

Eine Treppe tiefer schält seine Vermieterin gerade Kartoffeln. Zwei Würstchen, vier Salzkartoffeln, dunkle Bratensauce aus der Tüte, das muß reichen. Als junges Mädchen, während des Krieges, hat Maria Derwall im Haushalt gearbeitet. Bei Frau Dr. Remberg, deren Mann als Staatsanwalt ungeniert das Recht zugunsten der braunen Machthaber beugte, was ihm ein recht ungestörtes Dasein und viele Privilegien einbrachte. Nach Kriegsende konnte er sich daran allerdings nicht mehr erinnern, sondern bezeichnete sich als Opfer des Naziregimes. Niemand störte sich daran. Alle waren viel zu sehr damit beschäftigt, ihre eigene Vergangenheit im Garten zu vergraben.

Während des Krieges legte Frau Dr. Remberg großen Wert darauf, daß sparsam gewirtschaftet wurde. In diesen schweren Zeiten müssen wir alle Opfer für unser geliebtes Vaterland bringen, sagte sie oft und gern, wobei ihr Blick sich träumerisch in die Ferne richtete. Ihre eigenen Opfer bestanden hauptsächlich darin, die Bediensteten schlecht zu bezahlen und noch schlechter zu verköstigen. Die Angst, man könnte etwas aus ihrer stets reichgefüllten Speisekammer stehlen, wurde zu einer Manie. Sie führte Buch über den Bestand der Lebensmittel, denn obwohl sie den Schlüssel zur Speisekammer stets bei sich trug, verdächtigte sie ihr Personal, sich heimlich einen Zweitschlüssel besorgt zu haben. Darüber hinaus tauchte sie immer wieder unvermutet in der Küche auf, um die Dicke der Kartoffelschalen zu kontrollieren. Wehe, wenn die kleine Maria zu großzügig gewirkt hatte. Dann konnte Frau Dr. Remberg ungnädig werden, sehr ungnädig sogar. Sie brachte es fertig, dem Mädchen kräftig auf die Finger zu schlagen, und das nicht etwa mit der Hand, sondern vorzugsweise mit ihrem riesengroßen Schlüsselbund, das häßliche blaue Flecken auf den Knöcheln hinterließ. Immerhin hat Frau Dr. Remberg erreicht, daß Maria Derwall seit nunmehr dreiundfünfzig Jahren ihre Kartoffeln so hauchdünn schält, daß man beinahe durch die Schale hindurchsehen kann.

Die Katze schläft auf dem Fensterbrett, und Frau Derwall gibt sich ungestört ihren Tagträumen hin. In ihren Vorstellungen ist sie plötzlich wieder jung, zwanzig Jahre oder so, und ledig. Das Haus hat sie von ihren Eltern geerbt, anders geht es nicht, denn in ihren Träumen ist nun einmal kein Platz für Hans. Oben wohnt Hellmut Stadler, genau wie jetzt. Er blond, gutaussehend und allein, sie schwarzhaarig, hübsch und ebenfalls so allein. Den Kamillentee, den er vorhin mit unbewegter Miene entgegengenommen hat, stellt er jetzt achtlos beiseite. Bleib doch einen Moment, ich fühl mich so einsam ... Mit entrücktem Lächeln läßt sie eine Kartoffel ins Wasser plumpsen. Meinst du wirklich? haucht sie verschämt ...

Gerade jetzt klopft es an die Küchentür, und Hellmut Stadler mitsamt der unfreundlichen Realität treten ein. Ach ja, die Jahre wiegen schwer, wenn so ein junger, gutaussehender Mann vor einem steht und einen betrachtet, als wäre man ein Gegenstand, ein Neutrum, alles mögliche, nur eben keine Frau mehr. Unglücklich betrachtet sie ihre dunkelgeränderten Fingernägel, das bleibt nicht aus, wenn man Kartoffeln schält. Noch schlimmer ist, daß es nicht mal lohnt, die Hände unauffällig in den Schürzentaschen verschwinden zu lassen, weil Hellmut Stadler sie ohnehin keines Blickes würdigt.

Ihm würde es auch nicht auffallen, wenn die Finger pechschwarz und ölverschmiert wären.

»Frau Derwall«, seine heisere Stimme läßt sie dahinschmelzen, »ich habe einen Brief bekommen. Mein Vater ist erkrankt. So wie es aussieht, ist die Sache ernst. Krebs ... Sie wissen schon. Ich muß sofort heim. Meine Mutter braucht mich jetzt.«

»Ach, Sie Ärmster, das tut mir nun wirklich leid. Ausgerechnet Krebs. Wo man hinhört, sterben die Menschen an Krebs.« Ihre eigene Taktlosigkeit läßt sie zusammenfahren. Er hat doch nur vom Ernst der Lage gesprochen, und keineswegs davon, daß es schon zu Ende geht mit seinem Vater. »Und wo, sagten Sie, leben Ihre Eltern?« fragt sie schnell.

»München.« Das kommt wie aus der Pistole geschossen, kurz und knapp.

»München?! Sie reden ja gar nicht wie ein Bayer«, rutscht es ihr heraus.

Täuscht sie sich, oder erscheint da eine ärgerliche Falte über seiner Nase? »Sie sind erst vor zwei Jahren hingezogen.« Nein. Das klingt sehr freundlich.

Die Formalitäten sind schnell besprochen. Morgen schon will Hellmut Stadler abreisen. Das Zimmer ist bis zum Ende des Monats bezahlt. Mehr gibt es nicht zu regeln.

Ein wenig bedauert Maria Derwall es, ihren attraktiven

Mieter zu verlieren. Gleichzeitig verspürt sie eine gewisse Erleichterung. So ähnlich wie jemand, der das Rauchen aufgegeben hat und der froh ist, wenn die Packung Zigaretten, die ihn tagein, tagaus in Versuchung führt, endlich vom Tisch verschwindet.

»Am Ende hätte ich mich eines Tages noch lächerlich gemacht«, raunt sie ihrer Katze zu, die sich gerade ausgiebig reckt, bevor sie mit einem elegantem Satz vom Fensterbrett springt. »Gell, mein Mausele, der ist ja doch nichts mehr für uns.«

Im Laufe des Vormittags wird Hellmut Stadler einen Stapel Zeitungen in eine Plastiktasche packen. Und er wird mit dem Paket unterm Arm sein Zimmer verlassen. Mit einem heftigen Fußtritt wird er die graue Katze seiner Vermieterin auf die Seite befördern, ehe er das Haus verläßt. Zielstrebig und mit schnellen Schritten wird er zur Bushaltestelle laufen. Wie einer, der es eilig hat, weil er etwas Wichtiges erledigen muß.

Samstagnachmittag, halb sechs. In den meisten Familien wird um diese Zeit gebadet, damit man rechtzeitig zu Beginn des Abendprogramms seine Plätze in der guten Stube einnehmen kann, in frischer Wäsche, die Haare adrett gefönt, eine üppige Ladung Parfüm-Deodorant unter den Achseln, die aufgeschlagene Fernsehzeitung auf dem Tisch. Bei Mara Ellmer wird um diese Zeit gekocht.

Mara Ellmer lehnt Hilfe bei der Küchenarbeit grundsätzlich ab. Ihre Küche ist ihr alleiniges Revier, und fremde Hände machen sie nur nervös. Mara Ellmer agiert schnell und geschickt. Ohne das geringste Zögern wird eine Sache nach der anderen erledigt, genau in der richtigen, in der logischen Reihenfolge. Wenn es gerade nichts zu schneiden, zu hacken, nichts zu rühren gibt, spült sie Schüsseln und

Töpfe, räumt das Geschirr gleich wieder aus dem Weg. Unzählige Male, beinahe schon zwanghaft, schnellt ihre rechte Hand mit dem Abwaschtuch über Arbeitsflächen, über den Tisch, wischt sie über den Herd. Kein Krümelchen, kein Fettspritzer, kein noch so kleines Wassertröpfchen hat in dieser Küche eine Überlebenschance. Mara Ellmer ist allgegenwärtig. Und Schmutz, oder auch Unordnung, scheint ihr größter Feind zu sein.
»Laß nur, ich mach das schon«, wehrt sie entschieden Tante Esthers Hilfsangebote ab. Daß die alte Dame darauf etwas verschnupft reagiert, ist ihr ziemlich gleichgültig. Mindestens noch zehn Jahre, das ist eine Ewigkeit. Da müssen gleich von vornherein Grenzen gezogen werden.
»Achim mochte mein Hühnerfrikassee ja nie. Er sagte immer, es schmeckt zu fade. Aber ich esse es zu gern. Es erinnert mich an früher, an Mutter«, ignoriert sie munter plappernd den verärgerten Gesichtsausdruck ihrer Tante, während sie mit spitzen Fingern das Geflügelfleisch von den Knochen löst. Eine unsaubere, fettige Angelegenheit, die ihr kein besonderes Vergnügen bereitet.
Die war ja auch fade und langweilig, denkt Esther Schierneck, die ihre einzige Schwester nie besonders mochte. Es gab eine Zeit, da freute sie sich, daß ihre Nichte so gar nichts mit ihrer Mutter gemein hatte, ja, mitunter war sie richtiggehend stolz auf das kritische, selbstbewußte Mädchen, das eine starke, unabhängige Frau zu werden versprach. Siebzehn war Mara damals, vielleicht auch schon achtzehn. Hübsch war sie, mittelgroß und ausgesprochen schlank, beinahe zu dünn. Ihr blondes Haar trug sie glatt und schulterlang, in der Mitte gescheitelt, wie es damals gerade Mode war. Es war die Zeit, in der die Mädchen sich zum ersten Mal all das trauten, was den Jungen seit ewigen Zeiten zustand. Etwa

Rauchen in der Öffentlichkeit, Mofafahren, allein in Kneipen gehen, ohne Partner tanzen.
Ohne es zu wissen, verkörperten sie den Traum derer, die sich ihre Hörner längst schon an den gängigen Konventionen abgestoßen hatten, die unter der Last von Alltäglichkeit, von Haushalt und Kindern resigniert hatten. Und die all ihre Hoffnungen bereitwillig der nächsten Generation schenkten. Emanzipiert euch – auch in unserem Namen. Beackert den Boden, den wir euch bereitet haben, werdet die Frauen, die wir gern gewesen wären.
Unglücklicherweise kam Achim dazwischen. Und dieser hormonelle Wahnwitz, der den hochtrabenden Namen Liebe führt und der die Menschen in geistlose, lächerliche Idioten verwandelt, die an nichts und niemanden mehr glauben, die ihre bisherigen Prinzipien abhaken, sie zusammenknüllen und in hohem Bogen fortwerfen, als wären sie ein alter, nutzloser Einkaufszettel. Achims Werkzeug war die Liebe. Damit schliff er den Rohdiamanten sehr schnell in eine gefällige Form, bevor er seinen kleinbürgerlichen Ring darüberstülpte.
Eh man sich versah, wurde aus der aufmüpfigen, vielversprechenden Nachwuchsfeministin eine brave, fürsorgliche Ehefrau, die ihren Gatten hegte und pflegte, als wäre er ein wertvolles Zuchtkarnickel. Nichts war zu teuer, nichts zu mühsam, wenn der Bock sich nur in seinem Stall wohl fühlte. All ihre Sätze begannen mit: Achim sagt, Achim meint, Achim findet … Mara degradierte sich selbst zur bedingungslosen Ehefrau. Der Stolz, den ihre Tante noch vor wenigen Jahren auf sie empfunden hatte, wurde kurzfristig zu Wut, schließlich zu Gleichgültigkeit.
Erst in dem Moment, als Achim den sicheren Ehehafen verließ, erinnerte Esther Schierneck sich wieder an Vergangenes. Und ihre eigene aussichtslose Lage zusammen mit

der Hoffnung, daß jetzt die Ursprungsmara wieder zum Vorschein käme, hat sie in dieses Haus geführt. Eines hat sie dabei übersehen. Es ist wie eine schleichende Krankheit, eine Erbkrankheit womöglich, die sich langsam ausbreitet. Mara wird mehr und mehr die Tochter ihres Vaters. All das, was Esther Schierneck an ihrem Schwager verabscheut hat, seine unglaubliche Borniertheit, seine selbstgerechte Art, mit anderen umzugehen, sein schiefes Weltbild, dessen heiligenscheinbekränzter Mittelpunkt er selbst war, all das bricht nach und nach bei Mara durch. Statt in eine großherzige, weltoffene Frau verwandelt sie sich zusehends in einen alten, herrischen, verknöcherten Mann – in ihren Vater.

Woher zum Teufel nimmt sie die Frechheit, ihre Tante, die bis vor wenigen Tagen noch vollkommen selbständig ihren Haushalt geführt hat, als alt und nutzlos abzustempeln? Laß nur, ich kann das besser, schneller, geschickter ... Zornig beißt Esther Schierneck sich auf die Lippen.

»Ist dir nicht wohl?« erkundigt Mara sich sogleich, und ihre Besorgnis, ob echt oder gespielt, verursacht der alten Dame Ekelgefühle. So als würde ihr etwas Glitschiges, Klebriges den Nacken hinunterrinnen. Mühsam rettet sie sich mit einem »Ich werde mich einen Moment hinlegen!« aus der Küche und die Treppe hinauf.

Oben lehnt sie sich gegen den Türrahmen. Ihre Augen wandern durch ihr neues Domizil, und was sie sehen, ist eine einzige Beleidigung.

In ein Mädchenzimmer hat Mara sie gesteckt. Warum auch nicht, schließlich weiß jeder, daß alte Leute wieder kindisch werden. Weißer Chintz und gelbe Blümchentapeten, im Regal Hanni und Nanni, auf dem Fensterbrett eine Sammlung alter Teddybären. Selbst ein Puppenwagen fehlt nicht. Das schlafende Baby darin ist ein unschuldiger Engel aus weißem Porzellan.

Noch nie hat Esther Schierneck sich stumm in ihr Schicksal ergeben. Niemals hat sie sich freiwillig gebeugt. Nichts hat sie als unabwendbar hingenommen, gar nichts. »Na gut, meine Liebe, wenn du es nicht anders haben willst«, sagt sie drohend. Und dann zieht sie ihre Lippen nach. Blutrot.

Sonntag, 5. November

Bis kurz hinter Hannover nimmt ihn ein junges Paar mit. Zuerst macht es den beiden Spaß, ihre Musikanlage ins rechte Licht zu rücken. Er fummelt pausenlos an den Klangreglern herum, sie wühlt hektisch in einer Plastikkiste mit CDs. Wahllos stopft sie die Scheiben in den CD-Player. Die Cranberries, DJ Bobo, Nirwana, Metallica, es geht wild durcheinander, und dauert immer nur ein oder zwei Stükke. Kaum hat man sich eingehört, wechselt die junge Frau abrupt die Platte, manchmal mitten im Stück. Nach einer halben Stunde beginnen die beiden ein Gespräch über gemeinsame Bekannte. Den Fremden auf dem Rücksitz vergessen sie völlig. Zum Glück. Wenigstens Herbert Grönemeyer darf seine Songs ungestört zu Ende bringen. An der letzten Raststätte vor dem Autobahndreieck Hannover-Süd steigt Hellmut Stadler aus. Er bedankt sich artig.
Danach ist es wie immer.
Gleich im ersten Wagen, der anhält, sitzt eine Frau. Nicht mehr ganz jung, so viel Glück hat man nur selten, Zwanzigjährige fahren gewöhnlich nicht allein Richtung Süden, dazu fehlt ihnen das Geld, das die Älteren dann im Überfluß haben.
Dieser Wagen zum Beispiel, ein schwarzes Audi Coupé mit

Frontspoiler und Alufelgen, ist höchstens ein paar Monate alt und spricht eine allgemeinverständliche Sprache, nämlich die der Zahlen. Fünfundsiebzigtausend Mark. Mindestens.

Lässig nimmt sie ihre Sonnenbrille, garantiert ein Designermodell, ab, und er blickt in dunkelbraune Augen, deren Mandelform durch einen schmalen Lidstrich perfekt betont wird. »Wohin soll es gehen?« Die Stimme ist ungewöhnlich dunkel und dabei sehr wohlklingend.

»Egal. Richtung Sonne, Italien oder so.« Hellmut Stadler lacht, wohl wissend, daß seine blendendweißen Zähne einen erfreulichen Anblick bieten.

»Ein Stück könnte ich Sie mitnehmen«, lädt die Frau ihn ein. Ohne die geringste Spur von Verlegenheit. »Bis zur Abfahrt Seesen.«

Für gewöhnlich erschreckt sie der eigene Mut, gehalten zu haben, und sie sind sichtlich nervös. Dann ist es gut, ganz sanft die Zügel zu übernehmen. Diese Frau ist anders, das spürt er sofort. Am Ende will sie tatsächlich nichts von ihm, will einfach nur nett sein, zuvorkommend. Vielleicht ist sie aber auch eine von der Sorte, an der man sich die Zähne ausbeißt.

Er hat es sich kaum auf dem roten Ledersitz bequem gemacht, als sie schon wieder Gas gibt.

Länger als zehn Minuten hält er das Schweigen nicht aus. »Schönes Auto.« Mehr fällt ihm beim besten Willen nicht ein.

»Ja, ich bin ganz zufrieden«, erwidert sie gutgelaunt, ihre Mundwinkel zucken spöttisch. Und während Hellmut Stadler krampfhaft überlegt, ob er das Gespräch auf das Wetter oder besser auf die Landschaft bringen soll, erkundigt sie sich ungeniert, was er um diese Jahreszeit im Süden wolle.

»Weiß ich nicht so genau, mal sehen, irgendwas ...« Zu seinem Ärger hört er sich wie ein dummer Schuljunge an, der seinen Vers nicht richtig gelernt hat.
»Also nicht unbedingt arbeiten, wenn ich das richtig interpretiere.« Wieder so ein Kühlschrankblick.
»Was? Doch, sicher will ich arbeiten. Wenn sich was bietet ...«
»Was um diese Jahreszeit ja nicht sehr wahrscheinlich ist. Wovon wollen Sie also leben? Haben Sie Geld gespart?«
Von Rechts wegen könnte er sie jetzt darauf aufmerksam machen, daß das wohl seine Privatsache ist und sie rein gar nichts angeht. Seltsamerweise antwortet er statt dessen ehrlich, daß er über eine verhältnismäßig geringe Summe verfüge, von der man in Italien aber einige Monate leben kann, wenn man keine großen Ansprüche hat.
Charlotte van Detering, Familienrichterin am Oberlandesgericht Hannover, lächelt zufrieden. Der Mann gefällt ihr. Sein markantes Gesicht, der Kontrast von blonden Haaren und brauner Haut, sein muskulöser Körper, sein provokativer Gang, den sie insgeheim als Cowboygang bezeichnet, alles zusammengenommen wirkt wie ein starkes Aphrodisiakum. In ihrem Bauch ballt sich etwas zusammen, Energie der reinsten Form, sexuelle Lust, etwas, das sich heute noch entladen wird. Daran gibt es für sie keinen Zweifel.
Es wird passieren. Und wenn sie ihn bezahlen muß.
Er wäre allerdings der erste, den sie mit Geld bestechen müßte. Aber man wird eben älter. Die Fältchen in den Augenwinkeln graben sich tiefer und tiefer ein, Busen und Bauch streben aufeinander zu, um sich vielleicht eines fernen Tages innig zu vereinen. Dann wäre man wirklich alt. Dann hätte es keinen Sinn mehr, junge, attraktive Männer am Straßenrand aufzulesen. Instinktiv zieht sie ihren Bauch ein und wirft den Kopf in den Nacken, um den immer noch

hübschen Busen zur Geltung zu bringen. Da schau, so alt bin ich noch gar nicht!
Signale, die einer wie Hellmut Stadler nur allzu gut kennt. Erleichtert schließt er die Augen. Also doch ...

Montag, 6. November

Ein neuer Morgen.
Die Sonne tritt auf. Wie vergossener Rahm rinnt trübes, milchiges Morgenlicht über Dächer und Straßen. Dieses bißchen Licht, möchte man meinen, kann niemals für einen ganzen langen Tag ausreichen. Vielleicht wird es heute überhaupt nicht richtig hell werden. Höchstens ein wenig dämmerig, so ähnlich wie in diesen funkelnden Vollmondnächten, in denen kein Mensch richtig schlafen kann, in denen die Katzen vor den Fenstern verrückt spielen, Nächte, in denen Babys schreien und sich durch nichts beruhigen lassen, Nächte, in denen Ehen durch ein einziges böses Wort zerstört werden, in denen blindlings geschlagen und zugetreten wird, Nächte, in denen die Vernunft zerreißt wie ein dünnes Blatt Papier.
Irritiert schauen die Menschen aus dem Fenster. Was ist das für ein irrsinniges Licht?
Es ist die Stunde, in der Mara Ellmers weinend vor der Badewanne kniet. Dunkelgraue Wimperntusche läuft in dicken Linien über ihre Wangen. Heute morgen erscheint Achim ihr als der beste, der wertvollste, der verständnisvollste Mensch auf Erden. Und sie hat nicht einmal richtig getrauert, hat ihm das schäbigste aller Begräbnisse zugedacht.
Es ist die Stunde, in der Michelle Tennhoff davon träumt,

einfach abzuhauen, unter falschem Namen als Bardame ganz schnell das ganz große Geld zu machen. Am besten in einer Großstadt. Berlin vielleicht. Hübsch genug ist sie allemal. Noch. Das Kapital Schönheit muß beizeiten abgeschöpft werden, denn es ist vergänglich. Nur hinter der Theke stehen, nichts, was darüber hinausgeht, keine Kerle, lügt sie sich selber etwas vor. Wohl wissend, daß man davon nicht reich werden kann. Und daß es diese Trennung in der Rotlichtwelt sowieso nicht gibt, gar nicht geben kann.

Es ist die Stunde, in der Kriminalkommissarin Johanna Lauritz ihr Spiegelbild fragt, weshalb sie nicht ihr Leben grundlegend ändert, am besten gleich heute. Gäbe es nicht tausend Dinge, die schöner, interessanter, aufregender und vor allem sehr viel befriedigender wären als das Aufklären von Gewaltverbrechen? Ein Frauenbuchladen wäre nicht schlecht, oder ein kleines Bistro. Warum nicht noch einmal etwas ganz Neues anfangen, etwa sich zur Heilpraktikerin ausbilden lassen. Mit vierunddreißig könnte man noch mal von vorn beginnen. Ach was, von vorn beginnen ist falsch. Einfach die Richtung ändern, die Spur wechseln. Ist es nun Feigheit oder ganz im Gegenteil besonderer Mut, der sie bei der Kripo hält? Sie findet einfach keine Antwort darauf.

Und dann, ganz plötzlich wird es trotzdem heller Tag. Einfach so. Ganz unbemerkt. Alles Merkwürdige, Unerklärliche, alle Fragen sind im Tageslicht geschmolzen. Zum Glück. Banale Alltäglichkeit ist immer noch das Beste.

Mara Ellmer erinnert sich wieder an den herzlosen Abgang ihres Gatten, an die tränenfeuchten Nächte, an das Gefühl, nichts mehr wert zu sein. Mit geübten Fingern entfernt sie die verlaufene Schminke, um ein neues, perfektes Make-up aufzutragen.

Michelle Tennhoff schlägt kopfschüttelnd die Tageszeitung

mit den einschlägigen Annoncen zu. »Das wäre ja wohl das letzte«, murmelt sie dabei.
Johanna Lauritz frühstückt. Im Hintergrund läuft das Radio. Ohne es zu merken, ist sie wieder zur pflichtbewußten Kommissarin geworden, die sich von Tatsachen ernährt. Bevor sie das Haus verläßt, steckt sie allerdings die Herzdame wieder in ihre Hosentasche. Nur so.

Eine Frau namens Michaela Friederike Tennhoff hat im Februar 1991 einen Hellmut Wilfried Stadler geehelicht. Nur standesamtlich, wie es aussieht. Die Braut war gerade erst achtzehn, der Bräutigam zwanzig Jahre alt. Knapp drei Monate später, am 17. Mai 1991, wurde Daniel Patrick Stadler geboren. Gestorben ist das Kind am 25. Oktober desselben Jahres. So viel wußte das Standesamt Lüneburg. Kopien der Urkunden sind an diesem Morgen per Fax eingetrudelt.
Schon während Heyne von der Lüneburgfahrt berichtet, schwellt Edgar Lohses Brust vor Stolz zu ungeahnten Ausmaßen an. Gleich wird er wieder verkünden: Hab ich euch doch gleich gesagt, ärgert sich Johanna, und sie behält natürlich recht.
»Wir haben keinerlei Beweise, nichts«, dämpft Heyne die allgemeine Euphorie. »Nur zwei Geschichten, die wunderbar zusammenpassen. Das reicht nicht ...«
»Und der Sachverständige hat in Lüneburg vorsätzliche Brandstiftung ausgeschlossen, das dürfen wir nicht vergessen.« Noch ein Dämpfer, diesmal von Johanna.
»Na und. Sachverständige können sich irren«, mault Edgar Lohse. »Wenn ihr mich fragt, müssen wir die Tennhoff nur ordentlich in die Mangel nehmen. So daß ihr gar keine Zeit zum Nachdenken bleibt. Wär doch gelacht, wenn wir die nicht zum Reden kriegen.«

»Und das Geständnis wäre ungültig. Es gibt doch genug Anwälte, die sich auf so was spezialisiert haben. Toller Einfall.« Unwillig zieht Stefan Heyne seine Augenbrauen hoch. »Die Presse würde uns in der Luft zerreißen. Nein, Leute, wir müssen ganz kleine Brötchen backen. Beim Petroleum müssen wir ansetzen. Ich hoffe, daß das Labor uns heute noch mitteilt, ob sie dieses ... na ...«

»Lampenöl der Firma Steinbrand, Pfirsicharoma«, hilft Johanna aus.

»Genau.« Heyne schüttelt sich. Petroleum, das nach Pfirsich riecht. Allein dafür müßte man schon verhaftet werden. »Also, das Labor soll feststellen, ob sie in ihren Lampen dieses Zeugs verbrannt hat.«

»Das mit dem Baby glaube ich nicht«, sagt Roland Bierwirth plötzlich. »So eiskalt kann die Tennhoff gar nicht sein. Das eigene Kind verbrennen. Und die Sachverständigen sagen ja auch, daß es keine Brandstiftung war.«

»Dann hätte der Tod des Kleinen sie nur auf die Idee gebracht.« Eine Vorstellung, die Johanna gleich sehr viel sympathischer ist.

»Ich wäre schon froh, wenn wir ihr diesen Mord hier beweisen könnten. Das mit dem Kind ist viel zu lange her. Das bleiben Vermutungen.« Heyne macht sich ein paar Notizen auf seinem Block, dann verteilt er Aufgaben.

»Roland und Lothar, ihr beide recherchiert den Lebensweg der Tennhoff in den letzten vier Jahren. Unter welchen Umständen hat sie gelebt, was hat sie gemacht, gab es womöglich noch mehr solcher ungeklärter Brände? Hier sind die Adressen. Du, Johanna, kannst ja noch einmal die Ehefrau verhören. Aber es war die Tennhoff, das werdet ihr sehen. Und wir kriegen sie, darauf verwette ich mein letztes Hemd.«

Diejenige, um deren Hals sich die Schlinge langsam zuzieht, serviert zur selben Stunde zwei Stück Kirschkuchen und zwei Kännchen Kaffee. Das ältere Ehepaar zahlt sofort. Auf Heller und Pfennig genau. »Kleingeld können Sie ja gebrauchen«, entscheidet der Mann, bevor er sein Portemonnaie auf den Tisch kippt. Aus dem Berg Münzen klaubt er mit zusammengebissenen Zähnen den Betrag zusammen. Zuerst die Pfennige, dann die Zweier, die Fünfer, die Groschen, seufzend zählt er zwei Fünfmarkstücke und ein Zweimarkstück dazu. Vielen Dank, mit überfreundlicher Miene schiebt Michelle das Geld in ihre schwarze Tasche. Gerade als sie den Tisch verlassen will, erkundigt die Frau sich mit gerunzelter Stirn, ob der Kuchen auch wirklich von heute sei, wobei sie mit der Kuchengabel mißtrauisch den Kuchenboden attackiert. Und als Michelle bejaht, aber selbstverständlich, verzieht die Frau ungläubig ihr Gesicht. »Du glaubst ja wohl nicht im Ernst, daß die hier frische Eier nehmen«, zischt sie ihrem Mann zu. Laut genug, damit man es an allen umstehenden Tischen noch hören kann.

Also, Michelle Tennhoff arbeitet wieder. Das Mitleid ihres Chefs hat seine Grenzen. Drei Tage unbezahlter Urlaub, mehr waren nicht drin. Doch selbst wenn sie länger hätte pausieren dürfen, sie hätte es gar nicht gewollt.

Michelle Tennhoff braucht Geld. Und sie mochte nicht einen einzigen Tag länger mutterseelenallein in einer eiskalten, fremden Wohnung sitzen und stundenlang auf die Zeiger der Uhr starren, um die Rückkehr einer unfreundlichen, unnahbaren Therese Kolbe abzuwarten. Was die beiden Frauen vor dem Mord miteinander verbunden hat, diese Sympathie, die man beinahe schon Freundschaft nennen konnte, ist verschwunden. Von zwei Gleichgestellten ist die eine jetzt oben, die andere unten. Warst du schon an Tisch sieben? Kannst du mal sehen, wie weit die Kaffeemaschine ist? Ich mach mal grad' eine Zigarettenpause, kassier doch in der Zwischenzeit an Tisch drei. Der Schlafplatz auf Thereses Couch ist nicht billig. Michelle lächelt auf Teufel komm raus, ihr Gesicht brennt schon wie Feuer, doch sie lächelt weiter. Gern. Soll ich den Kaffee für dich rüberbringen?

Zum Frühstück hat Therese ihr die Wohnungsangebote vorgelesen. Hat ihr die Seite rausgerissen und in die Handtasche gesteckt. »Hier, da kannst du nachher anrufen«, hat sie herrisch befohlen. Nachher. Therese Kolbe arbeitet ganz regulär, auf Steuerkarte. Acht Stunden täglich. Deshalb verläßt sie zwei Stunden vor Michelle die Wohnung. Zwei Stunden, in denen ihr Gast abwaschen, aufräumen, staubsaugen, Wäsche aufhängen und eine neue Bleibe aus dem Ärmel zaubern soll. Am besten ab sofort.

Genau wie erwartet, kommt keine der Wohnungen für Michelle in Frage. Entweder sind sie viel zu teuer, oder die Vermieter wollen keine junge, alleinstehende Frau. Einer meint frech, ein Mann, der auch mal was reparieren kann, käme auf Dauer billiger. Da spart man den Handwerker. Die meisten Wohnungen sind sowieso schon weg. Manche verlangen vierstellige Ablösezahlungen. Sehr witzig. Wenn Michelle so viel Geld hätte, würde sie sich bestimmt nicht von der Kolbe schikanieren lassen!

Wenn es stimmt, daß sie einundfünfzig ist, ist ihr Körper wirklich unglaublich. Bewundernd streicht Hellmut Stadler mit den Fingerspitzen über den flachen Bauch, der sich gleichmäßig hebt und senkt. Keine Reaktion. Sie schläft, ganz ruhig und entspannt. Kein Wunder. Nach so einer wilden, irrsinnigen Nacht. Anders als die Frauen ihres Alters, die er vorher kennengelernt hat, war sie nicht dankbar, lag sie nicht mit offenen Augen wie ein hypnotisiertes

Kaninchen unter ihm, fassungslos vor Glück, daß so ein junger Mann noch bereit war, sich mit ihrem alternden Körper zu befassen. Nein, Charlotte van Detering wußte sehr genau, was sie wollte, und sie forderte es unmißverständlich ein.

»Nicht so ungeduldig«, hatte sie ihn geneckt. »Schneller, langsamer, da nicht, mach jetzt weiter ...« Ob er zu seinem Vergnügen kam oder nicht, hat sie nicht sonderlich interessiert.

Leise erhebt Hellmut Stadler sich, streift so behutsam wie möglich die pastellgeblümte Bettdecke zur Seite. Reine Seide, garantiert, so kühl und glatt fühlt sich nur reine Seide an. Beinahe ehrfürchtig fährt er mit dem Handrücken darüber.

Auf Zehenspitzen erkundet er das Haus, »unser Wochenenddomizil«, wie sie es gestern beiläufig nannte, als sie den Audi stoppte, um das riesige, schmiedeeiserne Tor mit einem Schlüssel zu öffnen. Der Anblick dahinter verschlug Hellmut Stadler für einen Moment den Atem. Ein kopfsteingepflasterter Weg führte direkt auf ein kleines, schiefergedecktes Fachwerkhäuschen zu; Hänsel und Gretel, war sein erster Gedanke. Die dicken Butzenglasscheiben könnten genausogut aus Zuckerguß sein, und die braunen Balken wären dann aus Schokolade. Mit einer Hexe allerdings hat die Frau an seiner Seite nichts gemeinsam.

Drinnen ist alles perfekt. Offene Balkenlage bis in den Giebel, ein Fußboden aus quadratischen Fliesen in einem warmen Terrakottaton, grobgeputzte Wände. Alte, rustikale Bauernmöbel, sogar das Geschirr, derbe Keramik, paßt ins Bild. Wenn man Geld hat, wenn man so einen Wagen fährt ...

Einer wie Hellmut Stadler hat keinen Blick dafür, daß die Fliesen in Italien handgefertigt wurden, auch nicht dafür, daß die Deckenbalken aus einem zweihundert Jahre alten Abbruchhaus stammen, oder daß Charlotte van Detering die filigranen Gardinenspitzen vor Jahren für wenig Geld auf einem Markt in Brüssel erstanden hat. Hellmut Stadler kann nur sagen: Das gefällt mir, oder das gefällt mir nicht! Und dieses Haus gefällt ihm über alle Maßen, genau wie die schlafende Frau unter der Seidendecke.

Ich bin bestimmt nicht der erste, den sie hierhergebracht hat! Plötzlich ist dieser Gedanke da, so deutlich, so glasklar, als hätte ihn jemand laut ausgesprochen. Nicht der erste. Vergeblich versucht er, die quälenden Worte beiseite zu schieben, die Demütigung, die damit verbunden ist. Er *war* nicht der erste, das muß wohl so sein. Zu selbstverständlich hat sie gefragt: »Weißt du schon, wo du schläfst?« Sein Achselzucken hat sie zufrieden zur Kenntnis genommen. »Wenn du magst, kannst du mitkommen. Ich möchte ein paar Tage Urlaub machen, im Harz, ich besitze dort ein kleines Haus, in der Nähe von Lerbach, vielleicht kennst du das?« Ein offenes Angebot, keine schüchterne Frage. Und sie hatte nichts anderes als seine Zustimmung erwartet. Später dann keine zittrigen Finger, als sie die Haustür öffnete, keine ängstliche Frage in den Augen: Bin ich schön genug? als sie sich auszog, statt dessen dieses seltsame Lächeln, als könnte sie Gedanken lesen, als wüßte sie alles und wäre dadurch unverwundbar.

Trotzdem. Einer von vielen sein, nicht nehmen, sondern geben, das ist Hellmut Stadler fremd. Während er in seine Jeans schlüpft, überlegt er noch kurz, ob es im Haus etwas Wertvolles gibt, das man unauffällig in die Tasche stecken könnte. Eine kleine Anerkennung, etwa die goldene Standuhr über dem Kamin. Doch selbst wenn er wollte, und er will ja gar nicht wirklich, er könnte nicht. All diese kleinen Kostbarkeiten, die sie so sorglos im Zimmer verteilt hat, scheinen wie versiegelt durch die Ausstrahlung ihrer Besitzerin. Man kann nicht von ihrem abgrundtiefen Lächeln träumen und sie gleichzeitig bestehlen. Wie ein gewöhnlicher Dieb. Als hätte man nie in diese sanften Mandelaugen geschaut, als hätte man nie diese glatte Haut berührt, die nach Spätsommer und gelben Teerosen duftet.

Gerade als er überlegt, wie weit es wohl bis zur Autobahn ist, umschließen ihn von hinten zwei kräftige Arme, noch warm vom Schlaf.

»Ich mache uns Frühstück. Kaffee oder Tee, harte oder weiche Eier? Wollen wir uns auf die Terrasse setzen?«

Draußen ist es windig und kalt. Elf Grad und sonnig, meldet der Wetterbericht, doch die überdachte Terrasse liegt im Schatten. Eingehüllt in dicke Daunenjacken, die hier einfach so im Schrank hängen, und in warme, karierte Wolldecken, trotzen sie den Temperaturen. Nur daß die Finger so kalt werden, stört ein wenig die übermütige Stimmung.

»Laß uns spazierengehen, im Wald«, schlägt sie später vor. Und er schiebt den Rucksack unters Bett. Die Bäume haben ihr buntes Herbstkleid verloren, nackt und knochig stehen sie da, all ihre Makel, die abgebrochenen Äste, die krummen, verwachsenen Stämme, lassen sich nicht länger verstecken. Das feuchte Laub dämpft ihre Schritte, nichts ist zu hören, nur das keuchende Atmen. Der Himmel ist grau und droht mit Regen. »Gehen wir lieber nicht so weit«, sagt er leise, und seine Hand zeigt auf die Regenwolken.

Charlotte van Detering schaut ihn verblüfft an. »Nanu, bist du etwa aus Zucker?«

»Natürlich nicht. Aber du bist einfach ein so perfekter Anblick . . .«

Sie lächelt und greift nach seiner warmen Hand.

Während sie schweigend weitermarschieren, überlegt Hellmut Stadler, ob die dunkelgrüne Daunenjacke, die er trägt, wohl ihrem Mann gehört, und dann versucht er, sich Charlottes Gatten vorzustellen. Wie sieht einer aus, der alles hat, eine Villa in Hannover – Charlotte hat ihm vorhin ein Foto gezeigt –, ein Ferienhaus im Harz, jede Menge Geld, eine wunderschöne, intelligente, leidenschaftliche Frau, und der es trotzdem nicht schafft, diese Frau wirklich zu besitzen. Ob er alt ist, uralt, vielleicht schon impotent? Oder aber gewalttätig und gemein, so daß dies hier nichts weiter als eine Art Rache wäre? Irgendwann gibt Hellmut Stadler das Grübeln auf. Er zieht seine Begleiterin unter eine gigantische Jahrhunderteiche und küßt sie heftig. Ihre kühlen Finger gleiten in den Bund seiner Hose, sie zieht den Reißverschluß auf, und endlich denkt er gar nichts mehr, nur daß sie weitermachen soll.

Am Nachmittag fährt sie mit dem Wagen einkaufen. Hellmut Stadler darf nicht mit. »Wo denkst du hin«, meint sie spöttisch, »jeder hier kennt mich und weiß, daß ich verheiratet bin. Als was sollte ich dich wohl vorstellen?«

Sein beleidigtes Schweigen wird mit einem mütterlichen: »Na, siehst du!« bedacht.

Schon fällt die Autotür zu, heult der Motor auf, quietschen die Reifen.

Zurück bleibt ein enttäuschter, stiller Hellmut Stadler, der sich fühlt, als hätte man ihn geohrfeigt, rechts und links. Was glaubst du, wer du bist? Ein Nichts, ein Niemand. Ein Versager eben.

Mit zusammengebissenen Zähnen zieht er seinen Rucksack wieder unter dem Bett hervor. Auch in Italien ist es um diese Zeit schon kalt. Und die Zimmer, die er sich leisten kann, sind gewöhnlich nicht geheizt. Arbeit gibt es sowieso nicht, frühestens wieder zu Ostern. Er stützt den Kopf in die Hände.

Michaela. Wenn er sie nicht getroffen hätte. Er könnte

immer noch in der Dachstube von Maria Derwall sitzen. Dunkel und muffig, das wohl, aber auch warm. Und diese Annonce: Kellner gesucht. Es hätte klappen können. Vielleicht wäre das sogar sein Einstieg in ein normales, bürgerliches Leben gewesen, wer weiß. Mitten in Deutschland. In der Stadt, in der einst sein Vater aufgewachsen ist. Das war es doch, was er wollte. Und jetzt hat sie ihm zum zweitenmal alles verdorben.
Er hätte die Stadt seines Vaters zu seiner Stadt machen können.
Statt dessen muß er wieder fort, wieder auf die Straße. Nachdenklich schiebt er den Rucksack wieder unter das Bett, entschlossen, sich wenigstens diese paar Tage Luxus zu gönnen. Italien läuft nicht weg. Und Charlotte hält seine Anwesenheit ja sowieso geheim.
Das Telefon klingelt. Er hebt nicht ab.

»Na, geht's wieder besser?« ruft Anton Wernicke schon von weitem. Grüßend hebt Esther Schierneck ihre Hand.
Als sie sich gegenüberstehen, lächeln beide erwartungsvoll.
»Ich wollte Sie eigentlich nachher auf eine Tasse Kaffee zu Kleber einladen«, raunt der alte Mann hinter vorgehaltener Hand. Gerade eben ist ihm nämlich zu Bewußtsein gekommen, daß man sich hier immerhin auf einem Friedhof befindet, also keineswegs an einem Ort, an dem sich laute, ungezwungene Gespräche gehören. Wenn es nicht überhaupt unschicklich ist, sich am Grab der eigenen Frau mit einer anderen zu verabreden. Ihr rasches Augenzwinkern bedeutet *ja* – und bringt ihn ganz aus der Fassung.
In stummem Einverständnis widmen sich beide ihren Grabstellen. Mit gebeugten Rücken arbeiten sie ihr schlechtes Gewissen ab.
»Trudchen«, wispert Esther Schierneck aufgeregt, »wie fin-

dest du den? Ganz nett, was?« Mehr gibt es nicht zu sagen. Heute hat die letzte Stunde der Begonien geschlagen. Der Nachtfrost hat ihnen den Garaus gemacht. Blüten und Blätter hängen kraftlos herab, ein Bild des Jammers. Sehr entschieden bereitet Esther Schierneck dem Elend ein Ende. »Zu Totensonntag hol ich dir ein schönes Gesteck. Was ganz Besonderes«, verspricht sie ihrer toten Freundin zum Abschied. »So lange mußt du dich halt gedulden. Die Begonien sind hin, das siehst du doch ein.«

Im Café Kleber schmeckt der Kaffee am besten. Wie von Hand aufgebrüht. »Die benutzen hier keine Maschine«, beschwört Anton Wernicke – und liegt damit völlig falsch. Denn hinter der Doppelschwingtür zur Küche gluckert genauso wie anderswo ein riesiges, chromblitzendes Ungetüm.

Ihr Gespräch plätschert dahin. Wenn man zu alt ist, um noch großspurige Lügen zu erfinden, hält man sich an die Wahrheit. Nichts Besonderes. Man lebt eben allein, die Rente ist knapp, gesundheitlich geht es noch ganz ordentlich, man muß zufrieden sein. Anton Wernicke erinnert seit nunmehr zweiundfünfzig Jahren eine alte Verletzung an den zweiten Weltkrieg. Ein Steckschuß im Knie, da konnten die damals nicht viel machen. Das Gelenk ist steif. »Gott, man findet sich damit ab. Andere mußten amputiert werden. Nur meine Frau, die hat so gern getanzt. Für die war es hart.« Daß seine Erna manchmal allein losgezogen ist, daß sie andere Kerle hatte, davon spricht er nicht. Das sind Enttäuschungen, Demütigungen, die er beerdigt hat. Zusammen mit seiner Frau. Vor vielen Jahren.

Auch Esther Schierneck denkt nicht gern an den Krieg zurück. An die Scheidung. An das Kind. Ein paar Nebensätze, in den heißen Kaffee geflüstert, mehr gibt sie nicht preis.

Der alte Mann versteht sofort. Daran darf man nicht rühren. Jeder hat sein Päckchen zu tragen. Die Gegenwart ist schwer genug. Wenn man erst einmal alt ist, scheint es manchmal, als hätte man auf der Welt nichts mehr verloren. Die Renten sind nicht danach berechnet, daß einer jahrelang allein davon existieren kann. Und Wohnraum steht Greisen neuerdings auch nicht mehr zu. Genausowenig, wie es erschwingliche Plätze in menschenwürdigen Altenheimen gibt. Sterben sollen sie gefälligst, den Jüngeren Platz machen, oder wie sonst ist diese Politik zu verstehen?
Alt ist man, und überflüssig, das Leben ist vorbei. Längst hatte Anton Wernicke sich damit abgefunden. Vorbei. Und wenn ihre Art, sich immer noch so zu kleiden, wie es in seiner Jugend modern war, wenn ihr frecher, jugendlicher Haarschnitt, ihre klaren Augen, ihre rauhe Stimme ihm Herzjagen verursachen, so ist das entweder lächerlich oder aber ein medizinisches Problem. Verwirrt über seine Gefühle, rührt er in seiner Tasse, bis der Kaffee überschwappt.
Bei der zweiten Tasse diskutieren sie über Rentenanpassung und Pflegeversicherung. Die viel weniger hält, als man ihnen einreden will. Wie gut sie informiert ist. Ganz anders als Erna, die sich im Alter nur noch für warme Füße und Kräutertee interessiert hat, für ihre Verdauung und für die Todesanzeigen in der Zeitung.

Zweifel sind immer angebracht. Was, wenn wir auf dem falschen Weg sind? Was, wenn der wahre Mörder sich grinsend die Hände reibt?
Johanna Lauritz verhört noch einmal die Witwe.
In der Drogerie ist um diese Zeit nicht viel los. Im Hinterzimmer stellt Mara Ellmer die Kaffeemaschine an. Frau Legat wird angewiesen, ein paar Regale auszuwischen.
»So, nun haben wir unsere Ruhe.« Sie lächelt Johanna

freundlich an. »Haben Sie schon irgendwelche Anhaltspunkte? Ich meine, gibt es einen Verdächtigen?«

»Darüber kann ich Ihnen vorläufig keine Auskunft geben«, lautet die Antwort, was nichts anderes heißt als »kein Kommentar«. »Frau Ellmer. Zwanzig Jahre, das ist eine lange Zeit. Ich glaube, daß niemand mehr als Sie über Ihren verstorbenen Mann weiß. Darum sind Sie gewissermaßen unser wichtigster Zeuge. Sind Sie wirklich ganz sicher, daß Ihr Mann keine Feinde hatte? Gibt es da niemanden, den er – vielleicht auch nur versehentlich – beleidigt, oder dem er irgendwie geschadet hat? Könnte da nichts Berufliches sein?«

Nachdenklich zupft Mara Ellmer, die ihr Haar heute mit einer breiten schwarzen Samtschleife zurückgebunden hat, an ihrem Ohrläppchen. Der Ohrring, goldglänzend und von beachtlichen Ausmaßen, schaukelt unwillig hin und her.

»Gott, ich will nichts Falsches sagen. Aber nein«, sie seufzt. »Wirklich nicht. Achim war kein Mensch, mit dem man streiten konnte. Er war nicht rechthaberisch oder so. Eher zu lasch, zu gleichgültig. Und er war sehr häuslich. Freunde hatten wir praktisch überhaupt keine, höchstens seine Skatbrüder, aber die haben Sie ja schon vernommen, nicht wahr? Und die drei waren ganz sicher ein Herz und eine Seele. Ja – und sonst ... die Nachbarn vielleicht«, sie legt die Stirn in Falten und schüttelt dann nachdrücklich den Kopf. »Nein. Hundertprozentig nein. Er hielt sich überall raus. Sagte jedem guten Tag und höchstens wie geht's. Mehr Kontakt bestand nicht. Achim war nicht dafür, daß man sich gegenseitig in die Kochtöpfe schaut, er hatte am liebsten seine Ruhe. Wenn jemand sich *darüber* geärgert hat, würde er ihn ja wohl nicht gleich umbringen. Ich kann mir auch nicht vorstellen, daß einer der Nachbarn seine neue Adresse kannte.«

»Und auf dem Bauamt«, hakt Johanna nach, »hat er da vielleicht unpopuläre Entscheidungen getroffen? Irgend jemanden vor den Kopf gestoßen? Das wäre doch möglich.«
»Ach was, Achim doch nicht.« Mara Ellmer lacht, als hätte Johanna einen Witz gemacht. »Die großen, die wirklich bedeutsamen Entscheidungen, das war doch alles Chefsache. Was glauben Sie denn, wie es da zugeht? Der Lehmeyer läßt sich grundsätzlich nicht in die Karten schauen. Der wußte schon, warum er sich einen so bequemen Stellvertreter ausgesucht hat. Aber was das betrifft, müßten Sie am besten seine Sekretärin fragen. Die wüßte so was viel eher als ich.«
»Sagen Sie mal, schlief Ihr Mann bei offenem Fenster?« fragt Johanna so beiläufig wie möglich.
Mara Ellmer stutzt. »Ja, manchmal. Im Sommer, wenn es richtig warm war. Das tut ja wohl jeder. Im Winter grundsätzlich nicht. Mein Mann litt nämlich seit Jahren an einer chronischen Mandelentzündung. Fragen Sie nicht, wieviel Penicillin der in seinem Leben schlucken mußte. Seit ewigen Zeiten wollte der Arzt die Mandeln rausnehmen, aber davon wollte Achim nichts hören. Er war in dieser Beziehung feige. Typisch Mann, sozusagen.« Versonnen lächelt sie. »Bei solchen Temperaturen«, sie schaut flüchtig zum Fenster, »mußte das Fenster jedenfalls geschlossen bleiben.«
In Johannas Kopf läuten Alarmglocken. Das ist wirklich interessant. »Tja, das wär's für heute. Vielen Dank.«
Doch Mara Ellmer will noch etwas loswerden.
»Sie dürfen nicht denken, daß mir Achims Tod gleichgültig ist, bloß weil er mich verlassen hat. Immerhin hatten wir sehr schöne Jahre miteinander. Und der Gedanke, daß sein Mörder ungestraft davonkommen könnte, ist mir unerträglich.« Mit zittrigen Fingern greift sie nach einem

Papiertaschentuch. Laut und kräftig putzt sie sich die Nase. »Ich heule nicht los, keine Angst. Ich verliere nie die Fassung.« So ganz überzeugend klingt das allerdings nicht. »Als Achim fortgegangen ist, habe ich mir auch nichts anmerken lassen. Ich habe einfach so getan, als wäre nichts passiert. Wissen Sie«, sie lächelt schwach, »ich wollte immer eine ganz starke Frau sein. Eine, die alles schafft, alles im Griff hat, das Geschäft, den Haushalt, den Garten, und die auch noch eine gute Ehe führt. Vielleicht war das zuviel. Vielleicht ist er deshalb gegangen. Weil ihm gegraut hat vor soviel Tüchtigkeit.« Sie zuckt resigniert mit den Schultern. »Keine Ahnung. Ich finde einfach keine Antwort darauf, warum er zu dieser Michelle gezogen ist. Immer wieder frage ich mich, was ich denn bloß falsch gemacht habe.«

Also, wenn das nicht typisch weiblich ist. Immer sind es die Frauen, die sich am Unglück dieser Welt schuldig fühlen, denkt Johanna verärgert. Dieser Achim Ellmer war offensichtlich ein blöder, egoistischer Chauvinist. Leider steht es einer ermittelnden Kriminalbeamtin nicht zu, solche persönlichen Meinungen zum besten zu geben. Also schweigt sie schweren Herzens.

Ihr Gegenüber wechselt jetzt abrupt das Thema. »Vielleicht dürfte ich Ihnen einen gutgemeinten Rat geben? Zu Ihrer Haarfarbe sollten sie kein Rot tragen. Das wirkt einfach zu kraß. Grüntöne würden Ihnen dagegen hervorragend stehen.« Sie sagt es wie ein Arzt, der eine Diagnose stellt. Eine Diagnose, von der er felsenfest überzeugt ist. Und sie lächelt genauso unverbindlich.

Betreten starrt Johanna auf ihren Lieblingspullover aus roter Mohairwolle, dann auf ihre Schuhe. Hochgeschnürte rote Lederbasketballstiefel, die dringend geputzt werden müßten. Frau Ellmer trägt schwarze Lacklederpumps mit goldenen Applikationen an den Außenseiten. Und ihr Honighaar liegt, als käme sie direkt vom Friseur.

»Mensch, bin ich kaputt«, stöhnt Therese Kolbe abends. »Mir tun vielleicht die Füße weh ... Ich hab mich ja immer gefragt, wie du abends noch groß kochen kannst. Ich bin viel zu müde. Aber wenn du Lust hast, könntest du uns schnell mal Nudeln machen. Ein Glas Fertigsauce steht im Kühlschrank. Hol ich immer bei Aldi.«

»Ja, gern«, lügt die junge Frau. Und während sie mit verbissenem Gesicht in der Küche werkelt, ängstlich darauf bedacht, nichts überkochen, nichts anbrennen, um Gottes willen nichts runterfallen zu lassen, liegt Therese Kolbe auf der Couch, ein Kissen im Rücken, und hüpft per Fernbedienung munter durch alle Kanäle.

»Oh, das schmeckt aber irgendwie komisch. Ich hatte die Sauce ganz anders in Erinnerung«, beschwert sie sich später mit weinerlicher Stimme. Und Michelle, die nichts anderes getan hat, als das Glas aufzuschrauben und in einem Topf mit Wasser zu erhitzen, genau wie es auf dem Etikett stand, beißt sich auf die Lippen.

Gleich nach den Nachrichten schläft Therese Kolbe beim Fernsehen ein. Sie liegt auf der Couch und schnarcht mit offenem Mund. Und Michelle, die Geduldete, die Überflüssige, wagt es nicht, sie zu wecken. Unglücklich rollt sie sich auf dem Sessel zusammen, macht sich so klein wie irgend möglich, doch ständig sind ihre Arme, ihre Beine im Weg. Für ein paar Minuten fällt sie in eine Art Halbschlaf, bis das Prickeln in den Beinen signalisiert, daß irgendwelche Blutbahnen gestaut sind, und sie sich verzweifelt bemüht, eine angenehmere Lage zu finden. Erst gegen drei Uhr erwacht die andere. Gähnend wankt sie Richtung Schlafzimmer, brummelt etwas Unverständliches, das vielleicht gute Nacht bedeutet. Aufatmend streckt Michelle Tennhoff sich auf der Couch aus. Um sieben klingelt der Wecker. Vier Stunden Schlaf. Mehr gönnt Therese ihr heute nicht. Vielleicht, weil das Essen nicht so gut geschmeckt hat.

»Warum willst du eigentlich nach Italien? Ausgerechnet im Winter?« Charlotte van Detering, satt von der Liebe, rollt sich wohlig seufzend vom Bauch auf den Rücken.
»Ich hab von Deutschland die Schnauze voll. Außerdem ist mir was Blödes passiert«, murmelt er schläfrig.
»Dir?« Sie setzt sich auf. Intensiv mustert sie den jungen Mann an ihrer Seite, seinen attraktiven Körper, seine Augen, in denen nichts Falsches liegt, seinen empfindsamen Mund, die schlanken, sensiblen Hände, die so behutsam, so zärtlich sein können. Die letzten vierundzwanzig Stunden spulen sich in ihrem Kopf ab. Wie er an der Straße stand. So stolz, so gewollt männlich, und dabei so leicht zu durchschauen. Sein kindliches Staunen, als er das Haus sah, seine Begeisterungsfähigkeit, das Frühstück in eisiger Kälte, sein Strahlen, das einem das Herz erwärmte. Ehrlich ist er auch, gar keine Frage, die Möglichkeit, etwas zu stehlen, hat sich ihm mehr als einmal geboten, aber er hat nichts genommen. Das hat sie längst kontrolliert. Wenn er nicht so jung wäre, viel zu jung, sie könnte sich glatt verlieben.
»Du hast bestimmt nichts weiter verbrochen, keine Gewalttat, meine ich. Dafür habe ich einen Blick.« Seelenruhig läßt sie sich zurückfallen. Besitzergreifend legt sie ein Bein über ihn. »Erzähl mal ...«
Ohne es zu wollen, redet er drauflos. Ziemlich konfus zunächst, später dann, bedingt durch ihre präzisen Fragen, einigermaßen schlüssig. Vier verpfuschte Jahre, eine Geschichte, deren Höhepunkt erst ein paar Tage zurück liegt und die offen endet, in zwanzig Minuten ist sie erzählt.

Es ist gar nicht so leicht, der Wahrheit ins Auge zu sehen. Sein Körper klebt vor Schweiß, der Mund ist wie ausgetrocknet, und in seinem Schädel brummt es. Jetzt, wo er alles erzählt hat, begreift er erst, wie verfahren seine Lage wirklich ist. Immerhin, Charlotte hat ihre überlegene Ruhe nicht verloren.

»Geh duschen«, sagt sie liebevoll, und ihre Lippen streifen seine Wange. »Ich muß darüber nachdenken.«

Als er ins Bett zurückkommt, schläft sie schon. Er schlüpft unter ihre Decke, kriecht in ihre tröstliche Wärme, sein Körper folgt der Linie ihres Körpers. Und er gibt sich der Illusion hin, daß sie ihn liebt, wirklich liebt, und daß sie ihn erretten wird. Sie mit ihrem vielen Geld.

Die Stadt geht lautlos unter in der Schwärze der Nacht. Kaum dreißig Minuten hat es gedauert, bis auch der letzte Schimmer dieses Tages unwiderruflich darin ertrunken ist, übrig bleibt nur Dunkelheit. Was ist der Winter doch für eine trostlose Jahreszeit. Die Notaufnahme der Städtischen Psychiatrie ist völlig überfüllt. Die große Einsamkeit macht sich breit, immer mehr Menschen finden sich nicht mehr zurecht in der frostkalten Finsternis, die auch vor verschlossenen Wohnungstüren nicht haltmacht. Die Obdachlosen unter der Autobahnbrücke streiten sich um den letzten Schluck in der Schnapsflasche, um das letzte bißchen Vergessen. Jeder braucht ihn, jeder hat ihn nötig, die Nacht liegt noch vor ihnen, endlos und ewig und doch nur eine von vielen, die noch folgen werden. November, Dezember, Januar, Februar, März, man kann es an einer Hand abzählen, erst im April darf man wieder aufatmen.

Die Menschen, die ein Zuhause haben, beäugen mißtrauisch und mit laut klopfenden Herzen diese Nacht. Gut, daß die Kinder daheim sind, daß sie mit großen Augen das

Fernsehprogramm bestaunen, gut, daß alle Türen, alle Fenster fest verschlossen sind. Wer sich jetzt nicht im behaglichen Schimmer einer Zimmerlampe befindet, ist sozusagen vogelfrei. Besser, man zieht die Vorhänge zu und begibt sich wieder ins warme Zimmer. Gegen das dumpfe Unbehagen hilft frisch aufgebrühter Tee mit viel Zucker.

Wie ein aufgezogenes Uhrwerk wandert Johanna in ihrer Wohnung auf und ab. Vom Tisch zum Fenster, vom Fenster zum Tisch. Hin und her. Jedesmal vier Schritte. Vier Schritte, eine halbe Drehung, vier Schritte in die andere Richtung. Auf dem Tisch steht die Karte mit der Zarin gegen den Kerzenständer gelehnt.

Mal angenommen.

Mal angenommen, Achim Ellmer hat gar nicht bei offenem Fenster geschlafen. Dann hätte der Mörder folglich den Brandsatz auch nicht von außen einwerfen können, denn es haben sich weder eine zerbrochene Scheibe noch die Spuren gewaltsamen Eindringens gefunden. Folglich hätte der Täter einen Wohnungsschlüssel besitzen müssen. Um jeden Verdacht von sich abzulenken, inszeniert dieser Jemand das Feuer sehr sorgfältig. Er öffnet das Fenster, deponiert die Flasche mit dem Petroleum ganz in der Nähe, so daß man annehmen muß, jemand hätte den Brandbeschleuniger durch den Fensterspalt ins Zimmer geworfen. Achim Ellmer mit seinen knapp zwei Promille hat mit Sicherheit nichts davon mitbekommen. An der Lage seiner Leiche war eindeutig zu erkennen, daß er, in die Bettdecke gewickelt, seinen eigenen gewaltsamen Tod verschlafen hat. Der Mörder verläßt die Wohnung wieder, beobachtet im Schutz der Dunkelheit, wie die Flammen sich im Zimmer ausbreiten. Und dann, als es garantiert nichts mehr zu retten gibt, informiert er die Feuerwehr. Wer besaß einen Wohnungsschlüssel? Michelle Tennhoff.

Weiter.

Mal angenommen, jemand will ein Feuer legen. Welches ist der am häufigsten verwendete Brandbeschleuniger? Überall frei zu kaufen, beinahe in jedem Haushalt vorrätig? Womit werden im Fernsehen sämtliche Häuser oder Scheunen angezündet? Na? Mit Benzin natürlich. Jeder, der ein Auto fährt, hat auch Benzin zur Hand. Wer allerdings über keinen fahrbaren Untersatz verfügt, muß sich etwas anderes einfallen lassen. Der kommt zum Beispiel auf Petroleum. Und wer von den möglichen Tätern hat kein Auto? Michelle Tennhoff.

Mal angenommen, alles hat sich so abgespielt. Dann hieße der Mörder Michelle Tennhoff. Denn sie hatte alles, den Schlüssel, die Möglichkeit und vor allem ein Motiv. Das einzige, was sie nicht hatte, war Benzin. Dafür aber benutzte Lampen und kein Petroleum mehr dafür. Gar nicht davon zu reden, daß es in ihrer Vergangenheit einen ganz ähnlichen Unglücksfall gegeben hat. Schlimmstenfalls könnte sogar Edgar Lohse recht behalten. Sachverständige können sich irren!

»Das mit dem Ellmer, dafür habe ich ja vielleicht noch irgendwie Verständnis. Aber das verbrannte Kind – wenn du das auch gewesen bist, das verzeihe ich dir nie«, zischt Johanna aufgebracht.

Die Zarin verzieht keine Miene, sie lächelt nur unschuldig auf ihrer Spielkarte.

»Mörderin. Hast du gar kein Herz? Und wenn ja, wo, bitte schön, bewahrst du es auf? Im Eisfach deines jämmerlichen Kühlschranks?« Mit einer heftigen Bewegung legt Johanna die Karte auf den Tisch. Mit dem Bild nach unten.

Eine ganze Weile lebte das Kind schon in seiner neuen Familie. Von Anfang an mochte es die Frau nicht. Vor allem ihre Angewohnheit, ständig belangloses Zeugs vor sich hinzuplappern, alles und jedes in blumigen Worten zu kommentieren, stieß das Kind ab. Mehr noch als diese schrecklich nervtötenden, überflüssigen Selbstgespräche haßte es allerdings ihr übereifriges Lieb-sein-Wollen, dieses Lechzen nach der Zuneigung des Kindes, nach jedem freundlichen Blick, jedem gutgemeinten Wort, vor allem aber nach dem einen magischen, dem allerwichtigsten Wort: Mama.

»Ich bin jetzt deine Mama. Wenn du etwas willst, brauchst du es mir nur zu sagen«, flötete sie zuckersüß – und das Kind schüttelte sich innerlich vor Widerwillen. Meine Mutter ist tot, hätte es am liebsten geschrien, und du wirst nie meine Mama, nie, du bist und bleibst eine Fremde! Aber es schwieg, wohl aus Furcht, das schöne Kinderzimmer mit all den teuren Sachen wieder hergeben zu müssen.

Seine Adoptivmutter war weichherzig und leicht zu beeinflussen. Das, was sie heute mit todtrauriger Miene verbot, weil sie glaubte, es ihrer Mutterrolle schuldig zu sein, die ihr immerhin ein gewisses Maß an Ernsthaftigkeit und Verantwortung abverlangte, konnte sie morgen schon leichten Herzens erlauben. Es bedurfte nur einiger Tränen. Mit Tränen ließ sich alles erreichen. Nicht weinen, mein Schatz, bitte nicht weinen, hör doch auf. Vor Tränen kapitulierte sie sofort. Wäre das Kind älter gewesen, hätte es vielleicht begriffen, daß diese Frau an ihrem Dasein litt, daß sie im wahrsten Sinn des Wortes todunglücklich war, sich so einsam, so verloren vorkam, daß sie kein weiteres Unglück in ihrer Nähe ertragen konnte, schon gar keines, für das sie selber die Verantwortung trug.

Ganz anders der Mann. Streng und unnachgiebig verlangte er, daß seine Anordnungen bis ins kleinste Detail ausgeführt wurden. Da gab es keine Kompromisse, keine Zugeständnisse, sein Wort war unumstößlich. Ihm war es einerlei, was die Frau oder das Kind von ihm hielten. Er brauchte keine Zuneigung, keine Bewunderung von ihnen, ja, so wie es aussah, brauchte er gar nichts von irgendeinem anderen Menschen. Er genügte sich selbst. Das Kind bewunderte seinen neuen Vater grenzenlos. Und diese an Fanatismus grenzende Bewunderung war die einzige Form von Liebe, die es mit seiner kaputten Kinderseele zustande bringen konnte.

Es brauchte nicht viel Feingefühl, um zu erkennen, daß die Frau sich vor ihrem Mann fürchtete. Sobald er das Wort an sie richtete, zuckte sie nervös zusammen. Nie wäre es ihr eingefallen, ihm zu widersprechen oder gar seine Meinung zu kritisieren. Wenn er strengstens untersagte, dem Kind Süßigkeiten zu kaufen, nickte sie gehorsam und hauchte mehrmals: »Selbstverständlich, gewiß doch, ich weiß.« Sobald der Mann jedoch fort war, brauchte das Kind nur tränenreich um Bonbons zu flehen, um ein paar Münzen in die Hand gedrückt zu bekommen. »Versprich mir aber, daß du Papa nichts verrätst«, bettelte die neue Mutter jedesmal ängstlich, und das Kind nickte.

Einmal ließ das Kind abends, als der Vater heimkam, absichtlich ein Bonbonpapier auf dem Küchentisch liegen. Es mußte einfach wissen, ob er wirklich so großartig, so allwissend war, wie es sich erhoffte. Und wirklich, er, dem nie etwas entging, hatte binnen weniger Minuten die Wahrheit herausgefunden. Er wußte alles, er sah alles, vor ihm blieb nichts verborgen. Das Kind schmolz vor Bewunderung dahin. Endlich hatte es seinen Gott gefunden.

Übrigens geriet der Streit zwischen den Eltern zu einem herrlichen Spektakel. Es war, als würde ein eiserner Schlegel in einem wabbeligen Brei herumrühren. Die Frau wand sich hin und her, sie zerfloß am Boden, sie löste sich förmlich auf. Der Mann dagegen blieb hart und unerbittlich. Selten zuvor hatte das Kind sich so glücklich gefühlt.

Dienstag, 7. November

Gegen halb neun hat er ihr das Frühstück ans Bett gebracht. Kaffee, nicht zu stark, Sieben-Minuten-Eier, knusprig aufgebackene Brötchen, Butter und Marmelade, später hat er sich wieder zu ihr gelegt. Liebe, ganz langsam und zärtlich, alle Zeit der Welt hat er ihr gelassen. Jetzt hackt er draußen Kaminholz. Ohne Jacke, nur im Hemd. Von Zeit zu Zeit wischt er sich mit dem Handgelenk über die Stirn. Sein muskulöser Körper ist eine Augenweide. Sie schafft es kaum, den Blick abzuwenden. Und in ihrem Unterleib zieht es schon wieder so begehrlich.

Zum ersten Mal in ihrem Leben wünscht Charlotte van Detering sich, dreißig Jahre jünger zu sein. Oder wenigstens fünfzehn. Die Geschichte mit Hellmut droht ihr zu entgleiten, will sich verselbständigen, zu einer ausgewachsenen Affäre werden. Er bedeutet Gefahr für ihr geregeltes Dasein, und sie spürt, daß sie jetzt ein Ende setzen muß, gerade noch rechtzeitig. Nie im Leben hatte sie ein Verhältnis, diese Art von Betrug würde sie Gottlieb nicht zumuten. Ab und zu ein flüchtiges Abenteuer, ein hormoneller Kick, ein *one-night-stand,* wie man es heute so salopp nennt, zur Selbstbestätigung gewissermaßen, mehr war in all den Jahren nicht. Und mehr hatte sie auch von Hellmut nicht gewollt, vorgestern, als sie ihn an der Autobahn aufgelesen hat. Und jetzt dieses Begehren, das sie schwach und wehrlos macht und das man nicht so einfach als sexuelle Gier abtun kann. Nein, hier geschieht viel, viel mehr, hier tun sich neue Welten auf, eine Lawine kommt ins Rollen, und man muß aufpassen, daß sie nicht alles Bisherige mit sich in den Abgrund reißt.

Hör auf zu träumen, sagt sie sich leise lachend. Du dumme Kuh bist einundfünfzig. Willst du jetzt alles über Bord

werfen, noch mal ganz von vorn anfangen? Quatsch. Die Vorstellung ist besser, als die Realität jemals sein könnte. Du als angesehene Familienrichterin liiert mit einem Typen, der sich mit Aushilfsjobs über Wasser hält und der in einen Mordfall verwickelt ist. Einer, der dein Sohn sein könnte. Komm, Charlotte, mach dich nicht lächerlich. Und Gottlieb? Hat er es etwa verdient, so herzlos abserviert zu werden? Nur weil sein Körper nicht mehr so attraktiv ist. Nur weil er dir noch nie im Leben einen Kaffee gekocht hat, geschweige denn ein Ei? Auch ein Gottlieb hat seine Vorzüge, er ist zuverlässig, ehrlich, gewissenhaft, pünktlich, macht seinem Namen alle Ehre, nicht zuletzt stellt er dir zum Einundfünfzigsten so ganz nebenbei ein Auto vor die Tür. Sein Feuer lodert nicht mehr bis in den Himmel, zugegeben, aber es wärmt zuverlässig an allen Tagen des Jahres.
Charlotte van Detering kann in ihrem Leben keine solchen Komplikationen gebrauchen. Und sie ist es schon von Berufs wegen gewohnt, nüchtern und pragmatisch zu denken. Und vor allem ist sie es gewohnt, Entscheidungen zu treffen. Innerhalb von wenigen Minuten findet sie einen Ausweg.
Das Telefon in der Hand, ein bedauerndes Lächeln im Gesicht, erwartet sie den jungen Mann in der offenen Tür. »Ich hatte gerade einen Anruf. Mein Mann war dran. Er will kommen, er ist schon auf der Autobahn. Was das bedeutet, ist wohl klar. Tut mir leid, aber es wäre lieb, wenn du in zehn Minuten reisefertig sein könntest.« Kaum zu glauben, wie ruhig sie diese Lüge über die Lippen bringt. Nur ein winzig kleines Unbehagen nagt an ihrer Gelassenheit.
Nicht nur sie droht zu entgleisen. Auch Hellmut Stadler hat angefangen zu träumen. Von einem Platz im Leben, von einer Zukunft, einer gemeinsamen Zukunft. Den Altersunterschied würde er in Kauf nehmen, auch daß sie deshalb

keine Kinder mehr bekommen kann. Dabei hat er eigentlich immer von einer großen Familie geträumt. Aber so könnte auch niemand Daniel den Platz in seinem Herzen streitig machen. Und ist es so verwerflich, daß er sich am Steuer ihres Wahnsinns-Audis über die Autobahn gleiten sieht, sie auf dem Beifahrersitz? Gerade eben hat er ein bißchen daran geglaubt. Ihre Worte sind wie eine kalte Dusche, da kann sie noch so traurig lächeln. Der Grund für ihr Bedauern ist wohl klar, seine Qualitäten im Bett sind Hellmut Stadler bestens bekannt. Und es wird immer nur das sein, was die Frauen an ihm finden, nur das, mehr hat er eben nicht zu bieten. Mit mechanischen Bewegungen stopft er seine Klamotten, viele sind es ja nicht, in seinen Rucksack, reißt die Jacke vom Haken und wendet sich wortlos zur Tür.

»Halt, nicht so eilig«, ruft sie ihn zurück. »Warte doch. Niemand hat gesagt, daß du zur Autobahn laufen mußt!«

Alles ist jetzt anders zwischen ihnen. Charlotte van Detering hat eine scharfe Trennungslinie gezogen. Und auf ihrer Seite, der Seite der kühlen Vernunft, findet sie zu ihrer gewohnten Sicherheit zurück, wie sie erleichtert registriert. Immer noch spricht sein Körper sie an, immer noch könnte sie sich in diesen Armen verlieren, immer noch werden ihre Knie weich, wenn er ihr so selbstverständlich die Tür offenhält, den Wagen aufschließt, das Tor zur Straße öffnet. Aber sie beobachtet all das jetzt wieder aus sicherer Entfernung. Wie einen Film im Kino, wo man sich für knapp zwei Stunden in den Hauptdarsteller verliebt, aber wo man auch, sobald das überdimensionale Wort *Ende* eingeblendet wird, aufstehen und fortgehen kann – ohne gebrochenes Herz. Dieser Hellmut ist eine Versuchung, aber er ist nicht das Richtige. Plötzlich tut er ihr leid, schrecklich leid, sein Leben besteht aus aneinandergereihten Unglücken, großen und kleinen, und er wird, aus welchen Gründen auch immer, stets der Verlierer bleiben. Solche Schicksale kennt sie nach einundzwanzig Jahren als Familienrichterin zur Genüge. Vielleicht ist das Bild, das er von sich selbst hat, zu schlecht. Weil ihm niemand beigebracht hat, an sich selbst zu glauben. Hellmut Stadler ist einer, der seinen Träumen stets vergeblich hinterherlaufen wird. Es gibt solche Menschen, die grundsätzlich die verkehrte Entscheidung treffen. Weil sie tief in ihrem Innersten davon überzeugt sind, daß sie sowieso nie Glück haben werden.

Im Wagen ist es kalt, der Atem wird zu weißem Nebel, die beiden Menschen schweigen, verkriechen sich in sich selbst, es ist ja auch alles gesagt. Sie lenkt den Audi schnell und zielstrebig durch den kleinen Ort, hält mit quietschenden Reifen vor einer Bank. »Warte einen Moment.« Schon ist sie fort, wird von einer schwingenden Doppelglastür verschluckt.

Der junge Mann starrt düster vor sich hin. Gern würde er sich einreden, daß Charlotte sowieso viel zu alt ist, aber es will nicht klappen. Er wäre trotzdem mit ihr glücklich geworden, ganz bestimmt. Jung und hübsch war Michaela, zusammengepaßt haben sie trotzdem nicht. Charlotte wäre so etwas wie eine vernünftige Lösung gewesen. Was Reelles fürs Leben. Aber solche Frauen sind natürlich alle schon in festen Händen. Die wollen nur ein bißchen nebenher rummachen, sich verwöhnen lassen, ihre Jahre vergessen – ihre gesicherte Existenz wollen sie nicht in Gefahr bringen. Und wenn man ehrlich ist, haben sie ganz recht damit.

Charlotte steigt ein. Sie wirkt ein bißchen nervös. Er merkt es daran, daß sie, die sonst so sicher den Wagen beherrscht, nicht auf Anhieb den Rückwärtsgang findet. Nicht nur das. »Du mußt dich noch anschnallen«, warnt er, und sie zuckt wie ertappt zusammen. »Das kommt davon, wenn man es eilig hat.« Ihr Lachen überzeugt nicht, so wenig wie die Fröhlichkeit, mit der sie: »Jetzt schnell zur nächsten Autobahnauffahrt«, sagt. So gut hat er sie in diesen zwei Tagen schon kennengelernt.

Es gibt nichts, was er sagen könnte, und so starrt er aus dem Fenster. Die Landschaft ist wirklich schön. Schade, daß ihm keine Zeit bleibt, ein wenig mehr von der Gegend kennenzulernen. Berge haben ihn schon immer fasziniert, die Vorstellung, daß die dichtbewachsenen Steilhänge für Menschen praktisch unbegehbar sind. Als Junge war er mit seiner Mutter einmal fünf Tage in Garmisch-Partenkirchen. Damals hat er sich vorgenommen, als erwachsener Mann eine einsame Holzhütte in den Bergen zu bauen. Als Einsiedler wollte er leben, sich ab und zu ein bißchen Wild schießen oder Fische in einem Bergbach fangen, ach ja, und dann wollte er noch Beeren sammeln und Pilze. Was für eine alberne Idee!

Gerade als er überlegt, ob er Charlotte davon erzählen soll, fährt sie rechts ran. Richtig, da vorn ist ja schon die Auffahrt, also packt er die Berghüttengeschichte wieder ein. Hätte sie sowieso nicht verstanden. Er angelt den Rucksack von der Hinterbank. Jetzt bloß kein großer Abschied, Tür auf und raus. Mach's gut!

»Warte.« Sie öffnet ihre Handtasche, kramt ein wenig darin, plötzlich hält sie ihm ein Bündel Geldscheine entgegen. Zum ersten Mal wirkt sie unsicher, ja verlegen, und es steht ihr überhaupt nicht.

Zornig wendet der junge Mann sich ab. So schnell fallen Göttinnen von ihrem Thron. »Was soll das?« fährt er sie an. »Glaubst du, ich bin ein Stricher, den man bezahlen muß?«

»Um Himmels willen, so ist das doch nicht gemeint!« Sie schluckt. »Entschuldige bitte, wenn ich mich so ungeschickt benehme. Nein. Ich habe es dir noch nicht gesagt, aber ich bin Richterin. Und deine Geschichte gestern hat mich sehr nachdenklich gemacht. Eigentlich müßte ich dir raten, zur Polizei zu gehen, aber das würde dich natürlich in Schwierigkeiten bringen. Aus den Tatsachen könnte man dir einen Strick drehen, da hast du schon recht. Ich glaube dir, daß du unschuldig bist, aber die Ermittlungsbehörden würden das wohl anders sehen. Wenn du wenigstens ein Alibi hättest, aber so ... Du kommst in diese Stadt, ohne ersichtlichen Grund, und plötzlich brennt die Wohnung deiner Exfrau ab.«

Unter ihren Worten sackt er förmlich zusammen. Sein Gesicht wird grau. Hastig spricht sie weiter.

»Vielleicht ersparst du dir Schwierigkeiten, wenn du über die Grenze gehst, bevor sie dich auf die Fahndungsliste setzen. Wenn du dich in Italien so gut auskennst, geh dorthin zurück. Du mußt dir allerdings auch im klaren sein, daß diese Art von Flucht im Zweifelsfall gegen dich spricht. Jedenfalls bist du mit dem Geld ein bißchen unabhängiger. Hier.« Wieder hält sie ihm die Geldscheine entgegen, und diesmal greift er zu. »Viel ist es natürlich nicht. Sieh zu, daß du dich da unten unauffällig verhältst. Und denk ab und zu mal an mich.«

»Ich nehme es nicht geschenkt. Ich zahle es zurück. In Raten. Schreib mir deine Kontonummer auf ...«, verlangt er trotzig.

»Bloß nicht! Wie sollte ich meinem Mann solche Kontobewegungen erklären? Nimm es einfach. Als Dank für ...« Sie zögert. »Kennst du das Lied von Cohen? *Your famous blue raincoat? Thank for the trouble you took from her eyes?«*

Ihre wohlüberlegten Worte sagen Hellmut Stadler leider nichts, dafür reichen die spärlichen Reste seines ohnehin nur dürftigen Schulenglisch nicht aus. Er nimmt die zwei-

tausend Mark und steckt sie in seine Brieftasche. Dann steigt er wortlos aus.
Im Rückspiegel sieht er jung und verloren aus, beinahe wie ein ausgesetztes Kind. Genau wie vorgestern. Kaum zu glauben, daß erst zwei Tage vergangen sind. Zum erstenmal in ihrem Leben fühlt sie sich wie eine Einundfünfzigjährige – und es ist kein allzu schönes Gefühl, jedoch eines, an das sie sich allmählich gewöhnen wird. Charlotte, wird sie ihrem Spiegelbild erklären, du bist lange genug vor der Wahrheit davongelaufen. Sieh es endlich ein, du bist zu alt, um mit dem Feuer zu spielen. Das Kratzen in ihrem Hals, genau wie das Brennen der Augen, wird sie kurzerhand zur beginnenden Grippe erklären, und sie wird drei Tage im Bett bleiben und das Ende dieser vielversprechenden Liebe betrauern. Jetzt, da sie ihre eigene Verletzlichkeit erkannt hat, wird sie es nie wieder wagen, junge, gutaussehende Männer an der Straße aufzulesen und in dieses Haus mitzubringen. Wieder heimgekehrt, wird sie sich geradezu verzweifelt an Gottlieb klammern, an die einzige Liebe, die ihr legitim zusteht. Sie wird die alten Fotoalben hervorkramen, wird mit rotgeweinten Augen die lachenden, braungebrannten Kinder anschauen, und vor allem ihre Mutter, die junge Frau, die sie einmal war, und sie wird sich an Zeiten erinnern, in denen sie keine Liebhaber brauchte, um an sich selbst zu glauben. Zu Weihnachten wird sie ihre drei erwachsenen Söhne mit den Frauen einladen, und sie wird ihrer erstaunten Familie erklären, daß sie sich viele, viele Enkelkinder wünscht.
Und dennoch wird eine winzig kleine, trostlose Leere in ihrem Dasein bleiben, ein leises Bedauern, eine kaum sichtbare Lücke, die nichts und niemand jemals wird ausfüllen können.

»Na? Was sagt das Labor?« fragt Johanna, doch Stefan Heynes düsterer Gesichtsausdruck läßt sie ahnen, daß die Untersuchungsergebnisse nicht so ausgefallen sind, wie alle hier gehofft haben. Und richtig. Die Ölreste in Frau Stadlers Lampen stimmen nicht mit dem Lampenöl überein, das der Täter als Brandbeschleuniger verwendet hat. Nicht einmal die Firma ist dieselbe. Das, was Frau Tennhoff/Stadler verbrannte, ist ein paar Mark billiger als Steinbrands Pfirsicharoma.

»Hier kommen wir nicht weiter«, seufzt Johanna enttäuscht, und ihr Chef, der sich gerade mit der Tageszeitung tröstet, nickt.

»Bleibt immer noch die Tatsache, daß er laut Aussage seiner Ehefrau prinzipiell bei geschlossenem Fenster schlief. Jedenfalls im Winter.«

Die Zeitung raschelt. »Eine Tatsache, die sich nachträglich nicht mehr beweisen läßt. Da steht dann Aussage gegen Aussage. Damit nageln wir die Stadler nie im Leben fest. Wenn der Ellmer sein ganzes Leben umgekrempelt hat, warum nicht auch seine Schlafgewohnheiten?«

»Stimmt. Und was haben wir sonst noch?«

»Nichts. Ganz einfach nichts.« verärgert schnipst Heyne einen unsichtbaren Fussel von seiner Krawatte. »Oder fällt dir was ein?«

Die Recherchen, die Edgar Lohse und Roland Bierwirth über das Vorleben von Frau Tennhoff anstellen, sind leider auch noch nicht abgeschlossen. Also warten. Man könnte höchstens noch einmal die Tennhoff vernehmen, um sie nervös zu machen.

Umständlich faltet Heyne die Nachrichten des Tages zusammen. »Wenn es nur nach deinem Gefühl gehen würde, wenn du nichts beweisen müßtest – war sie es, oder war sie es nicht?«

»Ach, du große Güte, ist das jetzt eine Einladung ins Reich der Phantasie?« Mit den Fingerspitzen vergewissert Johanna sich, daß die Spielkarte sich noch in ihrer Hosentasche befindet. »Ich weiß es nicht«, gibt sie ehrlich zu. »Irgendwie hat Roland schon recht. Daß eine Mutter so kaltblütig ist, ihr Kind ermordet, geplant und vorsätzlich, kann ich mir einfach nicht vorstellen. Die Sache mit dem Ellmer liegt natürlich ganz anders. *Das* ist sie vielleicht gewesen. Sicher bin ich mir aber nicht.«
»Hmmm.«
»Und du? Du hast ja bereits dein letztes Hemd auf sie gesetzt, also hegst du scheinbar keine Zweifel!«
»Hundertprozentig sicher kann man sich nie sein.« Heynes Miene ist unergründlich. »Hier, hast du schon die Zeitung gelesen?«

Obwohl die Kommissarin dem Cafébesitzer versprochen hat, daß die Vernehmung nur ein paar Minuten dauern wird, war dessen Reaktion alles andere als freundlich. »Nun lassen Sie die arme Frau doch endlich mal in Ruhe. Hat die nicht schon genug gelitten? Das grenzt ja schon an Terror«, hat er lautstark protestiert und dann sehr viel leiser zu seiner Angestellten gesagt: »Frau Tennhoff, ich weiß gar nicht, ob das hier zulässig ist. Sie sollten sich wirklich mal erkundigen!«
Ob das Fenster nachts geschlossen war?
Michelle Tennhoff, die in Wahrheit Michaela Stadler heißt, aber daran kann Johanna sich beim besten Willen nicht gewöhnen, zögert. »Nein, Achim wollte das nicht. Er meinte, er würde dann keine Luft kriegen. Außerdem, na ja, da stimmte was mit dem Abfluß in der Küchenspüle nicht. Es hat schon ein wenig muffig gerochen. Und in der Beziehung war Achim total empfindlich. Wenn er auf mich

gehört hätte ...«, sie zieht einmal kräftig hoch, »dann würde er noch leben. Ich selbst hab vorher nie das Fenster geöffnet. Das war mir viel zu unheimlich. Da hätte ja einer einsteigen können.« Maras Geschichte entlockt ihr ein ungläubiges Lachen. »Achim? Krank? So ein Quatsch. Der war doch kerngesund. Die spinnt ja wohl!«
»Das kennen wir ja schon«, stöhnt Johanna. »Alle anderen lügen. Zur Abwechslung wäre es ja ganz nett, wenn Sie mal nicht das Gegenteil von dem behaupten würden, was alle anderen erzählen.«
»Ich sage immer die Wahrheit«, erklärt Michelle Tennhoff spitz. »Wenn Sie mir nicht glauben, kann ich es auch nicht ändern. Im übrigen muß ich wieder servieren. Aber wenn Sie so weitermachen, hat mein Chef bestimmt bald die Nase voll. Dann sucht der sich eine neue Bedienung, und ich kann sehen, wo ich bleibe ...«
Womöglich im Gefängnis, aber das sagt Johanna lieber nicht laut.
Gestern hat sie sich noch in allerletzter Minute einen neuen Pullover geleistet. Einen grünen, so wie Frau Ellmer vorgeschlagen hat. Russischgrün, nannte die Verkäuferin die Farbe, und gestern abend um achtzehn Uhr fünfzehn, im künstlichen Licht der kleinen Boutique, gefiel sie Johanna ausnehmend gut. Heute morgen, bei Tageslicht betrachtet, erscheint das Grün ihr zu verwaschen, zu unklar, zu gebrochen. Und sie fühlt sich seltsam fremd in dieser unentschlossenen Farbe. Jeder Blick in den Spiegel gegenüber irritiert. Das Grün entwickelt Eigendynamik, es saugt den Pep aus ihrem roten Haar, es macht die Haut blaß und fade, es drückt die Stimmung gnadenlos nieder. Und dieses Ergebnis spricht nicht gerade für Frau Ellmer.

Seit Tagen schon zieht Arndt Wesskamp nichts mehr nach Hause. Abends streift er ziellos über das Gelände seines Betriebes. Er prüft, ob die Fahrzeuge abgeschlossen sind, räumt ein bißchen herum, ganz unnötigerweise, steckt sich ab und zu eine Zigarette an. Es ist so kalt, daß die Scheiben der vier Bullis zugefroren sind. Arndt Wesskamp lächelt zufrieden. Hier, dieses Gelände, diese neuntausend Quadratmeter im Industriegebiet, das ist sein Königreich, hier fühlt er sich unbesiegbar. Der Stacheldrahtzaun ringsum ist seine Stadtmauer, die einzige Lücke darin, das große Rolltor, hat er vorhin abgeschlossen, jetzt ist er hier so sicher wie in Abrahams Schoß. Seine Leute fallen ihm ein, lauter schlichte, anständige, aufrechte Männer, die für den Betrieb ihr Bestes geben und für deren Familien er als Boß die Verantwortung trägt. Und er fühlt sich großartig. An seine Sekretärin und die Putzfrau denkt er in diesem Zusammenhang übrigens nicht.

Ganz hinten steht der alte Bauwagen, der offiziell längst ausgemustert ist. Rauch steigt aus dem Plastikrohr, das als Schornstein dient. Also ist Karlheinz Maier da.

Maier, Hilfsarbeiter wie einst Wesskamps Vater, arbeitet schon ewig bei Wesskamp und Sohn. Ein stiller, verschlossener Mann, groß und bullig, mit einem gewaltigem Kreuz und riesigen, schaufelförmigen Händen, die zupacken, wo es nötig ist. Maier steht einfach immer am richtigen Platz, hat ein Auge für das, was getan werden muß, und er arbeitet schnell und zuverlässig. Es heißt, Maier könne weder lesen noch schreiben. Aber so genau weiß das niemand, denn Karlheinz Maier hat hier keinen einzigen Freund. Er ist ein Einzelgänger, der die anderen meidet und der, wenn er angesprochen wird, die Lippen nicht auseinander kriegt. Hätte sich jemand die Mühe gemacht, Karlheinz Maier auf seine Intelligenz hin zu prüfen, so wäre das Ergebnis niederschmetternd ausgefallen. Aber so wie es aussieht, interessiert sich kein Mensch auf dieser Welt dafür, wie hoch der IQ dieses Hilfsarbeiters ist. Er hat hier seinen Platz in der Gesellschaft gefunden, er fällt keinem zur Last, braucht keine staatliche Unterstützung, und damit ist der Ordnung Genüge getan.

Letzten Samstag, als Wesskamp zum ersten Mal diese Runde machte, jagte der Anblick des qualmenden Schornsteins ihm einen Riesenschreck ein. Er fürchtete, daß sich Obdachlose oder anderes Gesindel heimlich eingenistet hätten, und einen Moment dachte er ernsthaft daran, die Polizei zu benachrichtigen. Doch als er wildentschlossen die Tür aufriß, saß da nur Karlheinz Maier, in der Hand eine halbleere Flasche Korn und im Mundwinkel eine Selbstgedrehte, ohne Filter natürlich.

»Was machen Sie denn hier?« brüllte Wesskamp seine Erleichterung heraus.

Der Mann zuckte nur mit den Achseln. Seelenruhig hielt er seinem Chef die Kornbuddel hin – und der ließ sich nicht lange bitten. Gut drei Stunden saßen sie schweigend nebeneinander, einmal ging Wesskamp für kurze Zeit fort, um aus seinem Büro eine Flasche Weinbrand zu holen, der Korn war inzwischen leer. Beim zweitenmal murmelte er: »Muß jetzt los, ist schon spät.« Karlheinz Maier schaute nur kurz auf.

Seither hocken die beiden ungleichen Männer jeden Abend zusammen in dem Bauwagen, verheizen im Ofen alte Paletten und saufen. Gesprochen wird wenig. Maier wurde vor zwei Wochen von seiner Frau auf die Straße gesetzt. Er hatte sie mal wieder im Suff grün und blau geschlagen, und da hat sie ihn mit Hilfe ihrer drei Brüder, von denen einer bei der Marine ist, endgültig vor die Tür gesetzt. Seitdem haust er in dem alten Bauwagen. Es stimmt, daß er Analphabet ist, und so traut er es sich auch nicht zu, eine eigene Wohnung zu finden. Er ist ja nicht einmal dazu in der Lage, die Zeitung zu lesen. Sein Tagesablauf besteht nur aus Arbeiten, Saufen und Schlafen. Krank ist einer wie Maier nie, da kann er noch so lange gezecht haben, er steht morgens pünktlich auf der Matte. Und 'ne ruhige Kugel schieben, so was ist bei ihm auch nicht drin. Er gehört noch zu denen, die sich für ihren Betrieb krummlegen. Vielleicht weil er weiß, daß er ohne diese Stelle endgültig im Sumpf versinken würde. Darüber, was mit seinem Chef los ist, macht er sich keine großen Gedanken. Und wenn Wesskamp ab morgen nicht mehr käme, würde er sich auch nicht viel dabei denken. So ist das Leben! Das ist sein Satz, und der paßt immer.

»Zum nächsten Wochenende mußt du dir was anderes suchen«, hat Therese Kolbe vorhin gesagt. Ganz beiläufig, zwischen zwei Schlucken Kaffee. Besuch aus Berlin hätte sich angesagt. Eine Schwester, von der sie nie zuvor ein Wort erzählt hat.

Wie soll jemand, der kaum Geld hat, der dazu noch unter Mordverdacht steht, innerhalb von einer Woche eine Wohnung finden? Genausogut hätte Therese sagen können, gib mir mal eben fünftausend Mark.

Verzweifelt knetet Michelle Tennhoff die zarte Haut ihrer Oberarme. Der Schmerz tut ihr gut, hilft ihr, die Fassung zu bewahren. So wie sie sich heute mittag auf die Zunge gebissen hat, um nicht loszuheulen. Als die Frau vom Sozialamt sich ihre Geschichte am Telefon zwar ganz bis zu Ende angehört hat, voller Verständnis und wirklich nett, aber dann ganz traurig erklärt hat, daß sie keinerlei Wohnraum – so nennt man das von Amts wegen – anzubieten hätte. Höchstens ein Bett im Obdachlosenasyl, im äußersten Notfall.

Heute morgen hat der Chef auch so seltsam dahergeredet. Wie leid ihm die ganze Geschichte mit Achim täte, und all dies Gesülz, aber wenn die Polizei noch öfter käme, wüßte er auch nicht ... Das sei nun einmal schädlich fürs Geschäft. Als kämen die Kripobeamten nicht grundsätzlich in Zivilkleidung, so daß kein Mensch merken kann, was da vor sich geht.

Die Vorstellung, in einer Zelle zu sitzen, trocken und warm, regelmäßig verpflegt zu werden, all diese Feiglinge, diese scheinheiligen Kriecher nicht mehr sehen zu müssen, verliert allmählich an Schrecken.

Die Betten müssen da wohl ziemlich hart sein, richtige Pritschen, wie man hört. Andererseits ist Thereses Couch viel zu weich. Wenn man sich allzu heftig umdreht, könnte man glatt seekrank werden. Morgens leidet Michelle neuerdings unter Rückenschmerzen.

Mittwoch, 8. November

Anton Wernicke hat zu Kaffee und Kuchen eingeladen. In seiner eigenen Wohnung. Zuerst hat Esther Schierneck gezögert, wer weiß denn, was dieser Mensch gleich daraus für Schlüsse ziehen wird, wenn sie zusagt, aber schließlich hat die Neugierde gesiegt.

Die Siedlung, in der Wernicke lebt, ist gleich nach dem Krieg gebaut worden. Zwei Straßenzüge, in denen sich strenge, dunkelrot geklinkerte Wohnblöcke mit schmalen, hohen Fenstern dicht nebeneinander drängen. Immerhin erfüllten sie in den Zeiten größter Wohnungsnot ihren Zweck, möglichst viele Menschen auf möglichst wenig Raum unterzubringen. Für heutige Verhältnisse sind die

Wohnungen klein und unkomfortabel, doch die meisten Bewohner fühlen sich hier wohl, sie sind mit den Häusern zusammen in die Jahre gekommen. Weißhaarige Frauen in dunklen Mänteln führen kleine, nervös kläffende Hunde an der Leine, ein altes Paar spaziert langsam auf der anderen Straßenseite, der Mann hält die Frau liebevoll untergehakt, und trotzdem braucht sie noch einen Gehstock, um sich mühselig vorwärts zu quälen. Ihrem unbeholfenen, breitbeinigen Gang nach zu urteilen, leidet sie an Hüftgelenksarthrose in fortgeschrittenem Stadium.
Anton Wernicke öffnet beim ersten Klingeln. Heute trägt er eine verfilzte blaue Strickjacke, die ganz offensichtlich zu heiß gewaschen worden ist. An der Ärmellänge fehlen glatt fünf Zentimeter, und ein Knopf ist ihm auch irgendwo abhanden gekommen. Soll das jetzt heißen: Schauen Sie mal, hier fehlt die Frau im Haus!?! Oder warum läuft der Kerl derart nachlässig herum? Auf dem Friedhof machte er doch immer einen ganz ordentlichen Eindruck. So als würde er was auf sich halten. Esther Schierneck kribbelt es in der Nase, ein deutliches Zeichen dafür, daß sie sich ärgert.
Als nächstes nimmt sie den muffigen Geruch nach Staub und schlecht gelüfteten Federbetten wahr. Und die Spinnenweben unter der Decke. Das Nasenkribbeln wird stärker.
»Darf ich, meine Liebe?« Schon landen Hut und Mantel an der altmodischen Garderobe, und es geht über einen moosgrünen Flurläufer, der sich an den Seiten bereits auflöst, vorbei an geöffneten Zimmertüren in die Wohnstube. So unauffällig wie möglich mustert sie die Räume, und was sie sieht, gefällt ihr nicht. Kleine, dunkle Zimmer mit schmalen Fenstern ohne nennenswerte Aussicht, lieblos eingerichtet mit abgewohnten Möbeln in ausgeblichenen Farben, nichts

hier ist schön, oder gar auffallend, nichts lohnt einen zweiten Blick. Im Wohnzimmer ist alles mehr oder weniger braun. Von einem schwarzgerahmten Foto schaut eine mürrisch dreinblickende Frau direkt auf den Eßtisch. Erna Wernicke, Gott hab sie selig, natürlich, wer sonst. Ihrem beleidigten Gesichtsausdruck nach zu urteilen, muß sie das alles hier verabscheut haben, ihn mit seinem steifen Bein, die enge Wohnung, die schäbige Einrichtung, höchstwahrscheinlich ihr ganzes Leben.
Und der Mann, der auf dem Friedhof so agil und lebensbejahend wirkte, macht sich in seinen eigenen vier Wänden ganz klein. Das schlechte Gewissen steht ihm im Gesicht geschrieben, als er die Goldrandtassen aus der Anrichte holt, seine Frau hätte das zu Lebzeiten wohl nicht gestattet. Außerdem zieht er sein Bein sehr viel stärker nach als auf dem Friedhof.
Der Kuchen kommt zum Glück vom Bäcker, eine Auswahl von Sahnestücken, die ganz altmodisch auf einer Platte mit Papierrosetten und winzigen Japanschirmchen angerichtet sind, der Kaffee allerdings, der in einer Porzellankanne serviert wird, ist viel zu dünn und nur noch lauwarm.
Nur mit Mühe gelingt es Esther Schierneck, eine Stunde in dieser niederdrückenden Atmosphäre auszuhalten. Und der Satz: »Schön haben Sie es hier!« kostet sie einige Überwindung. Sie fühlt sich betrogen, hinters Licht geführt, und weiß sich doch im Unrecht. Denn dieser Mann hat mit Sicherheit schon immer so gelebt, und er hat ja auch nie etwas anderes behauptet. Schweigend widmet sie sich ihrem Kirschtörtchen, und er, der möglicherweise ihr falsches Lächeln richtig deutet, findet auch keinen Gesprächsstoff.
»Haben Sie Kinder?« unterbricht sie endlich die Stille, die peinlich zu werden droht.
»Doch. Zwei Söhne. Prächtige Burschen. Der Älteste ist

dreiundfünfzig, der Jüngere einundfünfzig.« Ohne zu fragen, schenkt er ihr Kaffee nach. Auch das noch.
»Oh. Dann haben Sie ja sicherlich oft Besuch.«
»Nicht allzu oft ..., die stehen ja beide noch voll im Berufsleben und haben nicht so viel Zeit.«
»Hmm.« Mehr fällt Esther Schierneck auch nicht ein. Wenn er von selbst nichts über seine Söhne erzählen will, sie wird ihn bestimmt nicht ausfragen.
Schweigen. Ein zweites Stück Kuchen lehnt sie dankend ab. Und einen weiteren Kaffee mag sie sich auch nicht der Höflichkeit halber aufzwingen lassen. Dazu schmeckt er einfach zu scheußlich.
»Ich esse noch was.« Wildentschlossen stößt der alte Mann seine Kuchengabel in ein Joghurttörtchen. »Soll ich Ihnen die Wahrheit sagen? Mein ältester Sohn lebt in Hameln. Wir sehen uns genau einmal im Jahr, zu meinem Geburtstag. Da bringt er mir immer eine Flasche Cointreau vorbei. Hier!« Er hinkt zum Schrank und reißt eine der Türen auf. Eine ganze Batterie ungeöffneter Cointreauflaschen stehen dahinter. »Er hat vergessen, daß es meine Frau war, die das Zeugs so gern mochte. Ich habe noch nie was daran gefunden.« Ärgerlich schnipst er mit dem Finger gegen eine der Flaschen. »Mehr hab ich von dem nicht. Nur eine Flasche Cointreau pro Jahr.«
Betreten senkt Esther Schierneck den Blick.
»Und der andere, der Herbert, der ist mit 'ner richtigen Xanthippe verheiratet. Wenn die herkommt, schnüffelt sie erst einmal in allen Schränken. Ach, das schöne alte Silber, benutzt du das überhaupt noch?« äfft er seine Schwiegertochter nach. »Und Muttis echte Perlenkette, wo ist die eigentlich geblieben? Dieses gierige Weibsstück will nur erben. Daß ich zufällig noch am Leben bin, interessiert die gar nicht.«

Nun ist die Stimmung endgültig verdorben. Anton Wernicke gibt sich ungeniert dem Selbstmitleid hin. Er jammert über Einsamkeit, über selbstgekochte Mahlzeiten, die einfach nicht schmecken wollen, und er schwärmt davon, wie schön es wäre, wieder jemanden zu haben. Dabei schaut er ihr unverwandt ins Gesicht. Und sie, Esther Schierneck, ignoriert tapfer das, was er eigentlich sagen will. Statt dessen bringt sie das Gespräch auf den bevorstehenden Totensonntag. Wo er denn immer das Gesteck für seine verstorbene Frau kaufen würde, will sie wissen, und wie erwartet, bringt die bloße Erwähnung der strengen Gattin auf dem Foto ihn wieder auf den rechten Pfad der Tugend zurück. Er schlägt ihr vor, den Wochenmarkt zu besuchen, da gäbe es schöne und vor allem preiswerte Gestecke, und das schlechte Gewissen radiert im Nu die überbordende Hoffnung aus seinen Zügen. Esther Schierneck bedauert längst, die Einladung angenommen zu haben, und sie weiß, daß sie diese fürchterliche Wohnung nie mehr betreten wird. So bald wie möglich verabschiedet sie sich.
Auf der Straße atmet sie erst einmal ganz tief durch. Sie fühlt sich, als hätte sie eine Zentnerlast in der Wohnung zurückgelassen.
Da oben kann man nicht leben, nicht einmal er kann das, im Grunde genommen müßte er ausziehen. Aus dieser Wohnung läßt sich nichts mehr machen, Wernicke hat es versäumt, rechtzeitig alle Fenster aufzureißen, um Haß und Enttäuschung, Verbitterung und Resignation zu vertreiben. Und jetzt ist es zu spät. Die vage Vorstellung, Mara wieder verlassen zu können, hat sich damit erledigt.
Dann eben doch Plan A, beschließt sie trotzig und weicht im letzten Moment einem dampfenden Hundehäufchen aus. Die alte Frau, deren Dackel sich hier gerade erleichtert hat, verzieht keine Miene. Und Esther Schierneck, die norma-

lerweise sofort zum Angriff übergehen und mit lauter Stimme darauf bestehen würde, daß diese Schweinerei auf der Stelle beseitigt wird, verzichtet heute ausnahmsweise darauf. Nur gut, daß ich hier nicht wohnen muß! Fröhlich pfeifend rückt sie ihren Filzhut zurecht, bevor sie sich auf den Heimweg macht.

Hellmut Stadler hat Deutschland nicht verlassen. Kurz vor der Grenze hat er den Lkw-Fahrer gebeten, rechts ranzufahren. Für immer Italien? Das erschien ihm plötzlich unvorstellbar. Ein kurzes flüchtiges Sommerglück, dann ein langer, kalter, trostloser Winter in irgendeinem billigen Zimmer, immer abwechselnd, bis in alle Ewigkeiten, bis sein Name nicht mehr auf der Fahndungsliste steht. Und wann wird das sein? In zwanzig, in dreißig, in fünfzig Jahren? Wer sich versteckt, muß sich ducken. Zusammenkauern. Soll er den Rest seines Lebens, seine besten Jahre, etwa auf allen vieren kriechend verbringen?
Die Grenze ist eine Einbahnstraße, eine Mausefalle, die hinter ihm zuschnappen würde. Und es gäbe kein Zurück.
Hellmut Stadler hat die Straßenseite gewechselt. Er hält wieder den Daumen raus. Aber diesmal Richtung Norden.
Seine Geschichte ist noch nicht zu Ende.

Die Anzeige ist so klein, daß sie sie zweimal überliest. Erst abends, als sie auf Thereses Couch ein drittes, verzweifeltes Mal die Zeitung durchforstet, stolpert sie über die drei Worte: *Möbl. Zimmer frei.*
»Therese, ich muß mal telefonieren. Vielleicht hab ich was!« Eine Antwort wartet sie gar nicht erst ab.
»Hallo, ja bitte?« Dort spricht eine alte Frau. Das ist unverkennbar. Ein wenig ängstlich hört es sich an. Also läßt sie ihre Stimme ganz besonders freundlich klingen. »Guten

Abend, ich rufe wegen der Annonce an. Ist das Zimmer noch frei? – Wieviel, sagten Sie? – Ja, das ginge wohl. Wann könnte ich denn … ach so.« Müde fährt sich die junge Frau durchs Haar. Plötzlich strafft sich ihre Gestalt. »Und wenn ich heute noch vorbeischaue, jetzt gleich? Ich meine, vielleicht kommt der Herr ja morgen früh gar nicht. Es stehen ja noch mehr Zimmer in der Zeitung.« Sie lächelt erleichtert. »Ja, ist gut. Wie war die Adresse noch mal? Bis gleich.« Strahlend dreht sie sich zu ihrer Arbeitskollegin um.
»Ich muß schnell weg. Ein möbliertes Zimmer für hundertdreißig im Monat. Das ginge ja. Für morgen haben sich ein paar Leute angesagt, aber wenn ich heute abend schon zusage, notfalls könnte ich ja … Moment.« Sie hastet in den Flur, um ihre Handtasche zu holen. Mit fliegenden Fingern zählt sie das Geld in ihrem Portemonnaie. »Ich könnte wohl achtzig Mark anzahlen, notfalls auch hundert. Mensch, Therese, wenn alles klappt, bist du mich vielleicht schon morgen los.«
»Das wäre ja zu schön, um wahr zu sein«, erwidert die Arbeitskollegin trocken, und die verletzenden Worte tun ihr nicht einmal leid.
Egal wie das Zimmer ist, meinetwegen kann es da Ratten und Kakerlaken geben, ich nehme es trotzdem, beschließt Michelle Tennhoff verbittert.

Die junge Frau vor der Tür sieht noch sehr jung aus. Und halb erfroren. Ihre Nase glänzt rot, und ihre Hände fühlen sich an, als wären sie aus kaltem Eis geformt. Kein Wunder, der Mantel ist ja auch viel zu dünn. So ein Sommerfähnchen, ungefüttert. Und das im November.
»Kommen Sie rein, ich werd Ihnen das Zimmer schnell zeigen.« Maria Derwall ist froh, die Haustür vor der Kälte schließen zu können.

Die Treppe knarrt bei jedem Schritt. Oben ein winziger Flur mit einem Kleiderschrank und einer altmodischen Lampe, und dann noch zwei Türen. »Die da führt zum Boden«, erklärt die Vermieterin, und sie öffnet mit Schwung die andere Tür. »Da, bitte. Das wäre dann ihr Reich.«

Ein wenig enttäuscht ist Michelle Tennhoff schon. Gar so ärmlich, gar so dunkel und eng hat sie sich das Zimmer nicht vorgestellt. Doch es gibt wenigstens einen Fernsehapparat. Gern hätte sie die Matratze ausprobiert, aber sie traut sich nicht. Am Ende legt die Vermieterin das als Mißtrauen aus, und dann ist es mit dem Zimmer Essig.

»Bad und Küche sind unten«, schnurrt die Alte ihren Text herunter. »Und Herrenbesuch nach zehn hätte ich nicht so gern. Ach ja, das Geld krieg ich immer im voraus. Man kann ja in niemanden reinsehen, sag ich immer. Sicher ist sicher. Man will ja keinen unnötigen Ärger.«

»Ich nehme es«, sagt Michelle Tennhoff entschieden. »Wann kann ich einziehen?«

Unsicher kaut Maria Derwall auf ihrer Unterlippe. Die Frau ist ihr zu jung. Was, wenn die hier doch ständig Männer anschleppt? Oder sonstwelchen Ärger macht. Spät in der Nacht noch laute Musik hören, beispielsweise. »Ich weiß nicht so recht. Der Mann am Telefon hat ja praktisch auch schon zugesagt«, druckst sie herum.

Michelle Tennhoff ist es gewohnt, um ihre Existenz zu kämpfen, und sie schaltet sofort. »Für die zwanzig Tage würde ich hundert Mark bezahlen. Zwei Drittel der Monatsmiete ungefähr.« Sie spürt, daß Geld, bar auf die Hand, genau die Sprache ist, die die Alte überzeugen wird. Und richtig. Maria Derwall nickt. Auch sie mußte ihr Leben lang rechnen. Und die Tatsache, daß ihr bescheidenes Zimmerchen in diesen zwanzig Tagen doppelt bezahlt werden soll, läßt alle Vorbehalte verstummen. Und wer sagt denn über-

haupt, daß die Frau einen lockeren Lebenswandel führt, eigentlich sieht sie doch ganz vernünftig aus.
Der Mietvertrag, jedenfalls das, was Maria Derwall dafür hält, wird gleich unterschrieben. Ein liniertes Blatt aus einem Schreibblock gerissen, mit krakeligen Buchstaben beschrieben, zwei Unterschriften, so macht sie es immer.
»Wie, sagten Sie, ist ihr Name?«
Ein kurzes Zögern nur, die Worte der Kriminalbeamten finden Berücksichtigung, diesmal will Michelle Tennhoff alles richtig machen.
»Michaela Stadler«, sagt sie mit fester Stimme.
Frau Derwall hält erstaunt inne. »Stadler? Ehrlich? Na, das ist ja ein seltsamer Zufall. Ihr Vormieter hieß nämlich auch Stadler. Hellmut Stadler. Sind Sie zufällig mit dem verwandt? Du liebe Zeit, Sie werden ja ganz blaß! Ist Ihnen nicht wohl? Die Kälte vielleicht? Warten Sie, da hab ich was ...«
Schweren Herzens rückt Maria Derwall ihren Kräuterschnaps raus. Zumindest ein Likörglas voll. Immer noch besser, als wenn die Kleine jetzt ohnmächtig wird. Der Name Hellmut Stadler hat sie völlig aus der Fassung gebracht. Vielleicht ist er ihr Bruder, und die beiden haben sich seit Jahren nicht gesehen. O Gott, am Ende weiß sie noch gar nicht, daß ihr Vater im Sterben liegt. Großmütig opfert Maria Derwall noch ein weiteres Gläschen ihres Seelentrösters. Ihr Leben lang hat sie romantische Verwicklungen geliebt, und nun sieht alles danach aus, als wäre sie selbst urplötzlich mittendrin. Die Vorstellung, sie würde die entzweiten Geschwister wieder zusammenbringen und Hellmut Stadler wäre ihr für den Rest ihrer Tage zu tiefstem Dank verpflichtet, läßt sie wohlig erschauern.
Groß ist die Enttäuschung, als die junge Frau wenig später mit der Wahrheit rausrückt. Daß Hellmut Stadler ihr Mann

ist, zu dem sie jeglichen Kontakt abgebrochen hat. Schon seit Jahren. Und von dem sie sich so bald wie möglich scheiden lassen will. Am liebsten würde Maria Derwall jetzt alles rückgängig machen. Doch das Blatt Papier ist unterschrieben, das Geld liegt auf dem Tisch, fünf Zwanzigmarkscheine, die zu Schinken und Schnitzeln oder auch zu einer hübschen neuen Strickjacke werden wollen, also fügt sie sich. Den Stadler sieht sie sowieso nie wieder. Wozu also noch seine Partei ergreifen.

Nachdem ihre neue Mieterin fort ist, starrt sie lange auf den Mietvertrag. Die Katze streicht ihr schnurrend um die Beine. Mechanisch bückt sie sich, um das Tier zu streicheln.

»Ach, Mausele ... ob das jetzt richtig war? Ich weiß es auch nicht. Wenn nur der Herr Stadler nichts davon erfährt!«

Die Vorstellung, daß Hellmut Stadler so richtig böse auf sie sein könnte, bereitet ihr solchen Kummer, daß sie selbst zum Kräuterschnaps greifen muß.

Heute nacht starrt ein riesiges, totenbleiches Gesicht in die Fenster und raubt den Menschen ihren wohlverdienten Schlaf. Der Mond ist es, feist und vollgefressen, groß wie selten, allen vertraut und dennoch plötzlich irgendwie unheimlich. vor Jahrtausenden noch als Gott verehrt, inzwischen längst zur Himmelsdekoration verkommen, entzaubert durch Fernsehübertragungen, als stumpfsinnige Kraterlandschaft enttarnt, von Menschenfüßen betreten, ist es ihm trotzdem irgendwie gelungen, seine mystische Majestät zu bewahren.

Bei Vollmond leiden viele Menschen unter Schlafstörungen.

Esther Schierneck sitzt aufrecht in ihrem Bett. Esther Schierneck schmiedet Pläne. Mara kommt darin vor, und vor allem das Haus. Ach ja, Anton Wernicke auch, jedenfalls ganz am Rande.

Ihre Nichte übrigens schläft tief und fest. Ein paar Tropfen, aufgelöst in Wasser, haben den Mond in seine Schranken verwiesen. Hier bricht demnächst das 21. Jahrhundert an. Und von Mondzeiten und ähnlichem Unsinn wollen wir nicht gestört werden.

Ein paar Straßen weiter wälzt sich Michelle Tennhoff auf der butterweichen Couch. Da hat Therese, nachdem sie von dem Mietvertrag erfuhr, in einem Anfall von Sentimentalität eine Flasche Likörwein und zwei Gläser auf den Tisch gestellt. Wenn das der letzte gemeinsame Abend sei, könnten sie es sich ja noch mal richtig gemütlich machen – ihre Miene ließ sich mit ein bißchen Phantasie sogar als schuldbewußt auslegen.

Der zuckersüße Wein, irgendwas Bulgarisches, schmeckte scheußlich, und genauso scheußlich fühlt sich Michelle Tennhoff jetzt. Ihr Kopf droht zu zerplatzen, und ihr Magen rebelliert. Hellmut war also in der Stadt. Und er ist Hals über Kopf wieder verschwunden. Was die Kripo wohl dazu sagen wird? Sie freut sich schon auf das blöde Gesicht der arroganten, rothaarigen Kommissariatsziege. Schuldige müssen sterben! hatten die anonymen Drohungen gelautet. Das paßt doch haargenau, nicht wahr?

Arndt Wesskamp säuft wieder mit Karlheinz Maier, der jetzt Kalle ist und sein bester Kumpel. Von der Schlips-und-Kragen-Welt hat er die Schnauze voll. Der Lehmeyer soll Nierenkrebs haben, im Endstadium schon, jedenfalls kommt der nicht wieder. Und Ellmer ist ja tot. Zwei neue Gesichter im Bauamt wird es geben. Aber nicht mehr für Arndt Wesskamp. Sollen sich jetzt mal die anderen ihre Finger verbrennen. »Kleine Brötchen backen, Kalle, das isses«, nuschelt er, und sein Saufkumpan nickt mit glasigen

Augen. Wenn diese Millionensanierung abgeschlossen ist, baue ich nur noch Einfamilienhäuser. So wie früher. Ganz klein und bescheiden, eines nach dem anderen, hat Bauunternehmer Wesskamp beschlossen. Keine dicken Fische mehr, die Zeiten sind vorbei.
Seine Frau durchsucht inzwischen mit verheulten Augen seinen Schreibtisch nach Kontoauszügen. Das Wort *Ruin* geht ihr nicht mehr aus dem Sinn.
Gestern morgen, als Arndt stundenlang auf die Zeitung gestarrt hat, ohne ein Wort darin zu lesen, war sie schon drauf und dran, die Tochter in Süddeutschland anzurufen. Hier stimmt was nicht, Papa ist völlig verändert, hätte sie gesagt. Ich weiß gar nicht, wie ich mich verhalten soll. Er spricht seit Tagen kein einziges Wort mehr mit mir. Kannst du nicht mal mit ihm reden? Daß er neuerdings erst mitten in der Nacht heimkommt, stinkbesoffen, daß sie keine Ahnung davon hat, wo und mit wem er seine Abende verbringt, davon hätte sie Katharina nichts erzählt. Angerufen hat sie nicht. Wozu die Tochter in etwas hineinziehen, das so bedrohlich, so unheimlich ist wie in schwarzes Loch, dessen Ausmaße man nicht im geringsten erahnen kann. Das beste ist wohl, sich von diesem Loch fernzuhalten, um nicht selbst hinabgezogen zu werden.
Lieber Gott, laß es nur um Geld gehen. Laß ihn lediglich in finanziellen Schwierigkeiten stecken, damit werden wir schon fertig, irgendwie. Ich werde es lernen, mit ganz wenig auszukommen. Früher konnte ich das ja auch. Aber da ist dieser Mord. Dieser Tote. Dieser Mann, das Gespräch mit Arndt an jenem Abend, am Vorabend des Mordes. Zwei Pferde in einem Stall, das gehe nie gut. Was, wenn der ihn erpressen wolle. Ja, was, wenn er Arndt erpressen wollte? Und jetzt ist dieser Ellmer tot. Ermordet. Und Arndt ist ein anderer geworden, ein Fremder ohne

Worte, in dessen Augen ein ewiges Feuer der Angst flakkert. Dagegen hilft kein Haus in Spanien, auch nicht der feste Vorsatz, notfalls ohne viel Geld auszukommen. Dagegen hilft kein neues Kleid, keine neue Frisur, keine Ausstellungseröffnung, nichts hilft gegen die Schreckensbilder in ihrem Kopf, die immer bunter und realistischer werden. Irgend jemand scheint die bizarre Skizze, die sie da mit sich herumträgt, auszumalen. Jeden Tag ein bißchen intensiver.

Donnerstag, 9. November

Als Mara Ellmer in die Küche kommt, steht ihre Tante bereits am Herd. Fertig angezogen wohlgemerkt. Und sie führt sich auf, als wäre dort ihr Platz.

»Ich koche mir einen Tee. Dein Kaffee ist mir einfach zu stark.« Sie schaut nur kurz auf, und ihr Lächeln ist aus Stahl geschmiedet.

»Das hättest du mir doch längst sagen können. Ist doch kein Problem für mich, dir Tee zu bereiten. Wieso bist du denn heute schon wach?«

Esther Schierneck zieht erstaunt die Augenbrauen hoch. »Heute schon wach? Meinst du etwa, ich hätte an den anderen Tagen länger geschlafen?« Nachsichtig schüttelt sie den Kopf. »Marakind, in meinem Alter ist Schlaf ein Luxus. Und in fremden Betten schläft es sich ganz besonders schlecht. Ich schließe hier so manche Nacht kein Auge, meine Liebe. Ich liege dann mit offenen Augen da und lausche auf jedes Geräusch. Das ist der Preis, den wir für unsere Jahre zu zahlen haben, Kindchen. Da kommst du auch noch hin.«

Mara Ellmer greift nach der Stuhllehne. »Aber sonst bist du doch erst später ... ich meine«, murmelt sie konsterniert.
»Später aufgestanden? Ich weiß. Ich wollte dir nicht im Weg rumstehen. Ich weiß ja selbst, wie es ist, wenn morgens die Zeit knapp wird, schließlich habe ich mein Leben lang arbeiten müssen. Da muß jeder Handgriff sitzen, und Fremde stören nur. Aber, wie schon gesagt, Kind, dein Kaffee ... da spielt meine Galle verrückt. Und so habe ich mich entschieden, künftig eine halbe Stunde vor dir aufzustehen. Damit ich in aller Ruhe meinen Tee kochen kann.« Mit dem Becher in der Hand, steuert die alte Dame auf den Tisch zu. »Siehst du, ich bin schon fertig. Jetzt hast du dein Reich wieder ganz für dich allein.«
An diesem Morgen platzt ein Ei, Mara verschüttet einen ganzen Löffel Kaffeepulver, und beim Brotschneiden verfehlt das rasierklingenscharfe Messer nur um Millimeter ihren Daumen.
»Du wirkst so nervös, Mara. Konntest du heute nacht auch nicht schlafen?« Seelenruhig rührt Esther Schierneck ihren Tee um. »Haben wir nicht Vollmond? Also, ich schlafe ja bei Neumond besonders schlecht.«

Heute gibt es Neuigkeiten. Die beiden Kollegen Lohse und Bierwirth waren fleißig wie die Bienen, endlich kommen die letzten vier Jahre der Michaela Stadler, besser bekannt als Michelle Tennhoff, ans Licht.
Alle sechs bis acht Monate ist Frau Tennhoff umgezogen. Insgesamt sechsmal, eigentlich wäre jetzt ein erneuter Ortswechsel fällig. Meistens lagen der alte und der neue Wohnort kaum hundert Kilometer auseinander.
Gewohnt hat sie in möblierten Zimmern oder auch in miesen Wohnungen der untersten Kategorie. Gearbeitet hat sie entweder als Serviererin oder als Verkäuferin. Immer

ohne Lohnsteuerkarte. Und nirgends war sie polizeilich gemeldet. Genausowenig wie sozial- oder krankenversichert. Praktisch jeder, der sie kannte, hat das gleiche ausgesagt. Sie war nett, höflich, lebte sehr zurückgezogen, hatte keine Freunde, sie war nie krank, zahlte ihre Miete stets pünktlich, bekam keinen Besuch. So wie es scheint, unterhielt sie keinerlei Beziehungen zu Männern, einmal hatte sie einem hartnäckigem Verehrer gegenüber angedeutet, daß sie verheiratet sei, angeblich wäre ihr Mann für ein Jahr im Ausland.

»Ganz schön armselig«, schließt Roland Bierwirth, »vier Jahre auf Tauchstation. Und das mit zweiundzwanzig.«

»Sie hat genauso mies gelebt, wie sie sich gefühlt hat«, sinniert Johanna. »Ein Kind zu verlieren, muß ganz schön hart sein ...«

»Stopp!« geht Edgar Lohse dazwischen. »Ein Kind zu ermorden, wolltest du wohl sagen. Und wenn ihr mich fragt, kann es mit ihrem schlechten Gewissen nicht allzuweit her gewesen sein. Sonst hätte sie den Ellmer ja nicht so kaltblütig abgefackelt. Nein, die Dame hatte Angst, daß man ihr doch noch auf die Schliche kommt. Deswegen hat sie so versteckt gelebt!«

Ärgerlich schüttelt Johanna den Kopf. »Der Sachverständige hat eindeutig gesagt, daß damals keine Brandstiftung vorlag.«

»Herrgott noch mal, Sachverständige können sich irren, das hab ich schon mal gesagt!« Lohse ist nicht bereit, seiner Theorie untreu zu werden.

Genau in diesem Moment klopft es zweimal kurz, und ehe noch einer herein sagen kann, stolziert Michelle Tennhoff hocherhobenen Hauptes ins Zimmer. »Ich habe eine Aussage zu machen.«

Nichts erinnert mehr an die schüchterne, gehemmte Frau,

die unter Mordverdacht steht. Weder die stolze Körperhaltung noch die hochmütige Miene. Und Michelle Tennhoff, die die ungläubigen Blicke der Beamten sehr wohl registriert, genießt die Situation. Sie wird immer ruhiger, immer gelassener, fühlt sich immer wichtiger, und ihre Stimme klirrt vor kalter Arroganz.
»Ich habe einen Beweis, daß mein Mann, also daß Hellmut Stadler zum Zeitpunkt des Mordes in der Stadt war. Und daß er am Sonntag Hals über Kopf verschwunden ist. Angeblich, weil sein Vater in München an Krebs erkrankt ist – und weil seine Mutter ihn jetzt braucht! Ha!« Sie lacht kurz auf. »Seine Eltern sind längst tot. Und in München haben die sowieso nie gewohnt!« Betont lässig lehnt Michelle Tennhoff sich gegen Johannas Schreibtisch. Die Arme verschränkt sie gebieterisch vor der Brust. »In diesem Zusammenhang erinnern Sie sich hoffentlich an die anonymen Briefe. *Schuldige müssen sterben.* Ich hab ja gesagt, daß er mich bedroht. Weil der Tod des Kleinen angeblich meine Schuld war. Aber mir glaubt man ja nicht!«
Fassungslos hört Johanna zu. Wie viele Wahrheiten wird es in dieser Mordsache noch geben? Und wie hat Michelle Tennhoff es geschafft, sich über Nacht in die unnahbare Zarin zu verwandeln?
Michaela Stadler rauscht wieder ab, mit genau demselben triumphalen Grinsen im Gesicht, mit dem sie sechs Minuten zuvor aufgetaucht ist. Ihre Geschichte ist zu gut, um erfunden zu sein, und das weiß sie ganz genau. Edgar Lohse sieht aus, als hätte man ihn geohrfeigt. Und Heyne schickt Johanna los, um Frau Maria Derwall zu vernehmen.

Heute besucht Esther Schierneck erst kurz vor Mittag Trudchens Grab. Bewußt geht sie Anton Wernicke, der immer um Punkt zehn auf dem Friedhof erscheint und sich gegen elf Uhr wieder auf den Heimweg macht, aus dem Weg. Esther Schierneck möchte mit ihrer Freundin allein sein. Zu tun gibt es nichts mehr, in der eisigen Novemberluft ist das Grab in Winterstarre gefallen. Anfang der Woche hat sie mit Hilfe von Anton Wernicke eine dicke Schicht aus Tannenreisig darüber ausgebreitet. Bis zum Frühjahr wird das so bleiben.

»Was für eine lausige Kälte!« beschwert sich Esther Schierneck, und sie zieht ihren Mantelkragen hoch. Dann senkt sie ihre Stimme. »Du Trudchen, ich hab's mir endgültig überlegt. Ich mach es! Sie oder ich. Und das Haus mochte ich immer schon, das weißt du ja.« Sie kramt in ihrer Manteltasche nach einer Pfefferminzpastille, die sie in den Mund schiebt. »Ich hab's ja versucht, ich wollte wirklich mit ihr auskommen, du glaubst gar nicht, wie sehr ich mich zurückgehalten habe, aber sie meint ja wohl, daß ich senil bin. Nein, Trudchen, das muß ich mir nicht gefallen lassen.«

Esther Schierneck betrachtet schweigend das Grab. Nichts bleibt am Ende übrig als so ein lächerlicher kleiner Garten. Geschmückt mit einem großartigen Namensschild aus Marmor. Hier ruht in Frieden ... Wenn man Glück hat, fühlt sich jemand dafür verantwortlich. Wenn nicht, und so wie es aussieht, wird Esther Schierneck genau dieses Schicksal treffen, wird die Grabstelle sehr bald schon zu einem Schandfleck des Friedhofs verkommen. »Ach, Trudchen«, flüstert sie tonlos, »man sollte am besten jung sterben. Mit dreißig oder vierzig. Dann hinterläßt man wenigstens eine Lücke. Aber so ... Gott, wer wird mir jetzt noch eine Träne nachweinen. Mara bestimmt nicht.« Mit entschlossener Miene schaut sie in die Runde, kein Mensch ist um diese Zeit zu sehen, wie sie erleichtert registriert. Aus ihrer Tasche zieht sie einen DIN-C4-Umschlag, fest in Plastik ver-

packt. »So, Trudchen, da steht alles drin. Paß gut darauf auf.«
Behutsam hebt sie die Tannendecke an, um den Umschlag darunter zu verbergen.

Mit beiden Händen umklammert die alte Frau die graue Katze auf ihrem Schoß. »Ja, das stimmt schon, der Herr Stadler hat hier gewohnt. Das Bild ist aber schon älter, stimmt's?« Mütterlich liebevoll betrachtet sie das Foto aus Lüneburg, das Johanna auf den Tisch gelegt hat. »Ein sehr netter, ordentlicher junger Mann, dieser Herr Stadler, ja wirklich. Und als sein Vater krank wurde, ist er sofort nach München gereist, um seiner Mutter beizustehen. Mitten im Monat, dabei war die Miete schon bezahlt.«
Johanna Lauritz lächelt pflichtschuldigst. »Und wovon hat Herr Stadler gelebt? Hat er gearbeitet?«
Jetzt wird die alte Frau fast ein bißchen verlegen. »Nein«, muß sie zugeben, »Arbeit hatte er noch nicht. Aber er hat gesucht. Ich würde alles machen, Frau Derwall, hat er zu mir gesagt. Hauptsache, eine feste Anstellung. Der Herr Stadler war keiner, der vom Staat leben wollte. Nie und nimmer. Nur weil er arbeitslos war, dürfen Sie nicht denken, daß er nichts taugte, was, mein Mausele? Der Herr Stadler war immer nett und freundlich zu uns.« Die graue Katze blinzelt träge und verweigert ansonsten jeden Kommentar.
»Wie hat Herr Stadler seine Tage verbracht, wenn er nicht berufstätig war? Ist er viel ausgegangen?«
»Also, das kann ich wirklich nicht sagen. Ich kümmere mich nicht groß um meine Mieter. Man weiß schließlich, was sich gehört.«
»Das will ich Ihnen gern glauben. Aber Sie haben ja immerhin in ein und demselben Haus gewohnt, dieselbe Haustür

benutzt. Sie werden doch mitgekriegt haben, ob Herr Stadler abends in seinem Zimmer war oder unterwegs.«
»Ich spioniere meinen Mietern nicht hinterher!« schnieft Maria Derwall beleidigt. »Der Herr Stadler hat morgens gern ausgeschlafen, das weiß ich wohl. Und warum denn auch nicht, er hatte ja noch keine Arbeit gefunden. Nachmittags war er meist unterwegs. Ich glaube, er ging ganz gern spazieren. Und abends war er meistens oben und hat ferngesehen. Na ja«, räumt sie zögernd ein, »am Wochenende, so freitags und samstags, da ist er schon ausgegangen. Ein so junger Mensch kann doch nicht immer nur allein sein. Da ist ja schließlich nichts dabei! Aber er hat nie jemanden mitgebracht. Der Herr Stadler war ein ganz feiner Mensch. Ich weiß gar nicht, was Sie von dem wollen!«
Vage erinnert Johanna sich an eine ähnliche Situation. Der Hellmut war ein richtig guter Vater! So wie es aussieht, erfreut sich dieser Hellmut Stadler bei den Damen fortgeschrittenen Alters allergrößter Beliebtheit. Man könnte direkt gespannt sein, den Herren persönlich kennenzulernen.
»Frau Derwall«, macht sie entschlossen weiter. »Sie haben doch sicher von dem Brand in der Ziegeleigasse gelesen.«
»Den Mord meinen Sie wohl. Wo dieser Mann umgekommen ist.«
Johanna nickt. »Ja, genau. Letzte Woche war das. In der Nacht von Dienstag auf Mittwoch. Wissen Sie noch, ob Herr Stadler an diesem Abend zu Hause war?«
Rein mechanisch massiert die Alte ihrer schlafenden Katze den Rücken. Beim Überlegen kneift sie beide Augen zusammen.
»Leider nein. Ich glaube, daß er oben war, aber beschwören könnte ich es nicht. Höchstens daß ...« Erschrocken

schlägt sie ihre Hand vor den Mund. Die graue Katze gibt einen beleidigten Ton von sich und springt auf den Boden.

»Höchstens?« bohrt Johanna nach.

Keine Frage, daß Frau Derwall sich am liebsten auf die Zunge beißen würde. Aber sie ist eine, die vor einem Kripoausweis noch Respekt hat, die sich niemals trauen würde, etwas zu verschweigen oder gar offen zu lügen. »Das war schon was Komisches. Als ich ihm nämlich erzählt hab, daß da einer verbrannt ist, wurde der Herr Stadler ganz käsig im Gesicht. Ziegeleigasse, darüber war er richtig erschrocken. Ich hab mich noch gewundert und gesagt: ›Ach das war doch einer von hier, den kennen *Sie* doch nicht.‹ Es war wohl nur, weil der Straßenname ihm bekannt vorkam. Außerdem«, sie räuspert sich sehr entschieden, »außerdem wurde er anschließend krank. Mußte ein paar Tage im Bett liegen. Grippe ... Ich hab ihm was zu essen hochgebracht, der arme Mann hatte sonst ja niemanden. Aber er hat kaum was angerührt. Dem ging es richtig schlecht.«

Ach, noch so eine barmherzige Samariterin. Auch diese Geschichte ist eine Wiederholung.

»Bestimmt ist er so blaß geworden, weil ihm die Grippe schon in den Knochen steckte«, betont Maria Derwall noch einmal sehr nachdrücklich, und Johanna nickt.

»Kann ich sein Zimmer mal sehen?« erkundigt sie sich forsch.

Natürlich kann sie. Frau Derwall käme nie auf die Idee, nach einem Durchsuchungsbefehl zu fragen. Daß die Kriminalpolizei alle Rechte dieser Welt hat, ist für sie selbstverständlich.

Leider hat Hellmut Stadler nichts hinterlassen. Weder in der Kommode noch im Papierkorb noch im Kleiderschrank auf dem Flur, was wirklich bedauerlich ist. Fast so bedauerlich wie die Tatsache, daß Menschen in solch düsteren Löchern leben müssen.

»Sollte ihnen noch etwas einfallen, hier ist meine Büronummer«, sagt Johanna zum Abschied.

Martha Derwall betrachtet verständnislos die Zahlenreihe. »Wieso? Ich habe doch alles gesagt!«

Nachdenklich schaut sie der jungen Frau hinterher. Nein, so hat sie sich eine Kriminalkommissarin wirklich nicht vorgestellt. »Gelt, Mausele, so was haben wir überhaupt noch nicht erlebt. Daß die Polizei ins Haus kommt. Als wäre man ein Schwerverbrecher! Und wie die immer geguckt hat, als ob sie mir kein Wort glauben würde! Gut, daß Hans nicht mehr ist, der hätte vor Schreck glatt einen Herzanfall gekriegt.«

In ihrem Schlafzimmer zieht sie die Schublade ihres Nachttischchens auf und holt eine winzig kleine schwarze Herrenunterhose heraus. Das einzige, was ihr von Hellmut Stadler geblieben ist. Sie hat den Slip unter seinem Bett gefunden, als er schon fort war. Frischgewaschen und gebügelt liegt er seit vorgestern in der Lade. Und seither unterbricht sie immer wieder ihre Hausarbeit, um dieses winzige Stoffdreieck zu betrachten. »Mensch, hatte der einen kleinen Hintern«, flüstert sie andächtig.

An diesem Abend wird sie sich, die Beine auf der Couch und die schnurrende Katze auf dem Schoß, fragen, ob es wirklich klug war, an die junge Frau Stadler zu vermieten.

Als das Kind fünfzehn Jahre alt war, konnte es seine weichherzige, nachgiebige Mutter nicht mehr ertragen. Diesen weinerlichen Tonfall, diese feuchtwarmen Hände, die ständig umarmen und streicheln wollten, diese Hundeaugen, die fortwährend um Liebe flehten. Es graute ihm vor so viel unerfüllter Mütterlichkeit, und es suchte nach einer Möglichkeit, sich der Frau zu entledigen und trotzdem in der Nähe des vergötterten Vaters zu bleiben.

Längst hatte es begriffen, daß die Frau ihren Mann liebte, verzweifelt und vergeblich, während er nichts weiter als Verachtung für sie empfand. Und es war ein Meister darin geworden, den Graben zwischen den beiden in ein unüberwindliches Meer zu verwandeln.

Oft genug beklagte es in ernstem, altklugem Tonfall die Verschwendungssucht der Mutter, ihre vielen heimlichen Geschenke, denn es wußte sehr wohl, daß Geld der wunde Punkt des Vaters war. Wenn der Mann die Frau zur Rede stellte, verließ es das Zimmer, um durchs Schlüsselloch den Streit zu beobachten – und sich daran zu ergötzen.

War es mit seiner Mutter allein, jammerte es, daß der Vater sich in letzter Zeit so sonderbar verhalte, er sei leicht reizbar und ungerecht wie nie zuvor. Und es mutmaßte mit weinerlicher Stimme, daß er bestimmt ein Verhältnis habe, ganz gewiß, und daß er sie eines Tages in Armut zurücklassen würde. Die labile Frau fand ihre allergeheimsten Befürchtungen bestätigt. Sie kroch jetzt beinahe auf dem Boden, wenn ihr Gatte abends heimkam, wie gebannt hing sie an seinen Lippen, und Ihre klebrige Untertänigkeit trieb ihn zur Raserei, was sie wiederum darin bestätigte, daß er vorhatte, sie und das Kind zu verstoßen.

Die Ehe wurde zur Hölle. Und das Kind zog die Fäden. Wenn du mich verläßt, bringe ich mich um, heulte die Frau bei jeder Gelegenheit, sie zerrte an seinen Kleidern, warf sich manchmal sogar vor ihm auf die Knie und umklammerte seine Beine. Der Mann stieß sie fort, er brüllte sie an, warf die Türen oder hüllte sich tagelang in bitterböses Schweigen.

Es war nicht weiter schwierig, einen Fön in die Wanne zu werfen, als die unglückliche Frau badete. Ihr erschrockener Gesichtsausdruck ließ das Kind laut auflachen. Selbstmord.

Vater und Kind lebten jetzt allein weiter. Bedauerlich nur, daß er unter der Last, sich schuldig am vermeintlichen Freitod der Gattin zu fühlen, zerbrach und zusehends an Stärke verlor. Während der

Beerdigung sank er schluchzend in die Knie, und zwei seiner Verwandten mußten ihn unterhaken und heim führen Von dieser Stunde an ging er nur noch gebeugt, so als hätte seine Wirbelsäule sich vor lauter Kummer zu einem ewigwährenden Fragezeichen verbogen. Alle Schuld riß er begierig an sich, und es verging kein Tag, an dem er nicht in weinerlichem Tonfall sein selbstherrliches Verhalten beklagte, mit dem er seine arme Frau in den Tod getrieben habe.

Das Kind war so enttäuscht, daß es ganz krank davon wurde. Übelkeit, Gliederschmerzen, hohes Fieber, nachts wachte es schreiend auf. Man legte diese unerklärliche Krankheit als Trauer über den tragischen Tod der Mutter aus. Und jetzt war es der Vater, der dem Kind mit seiner Liebe und Fürsorge entsetzlich auf die Nerven ging.

Als es wieder genesen war, entschloß sich das Kind, künftig an keinerlei Götter mehr zu glauben. Niemand war es wert, daß man ihn anbetete, niemand. Jeder hatte irgendwo seine schwachen Stellen, jeder war verwundbar, da war es nur die logische Schlußfolgerung, sich künftig vor nichts und niemandem zu fürchten.

Freitag, 10. November

Stefan Heyne kommt heute zu spät, viel zu spät. Gegen halb elf erscheint er im Präsidium, dick eingepackt in einen naturfarbenen Norwegerpullover, um den Hals einen meterlangen roten Schal gewickelt. »Mich hat's voll erwischt«, krächzt er heiser, bevor er ermattet auf seinen Stuhl sinkt. Aus seinen geröteten, geschwollenen Augen tränt es unentwegt, er schnupft und schnieft zum Herzerweichen, und in regelmäßigen Abständen erschüttern heftige Hustenanfälle seinen Körper.

Cora Samcke vergeht beinahe vor Mitleid. »Sie hätten zu Hause bleiben sollen«, lamentiert sie, »das ist doch unverantwortlich. Dann müssen die anderen eben mal ohne Sie auskommen!« Bitterböse schaut sie von einem zu anderen, dann bereitet sie Lindenblütentee und heißen Zitronensaft und bietet sich an, in der Mittagspause zur Apotheke zu laufen. Sie dreht die Heizung bis zum Anschlag hoch, betupft Heynes Schläfen mit Eukalyptusöl und verbietet allen das Rauchen sowie das Öffnen der Fenster.

Als das Telefon klingelt und jemand nach dem Leiter der Ermittlungen in der Mordsache Ellmer fragt, winkt sie gebieterisch Johanna heran. »Herr Heyne ist einfach zu krank«, zischt sie ihr zu.

Johanna hört aufmerksam zu, dann legt sie nachdenklich den Hörer auf die Gabel. »Das waren die Städtischen Kliniken. Ein gewisser Herr Lehmeyer, das ist ja wohl der Leiter des Bauamtes, möchte dringend eine Aussage machen. Wenn ich es richtig verstanden habe, liegt der mehr oder weniger im Sterben.«

Hustend erhebt Heyne sich von seinem Platz. Doch ehe die Sekretärin tätig werden kann, winkt Johanna ab. »Du nicht, Stefan. Wenn es dem Lehmeyer tatsächlich so schlecht geht, lassen die dich mit deiner Grippe gar nicht erst rein. Das siehst du wohl ein.«

Ganz genau. Zum ersten Mal sind die beiden Frauen sich einig. »Sie trinken jetzt schön ihren Lindenblütentee«, ordnet Frau Doktor Samcke an, und jetzt bereut Heyne es wirklich, nicht zu Hause geblieben zu sein. Zumal die Samcke ihm tatsächlich ein heißes Fußbad bereiten will. Aber das geht jetzt wirklich zu weit, und so weigert er sich mit aller ihm zur Verfügung stehenden Entschlossenheit. Sehnsüchtig schaut er Johanna hinterher, die gerade das Büro verläßt. Und quengelt: »Du kommst aber auf direktem

Weg wieder zurück und sagst, was der wollte!«, bevor er ausgiebig in sein Taschentuch trompetet. So laut, daß man es noch im Treppenhaus hören kann.

Anton Wernicke hat Blumen geschickt. Durch einen Boten. In einer weißen Schachtel liegt ein zartlila blühender Orchideenzweig. Auf der schlichten Karte steht: *Es grüßt Sie von Herzen A. Wernicke.*

Vor Rührung wird Esther Schierneck ganz warm ums Herz. Was für eine herrlich altmodische Geste. Wer schickt heutzutage noch Blumen? Fast wäre sie versucht, den unglückseligen Besuch in Wernickes Wohnung zu vergessen.

Ihre Nichte wirkt eher amüsiert. »Na, hast du dir einen Verehrer zugelegt?« spottet sie, während sie ihrer Tante neugierig über die Schulter lugt. »Sind ja ganz hübsch, die Blumen, soll ich dir eine Vase raussuchen?«

Die Wortwahl versetzt Esther Schierneck einen Nadelstich. Zugelegt. Wie gekauft. Oder günstig erworben. Mit der unglaublichen Arroganz ihrer dreiundvierzig Jahre meint Mara wohl, alte Menschen könnten nichts mehr empfinden. Doch wozu streiten. Gerade heute. »Wer weiß.« Sie lächelt geheimnisvoll.

»Ach, Mara, übrigens habe ich mir überlegt, daß ich in Achims Arbeitszimmer umziehen möchte. Überleg mal, das wäre gar kein so großer Umstand. Die Möbel könnten praktisch alle stehen bleiben, bis auf die kleine schwarze Ledercouch. Dahin möchte ich gern das Bett stellen. Wenn es dir recht ist, könnten wir am Sonntag seine Sachen in Kartons packen. Und nächste Woche richte ich mich dann so nach und nach ein. Was das Bett angeht«, erklärt sie strahlend, »ich wüßte jemanden, der uns dabei hilft, das schwere Ding die Treppe runterzuwuchten.«

Das süffisante Grinsen auf Mara Ellmers Gesicht gerinnt.

»Du findest, du kannst so einfach in Achims Zimmer einziehen? Achims Sachen in Kartons packen? Wo er noch nicht einmal beerdigt ist? Tante Esther, das kann nicht dein Ernst sein. Darf ich dich daran erinnern, daß Achim gerade erst seit zehn Tagen tot ist?«

Esther Schierneck ignoriert den erbosten Tonfall ihrer Nichte. »Ja, mein Kind, das weiß ich alles«, sagt sie freundlich. »Aber du bist dir natürlich darüber im klaren, daß er davon, daß wir sein Zimmer nicht benutzen, auch nicht wiederkommt. Und was deinen Achim angeht, da sollten wir ruhig bei der Wahrheit bleiben. Er ist nicht seit zehn Tagen fort, sondern seit achteinhalb Wochen. Und wenn du ehrlich bist, hält deine Trauer sich sehr in Grenzen. Laß uns bitte vernünftig sein. In meinem Alter ist das Treppensteigen ganz schön anstrengend Manchmal dreht sich alles in meinem Kopf, und dann habe ich Angst, die Treppe runterzufallen und mir das Genick zu brechen. Oder stell dir vor, es bricht ein Feuer aus! Wie soll ich mich dann schnell genug retten? Solche Gedanken kommen mir neuerdings, vor allem nachts, wenn ich nicht schlafen kann. Das verstehst du ja sicherlich.« Ihr Augen bohren sich in Maras ausdrucksloses Gesicht. »Also, Sonntag, nicht wahr?«

»Wie du meinst, Tante Esther!« Mara Ellmer sagt es wie eine Zehnjährige.

Das allerschlimmste in Krankenhäusern ist der eigentümliche Geruch. Oder sind es die endlos langen Flure, die hoffnungslosen Gestalten, die mit ihren Infusionsständern an den Fenstern stehen und sehnsüchtig in die Freiheit starren? Die einsamen Kranken, die während der Besuchszeit in der Halle sitzen, allein, eine Zigarette zwischen den Fingern, die Blicke auf die Eingangstür gerichtet und auf die Erlösung hoffend.

Seit Johanna Lauritz als Schulmädchen ihre sterbende Großmutter im Spital besuchen mußte, lösen Krankenhäuser bei ihr Beklemmungen, ja Ängste, aus. Nichts hier ist selbstverständlich, kein Schritt, kein Wort, nicht einmal das Atmen. Beim besten Willen gelingt es ihr nicht, tief Luft zu holen. Ihre Lunge scheint sich wie ein Panzer gegen Krankenhausluft zu verschließen.
Niemand hätte der Kommissarin sagen müssen, daß Herr Lehmeyer im Sterben liegt. Der Tod hat ihn bereits fest umarmt, und er wird ihn gewiß nicht mehr loslassen. Er liegt neben ihm in der weißen Bettwäsche, schaut aus seinen Augen, spricht aus seinem trockenen Mund. Und wenn ihr jemand verraten hätte, daß der bleiche, alte Mann mit den eingefallenen Wangen und dem leeren Blick gerade erst seinen fünfundfünfzigsten Geburtstag gefeiert hat, sie hätte es nicht geglaubt.
»Ich will mein Gewissen erleichtern«, flüstert der Bauamtsleiter. »Ich habe nichts mehr zu verlieren, junge Frau, das sehen Sie ja.« Sein Lächeln schneidet Johanna ins Fleisch. »Sind Sie verheiratet? Haben Sie Kinder?«
Sie schüttelt den Kopf.
»Das ist gut so. Sehen Sie, ich *war* verheiratet. Sehr glücklich verheiratet. Und dann ist meine Frau tödlich verunglückt. Einfach so. Können Sie sich das vorstellen?« Mit geschlossenen Augen spricht er weiter. »Nein. Können Sie nicht. Niemand kann das. Es ist praktisch das Ende der Welt. Als hätte einem jemand etwas abgehackt. Die Hände, den Kopf, was weiß ich. Man ist tot, aber man muß trotzdem weiterleben. Irgendwie.« Er stöhnt leise. »Würden Sie mir das Glas mit dem Strohhalm reichen? Danke.« Vorsichtig trinkt er ein paar Schlucke, dann fällt sein Kopf ermattet zurück. »Ein Jahr lang hab ich versucht, ein normales Leben zu führen. Es ging nicht ohne meine Agnes. Ich habe zuviel

geraucht, zuviel getrunken, und dann hat mich jemand ins Spielkasino mitgenommen. Was soll ich groß beschönigen, das war mein Untergang. Sie als Kommissarin werden solche Zockerkarrieren wohl zur Genüge kennen. Man glaubt an den großen Gewinn, setzt alles auf eine Zahl – und verliert. Man geht trotzdem wieder hin, macht Schulden, verliert wieder, macht noch mehr Schulden, am Ende kann man sich vor Verpflichtungen kaum noch retten. Auf der anderen Seite hat man aber eine Position, in der man anderen große Vorteile verschaffen kann. Natürlich nicht ohne Gegenleistung.«

»Bestechung«, flüstert Johanna.

Der Mann nickt. »Sie sagen es. Bestechung. Fragen Sie mich nicht, wieviel Geld da geflossen ist. Unsummen über die Jahre. Und geblieben ist mir nichts davon. Mein Konto ist überzogen, mein Haus mit Hypotheken belastet, alle wertvollen Möbel mußte ich verkaufen. Leid tut es mir nur für meinen Bruder. So wie es aussieht, wird er auch noch die Beerdigung bezahlen müssen.«

Eine Weile ist es ganz still. Der Mann schließt seine Augen. Sein Atem geht schwer, sein Brustkorb hebt sich unregelmäßig. So unregelmäßig, daß Johanna, die unwillkürlich in seinem Rhythmus mitatmet, das Gefühl hat, ersticken zu müssen. Doch gerade, als sie die Hand nach dem Klingelknopf ausstrecken will, um Hilfe herbeizuholen, öffnet er wieder die Augen.

»Entschuldigung. Das Reden strengt mich an. Ich schlafe immer wieder ein. Die Medikamente, glaub ich. Die sagen, ich sitze voller Krebs. Endstadium sozusagen. Hab so was natürlich geahnt, bin aber trotzdem nicht zum Arzt gegangen. Ich wollte nicht mehr, verstehen Sie?«

Ganz behutsam schüttelt Johanna den Kopf.

Er lächelt matt. »Ach, ich vergesse wohl, wie jung Sie noch

sind. Haben alles noch vor sich. Noch mal zurück zum Bauamt. Der Ellmer, mein Stellvertreter, ist ermordet worden. Ich weiß es von meiner Sekretärin. Die treue Seele ist nämlich die einzige, die mich regelmäßig besucht. Sie müssen wissen«, fast verschwörerisch zwinkert er Johanna zu, »im Angesicht von Krankheit und Tod werden die Menschen zu Feiglingen. Da schicken sie lieber Blumen, als selber vorbeizukommen. Schauen Sie sich um ...« Tatsächlich zählt Johanna an die zehn Blumensträuße, alle riesengroß und kunterbunt und voller Optimismus, was beim Anblick dieses todkranken Mannes allerdings ein wenig makaber erscheint. Lehmeyer redet hastig weiter. »Und diese große Sanierung in der Innenstadt, vielleicht haben Sie davon gelesen, den Auftrag hat Arndt Wesskamp gekriegt. Zufällig weiß ich genau, daß sein Angebot nicht das niedrigste war. Absolut nicht. Und wenn er den Auftrag bekommen hat, haben er und Ellmer was getrickst. Ich frage mich seit Tagen, was zwischen den beiden gelaufen sein könnte. Der eine ein rückgratloser Kriecher, der andere gerissen, aber dumm. Ja, wirklich strohdumm ... und so selbstgefällig.« Unvermittelt setzt ein leises Röcheln ein, genauso plötzlich ist es dann still. Entsetzlich still. Totenstill. Ängstlich beobachtet Johanna die Brust des Mannes, die sich kaum noch hebt. Atmet er überhaupt noch? Sie spürt fast so etwas wie Panik, als sie zum Klingelknopf greift.

Da öffnet sich die Tür. Ganz leise ist eine Schwester ins Zimmer getreten. »Das ist jetzt genug«, flüstert sie. »Herr Lehmeyer braucht seine Ruhe.« Ihr Blick kontrolliert rasch die Werte, die der Monitor anzeigt. Beinahe hätte Johanna erleichtert aufgelacht. Richtig, der Mann wird ja elektronisch überwacht. Eine neongrüne 73 zeigt an, daß sein Herz immer noch schlägt.

Auf dem Flur sagt die Schwester noch: »Schrecklich, nicht

wahr? Der hat so viele Metastasen, das kann sich kein Mensch vorstellen. Daß der nicht eher zum Arzt gegangen ist. Man hat ja direkt das Gefühl, daß er unbedingt sterben *wollte!*«

Auf direktem Weg fährt Johanna zu Wesskamp und Sohn. Soll Stefan Heyne ruhig noch ein bißchen in Eukalyptusöl und Lindenblütentee schmoren. Das kann ihm gar nicht schaden, und warum soll sie Cora Samcke nicht auch mal etwas gönnen?

Konfrontiert mit Lehmeyers Aussage, bricht Arndt Wesskamp der Schweiß aus. Ein paar Minuten probt er den Widerstand, indem er verbissen schweigt, dann gibt er schnaufend auf.

»Ja, ja, ja«, räumt er ein. »Ich hab ja geahnt, daß ihr uns auf die Schliche kommt. Wenn die Kripo erst mal dran ist, hab ich mir gedacht, dann bin ich ruiniert. Ihr habt gewonnen.« Er hebt beide Hände, so als hätte Johanna ihn mit einer Waffe und nicht mit Tatsachen bedroht. »Ich geb alles zu. Der Lehmeyer und ich haben in den letzten zehn Jahren ein paar dicke Dinger gedreht. Die Turnhalle an der Schule und dann den Anbau am städtischen Museum. Und jetzt die Geschichte in der Friesenstraße. Es war alles schon abgesprochen, so gut wie erledigt, und da wird der Lehmeyer krank. Schöne Scheiße. Entschuldigung«, er läuft dunkelrot an, »ich meine ...« Er geht mit großen Schritten zum Fenster. »Schauen Sie hier mal raus. Mein Betrieb. Das hab ich alles ganz allein aufgebaut. Mit meinen eigenen Händen. Und ohne einen Pfennig Geld. Ganz im Vertrauen, sogar ohne Meisterbrief. Achtundzwanzig Männer stehen bei mir in Lohn und Brot. Das sind achtundzwanzig Familien, für die ich sorgen muß. Und das in der heutigen Zeit, wo ein Betrieb nach dem anderen den Bach runtergeht. Sie wissen ja wohl, wie es in unserer Branche aussieht, was?

Können Sie sich überhaupt vorstellen, was das für eine Verantwortung ist?« Schwerfällig dreht er sich zu Johanna um. »Ja, ich gebe zu, ich habe den Lehmeyer bestochen, damit meine Leute was zu tun haben. Und den Ellmer auch. Mit dieser Wohnung im Ärztehaus.«
»Herr Wesskamp, wo waren Sie in der Nacht vom 31. Oktober auf den 1. November, als Joachim Ellmer einem Brandanschlag zum Opfer fiel?«
»Frau Ferez!« brüllt Arndt Wesskamp in die Sprechanlage, und binnen einer halben Minute erscheint die Sekretärin in der Tür.
»Frau Ferez, ich meine«, seine Stimme wird weich, »Antonia, wo war ich in der Nacht, als dieser Ellmer ermordet wurde?«
Die Frau, die so souverän im Vorzimmer regiert, ist höchstens dreißig, bildhübsch und bestimmt nicht dumm. Und sie verkörpert genau das, was Johanna sich unter einer perfekten Chefsekretärin vorstellt. Jetzt allerdings scheint sie ihre kühle Selbstsicherheit im Nebenraum abgelegt zu haben. Übernervös kaut sie auf ihrer Unterlippe herum, und ihre Hände wandern hilflos über den engen Rock, als hätten sie sich verirrt.
»Antonia«, wiederholt Wesskamp, »sag der Kommissarin bitte, wo ich in der Mordnacht war.«
»Na gut«, flüstert sie und holt ganz tief Luft. »In meiner Wohnung, bei mir. Wie so viele Male davor. Dieser Dienstag war allerdings unsere letzte gemeinsame Nacht. Weil ich demnächst heiraten werde.« Sie schämt sich, sie schämt sich wie ein kleines Mädchen, das böse war, und das war sie ja auch, wenn man die allgemein gültigen Moralvorstellungen zugrunde legt. Johanna mag kaum fragen, ob sie das eben Gesagte vor Gericht beeiden würde. Aber sie muß die Frage stellen.

Wie nicht anders zu erwarten, macht diese Vorstellung die junge Frau noch kleiner und ängstlicher. »Nur im äußersten Notfall«, windet sie sich. »Uwe, also mein zukünftiger Mann, weiß selbstverständlich nichts von dieser Geschichte. Und ich weiß nicht, was passiert, wenn er davon erfährt. Bitte, meine ganze Zukunft hängt doch davon ab ...« Flehend schaut sie Johanna an, die hilflos die Achseln zuckt.
»Ich werde sehen, was ich für Sie tun kann. Versprochen.«
Die Sekretärin seufzt gequält auf.
»Übrigens«, spielt Wesskamp seinen letzten Triumph aus, »ich wußte überhaupt nicht, daß der Ellmer in der Ziegeleigasse wohnte. Wenn Sie mich fragen, wußte überhaupt niemand davon. Oder glauben Sie, der hätte überall damit rumgeprahlt, in so einer Asozialengegend zu leben?«
Kaum hat Johanna Lauritz die Tür hinter sich geschlossen, sagt Wesskamp leise: »Danke, Antonia, du weißt gar nicht, wie dankbar ich dir bin. Seit Wochen sehe ich mich schon im Gefängnis. Nicht wegen dieser Korruptionsgeschichte, da finden die sowieso keine Beweise, aber wegen dem Mord. Ich weiß, wie schwer es dir gefallen ist, die Wahrheit zu sagen, so kurz vor deiner Heirat, und ich kann nur noch mal versichern, wie unglaublich dankbar ich dir für deinen Mut bin.«
Erstaunt hebt die junge Frau den Kopf. Arndt Wesskamp hat ja doch ein Herz – wie sie immer vermutet hat.
»Du solltest nicht so viel saufen«, sagt sie zärtlich, und ihr Zeigefinger streicht kurz über seine Lippen. »Das verträgst du doch gar nicht. Wem willst du denn eigentlich den großen Mann vorspielen?«
Mehr als eine Viertelstunde ist vergangen. Die Welt dreht sich längst wieder in ihrem gewohnten Rhythmus. Antonia Ferez sitzt an ihrem Schreibtisch und füttert den Computer mit Lieferantenadressen, draußen fährt ein vollbeladener

Bulli vom Hof, auf dessen Fahrertür *Bauunternehmen Wesskamp und Sohn* steht, genauso, wie es auf all seinen Firmenwagen zu lesen ist, Karlheinz Maier repariert mit gleichmütiger Miene eine Mischmaschine, deren Motor festsitzt, und einer der Maurer setzt heimlich hinter dem Bauwagen einen Flachmann an die Lippen, weil seine Hände schon wieder so unkontrolliert zittern. Arndt Wesskamp steht immer noch reglos mitten in seinem Büro. Die dreifachverglaste, getönte Fensterscheibe spiegelt das Bild eines übernächtigten, erschöpften Mannes, der sich selbst viel zuviel zugemutet hat. Ganz leise sagt er: »Ihr will ich den großen Mann vorspielen. Fräulein von Reibnitz. Das habe ich eigentlich immer getan, gleich vom ersten Tag an, als ich sie da sitzen sah, in diesem trostlosen, schlechtgeheizten Schreibbüro ...« Und seine eigenen Worte erstaunen ihn über alle Maßen.

Mit einer neuen, überraschenden Wahrheit fährt Johanna Lauritz zum Präsidium zurück. Heyne, dessen Kopf inzwischen so rot wie sein Wollschal leuchtet, lächelt ihr hilflos entgegen.

»Mein Gott, ist das eine Bullenhitze. Kann ich mal ein Fenster öffnen?« will Johanna ihn erlösen, doch Cora Samcke stellt sich schützend vor den Chef.

»Das kommt nicht in Frage. Sie sehen ja wohl, wie krank Kommissar Heyne ist. Da werden Sie ihre persönlichen Bedürfnisse doch ausnahmsweise zurückstellen können.«

Die Neuigkeiten übrigens geben Heyne den Rest. »Den können wir streichen. Und ich fahre jetzt heim. Bis dann, Leute. Wehe, es ruft mich einer an. Egal, was passiert, ich bin krank. Bis Montag dann!« Er hustet ein letztes, verzweifeltes Mal.

Die Tür hat sich noch nicht ganz geschlossen, als Roland Bierwirth erleichtert alle Fenster aufreißt. »Das mit der

Sekretärin haut mich vom Hocker, Leute. Dieser alte, verlebte Sack – und sie so jung und attraktiv, was findet die an dem? Und wie der die behandelt! Als ich da war, hat er sie nur angeblafft!«
Im Hintergrund grinst Edgar Lohse wissend. Sein Frauenbild wird hier mal wieder voll und ganz bestätigt. Geld muß man haben, alles andere ist unwichtig.

»Hellmut? Hellmut! Komm doch rein!«
Mit beiden Händen greift Helga Weber rücklings an die Wand, als fürchte sie, jeden Moment in Ohnmacht zu fallen. »Mensch, Hellmut, nach so langer Zeit!« Tränen schießen ihr in die Augen, die sie verlegen fortwischt, und ihre Stimme zerfällt in abgehackte Schluchzer. »Entschuldige, das ist nur die Freude!« Und ihm fällt vor Befangenheit überhaupt nichts ein.
Beim Anblick der roten Couch allerdings könnte *er* glatt losheulen. Dreckig, schäbig, fleckenübersät, das herrliche Rot ausgeblichen, sein Stolz von damals ist tief gesunken.
Sie folgt seinem Blick und sagt betreten: »Ich weiß schon, sie sieht furchtbar aus, aber die Flecken gehen einfach nicht mehr raus. Du glaubst ja nicht, was für Mittel ich schon ausprobiert habe ...«
Er nickt. Genauso ist es nämlich. Die Flecken gehen nicht mehr raus. Die Rußflecken von damals. Aus seinem Leben lassen sich diese Flecken ebenfalls nicht mehr entfernen.
»Wie geht es dir, Helga? Gut schaust du aus, keinen Tag älter bist du geworden.«
Eine Lüge, so dreist, so faustdick, daß er sich beinahe dafür schämt. Aber draußen ist es November und kalt, die Temperatur ist fast bis zum Nullpunkt gesunken, dicke graue Wolken drohen mit Regen, Regen der über Nacht zu Eis gefrieren wird, der Wetterbericht hat es vorhin angekün-

digt. Die Straßen sind wie leergefegt, die Menschen haben sich in ihre Häuser geflüchtet, hinter den Fenstern brennen Lichter, aus den Schornsteinen steigt Rauch auf, alle haben es behaglich und warm, nur Hellmut Stadler weiß nicht, wohin. Er ist ganz allein, durchgefroren und müde, so entsetzlich müde, daß er für ein warmes Bett, für einen Kaffee, für ein liebes Wort die Sterne vom Himmel herunterlügen würde.

Und als sie ihn in die Küche führt, als er die grüngestrichenen Möbel wiedersieht, und vor allem die Lampe, die in diesen vier Jahren nichts von ihrer Zauberkraft eingebüßt hat, da fühlt er sich für einen Moment wirklich, als wäre er endlich angekommen.

Helgas Hühnersuppe schmeckt genauso wie früher, und dafür würde Hellmut Stadler sie am liebsten in die Arme nehmen. Sie selbst allerdings hat sich verändert. Alt ist sie geworden, so als wären nicht vier, sondern vierzehn Jahre vergangen. Nicht, daß er sie je geliebt hätte, aber ihren weichen Körper, ihre warme, frauliche Ausstrahlung, das hat ihm damals schon gefallen. Inzwischen hat ihre Schönheit den Zenit überschritten, sie welkt dahin. Die Enttäuschungen, die das Leben ihr bereitet hat, sind zu Falten geworden, zu grauen Haaren, die sie allzu offensichtlich dunkel übertönt. Zu einem verbitterten Unterton in der Stimme, der jedes gesagte Wort traurig klingen läßt.

»Wie geht's dir denn so? Was hast du in der Zwischenzeit gemacht?«

»Ach, Hellmut. Sellmer und Co. hat Leute entlassen. Das hast du ja bestimmt gehört«, sagt sie, für die Lüneburg der Mittelpunkt der Welt bedeutet. »Gerda, Luise und ich waren auch dabei. Keine Aufträge mehr, nichts mehr zu verpacken, verstehst du?«

Leider.

»Gott, ja, eine kleine Abfindung haben sie uns gezahlt, neuntausend Mark. Die hab ich fest angelegt. Als Notgroschen für später. Bis Ende des Jahres krieg ich noch Arbeitslosengeld. Was dann wird, weiß ich auch nicht. Luise meint, daß die die Abfindung mit der Sozialhilfe verrechnen. Meinst du, das stimmt?«

Achselzucken.

»Ja, und dann hab ich einen kennengelernt. Norbert. Der zieht mir auch nur das Geld aus der Tasche. Mal kommt er, dann wieder nicht. Ach, wenn ich nicht so blöd wär, hätte ich ihn längst schon vor die Tür gesetzt. Aber du weißt ja, wie es ist. Ganz allein fühlt man sich doch auch miserabel. Man braucht doch mal jemanden zum Reden. Und fürs Herz.« Sie rückt mit ihrem Stuhl näher. Viel zu nahe für ihn. Aber er ist ja gefangen, darf sich nicht wehren. »Weißt du noch? Damals? Wir beide. War doch schön, oder?«

Mit Grauen denkt Hellmut Stadler an die kommende Nacht. Helga hat es ganz bestimmt nicht verdient, schon wieder enttäuscht zu werden. Aber allein die Vorstellung, ihr sprödes, strohiges Haar anfassen zu müssen, obwohl es aussieht, als würde es bei der kleinsten Berührung zu Staub zerbröseln, verursacht bei ihm eine Gänsehaut.

Samstag, 11. November

Glatteis. Chaos auf den Straßen. Es knallt an allen Ecken und Enden. Zum Glück gehen die meisten Unfälle glimpflich ab. Sämtliche Streuwagen sind im Einsatz, doch es wird mindestens noch zwei Stunden dauern, bis die Straßen wirklich wieder befahrbar sind. Alle hoffen auf Wetterbesserung. Zwei Grad nur, zwei läppische Grad, schon würde die

kalte Pracht sich in harmloses Wasser verwandeln. Und sieht es nicht aus, als ob die Sonne sich dort oben einen Weg durch das Wolkenmeer bahnt? Mara Ellmer hat sich ein Taxi bestellt. Bei solchen Straßenverhältnissen setzt sie sich lieber nicht hinters Steuer. »Geh bloß nicht vor die Tür«, warnt sie ihre Tante. »Es ist spiegelglatt draußen.«
Kaum hat Mara das Haus verlassen, stürzt Esther Schierneck zum Telefon. »Wernicke? Ich muß mich für die herrlichen Orchideen bedanken. Gestern ging es leider nicht. Wegen meiner Nichte, Sie wissen schon. Die läßt mich nicht so gern ans Telefon. Ich wollte Sie wohl ins Café einladen. Aber nicht zu Kleber, sondern ins Römer-Stübchen. Das liegt in der Nähe vom Bahnhof. Ach, Sie kennen es, wunderbar. So gegen halb drei, dachte ich, dann wird das fürchterliche Glatteis ja wohl weg sein. Paßt das? Gut. Bis später dann.«

Helga Weber und Hellmut Stadler liegen noch im Bett. Der junge Mann starrt an die Decke. Das, was ihm heute nacht passiert ist, war so peinlich, so unvorstellbar, daß er dem Moment entgegenbangt, in dem die leise schnarchende Helga ihre Augen öffnet.
Er konnte nicht. Hat es nicht gebracht. Zum ersten Mal in seinem Leben hat er keinen hochgekriegt. Helga, die so voller Erwartung war, konnte nichts in ihm bewegen. Tote Hose.
»Ist doch nicht so schlimm«, wollte sie trösten, wo niemand trösten kann. Als stände ihr die Enttäuschung nicht im Gesicht geschrieben. »Bin eben schon zu alt«, hatte sie später gemurmelt, und da fühlte er sich mies und schuldig, und er hätte seinen Schwanz am liebsten für immer abgehackt. Warum wollte er ausgerechnet bei ihr nicht mitmachen? Er, der ja sonst auch nicht so wählerisch ist. Aber aus reinem Mitleid regt sich nun mal nichts, ein

bißchen sexuelle Spannung gehört schon dazu. Vielleicht, wenn sie was zu trinken gehabt hätte, aber da waren nur noch zwei Dosen Bier, und aus dem Haus wollten sie nicht mehr gehen.

Es klingelt. Augenblicklich sitzt Helga aufrecht im Bett. Samstagmorgen, halb neun. Das ist *er!* Norbert! Verdammt! Sie schlüpft in ihre blauen Pantöffelchen und zerrt einen grellroten Synthetik-Morgenmantel aus dem Kleiderschrank. »Zieh dich lieber schnell an. Bei Norbert weiß man nie!«

Durch die geschlossene Schlafzimmertür kann man jedes Wort hören.

»Norbert? Was willst du denn um diese Zeit hier?«

»Blöde Frage. Soll ich wieder gehen oder was?« bellt es aggressiv zurück.

»Ja. Wenn du mich so fragst. Du kannst gleich wieder umdrehen. Tschüs, Norbert.« So schnippisch hat Hellmut Stadler die Helga überhaupt noch nie erlebt. Aber vier Jahre sind eine lange Zeit. Da können Menschen sich verändern.

»Was ist denn mit dir los? Biste schlecht drauf? Nur weil ich ein paar Tage unterwegs war? Du weißt doch, Püppchen, Geschäfte! Das ist so bei mir. Komm, Helga, sei nicht zickig. Was meinst du wohl, wie glatt es draußen ist. Bin kaum hergekommen. Eben gerade ist mir einer fast in die Seite gerauscht. Komm, Helga, laß mich rein. Wir könnten doch noch ein bißchen ins Bett, wir brauchen ja nicht unbedingt zu schlafen!« Das nachfolgende Lachen läßt Hellmut Stadler angewidert zusammenfahren.

»Ach, auf einmal? Nein, Norbert, du gehst. Auf der Stelle. Ich bin es endgültig leid.«

Ein Knall, offenbar fliegt die Eingangstür gegen die Wand.

»Und wem gehört die Jacke?«

»Das geht dich nichts an. Hier ist immer noch meine Wohnung. Hey, ich hab gesagt –«
Jetzt springt die Schlafzimmertür auf. Jemand nähert sich mit Riesenschritten dem Bett. Als Hellmut Stadler sich allerdings zu seiner vollen Größe aufrichtet, stoppt dieser Jemand, der sich bei genauerem Hinsehen als nicht mehr so jung und von eher schmächtiger Statur entpuppt, sofort und hebt beschwichtigend beide Hände. An seinem linken Ringfinger prunkt ein riesengroßer, viereckiger, goldener Siegelring.
»So ist das also. Schon gut, schon gut. Hättest du mir ja gefälligst gleich sagen können. Daß du jetzt anderweitig intim bist.« Vorsichtshalber weicht er zwei Schritte zurück.
Helga Weber gefällt, was sie sieht. Breitbeinig, beide Hände in die Seiten gestemmt, bläst sie zum letzten Halali. »Mein Leben geht dich in Zukunft überhaupt nichts mehr an. Merk dir das! Meinst du vielleicht, ich hab das nötig? Immer nur warten, warten, warten! Daß es dir mal wieder so schlecht geht, daß du Geld brauchst und bei mir angekrochen kommst? Nee, Norbert, damit ist Schluß. Das ist Hellmut. Wir kennen uns von früher. Er wohnt jetzt hier. Und du verrollst dich! Endgültig. Mich nutzt du nicht mehr aus.«
Achselzuckend dreht der Mann sich um. »Bitte, wenn ich nicht mehr gut genug für dich bin. Der da«, er weist mit dem Daumen über seine Schulter, »hat ja bestimmt ernste Absichten. Heiraten wird der dich! Weil du so jung und knackig aussiehst ... da wird man ja ganz schwach!« Sein höhnisches Lachen keckert gegen die Wände.
»Pfui Teufel, bist du gemein«, flüstert Helga Weber. »Richtig gemein.« Und ihre eben noch so stolz aufgerichtete Gestalt fällt in sich zusammen.
Auf der Straße kratzt Norbert Klawonn sich nachdenklich

am Hinterkopf. Hellmut. Da war doch was. Mit Polizei und so, was hat die Helga neulich erzählt, wo kamen die Kripobeamten noch mal her ...

Die Beleuchtung im Römer-Stübchen ist scheußlich. Kaltes, nacktes Neonlicht, das alle Gäste alt und krank aussehen läßt. Und die Einrichtung hat auch schon bessere Tage gesehen. Was an Nußbaumimitat und jägergrünen Polstern, an schlichtweißem dickwandigem Hotelgeschirr und rotkarierten Tischdecken oder gar an verblichenen Plastikrosen römisch sein soll, ist ohnehin nicht zu verstehen. Ein wenig verwundert schaut der gute Anton Wernicke sich um. Die Frage, warum hier und nicht bei Kleber, steht ihm im Gesicht geschrieben.

Esther Schierneck kann es erklären. »Sehen Sie die kleine Blonde, die da am Tresen steht? Das muß diese Frau sein, wegen der Maras Mann abgehauen ist. Sie wissen schon ...«

Tatsächlich. Michelle Tennhoff steht am Tresen. Von Zeit zu Zeit zwinkert sie ihrem Chef zu. Der lächelt jedesmal verwirrt und fragt sich, ob das Einbildung war oder ob die junge hübsche Frau sich wirklich für einen langweiligen Mittfünfziger interessiert, der nichts als ein schlechtgehendes Café und ein altes, klappriges Auto vorzuweisen hat. Und Schulden, Berge von Schulden.

Michelle Tennhoff hat sich ihre Haare abschneiden lassen. Nichts erinnert mehr an die romantische Lockenpracht. Sie wolle sich total verändern, hat sie dem Friseur gesagt, und der hat ihr diesen Schnitt vorgeschlagen. Raspelkurz, eng am Kopf liegend und mit ausgefederten Ponyfransen. Jetzt wirkt sie unglaublich zart, ja zerbrechlich, was natürlich auch daran liegt, daß sie abgenommen hat, mehr als zwei Kilo schon und das ganz von selbst. Essen spielt in ihrem Leben keine große Rolle mehr. Knäckebrot und Obst, mehr

Vorräte hortet sie nicht in ihrem Zimmer, auf warme Mahlzeiten verzichtet sie neuerdings ganz. Auf Kochen, dazu noch in fremden Küchen, hat sie absolut keine Lust mehr. Obwohl Frau Derwall natürlich sehr viel netter ist als Therese, zugegeben.

Die Zeiten haben sich geändert. Seit neuestem zahlt sie Therese Kolbe jede Gemeinheit einzeln zurück.

»Du, Therese, die an Tisch sieben warten schon ewig. Ich hab gerade aufgeschnappt, daß die kurz davor sind, wieder zu gehen«, sagt sie so laut, daß der Chef es mitkriegen muß. Therese Kolbe greift nach dem Tablett, ein kurzer Stoß gegen ihren Arm genügt, schon schwappt der Kaffee über. Dreimal Fußbad. »Oh, Therese, so ein Ärger, hol dir lieber neuen Kaffee von hinten!« Mit hochrotem Kopf verschwindet Therese Kolbe Richtung Küche, und, wie erhofft, folgt der Chef ihr auf dem Fuße.

Jetzt, da sie wieder eine eigene Adresse vorzuweisen hat, beginnt Michelle Tennhoff ein neues Leben. Die letzten vier Jahre werden ersatzlos gestrichen. Nach vorn sehen, da spielt die Musik – das war schon immer ihre Devise. Michelle Tennhoff hat sich registrieren lassen, beim Sozialamt, beim Arbeitsamt und beim Einwohnermeldeamt – und zwar unter ihrem richtigen Namen. Ihr nächstes großes Ziel ist die Scheidung. Damit sie wieder offiziell Tennhoff heißen darf. Jetzt erst ist ihr klargeworden, wie sehr sie den Namen Stadler haßt. Jede Unterschrift verursacht bei ihr eine Gänsehaut, so als würde man mit einer Gabel über einen Porzellanteller kratzen. Michelle Tennhoff hat durchaus auch andere Pläne. Zum Beispiel würde sie sehr gern voll und auf Lohnsteuerkarte arbeiten. Wie Therese. Am liebsten sogar an deren Stelle.

Mit wiegenden Hüften nähert sie sich Tisch drei. »Guten Tag. Was darf ich Ihnen bringen?«

Ganz überwältigt von so viel Freundlichkeit bestellt Esther Schierneck zwei Kännchen Kaffee und zweimal Schwarzwälder Kirsch.

»Aber gern. Sofort.« Und schon tänzelt sie davon, den Chef im Blickwinkel.

Anton Wernicke, der sich heute ein wenig nachlässig rasiert hat, wie Esther Schierneck mit gerunzelten Brauen feststellt, schmunzelt. »Kesse Biene, hätte man früher gesagt. Kein Wunder, daß ihr Neffe den Kopf verloren hat.«

»So, finden Sie? Auf mich wirkt sie ein wenig ordinär. Und von Trauer keine Spur, oder?« Zufrieden registriert sie, daß ihr Gegenüber vor Verlegenheit hellrosa anläuft.

»Hmm. Vielleicht haben Sie recht. Ja, bestimmt sogar. Ja ja«, beteuert der alte Mann, »ich meine ...«

»Egal. Was interessiert mich dieses Weib«, erlöst sie ihn. »Wernicke, ich habe Sie aus einem ganz bestimmten Grund eingeladen. Ich werde Ihnen jetzt etwas erzählen. Und ich wäre dankbar, wenn Sie mich dabei nicht unterbrechen würden. Passen Sie mal auf ...«

Die Geschichte ist lang. Und kaum zu fassen. Anton Wernickes Augen werden immer größer, und ein paarmal kann er sich ein: »Das ist doch nicht möglich!« nicht verkneifen. Am Ende greift er spontan nach ihrer Hand. »Meine liebe Frau Schierneck. Das ist die verrückteste Geschichte, die ich je gehört habe. Und ich rate Ihnen dringend –«

»Wenn mir etwas zustoßen sollte«, geht sie unbarmherzig dazwischen, »auf dem Friedhof habe ich etwas deponiert. Unter den Tannenzweigen auf Trudchens Grab. Im Falle eines Falles bringen Sie das bitte zur Polizei.«

»Im Falle eines Falles«, stammelt der alte Mann. »Sie befinden sich doch in allerhöchster Gefahr, Teuerste. Ich möchte Ihnen noch einmal raten ...«

Doch auch diesmal hat sein Rat keine Chance. »Ich weiß

sehr genau, was ich tue. Ich bitte Sie nur, an den Brief zu denken. Sollte es nötig werden.«
Michelle Tennhoff wundert sich, warum der alte Mann an Tisch drei seine Schwarzwälder Kirsch stehen läßt. Überhaupt sieht der auf einmal so blaß aus, richtiggehend krank. Ob die Torte nicht in Ordnung war? Die Alte an seiner Seite macht allerdings einen recht fidelen Eindruck. Und die hat ihr Stück ganz aufgegessen. Also, am Kuchen liegt es nicht. Vielleicht am Wetter.

»Hallo? Ist da die Kripo? Sie suchen doch einen gewissen Hellmut Stadler, so einen blonden Spinner, stimmt's? Also, der ist hier, in seiner ehemaligen Wohnung, bei Helga Weber, Sie wissen schon, Lüneburg; Am Steingarten 345 B, Sie waren ja erst neulich hier.« Ein trockenes Knacken unterbricht die Verbindung.
Norbert Klawonn lächelt grimmig. So, Helga, das hast du davon.
Knapp zwei Stunden später klingeln zwei Polizeibeamte an Helga Webers Tür.

Nur ganz kurz hat Johanna überlegt, ob sie Heyne nicht doch anrufen sollte. Aber die Parole war ja, daß er unter gar keinen Umständen gestört werden wolle. Und weshalb sollte sie die Anweisungen ihres Chefs ignorieren?
»Sie wissen, weshalb Sie hier sind?«
Hellmut Stadler nickt. »Wegen der Briefe. Klar.« Johannas überraschten Blick bemerkt er nicht einmal. »War natürlich blöd von mir, saublöd sogar. Aber woher konnte ich denn wissen, daß die Bude abbrennt. Ausgerechnet da. Und drinnen liegen meine Briefe: Schuldige müssen sterben! Das sah doch praktisch wie ein Geständnis aus. Da bin ich eben weg!«

»Warum haben Sie Ihre Frau überhaupt die ganze Zeit verfolgt? Und ihr dann noch solche Briefe geschrieben«, will Johanna wissen.

»Hab ich doch gar nicht. Sie verfolgt, meine ich. Das war doch nur so ein verdammter Zufall, daß ich sie hier getroffen habe. Ich hatte einfach restlos genug von Italien, verstehen Sie. Da ist man doch auch immer nur der Ausländer und gehört nie wirklich dazu. Die Italiener sind alle erzkatholisch. Wenn man mal ein Mädchen ganz harmlos zum Tanzen auffordert, kriegen die Brüder gleich so einen komischen Blick und wetzen ihre Messer. Ohne Eheversprechen läuft da unten gar nichts. Und ich bin schließlich noch verheiratet, ich kann doch keiner die Ehe versprechen. Na ja, und im Sommer, wenn die Urlauber da sind, ist man eben bloß der Kellner. Irgend so ein Idiot, auf dem jeder rumtrampeln kann. Dafür hat man ja schließlich bezahlt! Ich wollte einfach wieder ein normales Leben führen. In Deutschland, da wo ich hingehöre. Was Vernünftiges arbeiten. Und so bin ich in dieser Stadt gelandet. Immerhin ist mein Vater hier geboren, und meine Großeltern hatten früher ein Haus in der Siedlung hinter dem alten Rathaus. Es war immer schon mein Traum, hier zu wohnen. Also hab ich mir ein Zimmer gesucht, bin zum Arbeitsamt, zum Sozialamt, zur Stadt, eben alles, was man so macht. Und ich hätte auch einen Job gefunden, unter Garantie. Ja, und dann gehe ich eines Tages in dieses Café, und da sehe ich sie. Bin gleich wieder raus, damit sie mich nicht erkennt. Und abends bin ich ihr nach. Seine Augen verdunkeln sich. Das war eben mein Pech. Daß dieses verfluchte Weib mir über den Weg gelaufen ist. Alles ist plötzlich wieder aufgebrochen. Daß sie damals in die Disko ist, hinter meinem Rücken. Und daß der Junge noch leben könnte, wenn sie nicht so verdammt egoistisch gewesen wäre. Und wie sie sich

damals verhalten hat! Glauben Sie vielleicht, die hätte einmal gesagt: Es tut mir leid! oder: Wie konnte ich nur!? Nichts davon, sie hat mit keiner Wimper gezuckt. Wie ein Monstrum ist sie mir vorgekommen. Und da hab ich sie vor die Tür gesetzt. Weil ich ihr eiskaltes Gesicht nicht mehr ertragen konnte. Eine Kindermörderin. Und die lebt weiter, als wäre nichts passiert. Besitzt die Frechheit, in diese Stadt zu ziehen. In *meine* Stadt! Ich wollte hier leben, *ich,* und das wußte sie ganz genau!« Seine Stimme überschlägt sich. Und dann, wohl erschrocken über seinen Gefühlsausbruch, etwas leiser: »Und sie nennt sich Michelle Tennhoff! Als hieße sie nicht immer noch Stadler, als hätte es diese Ehe, dieses Kind nie gegeben. Einfach vergessen, einfach was anderes machen ... und da hab ich die Briefe geschrieben. Damit sie nicht länger vergessen kann. Ich wollte sie erschrecken, es sollte ihr schlechtgehen, verstehen Sie? Wie kann sie es wagen, einfach meinen Sohn zu vergessen? Meinen Sohn, den sie auf dem Gewissen hat!«
»Sie müssen Ihre Frau ja wahnsinnig gehaßt haben.«
Hellmut Stadler nickt. »Stimmt. Aber das Feuer habe ich trotzdem nicht gelegt. Wenn überhaupt, hätte ich sie gleich damals umgelegt. Da habe ich sie nämlich wirklich gehaßt. Tag und Nacht konnte ich nur daran denken, wie der Junge gelitten hat. Haben Sie sich mal überlegt, wie weh es tut, wenn man nur mal an ein heißes Bügeleisen kommt? Und Daniel ist verbrannt. Überall, am ganzen Körper. Können Sie sich vorstellen, was er für Schmerzen aushalten mußte? Und Michaela amüsiert sich in der Disko.«
»Herr Stadler«, sagt Johanna leise. »Warum sind Sie am Sonntag Hals über Kopf abgereist?«
Überrascht schaut er auf. »Wegen der Briefe. War doch wohl klar, von wem die waren. Und meine Fingerabdrücke haben Sie doch garantiert auch abgenommen. Das macht

man doch so, oder? Und als ich hörte, daß es Brandstiftung war, bin ich eben in Panik geraten. Sind ja wohl ein bißchen viele Zufälle auf einmal. Ich komme hierher, treffe sie, schicke ihr zwei anonyme Drohungen, und schon brennt ihre Bude ab. Da dachte ich eben, nichts wie weg!«

»Verständlich, aber leider ziemlich dumm. Was haben Sie in der Nacht vom 31. 10. auf den 1. 11. gemacht?« will die Kommissarin jetzt wissen.

»Geschlafen. Allein. Ohne Zeugen. Und wenn Sie wissen wollen, ob ich die Möglichkeit hatte, das Haus unbemerkt zu verlassen, muß ich das leider bejahen.«

»Haben Sie die Wohnung Ihrer Frau in Brand gesetzt?«

Kopfschütteln. »Nein. Ich bin doch kein Mörder. Aber das werden Sie mir ja sowieso nicht glauben.«

»Wenn Sie es nicht waren, wer könnte dann Ihrer Meinung nach den Brandsatz gelegt haben?«

Nachdenklich betrachtet Hellmut Stadler seine Hände. Kräftige, gebräunte Hände mit langen, geraden Fingern. Hände, an denen Johanna durchaus Gefallen finden könnte. »Keine Ahnung. Ich weiß ja nichts über den Kerl. Ob der Feinde hatte oder so. War der nicht verheiratet? Vielleicht war es seine Frau?«

»Was halten Sie von der Theorie, daß es *Ihre* Frau war? Herr Ellmer wollte sie nämlich wieder verlassen. Würden Sie ihr das zutrauen?«

Hilflos schaut der junge Mann auf. »Was soll ich darauf denn antworten? Wenn ich *ja* sage, sieht es doch so aus, als wolle ich mich aus der Affäre ziehen. Aber wenn ich ehrlich bin – ich würde ihr so was zutrauen. Ja. So herzlos, wie sie damals reagiert hat, als Daniel gestorben ist, da war sie so abgebrüht, so eiskalt, so unmenschlich, ja, ihr würde ich auch einen Mord zutrauen.«

»Weil sie in Ihren Augen schon einmal einen Mord begangen hat?« Überraschenderweise schüttelt Stadler den Kopf.

»Natürlich hat sie Daniel nicht ermordet. Das ist mir klar. Sie hat das Zimmer ja nicht in Brand gesetzt. Aber sie hat ihn allein gelassen. Obwohl eine Mutter die verdammte Pflicht hat, ihr Kind nie allein zu lassen. Und das habe ich ihr auch immer wieder gesagt. Ich weiß, wie es ist, wenn man sich nicht auf die eigene Mutter verlassen kann. Und genau das wollte ich meinem Sohn ersparen. Verstehen Sie? Ich wollte, daß er in einer heilen Familie groß wird, daß er sich geborgen fühlt. Und dann läßt sie ihn hinter meinem Rücken allein. Ein Baby von fünf Monaten, das nachts noch gar nicht durchschläft.«

»Herr Stadler«, sagt Johanna so streng wie möglich, »ob Ihre Geschichte so stimmt oder nicht, werden wir nachprüfen. Vorläufig sind Sie nicht verhaftet. Die Briefe, von denen Sie uns so bereitwillig erzählt haben und die Sie unter Umständen belasten würden, sind bis heute nicht aufgetaucht. Ich muß Sie allerdings bitten, sich zu unserer Verfügung zu halten. Haben Sie eine Möglichkeit, in der Stadt unterzukommen?«

»Ich könnte ja fragen, ob mein Zimmer noch frei ist.«

Als Hellmut Stadler erfährt, wer jetzt bei Frau Derwall wohnt und durch welchen unglaublichen Zufall seine Anwesenheit in der Stadt überhaupt aufgedeckt wurde, keucht er fassungslos: »Das gibt es doch gar nicht! Ich sage ja, daß dieses Weib mir nur Unglück bringt!«

Nach kurzem Überlegen nennt er eine billige, verwahrloste Pension in der Nähe des Bahnhofs. »Dort habe ich auch Anfang Oktober gewohnt, bevor ich das Zimmer bei der Derwall gemietet habe. Und ein paar Tage könnte ich mir da wohl leisten.« Auch wenn Charlottes Geld nicht dafür bestimmt war, fügt er in Gedanken hinzu.

Sonntag, 12. November

Die beiden jungen Männer, Söhne ihrer ehemaligen Nachbarin, haben das Bett aus Maras Jungmädchenreich die Treppe hinuntergeschleppt. Und die schwarze Ledercouch aus Achims Arbeitszimmer die Treppe hinauf. Jetzt stehen sie verlegen im Flur, die Hände in den Hosentaschen vergraben, und wollen kein Geld annehmen. Zwanzig Mark steckt Esther Schierneck schließlich Jan, dem Älteren, in die Hemdtasche. Jan und Dirk Hasenborg, die beiden kennt sie von kleinauf, als Kinder waren sie unausstehlich, richtige Lausebengel, einmal haben sie Trudchen mit einer Wasserpistole ein nagelneues Sommerkleid verdorben, und auch sonst hatten sie meistens nur Blödsinn im Kopf. Doch in den letzten Jahren sind sie dann doch noch ganz vernünftig geworden. Helfen sogar alten Nachbarinnen beim Möbelschleppen. Zum Abschied reicht man sich die Hand. »Vielen Dank noch einmal. Macht es gut und grüßt eure Mutter von mir.«
Mara hat sich die ganze Zeit nicht blicken lassen. Jetzt steht sie kopfschüttelnd in der Tür, die Mundwinkel verächtlich herabgezogen. Eine Weile beobachtet sie, wie ihre Tante in Achims Lesesessel Platz nimmt, ihn kurzentschlossen ein wenig näher zum Fenster schiebt, dann wendet sie sich wortlos ab. Sie hat es ja geahnt, daß Tante Esther das Zepter an sich reißen würde. »Das ist immer noch mein Haus! Und Achim ist noch nicht einmal beerdigt, du widerliche alte Hexe!« murmelt sie in ihre hohle Faust, und für einen Moment ist es eine Erleichterung, den ganzen Zorn darin einzusperren und die Faust ganz fest zusammenzupressen.

Heute muß Johanna ein ernstes Wort mit der Zarin reden. Die Karte ist mittlerweile schon ganz abgegriffen. Seit Mi-

chelle Tennhoff ihren großen Auftritt hatte, scheint die Zarin ihr noch ähnlicher geworden zu sein.
»Du hast sie doch nicht mehr alle«, wettert Johanna. »So einen Kerl läßt du sausen. Und bist angeblich in den Ellmer verliebt. Waaahnsinnig verliebt? Nein, königliche Hoheit, das kannst du meiner Oma erzählen. Wer mit diesem Hellmut Stadler verheiratet war, den reißt so ein ältlicher Beamter bestimmt nicht vom Hocker. Ich glaube …«, und sie funkelt das Bild bitterböse an, »ich glaube langsam, du warst genauso berechnend wie er. Du wolltest sein Geld, er wollte deine Jugend. Eigentlich habt ihr ganz gut zusammengepaßt!«
Es klopft.
Lea Brenning, von Kopf bis Fuß in wallendes Lachsrosa gehüllt – nanu, ist das neu? –, tritt ein. »Haben Sie einen Moment Zeit für mich? Wir haben uns ja die ganze Woche nicht gesprochen.«
Was durchaus beabsichtigt war, wie Johanna sich mit einer Spur von schlechtem Gewissen eingestehen muß. Denn sie war alles andere als erpicht darauf, das Ergebnis des denkwürdigen Essens der Ex-Eheleute Brenning zu erfahren. Offensichtlich läßt sich das aber dennoch nicht vermeiden.
»Georg hat mich gefragt, ob ich zurückkommen würde. Und ich habe zugestimmt.« Man merkt Lea deutlich an, daß sie sich ein wenig vor Johannas Reaktion fürchtet. »Ich weiß schon, daß Sie jetzt mit mir schimpfen«, haucht sie verschämt, und sie macht sich ganz klein auf dem blaugestrichenen Stuhl.
Was bleibt Johanna anderes übrig, als ihre Vermieterin tröstend in den Arm zu nehmen. »Ach, Lea, wenn Sie meinen, daß die Entscheidung die richtige ist …«
Eifriges Nicken. »Ich bin eben nicht mehr jung. Und nicht

fürs Alleinsein geschaffen. Sicher, er hat mir sehr weh getan. Aber ich habe ihn ja auch geärgert, als ich ihn mit der ganzen Arbeit von heut auf morgen im Stich gelassen habe. Es steht also gewissermaßen unentschieden.«

Na ja, nicht so ganz, müßte Johanna eigentlich sagen, aber Lea wirkt so glücklich, so erleichtert, daß sie es bei sich behält. Und was soll's. Reisende darf man nicht aufhalten.

»Also, wir wollen nichts überstürzen, aber ich denke, das Weihnachtsfest werde ich wieder in meinem eigenen Haus verbringen.« Jetzt wird es rührselig. Lea greift schon mal nach einem Taschentuch. »Und Ihnen, liebe Johanna, möchte ich danken. Daß Sie mir geholfen haben, mich in meinem neuen Leben zurechtzufinden. Ohne Sie wäre ich vielleicht zur Säuferin geworden.«

Johanna lacht ungläubig, doch Lea Brenning besteht darauf. »Doch, doch, wir wollen ruhig ehrlich miteinander sein. Wenn ich nur an die vielen Flaschen Kirschlikör denke, die ich in den ersten Wochen getrunken habe. Wirklich, ich bin so froh, daß Sie mir beigestanden haben. Und unser Kaffeetrinken auf der Terrasse, das war doch immer schön, nicht wahr ... zweimal Bienenstich und zwei Stücke Sahnetorte ...« Ihre Stimme wackelt bedenklich, aber auch Johanna fühlt einen Kloß im Hals wachsen, und so kann sie nur stumm die kleine, weiche Hand drücken.

»Und wenn ich ausziehe«, schluchzt Lea, »dann können Sie die untere Wohnung haben. Mit der Terrasse. Die Gartenmöbel lasse ich Ihnen da. Und die Küche bleibt auch drin. Fürs gleiche Geld ... Und die Garage.« Und siehe da, nun kullern auch Johannas Tränen.

Später, fast eine ganze Flasche Rotwein später, greift Lea Brenning plötzlich nach der Spielkarte auf dem Tisch. »Habe ich Sie beim Kartenspielen gestört? Hier liegt ja eine einsame Herzkönigin auf dem Tisch.«

»Das«, erklärt Johanna düster, »ist meine Hauptverdächtige. Finden Sie, daß sie wie eine Mörderin aussieht?«
Verwirrt betrachtet die kleine Lea das Bild. »Eigentlich nicht.«
Johanna nickt. »Eben.«

Wie immer am Sonntagabend hat Mara Ellmer etwas Besonderes gekocht. Kressesuppe mit Käsecroutons und danach Zanderfilet im Kräuterbett. Den ganzen Nachmittag hat sie in der Küche gewerkelt und ihre Tante vollkommen ignoriert. Inzwischen allerdings scheint sie ihre gute Laune wiedergefunden zu haben. Der Tisch ist festlich gedeckt, ganz in Weiß und Gold, Blumen und Kerzen fehlen auch nicht, im Hintergrund ertönen dezent Vivaldis Vier Jahreszeiten, und jetzt trägt sie mit geheimnisvollem Lächeln zwei bauchige, langstielige Gläser, gefüllt mit einer bräunlichroten Flüssigkeit, herein.
Zur Feier des Tages einen Aperitif vorweg – *voilà,* eine geheimnisvolle Mischung aus Fernet Branca, rotem Wermut, Whisky und Angostura! »Den Namen kann ich nicht aussprechen, irgendwas Italienisches.«
Mißtrauisch beäugt Esther Schierneck ihr Glas. »Ist das nicht ziemlich stark? So viele Sorten Alkohol auf einmal?«
Ihre Nichte lacht. »Ach was, wir essen ja gleich.« Sie stutzt. »Moment. Zuerst müssen die Kerzen brennen!«
Und sie hastet in die Küche zurück, um Streichhölzer zu holen.
»Prost, Tante Esther. Darauf, daß *du* dich jetzt besser fühlst!« Ihr Gesichtsausdruck ist nicht zu deuten, genausowenig wie ihre Worte.
Esther Schierneck holt ganz tief Luft. »Also dann, mein Kind, auf glückliche Zeiten!« Mit zusammengekniffenen Augen nimmt sie einen großen Schluck.

Beide verziehen das Gesicht. »Puh. Ein bißchen heftig, was?« kichert Mara. »Das kommt bestimmt vom Fernet Branca, vielleicht war ich damit zu großzügig. Mir fehlt eben die Übung. Das Mixen des Aperitifs war immer Achims Aufgabe.«

Ihre Tante gönnt sich einen weiteren, großen Schluck. »Weißt du was? Ich finde, das Zeug ist genauso wie das Leben. Bunt, vielversprechend und ein bißchen bitter. Aber man kann sich daran gewöhnen. Prost. Auf die Zukunft.«

»Ja.« Mit beiden Händen umfaßt Mara Ellmer ihr Glas. »Auf die Zukunft.«

Zwölf Stunden später wird ein Notarztwagen mit quietschenden Reifen vor dem Haus halten. Durch ein Spalier von schockierten Nachbarn wird eine bewußtlose Frau auf einer Trage das Haus verlassen. Die Hektik, die besorgten Mienen des Arztes und der Sanitäter, die graublaue Hautfarbe der Frau, die vielen Schläuche, die zu ihrem leblosen Körper führen, all das wird selbst medizinischen Laien klarmachen, daß es hier um Leben oder Tod geht.

Montag, 13. November

An diesem eiskalten Wintermorgen liegt Johannas Laune irgendwo im Minusbereich, ganz weit unter Null. Trotz Aspirin und schwarzem Kaffee dröhnt es in ihrem Schädel wie auf einem Flugplatz. Irgend etwas, vielleicht das Bedauern, die kleine Lea Brenning demnächst zu verlieren, was weder durch eine größere, hellere Wohnung noch durch die angenehme Aussicht, nie mehr Scheiben kratzen zu müssen, aufzuwiegen ist, vielleicht der Frust, in der Mordsache Ellmer niemandem etwas nachweisen zu können, vielleicht auch nur eine stinknormale Grippe, machen ihr schwer zu schaffen.

»Du hast dich bestimmt bei mir angesteckt«, vermutet Stefan Heyne, der übers Wochenende auf wundersame Weise wieder genesen ist. »Soll ich dich heimfahren? Glaub mir, schlafen ist wirklich das Beste.«

Auf gar keinen Fall. Geschlafen hat Johanna an diesem Wochenende genug. Weil es so bitterkalt war, daß sie nicht einmal zu Helene gehen mochte. »Nöö, aber wenn du noch eine von deinen Grippetabletten dabei hast ...«

»Klar.« Diesmal reißt Stefan Heyne sich ein Bein aus. »Haben wir noch Lindenblütentee?« will er von der Sekretärin wissen, und als diese nickt, hängt er eigenhändig den Teebeutel ins heiße Wasser. »Du kannst jederzeit gehen«, versichert er nochmals. »Ist doch Blödsinn, sich hier zu quälen. Wer krank ist, gehört ins Bett, was, Frau Samcke?«

Die wiederum ertränkt im Hintergrund mangels anderer Ausdrucksmöglichkeiten mit Hingabe den Bürokaktus.

Als Johanna ihm über die Vernehmung von Hellmut Stadler berichtet, hört er aufmerksam zu. Nicht die leiseste Spur von Vorwurf, daß sie ihn nicht informiert hat.

»Und du meinst, der hat die Wahrheit gesagt? Wo ist der zu erreichen? Okay, da kann Roland heute nachmittag ruhig noch ein bißchen nachhaken.« Damit ist für ihn die Sache erledigt.

Normalerweise käme Anton Wernicke nicht auf die Idee, Esther Schierneck bei ihrer Nichte aufzusuchen. Mehr als einmal hat sie ihn darauf hingewiesen, daß es dieser Frau Ellmer nicht recht wäre, wenn ihre Tante Besuch ins Haus ließe. Aber da sie heute morgen nicht wie verabredet auf dem Friedhof erschienen ist, hat er sich mit dem Bus auf den Weg gemacht. Ihre Geschichte geht ihm nicht aus dem Kopf.

Gar nicht davon zu reden, daß heute früh eine tote Katze auf der Straße lag, genau gegenüber seiner Haustür. In all den vergangenen Jahren ist auf dieser abseits gelegenen Straße keine Katze überfahren worden, hier gibt es ja kaum Autos, und die alten Leute behandeln ihre Haustiere wie Kinder und lassen sie nachts nicht allein auf die Straße. Frau Dencke aus dem Erdgeschoß, die so neugierig ist, daß sie alles und jeden hier kennt, das hat Erna schon immer gesagt, Frau Dencke also hat gemeint, daß diese Katze fremd sei, daß sie niemandem in der Nachbarschaft gehöre. »Weiß der Himmel, wo das Biest hergekommen ist! Und unsereins kann sehen, wo er damit bleibt!« hatte sie sich beschwert, und dann war sie wieder in ihre Wohnung geschlurft. Das Beseitigen von Tierkadavern hielt sie offenbar für Männerangelegenheit. Er hatte in aller Eile eine Schippe aus dem Keller geholt, und als er die Katze daraufschieben wollte, war sie schon ganz steif. Ihr pechschwarzes Fell allerdings schimmerte so seidig, als wäre sie noch am Leben, und er konnte nirgendwo Blut entdecken. Sie mußte an inneren Verletzungen gestorben sein. Wirklich schrecklich war, daß ihr rechtes Auge noch offen stand. Und obwohl er natürlich wußte, daß sie tot war, hatte er doch das beklemmende Gefühl, daß sie ihm boshaft nachstarrte, als er eilig die Straße hinunterhinkte. Vielleicht wußte er da schon, daß er Esther nicht antreffen würde. Jedenfalls glaubte er zu spüren, daß sich Unheil zusammenbraute. Eine tote schwarze Katze konnte einfach nur Unheil bedeuten.

Als sich im Haus trotz mehrmaligen Klingelns nichts rührt, wird sein Mund seltsam trocken. Und dann ruft auch noch eine junge Frau, die gegenüber ihr Auto aufschließt: »Da ist bestimmt niemand zu Hause. Heute morgen war schon der Notarztwagen da und hat sie mitgenommen. Ich glaube, da ist was Schlimmes passiert.«

Anton Wernickes Herz setzt einfach aus. Jedenfalls rührt sich nichts mehr in seiner Brust. Schweratmig lehnt er sich gegen die rauhe Hauswand. Was tun?
»Entschuldigung!« brüllt er über die Straße. »Fahren Sie zufällig Richtung Stadt? Ich muß unbedingt zum Waldfriedhof. Können Sie mich ein Stück mitnehmen?«
Die junge Frau, eine Studentin, nickt. Warum nicht mal ein alten Opa als Anhalter.

»Igitt, wie hast du das runtergekriegt?« keucht Johanna, und sie schiebt die Tasse Lindenblütentee mit angewiderter Miene von sich.
Cora Samcke schnauft empört über so viel Undankbarkeit, Heyne lacht vergnügt. »Na komm, stell dich nicht so an! Glaub mir, es hilft!«
Es klopft.
Kreidebleich wankt Esther Schierneck in den Dienstraum, und sowohl Roland Bierwirth als auch Stefan Heyne springen auf, um sie zu einem freien Stuhl zu geleiten.
»Vielen Dank, meine Herren. Ich bin völlig durcheinander, entschuldigen Sie bitte, ich brauche einen kleinen Moment, dann werde ich Ihnen Unsägliches berichten.« Es ist schon rührend, wie sie sich trotz ihres desolaten Zustandes bemüht, würdevoll aufzutreten.
Während sie ihre zitternden Hände gegen die Schläfen preßt, während ihre Füße in den zierlichen Stiefeletten nervös auf und ab wippen, sehen die Beamten einander ratlos an. Die Düsenjäger in Johannas Kopf schweigen gespannt. Roland Bierwirth nestelt an seinen Pulloverbündchen herum, Edgar Lohse pfeift eine lautlose Melodie, Hauptkommissar Stefan Heyne läßt einen Bleistift kreiseln.
»Meine Nichte«, stößt die alte Frau endlich atemlos hervor,

»liegt im Krankenhaus. Bewußtlos. Alles spricht für eine Vergiftung, haben die Ärzte gesagt.«

Allgemeines Erstaunen. Suizid aus Verzweiflung, das hätte wohl niemand hier der Ellmer zugetraut. Mit ihrer aalglatten Fassade hat sie alle getäuscht.

»Es ist alles so verwickelt, ich weiß gar nicht, wie ich anfangen soll, aber ich bin davon überzeugt, daß Mara *mich* vergiften wollte«, fährt Esther Schierneck mit klagender Stimme fort. »Zum Glück habe ich schon länger geahnt, daß sie mir was antun wollte, und da hab ich in einem unbeobachteten Moment unsere Gläser vertauscht.«

»Warum sollte Ihre Nichte Sie vergiften?«

»Weil ich eine Gefahr für sie bin. Ich habe nämlich gehört, daß sie in der Mordnacht das Haus verlassen hat.«

»Frau Schierneck«, donnert Heyne los, worauf Johanna ihm den Ellbogen in die Rippen rammt und den Finger auf die Lippen legt. Pssst.

»Ja, ich hätte es sagen müssen. Aber wohin sollte ich denn gehen, wenn Mara ins Gefängnis muß? Ins Altersheim etwa? Nein, danke«, erbittert schüttelt Esther Schierneck den Kopf. »Da habe ich eben den Mund gehalten. Um Achim, diesen aufgeblasenen Trottel, war es sowieso nicht schade. Allerdings ...« Sie hüstelt verlegen. »Ich vermute, daß das nicht Maras erster Mord war.«

»Was?« Immerhin hält Heyne diesmal seine Stimme im Zaum.

»Ja. Überlegen Sie doch mal. Alle Menschen, die mit Mara in diesem Haus gelebt haben, sind eines unnatürlichen Todes gestorben. Da war zuerst meine Schwester. Selbstmord angeblich. Ein Fön in der Badewanne. So was hätte Hedda nie gemacht. Nie. Auch wenn ihre Ehe einer ewigen Tragödie gleichkam. War eben der falsche Mann. Wissen Sie«, jetzt sucht ihr Blick den von Johanna, »manchmal

kommt es mir so vor, als ob es überhaupt *nur* falsche Männer gibt!«
Edgar Lohse, der empört nach Luft schnappt, wird von der alten Dame mit einem liebevoll mütterlichen Lächeln bedacht. »Und dann mein Schwager ...«

Das Kind war jetzt kein Kind mehr, es war zu einer hübschen jungen Frau herangewachsen. Eine Frau, die heiraten wollte.
Ihr Vater, inzwischen fünfundsiebzig Jahre alt, hatte sein unbeugsames Wesen, das er nach dem vermeintlichen Selbstmord seiner Frau für einige Zeit abgelegt hatte, wiedergefunden. Und sie vergötterte ihn dafür. Wenn er die besten Kunden in der Drogerie unfreundlich abfertigte, wuchs in ihrem Herzen ein unbändiger Stolz. Er ließ sich nicht kaufen, nicht unterdrücken, er blieb immer er selbst, hart und unerbittlich, auch noch im Alter.
Die einzige ernsthafte Auseinandersetzung in dieser Zeit gab es um ihren zukünftigen Mann. »Der taugt doch nichts. Dieser Achim ist ein Filou, der sich hier ins gemachte Nest setzen will. Ein Parasit, der es auf dein Geld abgesehen hat«, brummte der Alte unwillig, doch dieses eine Mal widersprach Mara heftig. Nein, gegen Achim durfte ihr Vater nichts sagen, Achim war ihre große Liebe. Ihn wollte sie an ihrer Seite, sonst keinen. Da konnte der Alte schimpfen, wie er wollte. Diesmal ließ sie sich nicht dreinreden.
Die Hochzeit wurde in kleinem Rahmen gefeiert, man gedachte feierlich der toten Mutter, die diesen großen Augenblick nicht mehr erleben durfte, und Maras Vater wurden die Augen feucht. Sie selbst hörte kaum hin, sie hatte nur Augen für Achim, der endlich ihr gehörte. Ganz und gar und für immer. Diesmal glaubte sie, ihren Frieden gefunden zu haben. Keine Unfälle mehr, nahm sie sich fest vor, während der Pfarrer die feierlichen Worte sprach: »Bis daß der Tod euch scheidet!«
Zu dritt in dem Haus lebte es sich nicht besonders gut. Der alte Drogist mäkelte ständig an seinem Schwiegersohn herum, selbst die

Tochter konnte ihm nichts mehr recht machen. Ein paarmal brüllte er sie wegen Nichtigkeiten vor der Kundschaft an, einmal sogar völlig ohne Grund. Mara begann, den Alten zu verabscheuen. Als Gott hatte er längst ausgedient, sie hatte jetzt ja Achim, ihren geliebten Achim, und ihr Vater ging ihr neuerdings nur noch auf die Nerven.

Mara Ellmer dachte an Schwester Benedikte, an ihre Mutter, und sie entschloß sich zu handeln. Je eher, desto besser. Von Tag zu Tag wurde Achim stiller, und sie begann bereits, um ihr junges Eheglück zu fürchten. Das Versprechen, das sie sich selber in der Kirche gegeben hatte, wurde kurzerhand gelöscht. Na und, sie glaubte seit ihrer Kindheit nicht mehr an einen Gott im Himmel. Was sollte ihr denn passieren?

Anfang Dezember stürzte der alte Mann die vereiste Außentreppe zum Keller hinunter. Die schweren Kopfverletzungen führte man auf den Sturz zurück. Immerhin war der Tote vierzehn Betonstufen runtergefallen. Ein Routinefall für die Gerichtsmedizin, ein unerfahrener Nachwuchspathologe nahm die Obduktion vor, er fand nichts Besonderes.

Niemand sah, wie Mara Ellmer einen blutigen Stein ganz hinten im Garten versteckte. Im März, als der Boden endlich wieder frostfrei war, vergrub sie ihn zwischen den Tannen.

Als Esther Schierneck zwei Stunden später das Büro des Ersten Kommissariats verläßt, von Cora Samcke mit Kaffee und Keksen einigermaßen wiederhergestellt, prallt sie im Flur beinahe mit Anton Wernicke zusammen, der einen braunen DIN-C4-Umschlag unter dem Arm trägt. Der gute alte Wernicke, zuverlässig ist er ja, das muß man ihm lassen.

»Esther, dem Himmel sei Dank. Ich sah Sie schon im Krankenhaus liegen.« Vor Erleichterung vergißt der alte Mann alle guten Manieren, und er schmatzt ihr einen feuchten Kuß auf die Wange.

»Herr Wernicke ...« Esther Schierneck weiß gar nicht, wohin sie vor lauter Befangenheit blicken soll. »Setzen wir uns doch.« Und so erfährt er die Geschehnisse auf einer unbequemen Holzbank sitzend, in der Eingangshalle des Polizeipräsidiums.

»Sie meinten ja auch, daß ich vorsichtig sein muß, nicht wahr? Deshalb habe ich darauf bestanden, in Achims Arbeitszimmer umzuziehen. Ich habe einfach gesagt, in meinem Alter könnte man nicht mehr so gut Treppen steigen. Gepaßt hat ihr das nicht, aber sie hat nachgegeben. Aber die ganze Zeit hatte ich so eine Ahnung, daß sie mich vergiften will. Ich habe nichts gegessen oder getrunken, wovon sie nicht auch genommen hat. Und gestern abend kommt sie dann aus der Küche mit zwei Gläsern. Irgend so ein widerliches Zeugs, das sie selbst zusammengemixt hat. Ein Aperitif zur Feier des Tages, wollte sie mir weismachen. Wernicke ...« Ihre Augen werden ganz groß. »Können Sie sich meine Panik vorstellen? Ich wußte einfach, daß mit dem Glas was nicht stimmt. Ich wußte es, aber ich saß praktisch in der Falle! Aber das Glück war mir hold, sie mußte noch Streichhölzer für die Kerzen holen, und da hab ich in Windeseile die Gläser vertauscht. Was soll ich Ihnen sagen? Heute morgen konnte ich sie nicht wach kriegen. Koma, hat der Notarzt gesagt. Ich bin vom Krankenhaus gleich zur Polizei und hab denen alles erzählt. Alles. Jetzt ist es mir egal, wo ich bleibe.«

»Und?« flüstert Anton Wernicke heiser. »Ist sie jetzt ... tot?« Wobei er das letzte Wort nur mit größter Anstrengung über die Lippen bringt.

Unwillig schüttelt sie den Kopf. »Unsinn. Es besteht keine Lebensgefahr mehr, sagt der Arzt. Sie hat die Dosis wohl für eine alte, vertrocknete Jungfer wie mich berechnet.«

Montag, 21. November

Die Schreibarbeiten sind erledigt, der Fall darf endgültig zu den Akten gelegt werden. Im Ersten Kommissariat ist es ruhig geworden. Mittlerweile hat die Grippe Cora Samcke erwischt. Sie liegt mit hohem Fieber im Bett. Roland Bierwirth hat ein paar Tage Urlaub genommen. Er will in aller Ruhe mit seiner Frau die Weihnachtseinkäufe erledigen. Endlich mal rechtzeitig, bevor der ganze Rummel losgeht.

Johanna steht am Fenster. Sie trägt einen neuen Pullover. Knallrot. Frech und provokant. Das ist immer noch ihre Farbe. Russischgrün paßt eher zu Massenmörderinnen. Den denkwürdigen Pullover wird sie so bald wie möglich in den Secondhandladen an der Ecke bringen, sie hat ihn schon zurechtgelegt.

Jetzt, da wieder Zeit für Privates ist, hat Stefan Heyne sie für heute abend zum Essen eingeladen. Da die Tennhoff es doch nicht war, ist er wohl zu jeder Wiedergutmachungsleistung bereit. Komisch, irgendwie freut sie sich schon darauf. Heyne behauptet von sich, ein guter Koch zu sein. Mit einem viergängigen Menü will er sie überraschen. Klingt ja nicht schlecht. Vier Gänge!

Vorhin ist sie zufällig auf die Spielkarte in ihrer Hosentasche gestoßen. Jetzt liegt die Zarin auf dem Fensterbrett. »Das war's dann wohl. Tja, meine Gute, dann sieh mal zu, daß du dein Leben doch noch vernünftig auf die Reihe kriegst. Wie wär's mit einer Therapie, damit du die Geschichte mit deinem Kind endlich verarbeitest?«

»Führst du Selbstgespräche?« fragt Stefan Heyne, der gerade seinen Schreibtisch aufräumt.

Johanna kichert. »Nein, ich unterhalte mich mit einer Königlichen Hoheit.« Dann, einer plötzlichen Eingebung

folgend, hält sie ihm die Karte hin. »Da, sieh mal, an wen erinnert die dich?«
Ein wenig verwirrt betrachtet Stefan Heyne das Bild. »Keine Ahnung. Vielleicht an Frau Samcke? Die zieht auch immer so ein verbiestertes Gesicht. He, warum lachst du so? Was ist los? An wen erinnert sie dich denn?«
Aber aus Johanna ist kein vernünftiges Wort mehr herauszubringen.

Kurz vor der Autobahnauffahrt steht eine Ente mit Warnblinkanlage auf dem Seitenstreifen. Ein junges Mädchen schaut ratlos auf den platten Vorderreifen.
»Kann ich helfen?« fragt Hellmut Stadler, und sie nickt. Blond ist sie, gerade erst vierundzwanzig, vor zwei Wochen ist ihr Freund ausgezogen, und ihre Wohnung ist genauso leer wie ihr Herz. Sie ist wieder auf der Suche nach der ganz großen Liebe.
Und so wird Hellmut Stadler diese Stadt letztendlich doch nicht verlassen.

»Na, Trudchen, was sagst du? Wie hab ich das gemacht?«
Bei dieser Kälte liegt der Waldfriedhof einsam und verlassen. Kein Mensch außer Esther Schierneck besucht seine Lieben.
»Sie ist jetzt in Untersuchungshaft. Besuchen darf man sie nicht. Aber selbst wenn, ich würde natürlich nicht hingehen. Die sagen, sie wäre nicht voll verantwortlich für ihre Taten. Wegen ihrer schweren Kindheit. Glaubst du das? Ich nicht! Das fehlte noch, daß sie nicht verurteilt wird. Aber dann kommt sie wohl wenigstens in eine Anstalt, hoffe ich.«
Liebevoll breitet sie ein Dutzend rosaroter Rosen fächerförmig auf dem Tannengrün aus. »Wie gefällt dir das? Wernicke sagt, wenn die Schnittblumen gefrieren, halten sie

ewig. Ich finde, es sieht ganz nett aus. Und Rosen mochtest du doch immer. Oder findest du das zu kitschig?« Sie tritt ein paar Schritte zurück, um ihr Werk kritisch zu begutachten. »Weißt du, der Wernicke geht mir furchtbar auf die Nerven! Heiraten will der mich. Na, das hätte mir noch gefehlt. Jetzt wo ich das Haus endlich für mich allein habe! Wernicke, hab ich gesagt, dafür bin ich zu alt. Hören Sie auf mit diesem Unsinn.« Sie zupft eine Rose zurecht, die ein paar Zentimeter aus dem Fächer herausguckt. »Meinst du, ich müßte ein schlechtes Gewissen haben? Ich finde nicht. Sie ist eine Mörderin, und jetzt kriegt sie ihre verdiente Strafe. Ohne mein kleines Manöver hätte sie mich eines Tages vielleicht wirklich aus dem Weg geräumt, so verrückt, wie die ist. Weißt du, als ich entdeckte, daß in ihrer Nachttischschublade genau dieselben Beruhigungstropfen lagen, die du auch immer eingenommen hast, am Ende, als es dir so schlecht ging, da dachte ich mir: Sieh an, Esther, das ist jetzt mal ein Wink des Schicksals. Der liebe Gott will auch, daß du es in deinen letzten paar Jahren noch schön hast. Ich brauchte doch nur deine Tropfen einstecken und auf eine günstige Gelegenheit warten. Und als sie mit ihrem albernen Gesöff ankam, war meine Stunde gekommen. Sie geht in die Küche, ich schütte den Rest aus der Flasche in ihr Glas, und fertig. So scheußlich, wie dieser Aperitif geschmeckt hat, ist ihr natürlich nichts aufgefallen.« Ausgiebig putzt sie sich die Nase. »Wenn ich ehrlich bin, Trudchen, hatte ich eine Heidenangst, daß sie stirbt. Mir war so schwach, daß ich mich auf der Polizei gar nicht groß zu verstellen brauchte. Die haben mir auch jedes Wort geglaubt. Vor allem, als sie die Flasche in ihrem Schlafzimmer gefunden haben. Waren ja nur ihre Fingerabdrücke drauf. Es gibt schon komische Zufälle im Leben, was, Trudchen, oder ist das Schicksal? Wie oft wollte ich deine restlichen

Medikamente zur Apotheke zurückbringen. Aber ich hab es immer wieder vergessen, du weißt ja, wie nachlässig ich in solchen Dingen bin. Na ja, es sollte wohl alles so sein ... Ich mach mich wieder auf den Weg.« Sehr energisch rückt sie ihre dunkelblaue Baskenmütze zurecht. »Hab noch einiges vor. Bis Weihnachten will ich mir alles ein bißchen gemütlicher machen. Morgen kommen die Hasenborgs, du weißt schon, Dirk und Jan, die sollen mir ein paar Möbel umstellen.«